삼국지

9

삼국지 9

이문열 평역

정문 그림 — 나관중 지음

三國志

출사표出師表, 드높아라 충신의 매운 얼이여

RHK
알에이치코리아

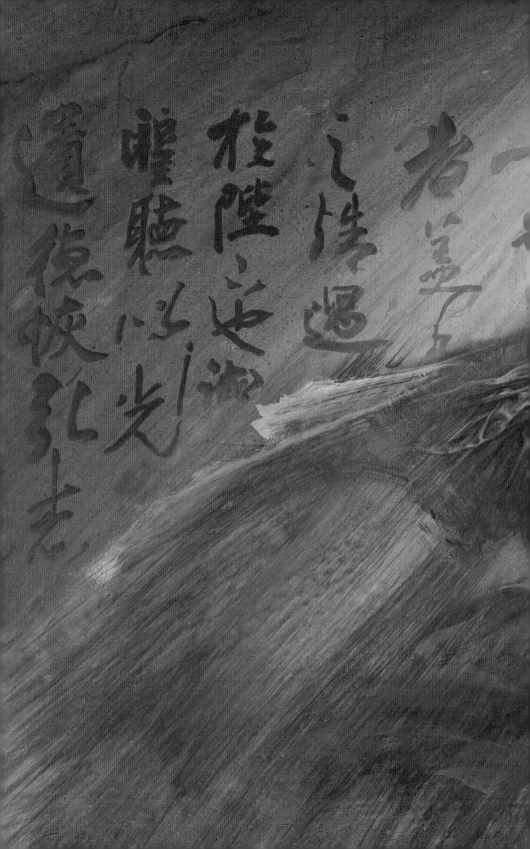

마속
馬謖

맹획
孟獲

한당
韓當

조비
曹丕

강남의 서생
칠백 리 촉영(蜀營)을 불사르다

육손이 대도독이 되어 촉(蜀)과의 싸움을 총괄하게 되었다는 내용을 알리는 도성의 글이 효정에 이르자 그곳에 있던 한당과 주태는 깜짝 놀랐다.

"주상께서는 어쩌시려고 한낱 서생에게 동오의 모든 군마를 맡기셨는가?"

한당과 주태는 마주보고 그렇게 한탄하며 육손이 오기를 기다렸다.

우두머리 장수인 한당과 주태가 그러하니 그 아래 있는 다른 장수들은 더 말할 나위도 없었다. 육손이 이르러도 도무지 그 명에 따를 마음이 되어 있지 않았다. 그러다가 육손이 대도독의 장막을 치게 하고 의논을 시작하자 겨우 찾아보고 마음에도 없는 경하를 나타낼 뿐이었다.

그래도 육손은 아무 내색이 없더니 여럿이 다 모이자 문득 입을 열었다.

　"주상께서는 나를 대장으로 삼아 군사들을 맡기며 촉을 쳐부수라 하셨소. 군중에는 법이 있게 마련이니 공들은 마땅히 그 법을 지켜야 할 것이오. 어기는 자는 왕법에 따라 멀고 가깝고가 없이 벌할 것이니 부디 뒤늦게 뉘우치는 일이 없도록 하시오."

　제법 위엄 서린 목소리였으나 장수들은 도무지 미덥지가 아니했다. 모두 씁쓸하게 입을 다물고 앉았는데, 주태가 문득 일어나 말했다.

　"안동장군 손환(孫桓)은 주상의 조카로서 지금 이릉성에서 매우 고단한 처지에 빠져 있습니다. 안으로는 양식이 없고 밖으로는 도우러 올 군사가 없으니, 그보다 더 큰 어려움이 어디 있겠습니까? 바라건대 도독께서는 빨리 좋은 계책을 마련하시어 손환을 구하고 주상의 마음을 편케 해드릴 수 있도록 하십시오."

　말은 공손해도 실은 육손이 어떻게 나오나를 떠보는 수작이었다. 육손은 조금도 서두는 기색 없이 주태의 말을 받았다.

　"나는 진작부터 손환이 군사들의 마음을 잘 다독이는 사람인 걸 알고 있었소. 그들과 더불어 틀림없이 그 성을 지켜낼 것이니 구하러 갈 것까지는 없소. 내가 촉병을 깨뜨리고 나면 그도 절로 성에서 나올 수 있을 것이오."

　그러나 장수들은 아무도 그 말을 믿지 않았다. 풋내기 서생의 허풍이라고 여기고 속으로 가만히 비웃으며 그 자리를 물러났다. 한당과 주태도 마찬가지였다.

　"저런 어린아이를 장수로 삼다니 동오도 끝장인가 보오. 공은 어떻게 보셨소?"

한당이 주태를 보고 그렇게 걱정하자 주태도 어두운 얼굴로 맞장구를 쳤다.

"아까 한 말은 한번 그를 떠본 것인데 정말로 아무런 계책이 없는 듯하오. 어떻게 촉을 쳐부순다는 것인지 알 수가 없소이다."

장수들이 자신을 얕보는 걸 아는지 모르는지 육손은 다음 날 그 첫 번째 영을 내렸다.

"각처의 관과 험한 길목을 지키는 장수들은 모두 굳게 지킬 뿐 가벼이 나가 싸우지 말라."

그러나 장수들은 모두 그의 겁 많음을 비웃을 뿐 굳게 지키려 들지 않았다.

다음 날 육손은 모든 장수들을 자신의 군막으로 불러모으고 꾸짖듯 물었다.

"나는 왕명을 받고 모든 군마를 거느리게 되었소. 거기 따라 어제 몇 차례나 그대들에게 각 처를 굳게 지키라 군령을 내렸는데, 가만히 돌아보니 아무도 내 명을 지키지 않는 듯했소. 도대체 그게 어찌 된 까닭이오?"

"나는 손장군(손견)을 따라 강남을 평정하면서 수백 번의 싸움을 겪었소. 여기 있는 다른 장수들도 혹은 토역장군(손책)을 따라, 혹은 지금의 주상을 따라 모두 죽고사는 싸움터를 수없이 넘나든 사람들이오. 주상께서 공을 대도독으로 삼아 촉병을 물리치라 하신 것은 하루 빨리 계책을 세우고 군마를 정돈해 밀고 나감으로써 큰일을 일찍 매듭지으란 뜻일 것이오. 그런데도 다만 굳게 지키고 나가 싸우지 말라 하니 하늘이 적병을 죽여주기를 기다리기라도 하란 말이오? 또 우리는 살기만을 탐내고 죽기를 두려워하는 사람들이 아니오. 그런데 어찌하여 그런 영으로 우리의 날카로운 기세만 꺾어놓는단 말씀이오?"

한당이 기다렸다는 듯 그렇게 육손의 말을 받았다. 다른 장수들도 덩달아 한당을 편들었다.

"한장군 말씀이 옳습니다. 저희들은 모두 한바탕 죽기로 싸워보기를 원합니다."

그러자 육손이 문득 칼을 빼들고 그들을 노려보며 소리 높이 외쳤다.

"내 비록 한낱 서생이나 지금은 주상의 당부에 따라 무거운 책임을 떠맡고 있다. 한 치의 땅이라도 얻을 수 있다면 어떤 욕됨도 참을 수 있다. 그대들도 각기 맡은 바 길목을 잘 지키고 결코 함부로 움직이지 말라. 만약 이를 어기는 자가 있으면 모두 목을 베리라!"

육손이 그렇게까지 나오니 다른 장수들도 더는 어찌하는 수가 없었다. 말없이 그 앞을 물러나오기는 해도 속으로는 모두 분함을 이기지 못했다.

한편 선주는 효정에서부터 군마를 벌여 세우며 천구에까지 이르렀다. 그 칠백 리에 마흔이 넘는 영채를 세우니 낮에는 깃발이 해를 가리었고 밤에는 모닥불빛이 하늘을 훤히 밝히었다. 그런 선주에게 문득 세작이 달려와 알렸다.

"동오는 육손을 대도독으로 세워 모든 군마를 거느리게 하였습니다. 육손은 지금 제장들에게 영을 내려 길목을 지키도록 하고 있을 뿐, 나와 싸우려고는 하지 않습니다."

"육손은 어떤 사람인가?"

듣고 있던 선주가 좌우를 돌아보며 물었다. 마량(馬良)이 나서서 아는 대로 아뢰었다.

"육손은 동오의 한낱 서생으로 나이는 어리나 재주가 많고 꾀가 깊습니다. 전에 우리에게서 형주를 뺏은 것도 모두 그의 꾀에서 나온 것이라 합니다."

그 말에 선주가 벌컥 화를 내며 소리쳤다.

"그 더벅머리놈이 속임수로 내 큰아우를 죽게 한 바로 그놈이로 구나! 이제 마땅히 사로잡아 하늘 같은 이 한을 씻으리라."

그러고는 급히 영을 내려 군사를 앞으로 나아가게 했다. 마량이 그런 선주를 말렸다.

"육손의 재주는 결코 주유에 뒤지지 않습니다. 가볍게 맞서서는 아니 됩니다."

"짐은 한평생 군사를 부리며 늙었다. 어찌 주둥이 노란 더벅머리 놈보다 못하겠느냐!"

선주는 그렇게 소리쳐 마량을 물리치고 몸소 앞장서서 군사를 몰아갔다.

선주가 각처의 관애를 들이치자 한당은 얼른 사람을 뽑아 육손에게 알렸다. 한당이 함부로 나가 싸울까 걱정이 된 육손은 나는 듯 말을 달려 스스로 보러 갔다.

육손이 한당의 진채에 이르렀을 무렵, 한당은 말을 타고 산에 올라 촉병들이 쏟아져 나오는 형세를 바라보고 있었다. 산과 들을 덮으며 다가오는 촉병들 가운데 누른 비단 해가리개가 희뜩희뜩 보였다.

한당이 그 해가리개를 유심히 바라보고 있는데 문득 군사 하나가 달려와 육손이 온 걸 알렸다. 한당은 얼른 육손을 맞아들이고 그와 나란히 서서 보다가 문득 한 곳을 손가락질하며 말했다.

"저 군사들 가운데 틀림없이 유비가 있는 듯하오. 군사를 몰고 가 들이쳤으면 싶소이다."

그러나 육손은 무겁게 고개를 가로저었다.

"유비는 군사를 일으켜 내려온 이래 여남은 바탕이나 잇달아 이겨 지금 한창 그 기세가 날카롭소이다. 우리는 다만 높고 험한 곳에 의지해 굳게 지킬 뿐 가볍게 나가서는 아니 되오. 나가면 반드시 불리할 것이니, 장수들의 기운을 북돋워 가만히 지키면서 그 변화를 살펴야 할 것이외다. 지금 저쪽은 평평하고 너른 들판을 내달으면서 모든 게 저희 뜻대로 된 듯 거들먹대고 있소. 그러나 우리가 굳게 지킬 뿐 나가 싸우지 않으면, 저희도 싸울래야 싸울 수가 없으니 반드시 산 숲속으로 옮겨 앉게 될 것이오. 나는 그때 기계(奇計)를 내어 저들을 쳐부수겠소."

한당은 육손의 그 같은 말에 입으로는 예예 했으나 마음속으로는 아무래도 미덥지가 않았다. 가만히 물러나 육손의 하는 양만 살폈다.

이때 선주는 앞선 군사를 시켜 온갖 욕설을 퍼부으며 싸움을 걸어왔다. 육손은 귀를 막고 못 들은 체하며 나가 싸우는 걸 허락하지 않았다. 몸소 이곳저곳 진채를 돌며 군사들의 사기를 북돋우면서도 굳게 지키기를 명할 뿐이었다.

선주는 아무리 싸움을 걸어도 오군이 나오지 않자 조바심이 일었다. 마량이 다시 그런 선주를 일깨웠다.

"육손은 헤아림이 깊은 사람입니다. 폐하께서 먼 길을 오셔서 싸움을 시작한 게 봄인데 이제 어느새 여름이 되었으니 아마도 육손은 그런 우리 편에 어떤 변고가 있기를 기다리는 듯싶습니다. 부디 다시 한번 살펴주십시오."

그러나 선주에게는 그 말이 귀에 들어오지 않았다. 오히려 역정을 내며 마량의 말을 받았다.

"제놈에게 꾀가 있으면 무슨 꾀가 있겠는가? 다만 우리에게 겁을 먹고 움츠러들었을 뿐이다. 앞서 몇 번이나 싸움에 져놓고 어찌 감히 나올 수 있겠는가?"

그때 선봉을 맡고 있던 풍습이 찾아와 선주에게 아뢰었다.

"지금 날씨가 매우 더워 군사들은 마치 불 속에 진을 치고 있는 듯합니다. 또 물을 얻기도 힘이 드니 아무래도 들판에서 진채를 옮기는 게 좋겠습니다."

바로 육손이 예측한 대로였다. 그러나 선주는 풍습의 말대로 따랐다. 군사들을 숲이 무성한 그늘이면서도 물을 얻기 쉬운 골짜기 가까운 곳으로 옮겨 거기서 가을이 오기를 기다리게 했다. 가을이 오면 한꺼번에 밀고나가 결판을 내려는 속셈이었다. 마량이 걱정스러운 듯 물었다.

"만약 우리가 진채를 옮기느라고 움직이는데 갑작스레 오병이 밀려들면 어쩔 작정이십니까?"

선주도 그만 생각은 할 줄 알았다.

"짐은 오반에게 늙고 힘없는 군사 만여 명을 주어 들판으로 나아가게 하고, 스스로는 팔천의 날랜 군사와 더불어 산골짜기에 숨어 기다릴 것이다. 육손은 우리가 진채를 옮기는 줄 알면 반드시 그 틈을 타 쳐들어올 것인 바, 그때는 오반에게 거짓으로 져서 쫓겨오도록 한다. 만약 육손이 뒤쫓아오면 짐이 갑자기 뛰쳐나가 돌아갈 길을 끊고 그 어린 놈을 사로잡아버릴 것이다."

과연 싸움터에서 늙은 영웅다웠다. 그 같은 선주의 빈틈없는 헤아림에 문무 관원들은 모두 감탄해 마지않았다.

"폐하의 귀신 같은 헤아림에는 실로 저희가 미칠 길이 없습니다."

그렇게 치하를 했으나, 그 무슨 예감에서인지 마량만은 종내 얼굴이 밝아지지 않았다. 한참 있다가 다시 불쑥 말했다.

"듣자니 요사이 승상은 동천으로 나와 각처의 관애를 살피며 위병(魏兵)이 쳐들어올 것에 대비하고 있다고 합니다. 폐하께서는 지금 군사를 벌여두려는 모든 곳을 그림으로 그려 승상에게 보내시고 좋은지 나쁜지를 한번 물어보시는 게 어떻겠습니까?"

그러자 선주의 얼굴이 성가신 듯 굳어졌다.

"짐도 또한 병법을 알 만큼은 안다. 그런데 무엇 때문에 승상에게 다시 물어야 한단 말인가?"

"옛말에 이르기를, 이쪽 저쪽 다 들어두면 밝게 알 수 있지만, 한쪽만 들어서는 막히는 구석이 있게 마련이라 했습니다. 바라건대 폐하께서는 그 점을 살펴주십시오."

마량이 부드럽게 선주의 역정 섞인 말을 받았다. 그제서야 선주도 마지못한 듯 허락했다.

"그렇다면 그 일은 경이 하도록 하라. 각 영채를 돌며 자리 잡은 땅 모양과 길목을 모두 그림으로 그린 뒤 동천으로 가서 승상에게 보여주며 물어보라. 그리고 만약 그릇된 곳이 있으면 되도록 빨리 돌아와 알려주도록 하라."

이에 마량은 모든 영채를 그림으로 그려 동천으로 가고, 선주는 군사들을 모두 더위를 피할 수 있는 숲 그늘로 옮기는 일에 들어갔다.

이 같은 촉의 움직임은 곧 세작에 의해 오군의 귀에도 들어갔다. 먼저 그 소식을 들은 한당과 주태는 크게 기뻐하며 육손을 찾아보고 말했다.

"지금 촉병은 마흔 곳 영채를 모두 숲이 짙고 개울을 낀 골짜기로 옮기고 있소. 더위를 피하고 물을 쉽게 얻으려는 뜻에서인 듯하외다. 도독께서는 이 어지러운 틈을 타 적을 치면 반드시 이길 수 있을 것이오."

그러자 이번에는 몸을 사리기만 하던 육손도 기쁜 얼굴로 그들의 말을 따랐다. 자신이 바라던 변화가 온 것이라 믿은 때문이었다.

육손은 스스로 군사를 이끌고 촉병들이 진치고 있던 곳으로 달려갔다. 그러나 바로 싸움에 들어가지 않고 잠시 멈춰 서서 살피는데, 아무래도 좀 이상했다. 들판에 아직 한 곳 촉병이 머물러 있기는 한데 그 수는 잘해야 만 명이 되지 않았다. 거기다가 그나마 태반은 늙고 약한 군사들로 이루어져 있었다.

다만 '선봉 오반(吳班)'이라 크게 쓴 깃발만이 위세 좋게 바람에 펄럭일 뿐이었다.

"내가 보기에 저까짓 군사는 아이들이 모여 장난하는 것이나 다름없소. 한장군과 길을 나누어 적을 치도록 해주시오. 만약 이기지 못하면 어떤 군령이라도 달게 받겠소."

보고 있던 주태가 한달음에 달려 나갈 듯 그렇게 소리쳤다. 그러나 한참을 이곳저곳 가만히 살피던 육손은 이윽고 무겁게 고개를 저으며 채찍으로 한쪽을 가리켰다.

"저 앞 산골짜기에 은은히 살기가 뻗치는 걸 보니 틀림없이 거기 복병이 있는 듯하오. 그 때문에 들판에는 일부러 늙고 약한 군사를 풀어놓아 우리를 꾀고 있는 것이오. 공들은 결코 함부로 나아가서는 아니 되오."

그제서야 다른 장수들의 얼굴에도 은근히 두려워하는 기색이 떠올랐다.

다음 날이 되었다. 오병이 생각대로 움직여주지 않자 이번에는 촉병들 쪽에서 움직였다. 오반이 군사를 이끌고 오병들이 지키는 관 앞에 이르러 싸움을 걸었다. 세력을 뽐내는가 하면 온갖 욕설을 퍼부어대다가 마침내는 갑옷을 벗어던지고 벌거숭이가 되어 드러눕기도 했다.

참다 못한 서성과 정봉이 주르르 육손에게 달려가 말했다.

"촉병들이 우리를 깔보기가 너무 심합니다. 바라건대 저희들을 내보내 주십시오. 나가서 혼쭐을 내고 돌아오겠습니다."

"공들은 혈기만 믿고 나섰지 손자, 오자의 병법은 모르시는 듯하오. 저것은 바로 우리를 꾀어내려는 계책이오. 사흘 뒤면 반드시 저게 속임수라는 걸 알 게 될 것이외다."

육손이 빙긋 웃으며 서성과 정봉의 말을 받았다. 아무래도 믿기지 않는지 서성이 따지듯 물었다.

"사흘 뒤 적의 영채가 모두 자리를 잡게 되면 그때는 어떻게 쳐부수겠습니까?"

"나는 바로 적이 그렇게 영채를 옮기기를 바라고 있소이다."

육손이 긴 풀이 없이 대꾸했다. 육손의 속셈을 알 리 없는 장수들은 모두 그 겁많음을 비웃으며 물러갔다.

사흘 뒤 오반은 정말로 육손이 말한 것처럼 군사를 물리기 시작했다. 관 위에서 여러 장수들과 함께 그걸 보고 있던 육손이 한 곳을 손가락질하며 말했다.

"저곳에 살기가 일어나고 있소. 틀림없이 그 산골짜기에서 유비가 뛰어나올 것이오."

과연 그 말이 끝나기도 전에 갑옷 투구를 단단히 갖춘 촉병들이 선주를 에워싸듯 하고 지나가는 게 보였다. 그걸 본 오병들은 모두 간담이 서늘했다.

"내가 오반을 치자고 하는 공들의 말을 따르지 않은 것은 실로 이 때문이었소. 그러나 이제 복병이 이미 모습을 드러냈으니 적도 계략이 다한 셈이오. 열흘 안으로 틀림없이 촉을 쳐부술 수 있을 것이외다."

그러나 장수들은 모두 육손의 말을 믿으려 들지 않았다. 고개를 기웃거리다가 입을 모아 물었다.

"촉을 쳐부수려면 마땅히 처음부터 서둘러야 했습니다. 이제 촉군의 영채는 칠백 리에 이르고 서로 도와 가며 지킨 지도 일여덟 달이 지났습니다. 요해(要害)마다 자리 잡고 굳게 지키는데 어떻게 쳐부술 수 있단 말씀입니까?"

"장군들은 모두 병법을 알지 못하시는 듯하오. 유비는 세상이 알아주는 영웅이요, 지모가 많은 사람이외다. 그런 그의 군사가 처음 움직일 때는 반드시 법도가 있고 규율이 잘 서 있게 마련이오. 그러나 지금은 달라졌소. 여러 달이 되어도 우리를 이기지 못했으니 그 군사들은 지치고 사기도 떨어져 있을 것이오. 적을 칠 때는 바로 지금이외다."

육손이 아이를 타이르듯 그렇게 말했다. 그제서야 장수들도 모두 그의 밝은 헤아림에 감탄해 마지않았다.

육손은 또 손권에게도 사자를 보내 며칠 안으로 촉을 깨뜨릴 수 있으리라는 글을 전해 올리게 했다. 육손의 글을 읽은 손권은 기뻐 어찌할 줄 몰랐다.

"강동에 이렇듯 뛰어난 인재가 있으니 내가 걱정할 게 무엇이 있겠는가? 다른 장수들이 모두 글을 올려 육손이 겁많음을 일러바쳤으나 나는 믿지 않았는데, 이제 그의 글을 보니 실로 그는 겁많은 사람이 아니었다."

그렇게 감탄하고, 곧 크게 군사를 일으켜 육손의 뒤를 받쳐주러 갔다.

이때 효정의 선주는 모든 수군을 휘몰아 강물을 타고 아래로 내려갔다. 물가 곳곳에 수채를 세우고 내려가다 보니 어느새 오나라 땅 깊숙이 들어서게 되었다. 황권이 걱정스러운 듯 그런 선주에게 아뢰었다.

"물을 따라 내려가는 것은 나아가기는 쉬워도 물러나기는 어렵습니다. 바라건대 신이 앞장을 서게 해주시고 폐하께서는 뒤를 따르도록 하십시오. 그래야만 만에 하나라도 일을 그르치게 되는 일이 없게 될 것입니다."

"오나라 역적 놈들은 모두 겁을 먹어 간담이 오그라붙어버렸다. 짐이 군사를 몰고 이제껏 나아갔건만 아무 일도 없었는데 새삼 무슨 걱정인가?"

선주가 그렇게 황권의 말을 받았다. 황권의 말을 옳게 여긴 다른 장수들도 모두 선주를 말렸으나 소용이 없었다. 여전히 고집스레 고개를 내젓다가 다시 황권에게 말했다.

"굳이 그렇다면 경이 강 북쪽에 남아 위나라 도적들에 대비하라. 짐은 강의 남쪽에 있는 군사를 이끌고 나아가리라. 강을 끼고 양길을 나아간다면 달리 걱정할 게 무엇 있겠는가?"

그렇게 되니 다른 사람들도 더는 말리지 못했다.

촉과 오의 싸움을 가만히 살펴보고 있던 위의 세작이 밤낮을 가리지 않고 돌아가 위주(魏主) 조비에게 알렸다.

"오를 치는 촉은 나무 진채를 얽어 그 길이가 칠백 리에 뻗쳐 있고, 그 군사는 마흔 몇 곳에 나누어져 자리 잡고 있는데 모두 숲속입니다. 또 강북의 군사는 황권이 도맡아 거느리고 있으면서 매일 백 리가 넘는 곳까지 보초를 보내는데 무슨 까닭인지 모르겠습니다."

그 말을 들은 조비는 하늘을 쳐다보고 껄껄 웃으며 말했다.

"유비가 오래잖아 싸움에 지겠구나!"

"어찌하여 그렇습니까?"

여러 신하들이 까닭을 몰라 물었다. 조비가 서슴없이 말했다.

"유비는 병법을 잘 알지 못한다. 그렇지 않고서야 어찌 칠백 리에 이르는 영채로 적과 맞설 수가 있겠는가? 물을 긴 들판이나 거칠고 험한 땅에 군대를 머무르게 하는 것은 병법에서 매우 꺼리는 일이다. 그런데 바로 그런 짓을 해놓았으니 유비는 반드시 육손의 손에 패하고 말 것이다. 열흘 안으로 틀림없이 그런 소식이 올 테니 두고 보라."

그러나 신하들은 그 말을 믿지 못했다. 모두 군사를 일으켜 유비가 동오를 이기고 위로 덤벼들 때에 대비하기를 권했다.

"육손이 만약 이 싸움에서 이기면 오는 틀림없이 모든 군사를 몰아 서천을 뺏으러 갈 것이다. 그리고 오병이 멀리 서천으로 몰려가면 그 나라는 텅 비고 말 것이다. 짐은 그때 군사를 보내 도와준다는 거짓 구실로 세 갈래 군마를 한꺼번에 내려보낼 작정이다. 그렇게 되면 동오는 손바닥에 침 한번 뱉는 정도의 수고로도 넉넉히 뺏을 수 있으리라."

조비가 그같이 대답했다. 그제서야 모든 벼슬아치들이 엎드려 절하며 조비의 빈틈없는 머리씀에 감탄을 드러냈다.

조비는 조홍에게 한 갈래 군사를 주어 유수로 나가게 하고, 조휴는 동구로, 조진은 남군으로 나가게 했다.

"그대들 세 갈래 군마는 미리 정한 날짜에 맞추어 몰래 동오로 짓쳐들라. 짐도 그 뒤를 따라 내려가 그대들을 거들리라."

그게 그들 세 장수에게 가만히 일러준 조비의 명이었다.

한편 그때 마량은 서천에 이르러 공명을 찾아보고 그려 간 영채의 도본을 받쳐올리며 말했다.

"이번에 영채를 옮기면 우리가 차지하고 있는 그 길이는 강을 끼고 옆으로 칠백 리, 군사가 머문 곳은 마흔이 넘습니다. 모두 개울가의 수풀이 무성한 곳이지요. 주상께서는 이 마량에게 그곳의 형세를 그림으로 그려 승상께 보여드리라 하셨습니다. 한번 보시고 옳고 그름을 일러주십시오."

그림을 받아 살펴본 공명이 문득 손뼉을 치며 괴롭게 소리쳤다.

"도대체 누가 주상께 이따위 진채를 치도록 말씀드렸는가? 목을 베어 마땅한 자다."

"주상께서 몸소 하신 일입니다. 어느 누구도 권하지 않았습니다."

마량이 사실대로 대답했다. 그러자 공명이 탄식했다.

"한조의 기수(氣數)도 이제 다했구나!"

"그게 무슨 말씀입니까?"

마량이 놀라 물었다. 공명이 한층 괴로운 표정을 지으며 말했다.

"숲이 짙고 험한 땅을 껴안고 영채를 얽는 것은 병가에서 몹시 꺼리는 바다. 만약 적이 불로 공격하면 무슨 수로 벗어나겠는가? 또 영채를 칠백 리나 되도록 늘어 세웠으니 무슨 군사로 그 긴 전선에서 적을 막아낼 수 있겠는가? 화가 머지않았구나! 육손이 굳게 지키며 나와 싸우지 않은 것은 바로 이것을 기다리기 위함이었다. 그대는 빨리 돌아가 주상을 뵙고 어서 영채를 고치라 아뢰라. 그대로 계셔서는 결코 아니 된다!"

"만약 오병이 이미 싸움에 이긴 뒤면 어찌해야 합니까?"

"육손은 함부로 우리 군사를 뒤쫓지 못할 것이다. 성도를 지키는 것은 걱정하지 않아도 된다."

그러자 마량이 놀란 중에도 한 번 더 물었다.

"육손이 왜 뒤쫓지 못합니까?"

"위병(魏兵)이 자기들의 뒤를 들이치는 게 두렵기 때문이다. 만약 일이 잘못됐으면 주상께서는 백제성(白帝城)으로 피하시도록 말씀을 드려라. 나는 서천으로 돌아오자마자 어복포(魚腹浦)에 이미 십만의 군사를 보내놓았다."

그러자 마량이 알 수 없다는 듯 고개를 갸웃거렸다.

"저는 여러 차례 어복포에 가봤습니다만 군사 한 명도 보지 못했습니다. 그런데 승상께서는 무엇 때문에 이런 거짓말을 하십니까?"

"뒤에 가면 반드시 군사를 보게 될 것이다. 쓸데없이 묻지 말라."

공명은 그렇게 마량의 말허리를 자른 뒤 선주에게 올리는 표문을 썼다. 영채를 세운 곳이 그릇되었음을 알리는 내용이었다.

공명의 글을 받아든 마량은 말 엉덩이에 불이 일도록 채찍질을 하며 선주가 있는 곳으로 되돌아갔다. 공명도 얼른 군마를 끌어모아 선주를 도우러 갈 채비를 했다.

하지만 그때는 벌써 육손이 움직이기 시작한 뒤였다. 육손은 촉병들이 마음이 풀어지고 게을러져 제대로 방비하고 있지 않음을 보자 곧 여러 장수들을 모아놓고 영을 내렸다.

"나는 명을 받고 온 이래 한 번도 싸우러 나가지 않았으나 이제 촉병들을 살펴보니 모든 걸 알 만하오. 그러므로 먼저 강 남쪽의 촉영(蜀營) 하나를 빼앗아보려 하는데, 누가 가보겠소?"

그 같은 육손의 말이 채 끝나기도 전에 한당, 주태, 능통 같은 장수들이 일제히 나서며 소리쳤다.

"이 몸이 가보겠소!"

그러나 육손은 그들 중 어느 누구도 쓰지 않고 끝자리에 앉은 순우단이란 이름없는 장수를 불러 말했다.

"나는 그대에게 오천 군사를 줄 것이니 강 남쪽으로 가서 촉의 네 번째 영채를 뺏으라. 그 영채를 지키는 촉의 장수는 부동(傅彤)이다. 오늘 밤 꼭 큰 공을 이루기 바란다. 나도 군사를 이끌고 가서 그대의 뒤를 받쳐주겠다."

순우단은 육손이 자기 같은 아랫장수를 써준 데 감격하며 곧 받은 군사를 이끌고 떠났다.

육손은 다시 서성과 정봉을 불러 영을 내렸다.

"장군들은 각기 삼천을 이끌고 촉군의 영채 밖 오 리쯤 되는 곳에 매복해 있으시오. 만약 순우단이 싸움에 져서 쫓겨오면 나가 구해주되, 형세가 좋더라도 촉군을 뒤쫓아서는 아니 되오."

이에 서성과 정봉도 각기 군사를 이끌고 시킨 대로 갔다.

해 질 무렵 떠난 순우단이 촉군의 진채에 이른 것은 삼경 무렵이었다. 순우단은 군사들에게 영을 내려 북치고 고함지르며 진채로 짓쳐들어갔다.

하지만 촉영은 생각처럼 허술하지는 않았다. 촉장 부동이 재빨리 군사를 이끌고 뛰어나와 순우단을 맞았다. 순우단은 부동과 맞섰으나 아무래도 당해내기 어려웠다. 곧 말 머리를 돌려 달아나는데 다시 한 떼의 군마가 길을 막았다. 촉장 조융이 이끄는 군마였다.

순우단은 가까스로 길을 앗아 달아났으나 군사는 거기서 태반이 꺾이고 말았다.

순우단의 낭패는 그뿐이 아니었다. 한참 정신없이 달아나는데 다시 한군데 산 그늘에 한 떼의 만병(蠻兵)이 나타났다.

앞선 장수는 번장(蕃將) 사마가(沙摩柯)였다. 순우단은 죽도록 싸워 겨우 길은 열었으나 형세는 여전히 위태롭기 그지없었다. 부동, 조융, 사마가의 세 갈래 군마가 악착스레 뒤쫓았기 때문이었다.

그런데 그럭저럭 오 리쯤 쫓겼을 때였다. 문득 서성과 정봉이 이끈 오군이 양쪽에서 나타나 뒤쫓는 촉병을 물리치고 순우단을 구해 냈다.

영채로 돌아간 순우단은 여기저기 화살이 꽂힌 채 육손을 찾아보고 죄를 빌었다. 자신을 믿고 써준 육손이라 더욱 죄스러웠는지도 모를 일이었다.

"그대의 잘못이 아니다. 실은 내가 그대를 써서 촉병의 허실을 알아보았을 뿐이다. 이제 적을 깨뜨릴 계획은 이미 섰으니, 그대의 공이 없다 할 수 없다."

육손은 아무렇지도 않은 얼굴로 오히려 순우단을 위로했다. 육손이 너무도 촉병을 쉽게 아는 것 같은지 서성과 정봉이 입을 모아 말했다.

"촉병의 세력이 대단해 쉽게 쳐부술 수 있을 것 같지 않습니다. 쓸데없이 군사를 잃고 장수만 꺾일까 걱정됩니다."

육손은 빙긋 웃으며 그들마저 안심시켰다.

"걱정 마시오. 이번에 내가 순우단을 보낸 것은 다만 제갈량을 속이기 위한 것이었을 뿐이오. 다행히 그 사람이 여기 없어 나로 하여금 큰공을 이룰 수 있게 해줄 것이오."

그리고 높고 낮은 장수들을 모조리 모아놓고 영을 내리기 시작했다. 맨 첫 번째 불려나온 것은 주연(朱然)이었다.

"장군은 물길을 따라 군사를 몰고 나가시오. 배에 마른 풀과 갈대를 잔뜩 싣고 가다가 내일 동남풍이 일면 내가 일러주는 계책에 따라 움직이시오."

육손은 그렇게 영을 내리고 다시 한당을 불렀다.

"장군은 군사 한 갈래를 이끌고 강 북쪽을 들이쳐주시오."

다음은 주태였다. 그에게는 강 남쪽을 들이치게 하고 아울러 말했다.

"두 분 장군이 이끄는 군사들은 모두 속에 유황과 염초가 든 마른 풀단 한 단과 불씨를 마련해 지니게 하시오. 그런 다음 창칼을 들고 한꺼번에 쳐 올라가다가 촉영에 이르거든 바람에 맞춰 불을 지르시오. 단 마흔 군데의 둔영(屯營) 가운데서 스무 개만 태우면 되니 하나 건너 하나씩만 불지르면 될 것이오. 또 각군은 모두 마른 양식을 미리 마련해서 잠깐이라도 물러나는 일이 없도록 해야 하오. 밤낮을 가리지 말고 뒤쫓되 유비를 사로잡은 뒤에는 멈추어도 될 것이외다."

모든 것을 훤히 바라보며 내리는 듯한 군령이었다. 장수들은 그제서야 육손을 믿고 각기 정해진 곳으로 떠났다.

그때 선주는 선주대로 오(吳)를 쳐부술 계책을 골똘히 생각하고 있었다.

이래저래 마땅한 계책이 없어 망연히 밖을 내다보고 있는 중에 문득 장막 앞에 세워둔 기치가 바람도 없는데 쓰러졌다.

"이게 무슨 징조인가?"

선주가 불길한 느낌이 들어 곁에 있는 정기(程畿)에게 물었다. 정기가 대답했다.

"오늘 밤 틀림없이 오병이 우리 진채를 급습할 것입니다."

"어젯밤에 온 것들을 거지반 다 잡아죽이다시피 했는데 어찌 감히 또 오겠는가?"

선주는 턱없는 소리라는 듯 그렇게 말했다. 바로 육손이 노린 대로였다. 정기가 그걸 깨우쳐 주었다.

"만약 어젯밤의 일이 육손이 우리를 한번 떠본 것이라면 어쩌시겠습니까?"

그 말에 선주도 섬뜩했다. 다시 곰곰 전날 밤 싸움을 떠올리고 있는데 사람이 와서 알렸다.

"산 위에서 보니 멀리 오병들이 줄을 지어 동쪽으로 가고 있었습니다."

얼른 이해 안 되는 오병의 움직임이었다. 한참을 생각하다 선주가 말했다.

"그것은 틀림없이 의병(疑兵)일 것이다. 우리를 꾀여내려는 것이니 함부로 움직이지 말라."

그리고 관흥과 장포를 불러 오백 기를 거느리고 순찰을 돌게 했다. 그 바람에 오병들은 대군의 방해를 받음 없이 각기 정해진 자리로 갈 수가 있었다.

관흥이 순찰을 마치고 돌아온 것은 해 질 무렵이었다.

"강 북쪽에 있는 영채에서 불길이 일고 있습니다."

관흥이 보고 온 대로 알렸다. 선주는 갑자기 불길한 마음이 들었다. 급히 영을 내려 관흥은 강북을, 장포는 강남을 가보게 했다.

관흥과 장포는 시키는 대로 했다. 서로 길을 나누어 가는데 초경 무렵하여 홀연 동남풍이 세게 일었다. 그리고 그 바람을 기다렸다는 듯이나 선주가 있는 어영(御營) 오른쪽에서 불길이 솟았다. 두 장수는 놀랐다. 급히 선주를 구하려 돌아가려는데 이번에는 왼편에서 다시 불길이 올랐다.

바람은 더욱 거세게 불어 불은 금세 무성한 수풀에 옮아 붙었다. 거기다가 다시 함성이 크게 일자, 어영 좌우에 있던 촉군들이 어영으로 뛰어들었다. 그 바람에 촉군은 어영 안에 서로 엉켜 자기편에게 밟혀 죽은 자만도 수를 헤아리기 어려웠다.

그때 갑자기 오병들이 뒤에서 밀고 나왔다. 촉군은 엉겨 어지럽다 보니 덤벼드는 오병이 얼마나 되는지 가늠해볼 겨를조차 없었다. 그대로 사방으로 흩어져 달아나기 바빴다.

급하기는 선주도 마찬가지였다. 얼른 말에 올라 풍습(馮習)의 진중으로 달아나려는데 다시 풍습의 진채에서도 불길이 이는 게 보였다. 뿐만 아니었다. 강남, 강북의 모든 촉영에서 불길이 일어 사방을 대낮처럼 훤히 비추었다.

그때는 풍습도 놀라 말에 올라 겨우 수십 기만 이끌고 달아나는 중이었다. 얼마 안 가 오의 장수 서성이 이끄는 군사와 정면으로 부딪쳤다. 서성은 그대로 풍습을 덮치려다가 때마침 그리로 오는 선주를 보고 선주를 뒤쫓았다.

서성이 대군을 이끌고 뒤쫓자 선주는 놀랐다. 급히 달아나는데 다시 한 떼의 오병이 나타나 앞길을 가로막았다. 바로 정봉이 이끄는 군사들이었다.

서성과 정봉이 앞뒤에서 들이치니 선주는 놀라 반 넋이 나갔다. 사방을 돌아봐도 빠져나갈 길이 없어 이리저리 허둥대고 있는데 문득 함성이 크게 일며 한 떼의 군마가 겹겹이 둘러싼 오병을 뚫고 들어왔다. 앞선 장수는 장포였다.

장포는 선주를 구한 뒤 어림군을 이끌고 경황 없이 달렸다. 한참을 달리는데 다시 앞에서 한 떼의 군마가 나타났다. 촉장 부동이 이끄는 군마였다. 장포는 부동과 군사를 아울러 선주를 보호하며 계속 달아났다. 오병이 끈덕지게 그들 뒤를 쫓았다.

얼마 안 가 그들 앞에 산 하나가 나타났다. 마안산(馬鞍山)이라 불리는 산이었다. 장포와 부동은 선주를 권해 그 산 위로 오르게 했다.

얼결에 산 위로 오른 선주가 아래를 내려보니 다시 함성이 크게 일며 육손의 대군이 이르고 있었다. 육손은 인마를 풀어 마안산을 둘러싸고 급하게 몰아치기 시작했다. 장포와 부동이 죽기로 싸워 산 어귀를 지키고 있었으나 형세는 위태롭기 그지없었다.

선주는 암담한 눈길로 사방을 둘러보았다. 산과 들이 온통 불길에 휩싸여 있고 나뒹구는 시체는 흐르는 강물을 막을 지경이었다. 실로 믿기지 않는 광경이었다.

그럭저럭 밤이 지나고 다음 날이 되었다. 오병이 다시 산 주위에 불을 지르고 밀려들었다. 놀란 촉의 군사들이 어지럽게 흩어져 달아나기 시작했다. 선주 또한 두렵고 황망해 어찌할 줄 모르고 있는데, 문득 한 장수가 수십 기를 이끌고 산 위로 치달아 올라왔다. 두꺼운 오병의 에움을 뚫고 달려온 것은 다름 아닌 관흥이었다.

관흥이 선주 앞에 엎드리며 급한 목소리로 말했다.

"사방의 불길이 점점 가까이 죄어와 이곳에 오래 머물 수가 없습니다. 폐하께서는 어서 백제성(白帝城)으로 피하십시오. 그곳에 새로 군마를 수습해 오병을 물리치시는 게 옳을 듯합니다."

선주도 달리 수가 없었다. 한참을 생각하다 씁쓸하게 물었다.

"누가 뒤쫓는 적을 막아주겠는가?"

"제가 목숨을 걸고 막아보겠습니다."

부동이 얼른 나섰다. 이에 선주는 해 질 무렵 하여 마안산을 내려가기 시작했다. 관흥이 앞장을 서고, 장포는 가운데를 맡고 부동은 뒤에 처져 선주를 보호하며 힘을 다해 오병을 뚫고 나갔다.

오병들은 선주가 달아나려는 걸 보자 공을 세우려 다투며 그 뒤를 쫓았다. 산 아래 있던 대군이 모두 있는 힘을 다해 뒤쫓으니 그 기세는 하늘을 가리고 땅을 덮는 듯했다.

선주는 급했다. 군사들에게 영을 내려 모두 옷과 갑주를 벗게 한 뒤 길 한가운데 쌓고 불을 지르게 했다. 그 불길로나마 뒤쫓는 오병을 막아보려 함이었다. 하지만 그것도 잠시였다. 얼마 가지 않아 함성이 크게 오르며 한 떼의 군마가 강을 따라 달려왔다. 오(吳)의 주연이 이끄는 군사들로 선주의 앞길을 끊으려는 듯했다.

"짐이 이곳에서 죽어야 한단 말인가!"

지친 선주가 그렇게 한탄했다. 그 소리에 격한 장포와 관흥이 제 몸을 돌아보지 않고 오병과 부딪쳐보았으나 어지러이 쏘는 화살에 무거운 상처만 입었을 뿐, 뚫고 나갈 수가 없었다. 거기다가 등 뒤에서는 육손 스스로 대군을 이끌고 산골짜기 가운데로 쏟아져 나오니 선주의 형세는 더욱 위태로워졌다.

그사이 날은 저물어 어느새 사방이 어두워지기 시작했다. 선주가 나아가지도 물러나지도 못하고 괴로운 탄식만 거듭하고 있을 때 홀연 앞쪽에서 함성이 크게 일며 한 떼의 군마가 나타났다. 앞을 가로막고 있던 주연의 오병을 짓두들겨 개골창과 바위 언덕 아래로 던져버리고 선주의 어가를 구하러 오는 것은 반갑게도 촉군이었다.

선주가 기쁨을 감추지 못하며 그쪽을 보니 앞선 장수는 다름 아닌 상산 조자룡이었다. 조운은 원래 서천 강주에 있었는데, 오와 촉이 군사를 내어 싸운다는 소리를 듣자 군사를 이끌고 그리로 달려갔다. 가다가 보니 동남쪽에 크게 불길이 일어 마음속으로 걱정하며 사람을 놓아 살피게 하였던바, 뜻밖에도 선주가 오병에게 에워싸여 어려움을 겪고 있음을 알게 되었다. 이에 위태로움을 돌보지 않고 힘을 다해 선주를 구하러 달려오는 중이었다.

육손은 조운이 나타났다는 소리를 듣자 얼른 군사를 뒤로 물리었다. 조운은 그 기세를 타고 물러나는 오병을 들이치다 문득 적의 장수 주연을 만났다. 주연이 겁내지 않고 맞섰으나 그는 조운의 적수가 못 되었다. 조운은 한 합에 주연을 찔러 말 아래로 떨어뜨리고 그 졸개들을 흩어버린 다음 선주를 구해냈다.

"짐은 비록 적의 에움에서 벗어났으나 다른 장수들은 어찌한단 말인가?"

조운의 구함을 받아 백제성으로 달아나면서 선주가 괴롭게 물었다. 조운이 좋은 말로 위로했다.

"당장은 적이 뒤쫓고 있으니 여기서 오래 머뭇거릴 수 없습니다.

폐하께서는 우선 백제성으로 들어가 쉬고 계십시오. 신이 군사를 이끌고 다시 가서 다른 장수들을 구해보겠습니다.”

그때 선주 곁에 남은 것은 겨우 백여 명의 장졸에 지나지 않았다. 패배라도 너무 참혹한 패배였다. 뒷사람이 선주를 그 꼴로 만든 육손의 재주를 기려 시를 지었다.

풀단으로 불을 질러 잇댄 영채 쳐부수니,　　　持矛擧火破連營
현덕은 힘이 다해 백제성으로 달아났네.　　　玄德窮奔白帝城
하루아침에 위세로운 이름 위와 촉을 놀라게 하니,
　　　　　　　　　　　　　　　　　一旦威名驚蜀魏
오왕이 어찌 서생을 높이치지 않으리.　　　吳王寧不敬書生

한편, 선주가 달아나는 뒤를 막아주고 있던 촉장 부동은 점차 늘어난 오병들에게 열 겹 스무 겹으로 에워싸이고 말았다. 정봉이 그런 부동을 보고 큰 소리로 을러댔다.

“서천의 군사들은 수없이 죽고, 항복한 자도 매우 많다. 네 주인 유비도 이미 사로잡혔는데 너는 어찌 빨리 항복하지 않느냐?”

그 말을 들은 부동이 꾸짖듯 소리쳤다.

“나는 한(漢)의 장수다. 어찌 오나라의 개들에게 항복하겠느냐?”

그리고 창을 끼고 말을 박차 오병 속으로 뛰어들었다. 군사들은 그를 따라 죽기로 싸웠으나 여기저기 내달으며 백여 차례나 부딪쳐도 두꺼운 포위를 뚫지는 못했다. 마침내 힘이 다한 부동은,

“오늘로 나도 끝이로구나!”

그 한마디 탄식과 함께 입으로 피를 토하며 오병들 속에서 죽었다.

선주를 곁에서 모시던 좨주(祭酒) 정기도 그 죽음이 씩씩하고 맵기는 부동에 못지않았다. 뭍의 영채들이 불타는 걸 보고 홀로 강가로 달려간 정기는 수군을 불러 적을 막게 하려 했다. 그러나 오병이 뒤따라와 덮치자 놀란 촉의 수군은 싸워보지도 않고 사방으로 흩어져 달아났다. 정기의 부장도 함께 달아나려다 문득 정기를 보고 권했다.

"오병이 옵니다. 좨주께서도 어서 달아나도록 하십시오."

정기가 성나 소리쳤다.

"나는 주상을 따라 싸움터로 나온 이래 한번도 적을 보고 달아난 적이 없다!"

그리고 버텨 섰는데 곧 오병이 몰려와 사방을 에워쌌다. 정기는 마침내 빠져나갈 길이 없음을 보고 칼로 스스로의 목을 찔러 죽었다.

그때 오반과 장남은 이릉성을 에워싸고 있었다. 문득 풍습이 달려와 촉병이 몰리고 있는 소식을 전했다. 놀란 장남과 오반은 곧 이릉성을 버려두고 선주를 구하러 달려갔다. 그 바람에 성안에 갇혀 오랫동안 어려움을 겪던 손환도 비로소 풀려났다.

풍습과 더불어 선주를 구하러 달려가던 장남은 오래잖아 오병과 마주쳤다. 한바탕 싸움이 어우러지는데 다시 등 뒤에서 이릉성을 빠져나온 손환이 덮쳐왔다. 앞뒤에서 적을 맞게 된 장남과 풍습은 죽을 힘을 다해 싸웠으나 벗어날 길이 없었다. 끝내 어지럽게 싸우는 군사들 틈에서 죽었다. 부동, 정기, 장남, 풍습―현대인의 눈으로 보아서는 어리석어 오히려 아름다운 죽음이었다.

한편, 장남, 풍습과 함께 오병에게 에워싸였다가 간신히 빠져나온 오반은 얼마 가지 않아 다시 오병을 만났다. 거기서 오반은 또 한번 위태로운 지경에까지 빠졌으나 선주를 백제성에 모셔놓고 되돌아온 조운의 구함을 받아 겨우 백제성으로 돌아갈 수 있었다.

　번장으로 유비를 도와 싸움터에 나왔던 만왕 사마가도 이때 죽었다. 홀로 쫓기다가 오의 장수 주태를 만난 사마가는 그와 스무남은 합을 싸웠으나 마침내는 목을 내주지 않을 수 없었다. 그러나 촉의 장수인 두로와 유녕은 오히려 오에 항복하니 촉의 영채에 있던 군량과 마초, 병기 등은 모조리 오의 것이 되고 말았다.

　얼핏 보면 이 싸움은 오직 육손의 계략에만 의지한 것처럼 보인다. 그러나 조금만 살피면 이 싸움이야말로 오와 촉의 실세(實勢) 대로였다. 유비는 제갈량과 마초, 조운 같은 맹장들을 촉에 두고 여력을 모아 나선 데 비해 손권은 유비에게 강화를 청하고 조비에 칭신하는 등 위기 의식을 내비친 끝에 오(吳)의 정예를 모두 모아 내보냈기 때문이다. 따라서 기록은 없지만 군사에서도 육손이 유비보다 적었던 것 같지는 않고, 장수는 육손 쪽이 오히려 훨씬 우세했다. 한당, 주태, 서성, 정봉 같은 역전의 노장들이 모두 나서고 있는 까닭이다.

　이야기를 재미있게 꾸민 것은 좋지만, 별뜻도 없이 육손을 지나치게 높이고 유비를 지나치게 낮춘 데서 『연의』의 일관성에 흠이 되지 않았나 싶다. 그러나 『연의』의 저자는 거기에 그치지 않고 정사로 보아서는 가능성이 거의 없는 애절한 망부사(望夫詞)까지 곁들이고

있다. 유비가 효정에서 패해 죽었다는 잘못된 소문을 들은 손부인
(孫夫人)이 강변으로 달려가 서쪽을 보고 통곡하다가 강물에 뛰어들
었다는 얘기가 그것이다. 뒷사람이 그런 손부인을 기려 효희사(梟姫
祠)란 사당까지 지었다는 후일담을 곁들이고 있으나, 아무래도 그런
일이 있었던 듯싶지는 않다.

긴 꿈은 백제성에서 지고

이때 큰 공을 세운 육손은 이긴 군사를 휘몰아 촉의 잔병을 뒤쫓다가 기관(夔關)을 지난 지 얼마 안 됐을 때였다.

말 위에서 앞을 보니 강물을 끼고 있는 산발치에 한 줄기 살기가 하늘을 찌르듯 솟고 있었다. 육손은 얼른 말고삐를 당겨 말을 세우고 뒤따르는 장수들을 돌아보며 말했다.

"앞에 틀림없이 매복이 있소. 군사를 가볍게 내몰아서는 아니 될 것이오."

그리고 군사를 십여 리나 물려 사방이 트인 곳에 자리 잡았다. 대강 진채를 얽고 적을 막을 채비를 갖춘 육손은 매복했던 적이 뒤쫓아오기를 기다렸으나 묘하게도 적은 아무런 기척이 없었다. 이에 육손은 군사 몇을 내보내 앞을 살펴보게 했다.

"앞에는 어떤 군사도 있지 않았습니다."

얼마 뒤 돌아온 군사들이 그렇게 알렸다. 육손은 도무지 믿을 수가 없었다. 말에서 내려 높은 곳으로 올라가 그쪽을 살펴보았다. 여전히 살기가 하늘을 찌르는 듯했다.

"다시 한번 가서 자세히 살펴보아라."

육손이 군사들을 되돌려보내며 엄히 일렀다. 그러나 돌아온 군사들의 말은 전보다 더했다.

"진채는커녕 사람 하나 말 한 필 없었습니다."

그때는 마침 해가 서산으로 지려 하고 있었다. 그러나 살기는 오히려 더해 감을 본 육손은 이번에는 특히 믿을 만한 사람만 골라 뽑아 보내 살펴보게 했다.

"아무래도 사람은 없고, 다만 강변에 돌무더기 팔구십 개가 어지럽게 널려 있었을 뿐입니다."

돌아보고 온 사람이 다시 그같이 알렸다. 육손은 더욱 이상했다. 군사들을 풀어 근처 토박이 몇을 불러오게 했다. 오래잖아 부근에 사는 사람 몇이 육손 앞에 불려왔다.

"누가 저 어지러운 돌무더기를 쌓았는가? 그리고 어찌하여 저 돌무더기 틈에서 살기가 치솟는가?"

육손이 그들에게 물었다. 그들 중 하나가 대답했다.

"저곳의 지명은 어복포(魚腹浦)인데, 전에 제갈량이 서천으로 들어가는 길에 잠시 군사를 풀어 그 같은 진세를 벌여놓은 것입니다. 돌을 주워다가 물가 모래벌판에 쌓은 것인데 그때부터 무슨 구름 같은 기운이 저 안에서 치솟았습니다."

그 말을 들은 육손은 더욱 이상했다. 얼른 말에 올라 수십 기만 딸린 채 그 석진(石陣)을 보러 갔다. 조그만 언덕에 올라가 내려다보니 사면 팔방에다 사람이 드나들 수 있는 문이 열린 석진이었다.

　"저것은 다만 사람을 홀리는 잔재주일 뿐이다. 저까짓 게 무슨 쓸모가 있겠는가!"

　이윽고 살피기를 마친 육손은 그렇게 말하며 빙긋 웃었다. 그리고 몇 기만 딸린 채 산언덕을 내려가 그대로 석진 속으로 뛰어들었다. 돌무더기가 놓인 형태를 이모저모로 뜯어보고 있는 육손에게 부장 하나가 걱정스레 말했다.

　"벌써 날이 저뭅니다. 도독께서는 어서 돌아가도록 하십시오."

　그제서야 육손도 무언가 꺼림칙했다. 그 부장의 말대로 돌무더기 사이를 벗어나려는데 홀연 미친 듯한 바람이 일었다. 점점 거세진 바람은 잠깐 사이에 모래를 날리고 돌을 굴릴 만큼 되었다.

　그러자 하늘과 땅이 온통 캄캄해지며 아무렇게나 놓여 있던 돌더미들은 삐죽삐죽 일어나 칼을 세워둔 것처럼 보이고 바람에 쓸려 만들어진 모래언덕도 마치 높은 산과 같아졌다. 뿐만이 아니었다. 바람에 이는 물결 소리도 창칼이 부딪고 북과 징이 울리는 듯했다.

　대수롭지 않게 생각하고 그 석진 속으로 들어갔던 육손은 깜짝 놀랐다.

　"내가 제갈량의 계책에 빠졌구나!"

　그렇게 탄식하며 빠져나가보려 했으나 어디가 어딘지 길을 알 수가 없었다.

　그렇게 되자 육손은 더욱 놀라고 정신이 어지러웠다. 길을 찾아

이리저리 허둥거리고 있는데 문득 한 늙은이가 말 앞에 나타나 빙그레 웃으며 물었다.

"장군은 이 진채에서 나가고 싶으시오?"

"어르신께서 아신다면 부디 나갈 길을 일러주십시오."

다급해진 육손이 매달리듯 말했다.

늙은이는 육손의 말을 듣자 말없이 고개를 끄덕이고는 지팡이를 끌며 천천히 앞장을 섰다. 늙은이가 이끄는 대로 따라가니 정말로 아무런 장애 없이 돌무더기로 만든 진에서 빠져나갈 수가 있었다. 다시 원래의 산 언덕으로 되돌아간 뒤에야 육손이 그 늙은이에게 물었다.

"어르신네는 어떤 분이십니까?"

늙은이가 아무것도 감추는 기색 없이 스스로를 밝혔다.

"나는 제갈공명의 장인 되는 황승언이란 사람이외다. 지난날 내 사위가 서천으로 들어갈 때 저 진을 펼쳤는데 이름은 팔진도(八陣圖)라 하오. 여덟 문이 서로 번갈아가며 변화를 부리는 바, 여덟 문은 각기 휴(休), 생(生), 상(傷), 두(杜), 경(景), 사(死), 경(驚), 개(開)로 불리오. 날마다 때마다 서로 호응해 변해 그 시작과 끝을 짐작하기 어려우니 그야말로 십만 정병에 견줄 수 있소이다. 사위가 떠나면서 이 늙은이에게 말하기를 '뒷날 동오의 대장이 이 진(陣) 속에서 길을 잃게 될 것인데 그때 그를 진 밖으로 내보내주어서는 아니 됩니다' 하였소. 그런데 오늘 내가 산중 바위 위에서 보니 장군이 바로 사문(死門)을 통해 진 속으로 들어가더구려. 이 진을 알아보지 못하고 들어갔으니 틀림없이 길을 잃게 될 줄 알았소. 사위가 당부한 대로 하자면 그대로 못 본 체하는 게 옳겠지만, 이 늙은이는 평생 착한 일 하기를 좋아해왔소. 차마 장군이 그 속에서 죽는 꼴을 볼 수 없어 특히 생문(生門)으로 끌어내드린 것이오."

그 늙은이가 바로 제갈공명의 장인이 된다는 말에 육손은 한층 감격했으나 감사보다 더 급한 것은 그 신기한 진법에 대한 궁금증이었다.

"어르신네께서는 저 진법을 배우셨습니까?"

육손이 그렇게 묻자 황승언이 고개를 설레설레 저으며 말했다.

"그 변화가 하도 무궁해서 배울 수가 없었소이다."

그 말을 듣자 육손은 더욱 그 늙은이의 도움이 고마웠다. 하마터면 자신이 왜 그렇게 됐는지도 모르고 진 속에 갇혀 죽게 된 걸 살려준 까닭이었다. 황망히 말에서 내려 두 번 세 번 절하고 자기 진채로 돌아갔다.

"공명은 참으로 누운 용[臥龍]이었구나! 나 따위가 미칠 바 아니다."

진채로 돌아간 육손은 그렇게 탄식하고 곧 군사를 돌리게 했다. 오(吳)가 크게 이겼음에도 불구하고 촉군을 추격해 서천까지 가지 않은 일과 공명의 재주를 과장하려는 의도가 어울려 만들어낸 한 토막 야담이리라.

육손이 군사를 물리려 하자 장수들이 모두 들고 일어나 말했다.

"유비는 싸움에 져서 세력이 다했습니다. 고단하게 성 하나에 의지하고 있으니 그를 쳐 없애기에는 이보다 더 좋은 때도 없을 것입니다. 그런데 이제 도독께서는 어찌하여 까짓 돌무더기 몇 개를 보고 군사를 물리려 하십니까?"

육손이 조금도 흔들리는 기색 없이 그 까닭을 밝혔다.

"나는 저 석진 때문에 물러가려는 것이 아니외다. 위(魏)가 있지 않소이까? 위주 조비는 그 간사함이나 속임수가 그 아비 조조와 조금도 다를 바가 없소. 이제 우리가 촉병을 뒤쫓아 멀리 간 걸 알게 되면 반드시 그 빈틈을 타 동오로 쳐내려올 것이외다. 그런데 우리가 서천 깊이 들어가 있어서는 무슨 수로 급히 군사를 되돌릴 수 있겠소?"

그러고는 장수 하나를 뽑아 촉군의 뒤쫓음을 막게 하고 대군을 되돌렸다.

군사를 물리기 시작한 지 사흘이 채 못 돼 한꺼번에 세 곳에서 사람을 보내 급한 소식을 알려 왔다.

"위의 장수 조인이 군사를 이끌고 유수로 나오고 있습니다."

"조휴가 동구로 밀고 들어옵니다."

"조진은 남군으로 짓쳐오고 있습니다."

이어 다시 그 세 가지 소식을 합친 전갈이 이르렀다.

"조인, 조휴, 조진이 이끄는 세 갈래 인마는 합쳐 십만이나 되는 대군입니다. 밤낮을 가리지 않고 우리 땅으로 밀려오고 있는데 그 속셈은 아직 알 수가 없습니다."

그러자 육손이 빙긋 웃으며 말했다.

"정말로 내가 헤아린 대로구나. 이미 군사를 내어 막게 하였으니 너무 걱정하지 말라."

한편 효정, 이릉의 싸움에서 동오의 육손에게 대패한 뒤 백제성으로 쫓겨난 선주는 때마침 군사를 이끌고 찾아온 조운의 도움으로 겨우 성을 지켜나가고 있었다. 그때서야 선주께로 되돌아온 마량은 이미 자기편 군사가 산산조각이 난 걸 보고 걸음이 더딘 걸 후회했으나 이미 늦은 뒤였다. 하릴없이 때늦은 공명의 전갈이나 전했다. 듣고 난 선주가 탄식했다.

"짐이 진작에 승상의 말을 들었더라면 오늘 같은 대패는 당하지 않았을 것이다. 이제 무슨 낯으로 돌아가 성도의 여러 신하들을 대한단 말인가!"

그리고 백제성에 그대로 눌러 앉았다. 변두리 작은 성에 궁궐이 있을 리 없었으나 역관을 고쳐 영안궁(永安宮)이라 이름하고 다시 동오를 칠 근거로 삼았다.

"장수들은 대강 어찌 되었는가?"

일단 성안이 수습되자 선주는 아직도 돌아오지 않는 장수들의 안부가 궁금해 물었다. 가까이서 모시는 신하가 아는 대로 아뢰었다.

"풍습, 장남, 부동, 사마가 등은 모두 이번 싸움에서 죽었습니다."

그 말에 선주는 슬픔을 이기지 못했다. 한동안 흐느끼다 다시 물었다.

"강북의 군사를 거느리고 있던 황권(黃權)은 어찌 되었는가?"

"황권은 강북의 군사들을 이끌고 위로 항복해 가버렸습니다. 그 가솔들을 잡아와 죄를 묻도록 하십시오."

그 일을 잘 아는 다른 신하가 나서서 그렇게 말했다. 선주는 무겁게 고개를 가로저었다.

"황권은 강 북쪽에 있다가 오병들에게 길을 끊겨 돌아올래야 돌아올 수가 없었을 것이다. 어찌할 도리가 없어 위에 항복한 것이니,

이는 짐이 황권을 제대로 돌보지 못한 것이요, 황권이 짐을 저버린 게 아니다. 그런데 어찌 그 가솔들을 함부로 죽이겠는가? 그 일은 두 번 다시 말하지 말라."

그때 위에 항복한 황권은 그쪽 장수들의 인도를 받아 조비를 만나고 있었다. 조비가 떠보듯 물었다.

"경이 이제 짐에게 항복한 것은 옛적 진(陳)이나 한(韓)이 한(漢)에 항복한 걸 따른 것인가?"

그러나 황권이 울며 말했다.

"신은 촉제(蜀帝)의 은혜를 두텁게 입어 특히 강북의 모든 군사를 거느리게 되었습니다. 그러나 육손 때문에 길이 끊겨 촉으로 돌아갈 수가 없고 또 오에 항복할 수도 없어 폐하께 항복하러 온 것입니다. 싸움에 진 장수로 목숨만 건져도 다행스러운데 어찌 감히 옛사람들 흉내까지 내려 하겠습니까?"

조금도 감추고 꺼리는 게 없는 대답이었다. 그 솔직한 대답에 조비도 황권을 믿었다. 기꺼이 그를 받아들이고 진남장군을 내렸다. 그러나 황권은 굳이 벼슬을 마다하고 받으려 들지 않았다. 그게 촉(蜀)에 대한 의리 때문인 걸로 본 신하 하나가 조비에게 나아가 말했다.

"촉에서 돌아온 세작의 말을 들으니 촉주(蜀主)는 황권의 가솔들을 모조리 죽이려 하고 있다 합니다."

하지만 황권은 조금도 걱정하는 기색이 아니었다.

"신과 촉주는 마음으로 믿어온 사이옵니다. 제가 비록 폐하께 항복하였으나 이게 저의 본마음이 아닌 줄 알 것인즉 결코 신의 가솔들을 함부로 죽이지는 않을 것입니다."

그렇게 잘라 말했다. 조비도 고개를 끄덕이며 오히려 그런 황권을 무겁게 여겼다. 그러나 충의를 내세우는 뒷사람은 그렇지가 못했다. 시를 지어 황권을 꾸짖었다.

오에 항복할 수 없다면서 위에는 어찌 항복했나.

降吳不可却降曹

충의는 두 조정을 섬기는 게 아닌 법.　　　忠義安能事兩朝

실로 애석하다, 황권은 한 번 죽음을 아꼈네.　堪歎黃權惜一死

춘추의 글쓰는 법 어찌 가벼이 보리.　　　紫陽書法不輕饒

한편 조비는 촉과 오의 싸움이 스스로 예측한 대로 맞아가자 슬 몃 딴생각이 일었다. 가만히 가후를 불러 물었다.

"짐은 이제 천하를 통일하고자 하는데 먼저 촉을 쳐야 하겠소? 오를 쳐야 하겠소?"

가후가 잠시 생각하다 고개를 저으며 말했다.

"유비는 영웅의 재질이 있고, 제갈량은 안에서 나라를 잘 다스리고 있습니다. 또 동오의 손권은 일의 차고 빈 곳을 잘 알며 육손도 유비를 뒤쫓는 대신 험하고 요긴한 땅에 자리를 잡았다고 합니다. 거기다가 강과 호수를 건너 있으니 오 또한 급히 도모하기 어려울 것입니다. 또 신이 보기에 우리 장수들 중에는 유비나 손권과 맞설 만한 장수가 없고 설령 폐하께서 몸소 나가신다 해도 반드시 모든 게 갖추어진 것이라고는 할 수 없습니다. 다만 가만히 지키면서 그들 두 나라에 다른 변고가 있기를 기다리는 게 가장 나을 듯합니다."

하지만 조비는 한번 먹은 마음을 바꾸려 하지 않았다.

"짐은 이미 세 갈래 대병을 보내 동오를 치게 하였소. 이기지 못할 까닭이 어디 있겠소이까?"

그렇게 반문하며 고집대로 밀고 나가려 했다. 마침 그 자리에 있던 상서 유엽이 가후를 편들어 말했다.

"요사이 동오는 육손이 촉의 칠십만 대군을 쳐부순 뒤라 아래위가 한마음이 되어 있습니다. 거기다가 동오는 또 강과 호수를 끼고 있어 갑작스레 뒤엎기 어렵습니다. 꾀가 많은 육손도 반드시 우리에 대한 준비를 해두었을 것입니다."

"경은 전에는 내게 오를 치라고 권하더니 이제는 오히려 말리는구려. 그게 무슨 까닭이오?"

조비가 알 수 없다는 듯 유엽을 보고 물었다. 유엽이 대답했다.

"때가 같지 아니합니다. 그때는 동오가 여러 차례 촉에 패한 뒤라 기세가 꺾여 있었습니다. 들이치면 이길 수도 있었던 것입니다. 그러나 이제 동오는 촉을 완전히 쳐부수어 기세가 백배나 올라 있습니다. 쳐들어간다고 될 일이 아닙니다."

그래도 조비는 뜻을 바꾸려 들지 않았다.

"짐의 뜻은 이미 결정되었다. 경들은 다시 여러 소리 말라!"

그렇게 말하고는 몸소 어림군을 이끌고 조인, 조휴, 조진의 세 갈래 병마를 뒷받침해주러 나섰다. 그때 마침 초마(哨馬)가 급히 달려와 알렸다.

"동오는 이미 우리를 맞을 채비가 갖추어져 있었습니다. 여범(呂

範)은 군사를 이끌고 조휴를 막아섰으며, 제갈근은 남군에서 조진을 막고 있습니다. 또 주환(朱桓)은 군사를 이끌고 유수로 나와 조인에게 맞서고 있습니다."

유엽이 거기 이어 다시 조비를 일깨웠다.

"그것 보십시오. 이미 채비가 갖춰져 있다고 하지 않습니까? 폐하께서 가셔도 얻을 게 없을까 두렵습니다."

그러나 조비는 끝내 그 말을 들어주지 않고 장졸들과 더불어 오를 치러 떠났다.

그때 조인과 맞서고 있던 오의 장수 주환은 나이 겨우 스물일곱이었으나 담력이 세고 지략이 많았다. 손권은 몹시 그를 아껴 특히 그에게 유수를 맡겼다.

주환은 조인이 대군을 이끌고 와 유수에 앞서 선계부터 먼저 뺏으려 함을 듣고 군사를 모두 선계로 보냈다. 유수성을 지키기 위해 남긴 것은 겨우 오천 기 남짓이었다. 그런데 다시 문득 소식이 왔다.

"조인이 대장 상조에게 영을 내려 제갈건, 왕쌍과 더불어 정병 오만을 이끌고 유수성을 치라 했다고 합니다. 지금 상조가 이끄는 군사들이 이리로 밀려들고 있습니다."

그 뜻밖의 소식에 성안의 장졸들은 모두 두려운 기색을 감추지 못했다. 주환이 칼을 빼들고 소리쳤다.

"이기고 지는 것은 장수에게 달려 있지 군사들의 머릿수에 달린 것은 아니다. 병법에 이르기를 바깥에서 쳐들어오는 군사[客兵]는 배(倍)가 되고 안에서 지키는 군사[主兵]는 그 절반이라도 오히려 안에서 지키는 군사가 바깥에서 쳐들어오는 군사를 이길 수 있다 했다. 지금 조인은 천리를 달려와 그 인마는 지치고 고단하다. 거기 비해 우리는 높은 성에 의지해 남쪽으로는 큰 강을 끼고 있고 북으로는 험한 산을 등졌다. 편안함으로 수고로운 적을 기다리는 것이요, 주인이 되어 손님을 맞는 셈이니 이것이야말로 백 번 싸워 백 번 이길 수 있는 형세라 할 수 있다. 설령 조비 스스로 온다 해도 걱정될 게 없는데 하물며 조인 따위겠느냐?"

주환은 그렇게 장졸들의 기운을 돋워놓고 다시 영을 내렸다.

"모든 군사들은 깃발을 뉘어놓고 북소리를 내지 말라. 마치 아무도 지키지 않는 성처럼 보이게 하라!"

이에 군사들은 모두 그대로 따랐다.

이윽고 위의 장수 상조가 정병을 이끌고 유수성에 이르렀다. 가만히 보니 성벽 위에 인마가 없는 게 아무도 지키지 않는 성 같았다. 상조는 마음을 놓고 급히 군사를 몰아 성으로 달려갔다.

그런데 위군(魏軍)이 성벽 근처에 이르렀을 때였다. 갑자기 한소리 포향이 울리더니 깃발이 일제히 세워지며 칼을 비껴 든 주환이 앞장서 말을 몰고 달려 나왔다.

주환은 똑바로 상조를 덮쳐 놀란 상조를 단 세 합에 베어버렸다. 적장이 한칼에 토막나 말에서 떨어지는 걸 본 오병들은 힘이 났다. 엄청난 기세로 밀어붙이니 위병은 그대로 뭉그러졌다. 주환의 대승이었다. 위병은 그 한바탕 싸움에 수많은 시체만 남겨놓고 멀리 달아나버렸다.

대군을 이끌고 뒤따라오던 조인도 성하지 못했다. 선계에서 소식을 듣고 달려 나온 오병을 만나 그 또한 대패했다. 수많은 군사만 잃고 위주에게로 쫓겨가 그 경위를 말하니 조비도 오병의 만만찮은 채비에 크게 놀랐다.

"이 일을 어찌하면 좋겠는가?"

조비가 장수들을 돌아보며 어두운 얼굴로 물었다. 장수들이 이런저런 의견을 내놓았으나 하나도 신통한 게 없어 의논만 요란스러운데 다시 급한 소식이 왔다.

"조진과 하후상이 남군을 에워쌌으나 안에는 육손의 복병이 있었고 바깥에는 제갈근의 복병이 있었습니다. 그 두 곳 복병이 앞뒤에서 한꺼번에 들이치는 바람에 거기서도 우리 편이 대패했다고 합니다."

하지만 나쁜 소식은 그것으로 그치지 않았다. 다시 나는 듯 탐마가 달려와 알렸다.

"조휴도 여범에게 여지없이 패했습니다."

결국 세 갈래 군마가 모조리 참패해버린 셈이었다. 그제서야 조비가 한탄했다.

"짐이 가후와 유엽의 말을 듣지 않았다가 과연 이렇게 패했구나!"

거기다가 때는 더위가 한창인 여름이었다. 병이 크게 번져 군사들은 열에 예닐곱이 병으로 쓰러졌다. 이에 조비는 하는 수 없이 군사를 낙양으로 되돌렸다. 아무것도 얻은 것 없이 오와의 화친만 산산조각이 나고 말았다.

한편 백제성에 있던 선주는 병이 들어 영안궁에 누웠다. 그러나 늙은 탓인지 여러 가지 약을 써도 병은 낫지 않고 차차 깊어갈 뿐이었다.

장무(章武) 삼년 여름, 선주는 마침내 병이 온몸에 퍼져 일어나기 어려움을 알았다. 먼저 죽은 관, 장 두 아우를 생각하고 슬피 우니 그 때문에 병은 더욱 심해졌다. 두 눈이 어찔어찔해 보이지 않자 곁에서 모시는 사람들마저 싫어져 모두 꾸짖어 내쫓을 지경이었다.

그리하여 홀로 침상에 누워 지내는데, 어느 날 홀연 음습한 바람이 일며 등불이 껌벅거렸다. 이상하게 여긴 선주가 그쪽을 보니 등불 아래 두 사람이 손을 모으고 서 있었다. 곁에서 모시는 신하들이 또 들어온 줄 알고 귀찮게 여긴 선주가 성나 꾸짖었다.

"짐은 속이 편치 않아 너희들은 물러가 있으라 하지 않았더냐? 그런데 무슨 일로 또 왔느냐?"

그러나 두 사람은 그 같은 꾸짖음을 듣고도 물러나지 않았다. 선주가 이상한 느낌에 그들을 자세히 보니 앞선 것은 관우였고 뒤에 있는 것은 장비였다. 깜짝 놀란 선주가 그들을 보고 말했다.

"그대들인가? 그대들 두 아우가 와 있었구나."

그러자 관우가 조용히 입을 열었다.

"저희들은 사람이 아니라 귀신입니다. 하늘의 상제(上帝)께서 저희 두 사람이 평생 신의를 저버리지 않은 걸 귀히 여기시어 저희를 모두 신으로 삼아주셨습니다. 이제 형님께서도 저희들과 만나게 되실 날이 머지않은 듯합니다."

그 말에 선주는 기쁨 반 슬픔 반으로 크게 울다 문득 정신을 차려 보니 두 아우는 보이지 않았다.

괴이쩍게 여긴 선주는 곧 사람을 불러 시각을 물어보았다. 때는 삼경 무렵이었다. 그 말을 들은 선주가 문득 탄식했다.

"이제 짐이 이 세상을 떠날 날도 머지않았구나!"

그러고는 곧 사람을 성도로 보내 승상 제갈량과 상서령 이엄(李嚴) 등을 불러오게 했다. 밤낮을 가리지 않고 영안궁으로 달려와 선주의 유명을 받으라는 전갈과 함께였다.

전갈을 받은 제갈량과 이엄은 선주의 둘째 아들인 노왕(魯王) 유영(劉永)과 셋째 양왕(梁王) 유리(劉理)를 데리고 영안궁으로 달려왔다. 성도는 태자 유선이 남아 지키기로 되어 있었다.

영안궁으로 가 선주를 본 제갈공명은 선주의 병이 이미 위독함을 알고 황망히 침상 아래 엎드렸다.

"승상은 침상 곁으로 와 앉으시오."

선주가 힘을 모아 공명에게 말했다. 공명이 그대로 하자 선주는 손으로 그 등을 쓸며 천천히 입을 열었다.

"짐은 승상을 얻어 다행히도 제업(帝業)을 이룰 수 있었소. 그러하되 아는 게 얕고 모자라 승상의 말을 듣지 않다가 그로 인해 이같이 패하였구려. 뉘우침과 한스러움이 병이 되어 이제 이 몸이 죽을 날도 머지않은 듯하오. 그런데 뒤를 이을 자식이 어리석고 약하니, 어쩔 수 없이 대사를 승상께 당부하지 않을 수 없게 되었소이다."

선주는 거기까지 말해놓고 얼굴 가득 눈물을 흘렸다. 제갈공명 또한 울며 말했다.

"바라건대 폐하께서는 용체를 잘 보전하시어 천하의 바람을 저버림이 없도록 하옵소서."

그때 선주가 무슨 생각에서인지 좌우를 흘깃 보더니 마량의 아우 마속(馬謖)을 밖으로 나가게 한 뒤 공명에게 물었다.

"승상께서는 저 마속의 재주를 어떻게 보시오?"

"저 사람 또한 당세의 영재(英才)라 봅니다."

공명이 평소 믿는 대로 대답했다. 선주가 무겁게 고개를 가로저었다.

"그렇지 않소. 짐이 보기에 마속은 그 말이 실제보다 지나친 듯하오. 크게 써서는 안 될 사람이니 승상께서는 마땅히 깊이 살펴 쓰도록 하시오."

그렇게 말하고는 다시 여러 신하들을 모두 방 안으로 불러들이게 했다.

선주는 여럿 앞에서 마지막 힘을 짜내 붓을 들어 유조(遺詔)를 썼다. 그리고 그걸 공명에게 건네주면서 탄식하듯 말했다.

"짐은 글 읽기를 즐겨하지는 않았으나 큰 줄거리는 대강 알고 있소. 성인께서 이르시기를 '새는 죽을 때 그 소리가 슬프고 사람은 죽을 때 말이 착하다[鳥之將死 其鳴也哀 人之將死 其言也善]'했으니 죽음을 앞두고 하는 짐의 말을 가볍게 마시오. 짐은 경과 더불어 역적 조조를 쳐 없애고 함께 한실을 떠받치려 했으나 불행히도 도중에서 헤어지게 되었소. 번거롭게 승상께 태자 선(禪)을 당부하는 바이니, 부디 짐의 말을 늘 하는 소리로 여기지 않기 바라오. 모든 일을 승상께서 옳게 가르치고 이끌어주시오."

공명이 땅에 엎드려 울며 말했다.

"폐하께서는 잠시 용체를 편히 쉬게 하시옵소서. 저희들은 개나 말의 수고로움을 마다 않고 일해 폐하께서 저희를 알아봐준 은혜에 보답하겠습니다."

그러나 선주는 내시를 시켜 공명을 일으키게 한 뒤 한 손으로는 눈물을 훔치고 한 손으로는 공명의 손을 잡으며 문득 처량한 소리로 말했다.

"짐은 이제 죽어가는 몸이니 무얼 꺼리겠소. 가슴속에 묻어둔 얘기가 있는데 들어보시겠소?"

"무슨 가르치심입니까?"

공명이 슬픈 가운데도 섬뜩함을 느끼며 물었다. 선주가 흐느끼며 망설이던 말을 꺼냈다.

"승상의 재주는 조비보다 열 배나 나으니 반드시 나라를 안정시키고 마침내는 천하의 큰일을 이룩하게 될 것이오. 그때 만약 내 아들이 도와서 될 만한 인물이면 도와주시오. 그러나 그 재주가 모자라 도와도 안 될 인물 같으면 그때는 승상께서 성도의 주인이 되도록 하시오."

실로 엄청난 소리였다. 뒷사람 중에는 유비가 제갈량에게 한 가장 몹쓸 짓으로 이 일을 드는 이마저 있다.

공명은 그 말을 듣자 온몸이 진땀에 젖고 손발이 떨렸다.

"신이 어찌 감히 신하로서 힘을 다하지 않고 딴 뜻을 품을 수 있겠습니까? 충성과 절개로 죽을 때까지 폐하를 섬기듯 태자를 섬기겠습니다!"

그렇게 소리치며 땅에 엎드려 이마를 짓찧었다.

이윽고 고개를 드는 공명의 이마에는 피가 줄줄이 흘러내렸다. 선주는 그런 공명을 다시 침상 곁으로 데려다 앉히고 노왕 유영과 양왕 유리를 가까이 불렀다.

"너희들은 모두 내 말을 머리에 새겨두어라. 너희 형제 세 사람은 내가 죽거든 여기 이 승상을 아비처럼 모셔라. 조금이라도 게을리하거나 허술함이 있어서는 아니 된다!"

그러고는 두 왕에게 명해 공명에게 절하며 보게 했다. 노왕과 양왕이 나란히 엎드려 절을 올리자 공명이 감격해 흐느꼈다.

"신이 설령 창자와 골을 땅바닥에 쏟으며 죽게 된다 한들 어찌 이같이 나를 높게 보아준 은혜에 보답하지 않을 수 있겠습니까?"

그런데 여기서 다시 한번 선명히 대비되는 것은 조조와 유비의 사람 쓰는 법이다. 조조는 사마의가 남다른 재주를 지녔음을 알자 낭고(狼顧, 똑바로 앉은 채 고개를 돌려 등 뒤를 볼 수 있는 사람)의 상이라 하여 무겁게 쓰지 않았다. 그 때문에 사마의는 조조가 살아 있을 때는 불우했으나 조비에게 중용되면서 끝내는 위(魏)를 찬탈하고 만다. 거기 비해 유비는 오히려 먼저 공명에게 나라를 내놓음으로써 죽은 뒤까지 공명을 은혜와 의리로 묶어놓을 수 있었던 것은 아닌지.

선주의 당부는 공명 한 사람에게 그치지 않았다. 공명의 맹세를 받아낸 뒤 다시 여러 신하들을 보고 말했다.

"짐은 이미 홀로 남게 된 태자를 승상에게 맡겼고, 태자에게는 승상을 아비같이 섬기라 일렀다. 경들도 승상을 섬김에 정성을 다해 짐의 바람을 저버리지 말라."

그리고 또 조운을 불러 당부했다.

"짐과 경은 어렵고 험한 가운데도 서로 따르며 오늘에 이르렀으나 뜻밖에도 여기서 헤어지게 되었다. 경은 짐과의 오랜 정분을 생각해서라도 어리석은 태자를 잘 보살펴주도록 하라. 결코 짐의 말을 잊어서는 아니 된다."

"신이 어찌 개나 말의 수고로움이라도 마다하겠습니까?"

조운 또한 엎드려 울며 그렇게 다짐했다. 이윽고 선주는 다시 여러 벼슬아치를 돌아보며 마지막 작별을 했다.

"짐은 경들을 하나하나 불러 말할 겨를이 없다. 부디 스스로를 아껴 남은 삶을 값지게 채우라!"

그리고 마침내 숨이 지니 선주의 나이 예순셋, 때는 장무 삼년 사월 스무나흘이었다. 뒷날 두보는 시를 지어 이렇게 노래했다.

촉주 오를 노려 삼협으로 나갔으나	蜀主窺吳向三峽
또한 같은 해 영안궁에서 눈감았네.	崩年亦在永安宮
푸른 가리개 빈 산 밖 생각 속에만 떠 있고	翠華相存空山外
허무하다 궁궐 터, 이름없는 절만 섰구나.	玉殿虛無野寺中
오래된 사당 솔나무 잣나무엔 백로만 깃들였고	古廟杉松巢水鶴
설날 복날에 촌 늙은이나 찾는구나.	歲時伏臘走村翁
무후의 사당 멀지 않아	武侯祠屋長隣近
임금과 신하 함께 제사받네.	一體君臣祭祀同

그러면 이쯤에서 유비의 삶을 다시 한번 간추려 되돌아보자. 중국 역대 왕조의 창업자 중에서 유비만큼 해놓은 일에 비해 민중의 사랑을 많이 받은 사람도 아마 없을 것이다. 명분론(名分論)에 집착한 『연의』의 지은이 덕분이라고만 보기에는 얼른 수긍이 가지 않는 데가 있다.

어떤 이는 그 민중적 인기의 근원을 그의 출신에서 찾는다. 고귀한 혈통이면서[宗室] 삶의 밑바닥에서 출발하고 있는 그는 그의 대역인 조조와 대비되고 있을 뿐만 아니라 전형적인 영웅담과 일치한다. 확실히 민중적인 인기를 끌 수 있는 요소이다.

또 어떤 이는 그가 이끌었던 집단의 성격을 그 민중적 인기와 연관지어 생각하기도 한다. 조조가 천자를 끼고 한(漢)의 제도를 그대로 답습해 그가 이끄는 집단이 일찍 관료화한 것과 비교하면 충분히 근거 있는 말이다.

위, 오, 촉 중에서 촉이 가장 늦게 관료 체제를 정비하는데, 그때까지 유비가 이끄는 집단은 제도나 법보다는 의리와 인정 같은 임협적(任俠的) 원리에 지배된 사조직에 가까웠다. 수백 년 부패한 한(漢)의 관료제에 시달려온 민중들에게는 호감이 갈 수도 있었으리라.

『연의』를 지은 이와 마찬가지로, 정통성의 문제에서 유리한 유비의 혈통을 내세우는 사람도 있다. 유비가 조상으로 말하는 경제(景帝)는 아들이 매우 많아 혈통으로 한몫 보려드는 야심가들이 그 족보에 끼어들 여지가 많다는 말이 있기는 하지만, 유비가 그 아들 중에 하나인 중산정왕(中山靖王)의 현손(玄孫)이었다는 주장은 확실히 정통성 문제에서 유비가 우위를 차지할 수 있게 했을 수도 있다. 후한(後漢)을 일으킨 광무제도 당연하게 제위 승계를 주장할 만큼 가까운 전한(前漢) 제실의 피붙이는 아니었다.

하지만 그 어떤 것보다 중요한 것은 유비의 통치 유형 또는 지배 원리일 것이다. 중국의 민중들이 전통적으로 가장 좋아하는 황제의 상은 한고조란 말을 이미 했거니와, 그가 내세운 게 바로 도가의 원리에 따른 무위(無爲)의 통치였다. 그밖에도 이백 년 이상 존속한 왕조의 창업자는 대개가 도가형(道家型)의 치자(治者)가 많았고, 좀 비약해서 말한다면 대부분의 수명 긴 왕조는 도가형의 창업자로 시작해 유가형(儒家型)의 치자로 유지되다 그 유가형의 타락으로 멸망한다고 할 수도 있을 것이다.

그런데 유비에게서 보이는 통치의 원리는 바로 도가형에 가깝다. 삼국지의 기록 어디에도 유비가 무슨 법률을 반포하고 제도를 정했다는 기록은 거의 없다. 있다면 서천으로 들어간 뒤 제갈량의 입안(立案)을 받아들인 정도일까. 그 자신이 알고 실천했는지에 대해서는 의문이 있으나 그가 지향한 것은 틀림없이 무위(無爲)의 치(治)였고, 그의 사표(師表)는 한고조였다. 따라서 백성들에게는 그가 자신의 다재다능에 힘입어 유위(有爲)의 치(治)로 시종한 조조에 비해 훨씬 마음 편한 통치자였을 것이다.

그밖에 유비의 민중적 인기를 더한 것으로 빼놓을 수 없는 점은 사람에 대한 투자이다. 조조도 사람에 대한 투자는 게을리하지 않았으나 그것은 다른 투자와 병행된 것이었고, 그나마도 법가적(法家的) 원칙이나 능률의 문제와 부딪치면 서슴없이 사람을 희생시켰다. 유일한 예외가 관운장에 대한 투자 정도였을까. 그러나 유비는 어떤 경우에도 사람을 희생시키는 법이 없었고, 그게 그가 이끄는 집단의 결속을 남달리 굳게 해주었다. 그리고 그러한 인적 결속은 은연중에 민중들에게도 전해져 그와 그의 집단에 남다른 호감을 가지게 했을 것이다.

그에 대한 정사의 평도 대개 그러하다.

'선주(先主)는 속이 넓고 군세면서도 남에게 너그럽고 후했다. 사람을 알아보고 선비를 잘 대접해, 한고조의 풍도가 있었으며, 영웅의 기량을 갖추었다……'

하지만 작은 인정에 이끌리어 큰일을 그르치는 일이 잦았고, 사람을 부리는 기교가 지나쳐 냉정한 관찰자에게는 역겨움을 느끼게 하는 경우도 있었다. 사양을 거듭하면서도 결국은 형주를 차지하고 또 서천을 빼앗아 한참 치솟던 기세가 어이없이 꺾이고, 결국 그의 촉(蜀)이 삼국 중에서 가장 허약한 나라로 주저앉고 만 것은 그런 결점들의 결과가 아니었는지.

거기다가 유비의 과거 지향적이고 보수적인 정치 이념은 근대적 이념에 물든 사람들의 눈으로 보면 못마땅한 데마저 있다. 그게 갈수록 조조를 격상시키고 그에게는 과대평가의 혐의를 걸게 하는 것이나 아닌지.

선주 유비가 숨을 거두자 문무의 모든 벼슬아치들은 하나같이 슬퍼해 마지않았다. 공명은 여러 벼슬아치들을 이끌고 선주의 유해를 받들어 성도로 돌아갔다.

태자 유선은 성 밖까지 나와 선주의 영구를 맞아들이고 정전(正殿)에 안치했다. 슬픔을 다해 장례를 치르고 선주가 죽으면서 남긴 조서(詔書)를 받들어 읽으니 그 내용은 대략 이러했다.

'짐이 처음 얻은 병은 다만 하리(下痢)일 뿐이었으나 뒤에 다시 여러 가지 병이 보태어 끝내는 일어나지 못하게 되었다. 들건대 사람이 쉰까지 살면 결코 일찍 죽은 것이라 할 수 없다[人生五十 不稱天

壽] 했거니와 이제 짐의 나이 예순하고도 몇을 더했으니 여기서 죽은들 다시 한스러울 게 무엇이랴. 다만 너희 형제들이 마음 놓이지 않을 뿐이다.

바라노니 너희 형제는 힘쓰고 또 힘쓰라. 악한 일은 작다고 해서 하는 법이 없게 하고, 착한 일은 작다고 해서 하지 않는 법이 없게 하라. 오직 어질고 오직 덕이 있어야만 남이 너희를 따르게 할 수 있으리라. 너희들의 아비는 덕이 없는 사람이라 본받을 게 못 되니 내가 죽거든 너희는 모든 일을 승상과 함께 돌보되, 그분을 모시기를 이 아비 섬기듯 하라. 결코 게을리해서 아니 되고 잊어서는 더욱 아니 된다. 당부하고 당부하거니와, 무엇이든 먼저 승상께 물은 뒤에 행하라.'

태자가 모든 신하들 앞에서 유조를 읽기를 마치자 공명이 나와서 말했다.

"나라에는 하루도 임금이 없어서는 아니 됩니다. 태자께서는 어서 제위로 나가시어 한(漢)의 대통을 잇도록 하십시오."

그러고는 태자 유선을 받들어 제위에 올리니 이가 곧 촉[蜀漢]의 후주(後主)이다.

후주는 연호를 건흥(建興)으로 고치고 제갈량을 무향후(武鄕侯) 익주목에 봉한 다음, 선주를 혜릉(惠陵)에 장사 지내고 소열(昭烈)이란 시호를 바쳐 올렸다. 또 황후 오씨(吳氏)는 황태후(皇太后)로 올리고 죽은 감부인에게 소열황후(昭烈皇后)란 시호를 바침과 아울러 미부인에게도 황후(皇后)의 칭호를 더했다.

뿐만이 아니었다. 모든 벼슬아치들도 각기 벼슬을 올려주고 상을 베풀었으며 한편으로는 대사령을 내려 많은 죄수들을 풀어주었다.

오래잖아 그 같은 촉나라 사정은 위나라에도 알려졌다.

"유비는 백제성에서 죽고, 그 아들 유선이 뒤를 이어 촉의 주인이 되었다고 합니다."

그 같은 소식이 근시들을 통해 들어오자 위주 조비는 몹시 기뻐하며 말했다.

"유비가 이미 죽었다면 짐이 걱정할 게 무엇 있겠는가? 크게 군사를 일으켜 나라에 주인이 없는 촉을 쳐야겠다."

그러나 가후가 나서서 말렸다.

"유비가 비록 죽었다 하나, 반드시 그 아들을 제갈량에게 당부했을 것입니다. 또 제갈량은 유비가 자기를 알아준 은혜에 감격해 반드시 그 힘을 다해 유비의 아들을 도울 것입니다. 폐하께서 갑작스레 치신다고 될 일이 아닙니다."

그 말에 조비도 주춤했다. 그러나 모처럼 찾아온 때를 그대로 넘겨버릴 수도 없어 얼른 마음을 정하지 못하고 있는데 줄지어 서 있던 벼슬아치들 틈에서 한 사람이 뛰쳐나오며 분연히 소리쳤다.

"이 좋은 때를 틈타지 않고 다시 어느 때를 기다리신단 말입니까? 폐하, 어서 군사를 내도록 하시옵소서."

모든 사람이 놀라 그 사람을 보니 그는 바로 사마의였다. 가후의 말에 마음이 흔들려 망설이던 조비가 반가운 얼굴로 물었다.

"그렇다면 경에게 어떤 좋은 계책이 있는가?"

"우리 중원의 군사만 일으켜서는 급하게 이기기 어려울 것입니다.

다섯 갈래 큰 군사를 일으키시어 사방에서 한꺼번에 들이치도록 하십시오. 그러면 제갈량은 머리와 꼬리가 서로 돌볼 틈이 없을 것인즉, 그때서야 촉을 노릴 수 있겠습니다."

사마의가 선뜻 그렇게 대답했다. 조비가 다시 물었다.

"다섯 갈래 큰 군사라니, 어디어디 군사들을 말하는 것이오?"

"사람을 뽑아 요동의 선비국왕(鮮卑國王) 가비능(軻比能)에게 글한 통을 전하게 하십시오. 비단 뇌물과 아울러 이익으로 달래 강병(羌兵) 십만을 일으키게 하고 먼저 물길로 서평관(西平關)을 치게 하는 것입니다. 첫 갈래 큰 군사가 바로 그들입니다.

그다음은 다시 글 한 통을 써서 그럴듯한 벼슬과 상을 곁들인 뒤남만(南蠻)으로 사람을 보냅니다. 남만왕 맹획을 찾아보고 그 또한십만 대병을 일으켜 익주, 영창, 장가, 월준 네 고을을 치게 하십시오. 그 네 고을은 바로 서천 남쪽이니 맹획의 군사가 바로 두 번째갈래의 대병이 됩니다."

사마의의 말에 신이 난 조비가 재촉하듯 물었다.

"그럼 나머지 세 갈래 군마는 어디어디 있는가?"

"세 번째 갈래는 오나라에 있습니다. 또 한 통 글을 닦아 손권에게 보내 땅을 베어주마 약속하고 군사 십만을 일으키게 합니다. 손권이 그 대군으로 양천(兩川) 어귀를 들이치고 부성을 뺏으면 바로그게 세 번째 갈래의 대병이 됩니다. 그다음은 촉에서 항복해 온 장수 맹달에게 사람을 보내 상용의 군사 십만을 일으키게 하십시오. 맹달의 대군이 서쪽에서 한중을 들이치면 그게 곧 네 번째 갈래의군마가 됩니다. 모든 군마가 일어난 다음에는 대장군 조진을 대도독으로 삼아 역시 군사 십만을 이끌고 경조(京兆)를 지나 양평관으로 나아가게 하십시오. 그 대군이 바로 다섯째 갈래의 군마입니다. 이렇게 하여 합쳐 오십만의 대군이 다섯 갈래로 길을 나누어 쳐들어가면 설령 제갈량이 강태공의 재주를 지녔다 한들 어떻게 당해낼 수 있겠습니까?"

사마의가 그렇게 말을 끝내자 조비는 기뻐 어찌할 줄 몰랐다. 곧 사마의가 일러준 네 곳으로 사자를 보내는 한편 대장군 조진을 불러 영을 내렸다.

"경은 군사 십만을 이끌고 양평관으로 나아가 서천을 치도록 하라."

그러나 그때 조진에게는 이렇다 할 장수들이 없었다. 장요를 비롯한 오래된 장수들은 모두가 열후(列侯)에 봉해져 기주, 서주, 청주 및 합비 같은 곳에 가 있었다. 그것도 한결같이 관이나 나루, 좁은 길목 따위 싸움에 중요한 곳을 지키고 있어 함부로 빼내오기 어려웠다.

촉과 오 다시 손을 잡다

　그때 촉나라 사정도 위나라와 비슷했다. 후주(後主)가 제위에 오른 뒤로 오래된 신하들이 많이 병들어 죽어 일할 사람이 많지 않았다. 따라서 후주는 법령을 정하는 일이며 곡식과 돈을 보살피는 일과 이런저런 백성들의 다툼을 처결하는 것까지 모두 제갈량 한 사람에게 물어서 했다.

　후주가 아직 황후를 세우지 않은 걸 보고 공명이 여러 신하들과 함께 권했다.

　"돌아가신 거기장군 장비의 따님이 매우 어질다 합니다. 이제 나이 열일곱이라 하니 정궁으로 맞아 황후(皇后)로 세우시는 게 옳을 듯합니다."

　후주는 그 말을 받아들여 장비의 딸로 황후를 삼았다. 그런데 건

홍 원년 초가을의 일이었다. 홀연 변방에서 급한 소식이 후주에게 날아들었다.

"위나라가 다섯 갈래의 대병을 보내 서천을 치러 오고 있습니다. 첫째 갈래는 조진이 대도독이 되어 이끈 십만으로 양평관을 뺏으려 하고, 둘째 갈래는 우리를 배반해 간 장수 맹달의 상용 군사 십만으로 한중을 넘보고 있습니다. 셋째 갈래는 손권이 보낸 십만인데 협구로 해서 서천으로 들어오고 있으며, 넷째 갈래는 만왕(蠻王) 맹획이 이끈 만병 십만으로 익주 네 고을을 어지럽히고 있습니다. 그리고 마지막 다섯 번째는 번왕(番王) 가비능이 이끈 강병(羌兵) 십만인데, 지금 서평관으로 밀려들고 있다고 합니다."

"먼저 승상께 이 일을 알렸으나 승상께서도 어찌할 바를 모르시는지 며칠째 나와서 일도 보시지 않고 있습니다."

그 말을 들은 후주는 깜짝 놀라 그 자리에서 사람을 공명에게 보냈다. 공명에게 간 사람이 반나절이나 지난 뒤에야 돌아와 말했다.

"승상께서는 병이 나셔서 바깥으로 나오시지 못한다고 합니다. 승상을 뵙지는 못하고 그 아랫것들에게서 들은 말입니다."

그러자 후주는 더욱 놀랐다. 다음 날 다시 황문시랑 동윤(董允)과 간의대부 두경(杜瓊)을 공명의 병상으로 보내 위군(魏軍)이 밀려들어오고 있다는 걸 알리게 했다. 동윤과 두경은 곧 승상부로 갔으나 아랫것들이 막아 안으로 들어갈 수가 없었다.

"돌아가신 주상께서 승상께 어린 아들을 부탁하셨건만 이게 어찌 된 일인가. 지금 주상께서는 보위에 오르신 지 며칠 되지도 않는데 조비는 다섯 갈래의 대병을 보내 국경을 침범하고 있지 않은가. 싸움터의 소식이 매우 급한데 어찌하여 승상은 병을 핑계로 나와보지도 않는단 말인가?"

두경이 이렇게 따져 묻자 다시 안으로 들어간 아랫것이 한참 있다가 나와 말했다.

"승상께서 말씀하시기를 병이 좀 나으면 내일 도당(都堂)으로 나아가 그 일을 의논하겠다 하십니다."

한시가 급한데 너무도 태평스런 소리였다. 그러나 공명이 만나지 않겠다는 데는 어쩔 수가 없어 동윤과 두경은 탄식만 하며 돌아갔다.

다음 날 모든 벼슬아치들은 승상부 앞으로 가서 공명을 기다렸다. 아침부터 해 질 녘까지 기다렸으나 공명은 끝내 나오지 않았다. 벼슬아치들이 어리벙벙해서 흩어진 뒤 두경이 후주를 찾아보고 말했다.

"아무래도 폐하께서 몸소 가보셔야겠습니다. 내일 승상부로 납시어 승상께 친히 위나라를 막을 계책을 물어보도록 하십시오."

그 말을 들은 후주는 여러 관원들을 모으고 황태후에게 찾아가 그 일을 알렸다. 황태후가 놀라 말했다.

"승상이 어찌 이럴 수가 있는가? 이는 바로 선제(先帝) 폐하의 당부를 저버리는 게 아니고 무엇인가? 마땅히 내가 가서 따져봐야겠다."

동윤이 그런 황태후를 말렸다.

"태후께서 가볍게 승상을 찾아가셔서는 아니 됩니다. 제가 헤아리기로는 승상께 반드시 좋은 생각이 있을 것입니다. 먼저 주상께서 다녀오실 때까지 기다리도록 하십시오. 정말로 공명이 선제 폐하의 당부를 게을리한 게 드러난다면 그때 태후를 묘당에 모셔놓고 승상을 불러 따져도 늦지 않을 것입니다."

그러자 태후도 그 말을 따라 공명을 찾아가는 일을 뒤로 미루었다.

다음 날 후주를 모신 가마가 승상부에 이르자 문을 지키던 구실아치들은 깜짝 놀랐다. 모두 황망히 땅에 엎드려 절하며 어찌할 바를 몰랐다.

"승상은 어디 계신가?"

후주가 묻자 한 구실아치가 대답했다.

"어디 계신지 모르겠습니다. 다만 저희에게 이르기를 어떤 관원도 함부로 집 안에 들이지 말라 했을 뿐입니다."

그 말에 후주는 수레에서 내려 혼자 문 안으로 들어갔다. 세 번째 문을 지나자 공명이 작은 연못가에서 대나무 지팡이를 짚고 물 속의 고기를 물끄러미 바라보고 있는 게 눈에 들어왔다. 후주는 그런 공명 뒤에 한참을 서 있다가 천천히 입을 열었다.

"승상은 평안하시오?"

그 소리에 퍼뜩 정신이 들었는지 뒤를 돌아본 공명은 후주가 거기 와 있는 걸 보고 깜짝 놀랐다. 얼른 땅에 엎드려 절하며 잘못을 빌었다.

"주상께서 오신 줄도 몰랐으니 신의 죄 만번 죽어도 모자람이 없겠습니다."

후주가 그런 공명을 부축해 일으키며 부드럽게 물었다.

"조비가 다섯 갈래로 길을 나누어 대군을 보내 국경을 침범하고 있소이다. 지금 매우 위태로운데 승상께선 어인 까닭으로 집 밖을 나와 일을 보지 않으시오?"

그러자 공명은 대답 대신 한바탕 시원스레 웃은 뒤 후주를 방 안으로 모셔들였다. 후주가 자리를 잡고 앉자 공명이 조용히 입을 열었다.

"다섯 갈래로 길을 나눈 적의 대병이 오고 있음을 신이 어찌 모르겠습니까? 신이 거기 서 있었던 것도 한가롭게 물고기가 노는 것이나 구경하기 위해서는 아니었습니다. 깊이 생각해볼 게 있어 주상께서 납신 줄도 몰라본 것입니다."

"그래 그 일을 어찌했으면 좋겠소?"

후주가 매달리듯 공명에게 물었다. 공명이 가볍게 대꾸했다.

"강왕(羌王) 가비능과 만왕 맹획(孟獲), 그리고 우리를 저버리고 간 맹달과 위나라 장수 조진이 거느리고 있던 네 갈래 군마는 신이 이미 물리쳐버렸습니다. 오직 손권이 보낸 한 갈래 군마가 남았으나 그것도 물리칠 계책은 이미 신에게 있습니다. 다만 한 사람 말 잘하는 이를 써야 하는데, 그런 사람을 아직 구하지 못해 그걸 깊이 생각하고 있었을 따름입니다. 폐하께서는 조금도 걱정하지 않으셔도 될 것입니다."

그 말을 들은 후주는 한편 놀랍고 한편 기뻤다. 덥석 공명의 손을 잡으며 말했다.

"승상께서는 참으로 귀신도 헤아릴 길이 없는 재주를 가지셨구려. 그래, 어떻게 위가 보낸 다섯 갈래 군마를 다 물리치실 것인지 그 계책이나 한번 들어봅시다."

공명이 별로 자랑하는 기색도 없이 대꾸했다.

"선제께서는 폐하를 신에게 당부하셨는데 신이 어찌 감히 조금이라도 게을리할 수 있겠습니까? 다만 성도의 벼슬아치들이 병법의 묘한 이치와 사람을 쓰는 데 남이 함부로 예측할 수 없게 함이 귀한 줄을 모르기에, 신의 계책이 새어나가게 할 수 없었을 뿐입니다.

신이 먼저 안 것은 서번국왕(西蕃國王) 가비능이 군사를 이끌고 서평관으로 쳐들어온 일이었습니다. 신은 마초가 서천 땅 사람들의 핏줄을 받았을 뿐만 아니라 평소 강인들의 마음을 사고 있었음을 알고 있습니다. 강인들은 마초를 신위대장군으로 떠받들고 있을 지경입니다. 신은 먼저 사람을 보내 강인들에게 마초가 거기 있음을 밤중에 몰래 알리는 한편 마초에게 명을 내려 서평관을 굳게 지키라 했습니다. 네 갈래 기병(奇兵)들을 숨겨두고 매일 그들을 바꾸어 가며 싸워 막게 하였으니 가비능의 군사는 걱정하실 까닭이 없습니다.

또 남만의 맹획이 군사를 이끌고 사군(四郡)을 침범하는 것도 이미 격문을 띄우고 위연에게 한 갈래 군사를 주어 막게 했으니 걱정하지 않으셔도 좋습니다. 위연으로 하여금 동에 번쩍 서에 번쩍 하며 싸우게 하여 군사가 매우 많은 것처럼 보이게 하는 계책을 쓰게 했는 바, 만병들이란 원래가 용맹과 힘만 믿을 뿐 의심이 많은 무리라 그걸 보면 감히 더 나오지 못할 것입니다.

맹달이 언젠가 군사를 이끌고 한중으로 밀고들 것도 신은 일찍부터 알아보았습니다. 그 때문에 신은 지난번 성도로 돌아올 때 이엄(李嚴)을 영안궁에 남겨 그곳을 지키게 한 것입니다. 이엄은 맹달과 일찍이 생사를 함께하기로 맹세할 만큼 두터운 사이였던 터라 맹달이 함부로 하지 못할 것입니다. 거기다가 신은 또 이엄의 글씨를 흉내 내어 맹달에게 보냈으니 맹달은 틀림없이 병을 핑계로 나오지 않을 것이요, 그 군사들도 마음이 풀어지게 될 것입니다. 따라서 그쪽 한 갈래도 걱정하실 일은 조금도 없습니다.

그밖에 조진이 양평관으로 밀고 들어올 것도 신은 이미 알고 있었습니다. 그러나 그곳은 땅이 험하고 산이 높아 지키기 쉽습니다. 조운에게 한 갈래 군사를 주어 굳게 지키되 나가 싸우지는 말라 해두었으니, 우리 군사가 나가지 않으면 조진도 어쩔 수 없이 오래잖아 물러나게 될 것입니다."

공명은 거기까지 말해놓고 잠시 말을 끊었다가 다시 이었다.

"그 네 갈래 군마는 말씀드린 바와 같이 걱정될 게 없으나, 신은 그래도 일이 잘못되는 수가 있을까 걱정되어 또 따로이 관흥과 장포에게 삼만 군마를 주고 알맞은 곳에 머물러 있게 했습니다. 그 네 갈래 어디서든 탈이 생기면 곧 달려가 구할 수 있게 하려는 뜻이었습니다. 그런데도 이 일을 사람들이 모르는 것은 모든 군마로 하여금 성도를 거치지 않고 각기 맡은 곳으로 가게 한 까닭입니다. 다만 아직 나머지 한 갈래 동오가 내는 군사는 온전히 처리되지 못했습니다. 동오는 비록 재빨리 움직이지는 않고 있으나 다른 네 갈래 군마가 이겨 우리 서천이 위급해지면 반드시 달려와 그들과 함께 우리를 칠 것입니다. 그러나 다른 군마들을 모두 물리쳐버린다면 저희들이 어찌 감히 움직이겠습니까? 제가 헤아리기에 손권은 전에 조비가 세 갈래 대군을 내어 동오를 친 일을 한스럽게 여겨 쉽게 그 말을 따르지 않을 것입니다. 이때 손권을 달래 먼저 그 군마가 오는 걸 막아버린다면 다른 네 갈래 군마가 무슨 걱정이 있겠습니까? 하지만 신은 아직 손권을 달랠 만큼 말 잘하는 사람을 얻지 못해 이리 망설이고 있습니다. 그런데 폐하께서는 어찌 여기까지 몸소 납시었습니까?"

그 말에 후주는 비로소 활짝 펴진 얼굴로 대꾸했다.

"태후께서도 승상을 뵈오시겠다 하시오. 그러나 이제 승상의 말씀을 들으니 나쁜 꿈에서 깬 듯하오이다. 짐이 다시 걱정할 게 무엇이겠소?"

공명은 그런 후주에게 술을 내어 서너 잔 함께 나눠 마신 뒤에 문 밖까지 배웅을 나갔다.

문 밖에 둥글게 모여 섰던 백관들이 보니 들어갈 때와는 달리 후주의 얼굴에 기쁜 빛이 가득했다. 공명과 작별한 후주는 수레에 올라 궁궐로 향했으나 백관들은 어리둥절해할 뿐이었다. 공명이 한 말을 듣지 못한 그들로서는 그럴 수밖에 없는 일이었다.

그런데 그들 가운데 딱 한 사람 하늘을 쳐다보며 웃는 이가 있는데 후주와 마찬가지로 얼굴에 기쁜 빛이 가득했다. 공명이 놀라 살피니 그는 의양군 신야 사람 등지(鄧芝)로 자가 백묘(伯苗)요, 벼슬은 호부상서였다.

공명은 사람을 시켜 등지를 남몰래 남아 있게 한 다음, 백관이 모두 흩어진 뒤에야 서원으로 불러들였다.

"지금 촉, 위, 오가 솥발처럼 천하를 나누어 섰소. 만일 촉이 나머지 두 나라를 쳐서 천하를 하나로 다시 일으켜 세우자면 먼저 어떤 나라를 쳐야 하겠소?"

공명이 등지를 보고 대뜸 그렇게 물었다. 너무 엄청난 걸 갑자기

물은 셈이나 등지는 별로 망설임이 없이 대답했다.

"제 어리석은 생각으로 말씀드리자면 먼저 위가 될 것입니다. 그러나 위가 비록 한(漢)을 빼앗은 역적이기는 하지마는 그 세력이 너무 커서 급하게 흔들어 보기는 어렵습니다. 반드시 천천히 도모해야 될 줄 압니다. 거기다가 지금 우리 촉은 주상께서 보위에 오르신 지 오래되지 않아 아직 백성들의 마음이 안정돼 있지 못하니 마땅히 오와 손을 잡아야 되겠지요. 입술과 이처럼 서로 의지하는 사이가 되어 선제 때의 묵은 한을 잊고 위를 치는 것이 앞날을 길게 보는 계책이 될 것입니다. 승상께서는 어떻게 보십니까?"

선주는 죽었으나 촉의 조정은 아직 오와의 화친을 말할 수 있는 분위기가 못 되었다. 그런데도 거리낌없이 그 말을 하는 등지를 보자 공명은 껄껄 웃으며 바로 속을 털어놓았다.

"나 또한 그리 생각한 지 오래요. 다만 그 일을 해낼 만한 사람을 얻지 못해 걱정하고 있었는데 이제 얻은 듯싶소이다."

"승상께선 그 사람에게 어떤 일을 시키려 하십니까?"

등지가 별로 놀라는 기색도 없이 물었다.

"나는 그 사람을 동오로 보내 우리와 동오가 화친을 맺게 만들고 싶소. 공은 이미 그런 뜻을 가지고 계시니 반드시 군명(君命)을 욕되게 하지 않을 것이오. 동오로 사신 가는 일은 공이 아니면 안 될 듯하오."

공명이 그렇게 대답하자 비로소 등지는 겸양을 했다.

"저는 재주가 모자라고 아는 게 얕아 그같이 큰일을 해낼 만한 그릇이 못 됩니다."

"아니오. 그렇지 않소이다. 내일 천자께 말씀 올릴 것이니 백묘는 부디 사양하지 마시오."

공명이 그렇게 권했다. 등지는 두세 번 더 겸양하다가 마침내 응낙하고 돌아갔다.

다음 날이 되었다. 공명은 후주 앞에 나가 동오와의 화친이 필요한 까닭을 아뢴 뒤 등지를 사신으로 뽑아 동오로 보낼 것을 청했다. 후주는 그걸 받아들여 등지를 사신으로 삼아 동오를 달래러 보냈다. 공명에게 미리 응낙한 등지는 이렇다 할 사양 없이 후주께 절하고 물러나 동오로 향했다.

그 무렵 오는 바야흐로 육손의 시대였다. 오왕 손권은 육손이 촉을 막고 또 이어 위를 물리친 공을 기려 그를 보국장군 강릉후에 형주목으로 삼았다. 이에 오의 군권은 모두 육손의 손아귀로 들어갔다.

또 장소와 고옹이 오왕에게 연호를 갈 것을 청하자 오왕은 그걸 받아들였다. 그때껏 쓰던 위의 연호 대신 황무(黃武)란 연호를 쓰기로 했다. 아직 천자를 칭하지는 않았으나 이제 더는 위에 신하 노릇은 않겠다는 뜻을 밝힌 셈이었다.

바로 그 황무 첫해 위주 조비가 보낸 사신이 오에 이르렀다. 손권은 그 사신을 불러들이고 짐짓 엄한 표정으로 물었다.

"그대는 무슨 일로 왔는가?"

그러자 그 사신이 머리를 조아리며 조비의 뜻을 전했다.

"전에 위가 오로 군사를 보낸 것은 폐하의 본뜻이 아니었습니다. 촉이 사람을 위에 보내어 구해주기를 비는 바람에 잠시 밝게 살피지 못해 군사를 내게 되었던 것입니다. 이제 폐하께서는 그 일을 몹시 뉘우치시고 네 갈래의 군마를 내어 서천을 치고자 하십니다. 동오에서도 군사를 보내 함께 호응해주셨으면 합니다. 만약 촉을 얻게 되면 그 땅을 반씩 나누어 갖자는 게 폐하의 뜻이니 부디 마다하지 않으시기를 빕니다."

위가 전에 한 짓은 괘씸했으나 그 말은 귀에 솔깃했다. 그러나 그 뒤에 어떤 꾀가 숨어 있는지 몰라 손권은 얼른 마음을 정할 수 없었다. 사신을 잠시 물러가 있게 하고 장소와 고옹을 불러 물었다.

"어떻게 했으면 좋겠소?"

"육백언(陸伯言)이 견식이 매우 높으니 그를 불러 물어보시는 게 좋겠습니다."

장소가 그렇게 대답했다. 손권도 그 말을 옳게 여겨 곧 육손을 불러오게 했다.

육손은 조비의 속셈을 한눈에 꿰뚫어보았다. 손권 앞에 이르기 바쁘게 말했다.

"조비는 중원에 버티고 앉아 급히 쳐 없애기 어렵습니다. 이번에 만약 그의 말을 들어주지 않으면 틀림없이 원수가 될 것이니 듣기는 들어주어야 할 것입니다. 하지만 신이 헤아리기에는 위의 장수들 가운데 제갈량을 당해낼 만한 이가 없습니다.

주상께서는 그저 못 이긴 체 조비의 말을 들어주시되, 군사를 정돈하고 싸움 채비를 하는 데 시간을 끌며 위의 네 갈래 군마가 어떻게 되는지를 살피십시오. 만약 그들이 싸움에 이겨 서천이 위급해지면 아무리 제갈량이라도 머리와 꼬리를 한꺼번에 돌볼 틈이 없을 것입니다. 그때는 즉시 군사를 내어 먼저 성도부터 차지하시는 게 상

책입니다. 그러나 위가 싸움에 질 경우에는 따로이 의논을 해보시는
게 좋겠습니다."

그 말을 듣고 보니 손권도 그게 좋을 듯싶었다. 곧 위의 사신을 불
러 말했다.

"뜻은 좋으나 우리는 아직 싸움에 쓰일 마필이며 병장기, 군량이
마련되지 못했소. 그게 마련되는 대로 날을 골라 군사를 일으키도록
하리다."

그 말을 들은 사신은 군사를 내겠다는 말에만 기뻐하며 위로 돌
아갔다.

손권은 곧 사람을 사방에 풀어 위의 네 갈래 군마가 하는 양을 살
피게 했다. 서평관 쪽에서 먼저 소식이 왔다.

"서평관으로 밀고 들어가던 서번(西蕃) 군사는 마초가 거기 있는
걸 보자 싸우지도 않고 물러가버렸습니다."

이어 다른 세 곳에서도 비슷한 소식이 날아들었다.

"남만왕 맹획이 군사를 일으켜 촉의 네 고을을 쳤으나 위연 때문
에 조금도 얻은 게 없었습니다. 위연이 의병(疑兵)을 써서 물리치니
맹획은 하릴없이 제 땅으로 되돌아가버렸습니다."

"상용 맹달의 군사는 싸워보지도 못하고 주저앉았습니다. 서천으
로 가는 도중 갑자기 군중에 병이 돌아 더 나아갈 수 없게 되었다
합니다."

"조진도 양평관을 넘지 못하고 돌아섰다고 합니다. 조자룡이 험한
길목마다 지키고 앉았으니 양평관은 실로 한 사람의 장수를 만 명이
당해내지 못하는 관이 되고 말았습니다. 조진은 야곡도(斜谷道)에

진을 치고 있다가 끝내 이기지 못할 줄 알고 돌아간 것입니다."

그 모든 소식을 듣고 난 손권은 가슴이 뜨끔했다. 모든 벼슬아치들을 모아놓고 새삼 감탄했다.

"육백언의 헤아림은 참으로 귀신 같구나! 내가 함부로 움직였다면 또다시 촉과 원수질 뻔했다."

그러는데 문득 사람이 들어와 알렸다.

"서촉에서 등지를 사신으로 보내왔습니다."

"이것은 앉아서 우리 군사를 물리치려는 제갈량의 또 다른 계책입니다. 등지를 보내 우리를 달래보려는 것임에 틀림없습니다."

촉이 사신을 보낸 까닭쯤은 자기도 알 수 있다는 듯 장소가 그렇게 대답했다. 그러자 손권이 물었다.

"그렇다면 이번에는 어떻게 해야 좋겠소?"

장소가 잠깐 생각하다 말했다.

"먼저 대전 앞에 큰 가마솥을 걸고 거기다가 기름 수백 근을 부어 숯불로 끓이십시오. 그 기름이 끓거든 키가 크고 얼굴이 넓은 무사 천 명을 각기 손에 칼을 들려 궁궐 문에서 대전 앞까지 늘여 세웁니다. 그런 다음 등지를 불러들이시되, 그가 입을 열어 우리를 달랠 틈을 주지 말고 먼저 옛적 역이기(酈食其)가 제나라를 달래러 갔던 일을 들며 꾸짖도록 하십시오. 그리고 그 일을 본떠 기름에 삶아 죽이겠다 하시면서 등지가 어떻게 나오는지 살피시는 것입니다. 그때 그가 말하는 걸 보아가며 대하시면 일을 그르침이 없을 것입니다."

손권이 들어보니 그럴듯했다. 곧 큰 가마솥을 대전 앞에 걸게 하고 기름을 부어 끓인 뒤 다시 무사 천여 명을 불러들여 늘여 세웠다.

손권이 등지를 불러들이게 한 것은 그 모든 채비가 끝난 뒤였다.

등지는 관을 바로 쓰고 옷매무새를 가지런히 한 채 손권을 만나러 갔다. 궁궐 문 앞에 이르니 무사들이 두 줄로 죽 늘어서 있는데 모두가 하나같이 키가 크고 씩씩해 보였다. 손에 손에 칼이며 도끼, 창 등을 번쩍이며 대전까지 이어져 있는데 예사롭지 않았다.

등지는 얼른 손권이 그들을 벌여 세운 뜻을 알아차렸다. 조금도 두려워하는 기색 없이 어깨를 펴고 얼굴을 세운 채 걸어들어갔다. 대전 앞에 이르니 거기 다시 큰 가마솥이 걸려 있는데, 그 안에는 기름이 한창 끓고 있었다.

등지는 더욱 마음을 다잡아먹고 잔잔한 웃음까지 흘렸다. 손권을 가까이서 모시는 신하가 나와 등지를 손권 앞에 쳐진 발 있는 데로 데리고 갔다. 그러나 등지는 길게 읍할 뿐 엎드리지 않았다.

"너는 어찌하여 절하지 않는가?"

손권이 구슬로 된 발을 걷어젖히며 큰 소리로 꾸짖었다. 등지가 머리를 꼿꼿이 세운 채 대답했다.

"큰 나라에서 온 사신은 작은 나라의 임금에게 절하지 않는 법입니다."

후주는 제위에 올랐으나 손권은 아직 왕인 것을 내세워 하는 말이었다. 그러자 손권은 정말로 성이 났다. 저희 스스로 제 주인을 천자에 올려놓고 거기 기대 상국 행세를 하려는 게 아니꼽고도 분했다. 사신이고 뭐고 봐주는 것도 없이 소리쳤다.

"너는 제 처지도 헤아려보지 않고 감히 세 치 혀를 놀려 옛적 역이기가 제나라 달래던 일을 흉내 내려 하는구나. 여봐라, 무엇들 하느냐? 어서 저놈을 기름솥에 처넣어라!"

그러자 등지가 껄껄 웃으며 말했다.

"사람들은 모두 동오에 밝고 어진 이가 많다더니 누가 알았으랴. 한낱 선비를 이토록 겁낼 줄을!"

"무슨 소리냐? 내가 어찌 너같이 하찮은 필부를 두려워한단 말이냐?"

손권이 더욱 성나 목소리를 높였다. 등지가 조금도 움츠러드는 기색 없이 대꾸했다.

"만일 이 등지를 겁내지 않는다면 무엇 때문에 내가 그대들을 달래는 걸 걱정한단 말인가? 어찌하여 입도 열기 전에 기름솥에 삶아 입을 막아버릴 궁리나 하는가?"

"너는 제갈량의 세객이 되어 나로 하여금 위와 손을 끊고 촉과 손잡게 하려고 오지 않았느냐? 그따위 말은 들으나마나다."

손권은 짐짓 틈을 보이지 않으려 애쓰며 그렇게 잘라 말했다. 그래도 등지는 조금도 수그러지는 기색이 없었다.

"나는 촉의 한낱 선비일 뿐이나 특히 오나라를 위해 이로운 것과 해로운 걸 일러주러 왔다. 그런데 무사를 늘여 세우고 가마솥을 내걸어 사신을 맞으니 그 깜냥으로야 어찌 사람을 제대로 쓸 수 있겠는가?"

그 말을 듣자 잠시 감정에 휘몰렸던 손권은 퍼뜩 정신이 들었다. 더는 하찮은 감정 싸움을 할 때가 아님을 깨닫고 얼른 태도를 바꾸었다. 무사들을 꾸짖어 내쫓고 등지를 전(殿) 위로 오르게 하여 자리를 내준 뒤 물었다.

"실은 선생을 한번 떠보았을 뿐이외다. 그래, 오와 위의 이롭고 해로운 게 무엇이오? 바라건대 내게 가르침을 내려주시오."

그제서야 등지도 말투를 바꾸었다.

"대왕께서는 우리 촉과 화친을 하시려는 것입니까? 아니면 오히려 위와 화친을 맺으시려는 것입니까?"

"나는 기실 촉과 화친을 맺고 싶소이다. 그러나 촉주는 나이 어리고 헤아림이 얕아 처음과 끝을 온전히 해낼지 걱정되오."

손권이 비로소 속마음을 밝혔다. 등지가 목청을 가다듬어 그 말을 받았다.

"대왕께서는 세상이 알아주는 영웅이요, 제갈량 또한 한 시대의 준걸(俊桀)입니다. 또 촉은 산천이 험하고 오는 삼강(三江)을 건너야 하는 어려움을 가진 땅입니다. 만약 이 두 나라가 입술과 이의 사이가 되어 서로 손잡고 돕는다면, 나아가서는 천하를 삼킬 수 있고 물러나도 솥발처럼 천하의 한 모퉁이를 떠받들고 서 있을 수 있습니다. 그러나 만약 대왕께서 위에 몸을 굽혀 신하 노릇을 자청하신다면 위는 틀림없이 대왕께서 조정에 들어오기를 바라고 태자는 내시로 삼으려들 것입니다. 그래 놓고 그걸 따르지 않으면 군사를 일으켜 치겠지요. 그때는 우리 촉도 틈을 노려 물길을 타고 오로 밀고 들 것이니, 이 강남의 땅은 두 번 다시 대왕의 것으로 남게 되지 못할 것입니다. 대왕께서 제 말을 옳지 못하다 여기신다면 저는 대왕 앞에서 스스로 죽어 세객이란 이름만이라도 벗을까 합니다."

그러고는 옷을 활활 벗어부친 뒤 기름가마 속으로 뛰어들려 했다. 손권은 그런 등지를 급히 말리고 후전으로 불러들였다. 그리고 귀한 손님의 예로 대하며 물었다.

"선생의 말은 바로 내 뜻에 맞소. 나는 이제 촉주와 화친을 맺으려 하는 바, 선생은 나를 위해 다리를 놓아줄 수 있겠소?"

"저를 튀겨 죽이려 하신 것도 대왕이요, 이제 저를 쓰시려고 하시는 것도 대왕이십니다. 대왕께서 아직도 망설이심으로 마음을 정하지 못하셨으면서 어찌 다른 사람의 믿음을 살 수 있겠습니까?"

등지가 그렇게 쐐기를 박았다. 손권도 더는 자신의 뜻을 빙빙 돌려 말하는 것을 그만두었다.

"내 뜻은 이미 정해졌소. 선생은 의심하지 마시오."

그렇게 말을 맺고 등지를 내보내 쉬게 했다.

등지가 나간 뒤 여러 벼슬아치들을 불러들인 손권이 한탄하듯 말했다.

"나는 강동 여든한 고을을 손에 넣고 다시 형초(荊楚)의 땅까지 얻었건만, 오히려 서촉의 한쪽 구석 땅을 가진 것보다 못한 듯하오. 촉은 등지 같은 인물이 있어 그 주인을 욕되게 하지 않았으나 우리 오에는 이 몸을 위해 촉으로 들어가 뜻을 전해줄 사람이 없구려."

그러자 여럿 가운데서 한 사람이 뛰어나오며 소리쳤다.

"제가 한번 사신이 되어 촉으로 가보겠습니다."

여럿이 돌아보니 그는 오군 사람 장온(張溫)으로 자를 혜서(惠恕)라 쓰는데, 벼슬은 중랑장이었다.

"경이 해낼 수 있겠소? 촉으로 가 제갈량을 만나보고 이 몸의 뜻을 잘 전해낼 수 있을지 걱정이 되오."

손권이 못 미더운 듯 그렇게 말하자 장온이 힘주어 말했다.

"공명 또한 사람에 지나지 않습니다. 신이 그 사람을 두려워할 까닭이 무엇 있겠습니까?"

그 기개에 손권도 그를 믿는 마음이 생겼다. 기쁜 얼굴로 장온의 청을 들어주고 무거운 상을 내린 뒤 등지와 함께 서촉으로 보냈다.

한편 공명은 등지를 오로 보내놓고 후주에게 조용히 아뢰었다.

"이번에 등지가 가면 반드시 일이 되도록 만들 것입니다. 그러면 인물이 많은 오나라는 틀림없이 사람을 보내 답례를 할 것인데, 그때 폐하께서는 예를 갖춰 사신을 대하셔야 합니다. 그가 돌아가 화친이 이뤄지고 우리가 오나라와 손잡게 된다면 위도 함부로 우리에게로 군사를 몰아보내지 못할 것입니다. 그리하여 위와 오가 조용해지면 신은 남쪽을 쳐 그곳 만족(蠻族)들을 평정할까 합니다. 그리고 다음은 위를 치면 될 것입니다. 만약 위만 쳐 없앨 수 있다면 오도 오래는 가지 못할 것이니, 천하는 다시 하나로 돌아오게 됩니다."

"옳으신 말씀이오. 승상의 뜻대로 하시오."

후주는 생각해보지도 않고 대뜸 그렇게 허락했다. 며칠 안 돼 과연 기다리던 소식이 왔다.

"동오에서 장온을 등지와 함께 보내왔습니다."

후주는 문무백관을 단지(丹墀, 궁궐의 뜰)로 불러모으고 등지와 장온을 맞아들이게 했다.

이에 기가 산 장온은 고개를 쳐들고 전상으로 올라 후주를 만나보고 예를 올렸다. 후주는 장온에게 금으로 만든 항아리 모양의 의자를 내리고 대전 왼편에 앉게 한 뒤 잔치를 벌여 대접했다. 모든 게 겸손하고 예를 다한 태도였다. 백관들도 잔치가 끝난 뒤 장온을 역관까지 바래다줄 만큼 마음을 썼다.

다음 날이 되었다. 이번에는 공명이 또 장온을 청해 잔치를 열고 대접했다. 몇 순배 술이 돈 뒤 공명이 장온에게 말했다.

"선제께서 살아 계실 때는 오와 사이가 매우 좋지 않았으나 이제 이미 돌아가셨소이다. 지금의 주상께서는 오왕을 깊이 흠모하여 옛날의 원한을 잊고 길이 동맹을 맺기를 원하시오. 함께 힘을 합쳐 위를 쳐부수자는 뜻이니 바라건대 대부께서 돌아가시거든 좋게 말씀드려주시오."

"알겠소이다. 그렇게 하지요."

이미 정해진 조정의 뜻이라 장온이 선선히 대답했다. 그러나 공명이 간곡히 말하는 데 힘이 났던지 술이 오르면서 웃고 떠드는 품이 자못 오만한 데가 있었다.

다음 날이었다. 후주는 장온에게 황금과 비단을 내리고 성 남쪽 우정(郵亭) 위에 잔치를 열었다. 오로 돌아가는 장온을 배웅하는 뜻의 잔치로, 그 자리에는 촉의 백관이 거의 다 모였다. 거기서도 공명은 줄곧 장온에게 술을 권하는데 그 태도가 은근하기 그지없었다.

문득 한 사람이 술이 취해 공명과 장온의 술자리로 오더니 길게 읍을 하고 끼어들었다. 괴이쩍게 여긴 장온이 공명에게 물었다.

"이분은 누구십니까?"

"진복(秦宓)이란 사람으로 자는 자칙(子勅)이라 하지요. 지금 익주의 학사로 있소이다."

공명이 그렇게 대답했다. 많은 상과 융숭한 대접에 잔뜩 기가 난 장온이 비웃듯 말했다.

"이름은 학사라 하나 정말로 가슴속에 배운 게 들었는지 어떻게 알겠습니까?"

그러자 진복이 정색을 하고 그 말을 받았다.

"우리 촉에서는 키가 석 자 되는 어린아이라도 모두 학문을 배우고 있소. 하물며 나 같은 사람이겠소이까?"

"그럼 공은 어떤 학문을 배우셨소?"

장온이 여전히 거만한 말투로 진복에게 물었다. 진복은 거침없이 대답했다.

"위로는 천문이며 아래로는 지리요, 세 가지 교(敎) 아홉 갈래 가르침과 제자백가(諸子百家)에 이르기까지 알지 못하는 게 없소. 또 옛날과 지금의 흥하고 망한 일이며 어질고 거룩한 분들이 남기신 경전도 읽지 않은 게 없소이다."

진복의 말을 터무니없는 큰소리라고만 안 장온이 한층 빈정거리는 어조로 물었다.

"공이 그토록 큰소리를 쳤으니 먼저 하늘을 가지고 물어보겠소. 공이 알기로 하늘은 머리가 있소? 없소?"

"하늘은 머리가 있소이다."

이번에도 진복이 서슴없이 대답하자 장온이 다시 물었다.

"머리가 있다면 어느 쪽에 있소이까?"

"서쪽이외다. 『시경(詩經)』에 이르기를 '서쪽을 돌아본다[乃眷西顧]'라 하였으니 이로 미루어 하늘의 머리는 서쪽에 있소."

"그러면 하늘은 귀가 있소?"

진복의 재치있는 대답에 지지 않으려고 장온이 또 물었다.

"하늘은 높이 있으나 낮은 곳의 소리를 모두 듣소. 역시『시경』에 이르기를 '학이 으슥한 늪가에서 우니 그 소리가 하늘에 들린다[鶴鳴九皐 聲聞於天]' 했소이다. 하늘에 귀가 없다면 어떻게 그 소리를 들을 수 있겠소?"

"하늘에 발은 있소?"

"있지요.『시경』에 이르기를 '하늘의 발걸음은 떼어놓기 어렵다[天步艱難]' 했으니, 하늘에 발이 없으면 어떻게 걸을 수 있겠소이까?"

"하늘에 성(姓)은 있소?"

"왜 없겠소?"

진복이 이번에도 서슴없이 맞받았다. 그 말에는 장온도 어리둥절해 물었다.

"그럼 하늘의 성은 무엇이오?"

"유씨(劉氏)외다."

"어떻게 유씨인 줄 아시오?"

"천자의 성이 유씨니까 하늘의 성도 유씨가 아니겠소?"

진복이 천연스레 말했다.『시경』으로 줄곧 응대하다가 갑자기 자기가 모시는 주인을 높이는 쪽으로 말을 돌려버린 것이었다. 섬기는 주인이 다른 장온이 가만히 있을 수가 없었다.

"해는 동쪽에서 뜨지 않소?"

장온이 그렇게 제 주인을 높였다. 오나라가 동쪽에 있으니 결국 오의 임금이 옳은 천자라는 뜻이었다. 진복이 가볍게 받아넘겼다.

"해가 비록 동쪽에서 뜨나 또한 서쪽에 지는 법이오."

진복의 말이 뚜렷하고 묻는 말에 하는 대답이 물 흐르듯 하니 그 자리에 있던 사람들은 하나같이 놀랐다. 장온도 거기까지 오자 말이 막히는지 더 입을 열지 않았다. 그런 장온에게 진복이 오히려 물었다.

"선생께서는 동오의 이름난 선비로 이제껏 하늘을 가지고 제게 물으셨으니 틀림없이 하늘의 이치를 밝게 알고 계실 것입니다. 아주 옛적 뒤섞여 엉켜 있던 세상이 나누어지고 음(陰)과 양(陽)이 갈라져, 가볍고 맑은 것은 위로 올라가 하늘이 되었으며 무겁고 흐린 것은 아래로 가라앉아 땅이 되었다 합니다. 그런데 공공씨(共工氏)가 싸움에 져서 머리가 불주산(不周山)에 닿으니 하늘 떠받치는 기둥이 부러지고 땅이 꺼져, 하늘은 서북으로 기울고 땅은 동남으로 내려앉았다는 것입니다. 하지만 하늘이 가볍고 맑은 게 위로 떠서 만들어진 것이라면 어떻게 그 하늘이 서북으로 기울어질 수 있겠습니까? 하늘에 가볍고 맑은 것 외에 또 다른 무엇이 있습니까? 참으로 알 수 없어 묻는 바이니 선생께서 부디 가르쳐주십시오."

말이 한껏 공손했으나 그거야말로 쉽게 대답할 수 있는 물음이 아니었다. 한참이나 대답을 못하고 있던 장온이 문득 자리를 비켜 앉으며 말했다.

"뜻밖에도 촉 땅에는 뛰어난 인물이 많소이다. 마치 강론을 듣는 것 같아 이 사람의 막힌 속을 확 틔워주는 듯하오."

솔직하게 두 손을 들고 나오는 셈이었다. 공명은 장온이 부끄러워 할까 봐 좋은 말로 그의 낯을 세워주었다.

"이 자리에서 주고받은 말은 모두가 우스갯소리외다. 공은 나라를 평안케 할 길을 깊이 꿰뚫어 알고 계시는데, 까짓 입술과 이로 하는 우스갯소리가 무엇이겠소이까?"

그러자 장온은 공명의 그런 보살핌이 고마운지 머리를 조아려 감사했다. 잔치가 끝난 뒤 공명은 다시 등지에게 장온과 함께 오로 가서 답례를 하도록 했다. 이에 장온과 등지는 공명에게 절하고 물러난 뒤 동오로 되돌아갔다.

　장온이 돌아간 것은 손권이 바로 그 일에 대해 백관을 불러 모아 의논하고 있을 때였다. 근시가 와서 장온이 등지와 함께 촉에서 돌아왔음을 알리자 손권은 곧 그들을 불러들이게 했다.

　"촉의 후주는 덕이 있고 제갈공명은 헤아림이 밝아 우리 오와 길이 화친을 맺기를 바랐습니다. 특히 등상서를 보내시어 답례를 하고자 하십니다."

　손권 앞에 불려간 장온이 그렇게 말하자 손권은 몹시 기뻤다. 크게 잔치를 열어 등지를 대접하며 물었다.

　"만약 촉과 오가 힘을 합쳐 위를 쳐 없애고 천하를 둘로 나누어 다스릴 수 있게 된다면 얼마나 기쁘겠소?"

　그러자 등지가 대답했다.

　"하늘에는 두 해가 있을 수 없고, 백성은 두 주인이 있을 수가 없습니다. 위를 쳐 없앤 뒤 천명이 어떤 사람에게 돌아가게 될는지는 알 수가 없지요. 다만 임금된 이는 그 덕을 닦고 신하된 자는 그 충성을 다할 뿐입니다. 그렇게 되는 날 비로소 천하의 모든 싸움은 끝날 것입니다."

　어찌 보면 당돌하기 그지없는 말이었으나 손권은 오히려 거침없이 말하는 등지의 기개를 높이 샀다. 껄껄 웃으며 등지를 추켜세웠다.

　"그대는 실로 정성이 놀라운 사람이구려."

그리고 등지에게 무거운 상을 내려 촉으로 돌려보냈다. 촉과 오가
그로부터 굳게 손잡게 된 것은 두말할 나위도 없었다.

위는 오에 맡기고 촉은 남만으로

촉, 오가 다시 손을 잡았다는 소식은 곧 위의 세작에 의해 중원으로 전해졌다. 위주(魏主) 조비는 그 소식을 듣자 크게 노했다.

"촉과 오가 화친을 맺었다면 이는 틀림없이 중원을 엿보려는 뜻이다. 짐이 먼저 그들을 치는 게 나으리라!"

그렇게 소리치고 문무의 관원들을 불러모아 크게 군사를 일으킬 의논을 했다. 먼저 오를 치고 이어 촉마저 쳐 없애버릴 생각이었다.

이때 대사마 조인과 태위 가후는 이미 죽고 없었다. 몇 안 남은 중신 가운데 하나인 신비(辛毗)가 나서서 말했다.

"중원은 땅이 넓으나 백성이 적어 군사를 쓰기에는 이롭지 못한 데가 있습니다. 오늘 계책을 세우더라도 십 년은 군사를 기르고 땅을 일구어야만 군량과 군사가 넉넉해질 것입니다. 그때에 가서 군사를 일으켜야 촉과 오를 깨뜨릴 수 있습니다."

"그것은 겁많은 선비의 소리일 뿐이오. 지금 당장 오와 촉이 손을 잡고 국경으로 밀려드는데 언제 십 년씩이나 기다릴 틈이 있단 말이오?"

성난 조비가 그렇게 소리치며 그날로 군사를 일으켜 오를 치기를 재촉했다. 사마의가 나와 말했다.

"오는 장강의 험함을 끼고 있어 배가 아니면 건널 수가 없습니다. 폐하께서 어가를 움직여 몸소 나가시려면 먼저 크고 작은 싸움배부터 마련하셔야 합니다. 그리하여 채(蔡), 영(穎) 쪽으로 회(淮) 땅에 드신 뒤 수춘을 빼앗고 광릉에 이르시어 강구를 건너도록 하십시오. 그런 다음 얼른 남서를 우려빼는 게 오를 치는 데에도 상책이 될 것입니다."

조비는 그런 사마의의 말을 옳게 여겼다. 그날로 영을 내려 밤낮으로 용주(龍舟)라는 싸움배 열 척을 짓게 하는데, 모두가 길이 스무 남은 길에 이천 명이 탈 수 있는 큰 배였다. 그리고 따로 영을 내려 크고 작은 싸움배를 끌어모으게 하니 그 수가 삼천 척이었다.

황초(黃初) 오년 가을 팔월, 모든 채비가 끝난 조비는 마침내 높고 낮은 장수들을 불러 모아놓고 출전을 명했다. 조진을 전부로 삼고, 장요, 장합, 문빙, 서황 등의 맹장을 먼저 내보낸 뒤, 다시 허저와 여건에게 중군을 맡기고 조휴는 뒤를 맡게 했다. 유엽과 장제를 참모로 삼아 그날로 군사를 내니 물과 뭍 두 길로 나선 군사는 삼십만이 넘었다. 사마의는 상서복야로 허창에 남아 크고 작은 나랏일을 도맡아 보게 했다.

그 소식은 곧 오나라에 들어갔다. 근신이 급히 오왕에게 알렸다.

"조비가 몸소 용주를 타고 물과 뭍 두 길로 삼십만의 대군을 휘몰아 내려오고 있습니다. 채, 영으로 해서 회 땅으로 나오고 있는데, 틀림없이 광릉을 뺏은 다음 거기서 강을 건너 우리 강남을 치려는 것 같습니다."

그 말에 깜짝 놀란 손권은 곧 문무의 관원들을 모아놓고 어찌해야 될지를 의논했다. 먼저 고옹이 나와 말했다.

"주상께서는 이미 서촉과 화친을 맺으셨으니 어서 글을 공명에게 보내 그쪽에서도 군사를 내게 하십시오. 서촉이 군사를 일으켜 한중으로 나오면 위의 세력은 절로 두 군데로 나누어질 수밖에 없습니다. 그때 우리도 대장 한 사람을 뽑아 남서에 머물면서 조비를 막게 하면 그리 힘들 것도 없습니다."

그러나 손권은 못 미더운지 다시 육손을 끌어내 쓰려 했다.

"육백언(陸伯言)이 아니면 이같이 큰일을 감당해낼 이가 없소. 그를 불러와야겠소."

"육백언은 형주를 맡아 지키고 있습니다. 가볍게 운지일 수 없습니다."

고옹이 그렇게 말했으나 손권은 여전히 생각을 바꾸려 들지 않았다.

"그걸 내가 모르는 바 아니나, 눈앞에 그를 갈음할 만한 사람이 없으니 어찌하겠소?"

손권이 그렇게 말하자 문득 한 사람이 뛰어나오며 소리쳤다.

"신이 비록 재주 없으나 한번 군사를 이끌고 나가 위병을 막아보겠습니다. 만약 조비가 강을 건너오면 반드시 사로잡아 폐하께 바칠 것이고, 또 그가 강을 건너지 않더라도 위병의 태반을 죽여 다시는 감히 우리 동오를 넘보지 못하게 할 것입니다."

손권이 보니 그는 다름 아닌 서성이었다.

서성의 자신에 찬 말에 손권도 믿는 마음이 생겼다.

"경을 얻어 강남을 지키게 되었으니 내가 걱정할 게 무엇 있겠는가?"

기쁜 얼굴로 그렇게 말하며 서성을 안동장군으로 삼아 건업과 남서의 군마를 모두 맡겼다.

명을 받고 물러난 서성은 곧 자신이 맡은 장졸들에게 영을 내려 싸움에 필요한 물자와 깃발을 마련케 하는 한편 장수들을 불러 모아 강남을 막을 계책을 의논했다. 문득 한 사람이 뛰쳐나와 외쳤다.

"이제 대왕께서는 장군께 위병을 쳐부수고 조비를 사로잡는 큰일을 맡기셨습니다. 그런데 장군은 무슨 까닭으로 빨리 군마를 내어 강 건너 회 땅에서 적을 맞지 않으십니까? 조비의 군사들이 여기까지 오도록 기다리셨다가는 일이 뜻 같지 못할까 두렵습니다."

서성이 보니 그는 오왕의 조카 손소(孫韶)였다. 양위장군으로 일찍부터 광릉을 지키고 있었는데 나이는 어려도 기개가 있고 매우 대담했다. 서성이 그의 지나친 만용을 억누르듯 말했다.

"조비의 군사는 세력이 큰 데다 이름있는 장수들을 선봉으로 내세우고 있으니 강을 건너가 그들과 싸워서는 아니 된다. 적의 배들이 모두 강의 북쪽 언덕에 모일 때를 기다리는 게 옳다. 그때는 절로 그들을 쳐부술 계책이 있으리라."

"제가 거느린 삼천의 군마는 광릉 근처의 길과 지세를 밝게 알고 있습니다. 바라건대 저에게 강을 건너가 조비와 한바탕 죽기로 싸우는 걸 허락해주십시오. 만약 이기지 못하면 달게 군령을 받겠습니다.”

손소가 더욱 호기를 부리며 그렇게 우겼다. 그러나 서성은 허락하지 않았다. 손소가 또다시 가기를 우기고 서성이 마다하기를 서너 차례, 마침내 서성은 성이 꼭뒤까지 차올랐다.

“네가 이토록 군령을 듣지 않는 것은 무얼 믿고서인가? 내가 거느리고 있는 장수들조차 다스리지 못할 줄 알았더냐?”

그렇게 소리쳐 손소를 꾸짖고는 무사들을 불러 영을 내렸다.

“저놈은 군령을 듣지 않으니 끌어내다 목 베도록 하라!”

손소가 아무리 손권의 조카라 하나 당장은 서성이 군령을 거머쥐고 있었다. 도부수들은 그의 영을 어기지 못해 손소를 진문 밖으로 끌어내고 검은 기를 올려 형을 집행하려 했다. 이때 손소의 부장(部將) 한 사람이 나는 듯 달려가 그 일을 손권에 알렸다.

놀란 손권은 얼른 말에 올라 서성의 진중으로 달려갔다. 다행히 때가 늦지 않아 도부수들이 막 손소를 목 베려 할 무렵에는 형장에 이를 수 있었다.

“멈추어라. 내가 서장군을 만나보리라.”

손권이 그렇게 소리쳐 손소를 구했다. 손소가 울며 말했다.

“신은 지난날 광릉을 지키고 있었던 적이 있어 그곳 지리는 잘 압니다. 이때 나아가 조비를 치지 않고 조비의 군사가 장강을 건너기를 기다려서는 그날로 우리 동오도 끝장이 나고 맙니다.”

“알았다. 잠시 기다리라.”

손권은 그렇게 말해놓고 서성을 찾아갔다. 서성은 손권이 온 걸 보자 대뜸 그 까닭을 알아차렸다. 자신의 장막으로 맞아들이기 바쁘게 말했다.

"대왕께서는 신에게 도독이 되어 군사를 이끌고 위병을 막으라 하셨습니다. 지금 양위장군 손소는 군법을 지키지 않고 군령을 어겼으니 목 베어 마땅합니다. 그런데 대왕께서는 어찌하여 그를 구해주셨습니까?"

"손소가 혈기만 믿고 잘못 군법을 어긴 듯하오. 부디 그를 너그럽게 보아주시오."

손권이 손소를 대신해 빌었다. 그러나 서성은 굳은 얼굴을 풀지 않았다.

"법이란 신이 세운 것도 아니요, 대왕께서 세우신 것도 아니며, 나라가 으뜸으로 세워둔 어떤 본보기올시다. 그런데 대왕께 가깝다는 것 때문에 그 법을 어긴 자를 구해주시면 앞으로 어떻게 다른 사람들을 다스릴 수 있겠습니까?"

"손소가 군법을 어긴 걸 벌하는 것은 마땅히 장군의 권한이나 그 아이는 좀 달리 보아주시오. 원래 유씨(俞氏)였던 것을 돌아가신 형님께서 몹시 사랑하시어 손씨(孫氏) 성까지 내렸소. 거기다가 나를 위해서도 여러 번 공을 세웠으니 지금 죽이는 것은 형님의 뜻을 저버리는 것일 뿐만 아니라 나로서도 참기 어렵구려."

손권이 다시 한번 간곡히 말했다.

서성도 손권이 그렇게까지 말하자 마지못해 그 청을 들어주었다.

"대왕의 낯을 보아 죽음만은 면해드리겠습니다."

이에 손권은 손소를 불러들여 서성에게 절하며 잘못을 빌게 했다.

그러나 손소는 빌기는커녕 오히려 소리 높여 서성에게 맞섰다.

"내가 말한 것은 다만 군사를 이끌고 가서 조비를 쳐부수자는 것뿐이었소. 나는 잘못이 없으니 여기서 죽을지언정 당신의 생각은 따를 수가 없소이다!"

그 말을 듣자 서성은 성난 나머지 얼굴빛이 다 변했다. 손권이 얼른 손소를 꾸짖어 내쫓고 서성을 달랬다.

"저따위 녀석이 없다 한들 오에 손해날 게 무어겠소? 앞으로는 저 아이를 쓰지 마시오."

그리고 다시 궁궐로 돌아갔다.

그런데 그날 밤이었다. 군사 하나가 달려와 서성에게 알렸다.

"손소가 자기 군사 삼천을 이끌고 몰래 강을 건너가 버렸습니다."

그 말을 들은 서성은 괘씸함보다 걱정이 앞섰다. 만약 잘못되면 손권을 볼 일이 아득한 까닭이었다. 가만히 정봉을 불러 삼천 군마를 주고 밀계를 내려 강을 건너가게 했다.

한편 위주 조비가 용주를 타고 광릉에 이르니 먼저 와 있던 조진이 강 언덕에 군사를 늘여 세우고 조비를 맞아들였다. 조비가 조진에게 물었다.

"강가에 적이 얼마나 있는가?"

"강 건너를 바라봐도 군사 하나 보이지 않고 깃발도 영채도 없습니다."

"그것은 틀림없이 속임수일 것이다. 짐이 친히 가서 그 허실을 살펴보리라."

조비가 그렇게 말하고 용주를 젓게 해 대강 속으로 나아갔다. 강

저편 언덕에 배를 대니 배 위에 세운 용봉(龍鳳) 일월(日月)의 기치와 비단 덮개는 보는 사람의 눈이 어지러울 지경이었다. 조비는 배에 버티고 앉아 한참이나 강 남쪽을 살폈으나 정말로 한 사람도 보이지 않았다.

"이렇다면 강을 건너도 되지 않겠는가?"

이윽고 조비가 유엽과 장제를 돌아보며 그렇게 말했다. 유엽이 가만히 고개를 저으며 말했다.

"병법에 허허실실이라 했습니다. 우리 대군이 이른 걸 보고서도 어찌 준비가 없겠습니까? 폐하께서는 서두르지 마시고 사나흘만 더 동정을 살피도록 하십시오. 그런 다음 선봉으로 하여금 강을 건너 살피도록 하시는 게 좋겠습니다."

조비도 듣고 보니 그 말이 옳은 듯했다.

"경의 말이 바로 짐의 뜻과 같소."

그렇게 말하며 급하게 강을 건널 생각을 버렸다.

그때 이미 날이 어두워 조비는 강물 위에서 밤을 보내기로 했다. 달이 없는 밤이라 군사들이 모두 등불을 켜드니 세상이 대낮같이 밝았다. 그러나 강남에는 여전히 횃불 하나 보이지 않았다.

"저게 무슨 까닭인가?"

조비가 아무래도 모르겠다는 듯 좌우를 돌아보며 물었다. 근신이 듣기 좋은 말로 대답했다.

"폐하께서 천병을 이끌고 이르셨다는 말을 듣자 바람에 쓸리듯 달아나버린 것 같습니다."

그 말에 흐뭇해 조비도 속으로 웃었다.

그런데 이튿날 날이 밝은 뒤였다. 잠시 인 바람에 짙은 안개가 걷히자 강 건너 언덕이 성으로 잇대어져 있었다. 성루마다 창칼이 햇빛에 번쩍이고 성벽에는 갖가지 깃발이 어지럽게 펄럭이고 있었다. 뒤이어 전갈이 쏟아져 들어왔다.

"남서로부터 강을 따라 석두성까지 수백 리에 성곽과 배와 수레가 잇대어 끊어지지 않고 있는데 모두가 하룻밤 새에 솟은 것이라 합니다."

그 말을 들은 조비는 깜짝 놀랐다. 실로 서성이 갈대를 묶어 푸른 옷을 입힌 허수아비를 만들게 하고 거기에다 창칼이나 깃발을 꽂아 역시 성처럼 만든 곳에 세워두게 한 것이었다. 그런데 그걸 수많은 인마로 본 위병이 그대로 조비에게 알렸으니 어찌 조비의 간이 철렁하지 않을 수 있겠는가.

"위는 비록 천(千) 무리의 뛰어난 무사들을 거느렸다 한들 무슨 쓸모가 있겠는가. 강남의 인재들은 어찌해볼 수가 없구나!"

조비가 그렇게 탄식하고 있을 때 문득 미친 듯한 바람이 일기 시작했다. 흰 물결은 하늘을 찌르고 어지럽게 튀는 물방울은 조비의 용포를 적셨다. 금세라도 조비가 탄 배가 뒤집힐 듯하자 조진은 황망히 문빙에게 영을 내려 배를 급히 저어오게 하였다.

문빙이 작은 배를 저어왔으나 조비의 용주가 얼마나 심하게 흔들리는지 아무도 서 있을 수가 없었다. 문빙이 하는 수 없이 용주 위로 뛰어올라가 조비를 들쳐업고 작은 배로 옮겼다. 간신히 작은 배를 저어 강물가에 이르니 유성마가 달려와 급한 소식을 전했다.

"촉의 조운이 군사를 이끌고 양평관으로부터 나와 장안을 치려 하고 있습니다."

그 말에 조비는 깜짝 놀라 낯빛이 변했다. 그때 다시 오의 군사 한 떼가 갑자기 위병을 덮쳤다. 바로 손소가 이끄는 군사들이었다. 위병이 당해내지 못해 태반이 꺾이고, 물에 빠져 죽은 자만도 헤아리기 힘들 정도였다.

위의 여러 장수들이 힘을 다해 조비를 구해 겨우 회하를 건넜다. 그러나 미처 삼십 리도 가기 전에 뜻밖의 일이 벌어졌다. 오군이 강가의 무성한 갈대에다 미리 고기기름을 끼얹어놓고 기다리다가 불을 지른 것이었다.

불은 때마침 불어오는 바람을 타고 세차게 타올랐다. 하늘 가득 피어오른 불꽃은 금세 조비가 탄 용주를 삼켜버릴 듯했다. 깜짝 놀란 조비는 얼른 작은 배에서 뛰어내려 불길이 덜한 언덕으로 기어오르려 했다.

조비가 겨우 강가 언덕에 올라 돌아보니 자신이 타고 있던 용주는 이미 불길에 휩싸여 있었다. 더욱 황망해진 조비는 급히 말에 올랐다. 그때 또 한 떼의 군마가 물밀듯 쏟아져 들었다. 이번에는 오의 장수 정봉이 이끄는 군사들이었다.

장요가 급히 말을 박차 달려 나가 정봉을 맞았으나 나이 탓인지 이미 예같지가 못했다. 정봉이 쏜 화살에 허리를 맞고 말에서 떨어졌다. 서황이 얼른 달려 나가 장요를 구하고 위주 조비와 함께 보호하며 가까스로 달아났다. 그러나 군사는 거기서 또 수없이 꺾였다.

뒤쫓던 손소와 정봉은 위군이 버리고 간 것들을 거둬들였다. 뺏은 말이며 수레에다 배, 병기, 군량이 산과 같았다. 위의 대패였다. 오왕은 싸움에 크게 이기고 돌아온 손소와 정봉에게 큰 상을 내렸다.

조비는 패군을 이끌고 허창으로 돌아갔다. 그러나 무엇보다 괴로운 것은 장요의 죽음이었다. 장요는 정봉에게 화살 맞은 곳이 덧나 허창에 이르자마자 숨이 졌다. 조비는 장요를 후하게 장사 지내주고 그 유족들에게 금은을 내려 미안한 마음을 스스로 달랬다.

한편 군사를 이끌고 양평관으로 나왔던 조운은 미처 싸움을 시작하기도 전에 제갈공명으로부터 글 한 통을 받았다.

'익주 기수(耆帥, 노인. 어른, 추장의 뜻) 옹개(雍闓)가 남만의 맹획과 손을 잡고 만병 십만을 일으켜 사군(四郡)을 침략하고 있으니 장군은 군사를 물려 되돌아오시오. 양평관은 마초에게 굳게 지키라 하면 될 것이오. 이제 나는 스스로 군사를 이끌고 남쪽을 쳐 그곳의 오랑캐를 평정할 작정이오.'

공명의 글은 대강 그러했다. 이에 조운은 급히 군사를 거두어 성도로 돌아갔다.

이때 성도의 공명은 크고 작은 일을 모두 홀로 도맡아 하는데 오직 공변됨을 으뜸으로 삼으니 조금도 그릇됨이 없었다. 서천과 동천의 백성들은 오랜만에 태평한 세월을 마음껏 누렸다. 밤에는 문을 닫아거는 일이 없고 길에 물건이 떨어져도 주워 가지는 법이 없었다. 거기다 해마다 풍년이라 늙은이 젊은이 가릴 것 없이 배를 두드리며 노래했고, 나라의 부역이 있으면 서로 다투어 나와 힘을 아끼지 않았다. 따라서 싸움에 필요한 기구나 물자 치고 갖춰지지 않은 게 없고, 병영의 창고에는 쌀이 가득했으며, 나라의 고방에는 재물이 꽉 차 있었다.

그런데 건흥 삼년 익주에서 급한 소식이 날아들었다.

"만왕 맹획이 오랑캐 군사 십만을 일으켜 국경을 침범하고 있습니다. 그런데 건녕 태수 옹개는 한(漢) 십방후(什防侯) 옹치(雍齒)의 자손이면서도 맹획과 손을 잡고 모반하려 합니다."

이어 급한 소식이 뒤따라 들어왔다.

"장가군 태수 주포와 월준군 태수 고정 두 사람은 성을 들어 옹개에게 바쳤고 오직 영창군 태수 왕항 한 사람만이 버티고 있다 합니다. 옹개, 주포, 고정 세 사람은 맹획의 길잡이가 되어 영창군을 들이치고 있는데, 태수 왕항은 공조 여개(呂凱)와 함께 백성들을 모아 죽기로 싸우고 있으나 형세가 매우 위태롭다고 합니다."

그 소식을 들은 공명은 곧 궁궐로 달려가 후주를 뵙고 아뢰었다.

"신이 보건대 남쪽 오랑캐가 폐하께 복속하지 않는 것은 나라의 큰 근심거리라 아니할 수 없습니다. 마땅히 신 스스로 대군을 이끌고 가서 저들을 무찔러야 될 것 같습니다."

"동쪽에는 손권이 있고 북쪽에는 조비가 있는데 승상께서 짐을 버리고 가신다니 막막하구려. 만약 오나 위가 쳐들어온다면 어찌하겠소?"

후주가 겁먹은 얼굴로 그렇게 물었다. 공명은 부드럽게 그런 후주를 안심시켰다.

"동오는 이제 막 우리와 화친을 맺은 터라 딴마음을 먹지 아니할 것입니다. 또 만약 딴마음을 먹는다 해도 이엄을 백제성에 남겨두었으니, 그 사람이면 넉넉히 육손을 막아낼 것입니다. 남은 것은 위의 조비인데 그도 별로 걱정하실 것은 없습니다. 조비는 싸움에 크게 진 지 오래되지 않아 날카로운 기세가 죽어 있으니 먼 곳을 치러 오기 어려울 것입니다. 거기다가 마초가 한중의 여러 좁은 길목이며 험한 관을 맡아 지키고 있지 않습니까? 그밖에 신은 장포와 관흥에게도 군사를 나눠주어 이쪽저쪽 위급에 대비하게 해두었으니 폐하를 지키는 데는 만에 하나도 그릇될 염려가 없습니다. 이제 신은 먼저 남쪽 오랑캐부터 쓸어버린 뒤 다시 북으로 쳐올라가 중원을 뺏으려 합니다. 그리하여 선제께서 보잘것없는 신을 세 번이나 찾아주신 은혜에 보답하고, 아울러 돌아가시면서 하신 당부를 이루려 하는 것이니 부디 허락하여주십시오.”

그러자 후주도 어느 정도 마음이 놓이는지 고개를 끄덕이며 말했다.

“짐은 나이 어리고 아는 게 없으니 승상께서 헤아려 하시오.”

그때 한 사람이 나서서 소리쳤다.

“아니 됩니다. 승상께서 가셔서는 아니 됩니다.”

여럿이 보니 그는 남양 사람 왕련(王連)이었다. 자는 문의(文儀)로 그때 벼슬은 간의대부였다.

“남쪽 지방은 불모의 땅이요, 나쁜 기운과 병이 가득한 고장입니다. 나라의 큰일을 맡아보시는 승상께서 몸소 그리로 가셔서는 아니 됩니다. 옹개 같은 무리는 사람 몸으로 치면 옴이나 버짐 같은 가벼운 걱정거리이니, 한 사람 대장을 뽑아 치게 해도 틀림없이 공을 이룰 수 있을 것입니다.”

왕련이 그렇게 말리는 까닭을 밝혔다.

"남쪽 오랑캐 땅은 이 나라에서 매우 멀어 사람들은 왕화(王化)에 익어 있지 않소. 따라서 복속시키기가 매우 어려운 까닭에 내가 몸소 가보려는 것이외다. 때로는 힘으로 억누르고 때로는 부드러움으로 달래야 하는데, 그때그때 헤아려 베풀어야 되는 일이라 다른 사람에게 맡길 수가 없소."

공명이 왕련의 말에 그렇게 답했다. 그리고 왕련이 두 번 세 번 말려도 듣지 않고 그날로 군사를 일으켰다. 양평관에 나가 있던 조운을 급하게 불러들인 것도 그 때문이었다.

공명은 장완(蔣琬)을 참군으로 삼고 비위(費禕)는 장사로, 동궐(董厥), 번건(樊建) 두 사람은 연리(掾吏)로 세웠다. 대장으로는 조운과 위연을 써서 군마를 모두 거느리게 하고, 왕평(王平)과 장익(張翼)은 부장이 되어 서천 장수 수십 명과 더불어 그들을 따르게 했다.

군사는 모두 오십만이었다. 공명이 그들을 급하게 몰아 익주를 향해 가고 있는데 문득 관공의 셋째 아들 관색(關索)이 찾아와 말했다.

"형주가 적의 손에 떨어졌을 때 저는 다친 몸으로 포가장에 숨어 낫기를 기다리게 되었습니다. 늘상 서천으로 가서 선제를 뵙고 원수 갚을 마음뿐이었으나 몸이 낫지 않아 걸을 수가 없었습니다. 그러다가 이제야 겨우 몸이 나아 알아보니 동오의 원수들은 모두 죽어 있더군요. 어서 서천으로 가서 천자를 뵈오려 하는데 도중에 남쪽 오랑캐를 치러 가는 군사를 만나게 되어 이렇게 찾아왔습니다. 저도 함께 데려가주십시오."

공명이 그를 보니 관공의 모습이 역력했다. 공명은 탄식해 마지않으며 조정에 그 소식을 알리는 한편, 관색을 전부 선봉으로 삼아 데리고 떠났다.

공명이 거느린 인마는 매우 많았으나 대오를 가지런히 해 나아가며 배고프면 밥 지어 먹고 목마르면 물 떠 마셨다. 밤이면 머물고 날이 새면 나아가니, 어디를 지나가도 백성들을 터럭만큼도 해치는 법이 없었다.

옹개는 공명이 친히 대군을 이끌고 온다는 말을 듣자 주포와 고정을 불러 의논했다. 셋이 머리를 맞대고 의논한 끝에 군사를 세 갈래로 나누어 싸우는 게 좋겠다는 결정을 보아 고정은 가운데 길로 나아가고, 옹개는 왼쪽 길로, 주포는 오른쪽 길로 나아가기로 했다. 셋 모두 저마다 거느린 군사는 오륙만쯤 되었다.

이때 가운데 길을 맡은 고정의 선봉을 맡은 것은 악환(鄂煥)이란 장수였다. 악환은 키가 아홉 자에 얼굴은 몹시 못생겼으나, 한 자루 방천극(方天戟)을 잘 써 홀로 만 명을 당해낼 만한 용맹이 있었다. 그 용맹을 믿고 저희 편 대채를 떠나 촉병을 맞으러 나갔다.

그 무렵 공명이 이끈 대군은 이미 익주 경계에 이르러 있었다. 앞장을 선 위연이 부장인 장익, 왕평과 더불어 익주 땅에 막 발을 들여놓는데 악환이 군마를 이끌고 마주쳐 왔다.

양군이 둥글게 진을 쳐 맞선 가운데 먼저 위연이 말을 내어 큰 소리로 꾸짖었다.

"역적은 어찌하여 빨리 항복하지 않는가?"

그러자 악환은 다짜고짜로 말을 박차고 달려 나와 위연과 맞붙었다. 위연이 몇 합 싸우지도 않고 힘이 부친 듯 달아나기 시작했다.

그게 꾐수인 것도 모르고 악환이 기세를 올려 뒤쫓았다.

몇 리쯤 갔을까, 문득 함성이 크게 일더니 왕평과 장익의 두 갈래 군마가 나타나 악환이 돌아갈 길을 끊어버렸다.

그때 다시 달아나던 위연이 돌아서서 덤비니 악환은 꼼짝없이 세 장수 가운데 갇혀버리고 말았다.

그제서야 속은 줄 안 악환이 이리 뛰고 저리 뛰며 벗어나려 해보았으나 될 일이 아니었다. 끝내 세 장수에게 사로잡히어 공명에게 끌려가는 신세가 되고 말았다.

공명이 악환을 묶은 끈을 풀어주게 하고 술과 고기를 대접한 뒤 물었다.

"너는 누구에게 속한 장수인가?"

"저는 고정(高定)의 부장입니다."

악환이 뜻밖의 대접에 어리둥절해 대답했다.

그러자 공명이 한층 부드럽게 말했다.

"나는 고정이 충의 있는 사람임을 잘 알고 있다. 다만 옹개의 꾐에 빠져 일이 이렇게 되었을 뿐이다. 이제 너를 놓아 보낼 터이니 가서 고태수(高太守)에게 이르라. 어서 빨리 항복해 크나큰 화를 면하라고."

그런 다음 정말로 악환을 돌려보냈다. 꼭 죽는 줄 알았던 악환은 거듭 절하여 고마움을 나타내며 고정에게로 돌아갔다. 그리고 고정에게 공명의 덕을 추켜세움과 아울러 공명이 고정을 보고 한 말을 그대로 전하니 고정 역시 감격해 마지않았다.

다음 날이 되었다. 옹개가 고정의 진채를 찾아와 따지듯 물었다.

"악환이 사로잡혔다가 어떻게 돌아올 수 있었소?"

"제갈량이 의로 놓아 보낸 듯하오."

고정이 숨기지 않고 사실대로 밝혔다. 그러자 옹개가 깜짝 놀라는 시늉을 지으며 말했다.

"그게 바로 제갈량이 우리 사이를 떼어놓으려고 부린 계책이외다. 이른바 반간지계(反間之計)라는 것이오."

그러나 이미 제갈공명에게 마음이 기울어진 고정은 그 말을 다 믿지 않았다. 어느 쪽이 옳은지 몰라 머뭇거리고 있는데 문득 촉장이 와서 싸움을 건다는 전갈이 들어왔다.

옹개는 스스로 삼만군을 이끌고 나가 촉군과 맞섰다. 그러나 원래가 이겨낼 수 있는 싸움이 아니었다. 몇 합 부딪기도 전에 옹개가 말머리를 돌려 달아나니 위연은 이십여 리나 뒤쫓으며 옹개의 군사들을 죽였다.

다음 날 옹개는 다시 군사를 몰고 나와 싸움을 걸었다. 그로서는 이판사판이었다. 그런데 공명은 웬일인지 사흘이나 잇달아 군사를 내지 않았다.

공명이 겁이라도 먹은 걸로 안 옹개와 고정은 나흘째 되던 날 길을 나누어 함께 촉의 진채를 덮치려 했다. 바로 공명이 기다리던 것이었다. 진작부터 공명은 위연에게 그들이 올 만한 길을 살펴두게 했다가 정말로 그들이 오자 복병을 내어 거꾸로 덮쳤다.

뜻밖에 당한 옹개와 고정의 군사는 태반이 죽거나 상하고, 많은 수가 사로잡혔다. 옹개와 고정이 빠져나간 것만도 요행이라 할 만큼 참패였다. 그러나 일은 그걸로 그치지 않았다.

공명은 사로잡은 옹개의 군사와 고정의 군사를 두 곳에 나누어 가두었다. 그리고 자기편 군사를 시켜 슬그머니 그들에게 말하게 했다.

"고정의 졸개들은 죽음은 면하겠지만 옹개의 졸개들은 모두 죽음을 당할 것이다."

그 말은 순식간에 사로잡힌 군사들 사이에 퍼졌다. 잠시 후 공명은 옹개의 군사들을 끌어오게 해 물었다.

"너희들은 누구의 졸개들이냐?"

"고정 아래에 있던 군사들입니다."

들은 말도 있고 해서 군사들이 입을 모아 그렇게 거짓말을 했다. 그러자 공명은 아무것도 모르는 체 정말로 그들을 죽이지 않고 술과 밥을 배불리 먹여 저희 진채로 돌려보냈다.

그런 다음 공명은 다시 고정의 군사들을 끌어내게 하여 조금 전과 똑같이 물었다.

"저희들이야말로 진짜 고정의 군사들입니다."

혹시라도 공명이 잘못 생각할까 두려워 고정의 졸개들이 소리쳤다. 그러나 이번에도 군말 없이 그들을 살려주고 밥과 술을 내리며 말했다.

"옹개가 오늘 사람을 보내 항복하면서 너희 주인과 주포(朱褒)의 목을 베어 공을 삼겠다 했으나 나는 차마 받아들일 수 없었다. 너희들은 고정의 부하라 하니 너희를 놓아 보내거니와, 다시는 나라의 은혜를 저버리지 말라. 만약 다시 사로잡혀 오는 날에는 결코 용서치 않으리라."

그 말에 고정의 졸개들은 모두 절하여 고마움을 나타내고 자기들 진채로 돌아갔다.

사로잡혔다 돌아온 졸개들로부터 옹개의 일을 전해 들은 고정은 슬몃 의심이 들었다. 몰래 사람을 옹개의 진채로 보내 사정을 알아보게 했다. 사로잡혔다 돌아온 옹개의 군사들 태반은 한결같이 공명의 덕을 칭송함과 아울러 옹개보다는 고정을 따르려 한다는 말이 들어왔다.

그러나 고정은 그것만으로는 마음이 놓이지 않았다. 다시 몰래 사람을 공명의 진채로 보내 허실을 살펴보게 했다.

그런데 공명의 진채를 살피러 가던 고정의 군사는 재수없게도 가는 도중에 숨어 있던 공명의 군사들에게 사로잡히고 말았다. 공명은 다시 그걸 이용했다. 사로잡혀 끌려온 군사를 짐짓 옹개의 군사로 착각한 것처럼 자신의 장막 안으로 불러들여 은근하게 물었다.

"자네 대장은 고정과 주포의 목을 바치겠다고 약속해놓고 어째서 기일을 어기는가? 또 일이 그리 됐으면 사람을 내게 보내 그 사정을 자세히 얘기할 일이지 어째서 첩자를 보내 우리 진채를 살피는가?"

그러자 그 첩자는 공명이 일부러 그러는 줄도 모르고 정말로 옹개가 보낸 사람인 양 입을 다물었다. 공명은 그에게 술과 밥을 내린 뒤 밀서 한통을 써주면서 당부했다.

"너는 이 글을 옹개에게 전하거라. 그리고 되도록이면 빨리 손을 써서 일을 그르치지 않도록 하라고 일러라."

공명이 놓아주자마자 자신의 진채로 돌아간 고정의 졸개는 무슨 큰 공이라도 세운 양 공명이 옹개에게 갖다주라고 한 밀서를 고정에게 바쳤다. 그 밀서를 읽은 고정이 옹개에게 버럭 성을 내며 말했다.

"나는 저를 진심으로 대했건만 저는 오히려 나를 해치려 하는구나. 정리로 보아서도 용납할 수 없는 일이다!"

그리고 곧 악환을 불러들여 어떻게 할까를 의논했다.

"공명은 어진 사람이니 그와 등지는 것은 좋지 않습니다. 우리가 모반하여 죄를 짓게 된 것은 모두 옹개 때문이니 차라리 그를 죽이고 공명에게 투항하는 게 낫겠습니다."

악환이 대뜸 그렇게 말했다. 이미 마음이 거지반 돌아서 있던 고정은 그 말에 드디어 뜻을 굳힌 듯 물었다.

"그러면 어떻게 손을 써야겠는가?"

"술자리를 마련하고 사람을 시켜 옹개를 부르도록 해보시지요. 그 사람이 딴 뜻이 없다면 기꺼이 올 것입니다. 그러나 만약 오지 않는다면 반드시 딴 속셈이 있다고 봐야 합니다."

"만약 정말로 그렇다면?"

"주군께서는 군사를 내어 앞으로 그를 들이치십시오. 나는 진채 뒤 소로에 매복해 기다리면 옹개를 잡는 것은 어렵지 않을 것입니다."

악환이 그렇게 꾀를 내자 고정은 곧 그대로 따라 먼저 술자리를 마련하고 옹개를 불렀다. 그러나 옹개는 옹개대로 전날 촉군에게 붙들렸다 돌아온 졸개들에게 들은 말이 있었다. 고정이 자기를 해칠까 두려워 그 술자리에 가지 않았다.

그날 밤이었다. 옹개가 오지 않는 걸 딴마음이 있어서인 걸로 단정한 고정은 군사를 들어 옹개의 진채를 들이쳤다. 그러자 공명이 고정의 졸개들로 잘못 안 체 놓아 보낸 옹개의 군사들이 함빡 고정을 편들었다. 자기들이 살아난 게 고정의 덕분이란 생각에서뿐만 아니라, 고정을 따르는 게 여러 가지로 이로울 것 같아서였다.

밤중에 갑자기 습격을 받은 데다 자기편 군사들까지 고정을 도와 덤비니 옹개가 견뎌낼 재간이 없었다. 싸워보지도 않고 말에 올라 산길로 달아났다. 그러나 채 두 마장도 못 가 북소리가 울리면서 한 떼의 군마가 길을 막았다. 고정의 장수 악환이 숨어서 기다리다 나타난 것이었다.

악환이 방천극을 휘두르며 말을 몰아 옹개를 덮쳤다. 옹개가 막아보려 했으나 손발이 제대로 말을 듣지 않았다. 악환의 한 창에 찔려 말 아래로 굴러떨어졌다.

악환이 그런 옹개의 목을 베자 옹개의 졸개들은 모조리 고정에게 항복했다. 고정은 양쪽 군마를 합쳐 이끌고 공명을 찾아가 항복하며 옹개의 목을 바쳤다.

그런데 이상한 것은 높직한 자리에 앉아 항복을 받던 공명이었다. 조금도 기뻐하는 기색 없이 고정을 내려보다가 문득 좌우를 돌아보며 소리쳤다.

"여봐라, 어서 저 흉측한 역적 놈을 끌어내다 목 베어라!"

그 소리에 깜짝 놀란 고정이 공명을 쳐다보며 말했다.

"저는 승상의 크신 은혜에 감동되어 옹개의 목을 받쳐들고 항복하러 왔습니다. 그런데 승상께서는 어찌하여 저를 목 베려 하십니까?"

그러자 공명이 어림없다는 듯 크게 비웃으며 꾸짖었다.

"네놈은 거짓으로 항복해 왔다. 어찌 감히 나를 속이려 드느냐?"

그러고는 문갑 속에서 글 한 통을 꺼내 고정에 던지며 말했다.

"주포가 사람을 보내 가만히 항복하는 글을 보내왔다. 바로 그것이니 읽어보아라. 거기 보면 옹개와 너는 함께 죽고 함께 살기를 맹세한 사이라는데 네가 어찌 하루아침에 옹개를 죽일 수 있겠느냐? 네 항복이 거짓이란 걸 알게 된 것은 바로 그 글 덕분이다."

"아닙니다. 주포가 반간지계(反間之計)를 쓴 것입니다. 승상께서는 결코 그놈의 말을 믿으셔서는 아니 됩니다."

고정이 억울해 부르짖었다. 그러자 공명의 얼굴이 좀 풀렸다. 한참을 머뭇거리다가 조용히 말했다.

"나 역시 편지 한 장을 그대로 믿기는 어렵다. 만약 네가 주포를 사로잡아 온다면 그때는 너의 진심을 믿어주겠다."

"그 일이라면 승상께서는 조금도 걱정하지 마십시오. 제가 가서 주포를 사로잡아 오겠습니다."

그러자 고정은 그 길로 악환과 함께 군사들을 이끌고 주포의 진채로 밀고 들어갔다. 주포의 진채가 한 십 리쯤 남은 산 곁을 지나는데 문득 한 떼의 군마가 마주쳐 왔다. 고정이 보니 주포의 군사들이었다.

고정을 본 주포가 놀라 물었다.

"고태수께서 어쩐 일이시오?"

고정이 대뜸 그런 주포를 꾸짖었다.

"너는 어찌하여 제갈승상께 못된 글을 올려 나를 해치려 했느냐?"

하도 난데없고 어이없는 말이라 주포는 눈이 둥그레져 할 말을 잃었다. 그때 악환이 말을 몰아와 멍해 서 있는 주포를 한 창에 찔러버렸다. 주포가 말에서 떨어지는 걸 보고 고정이 그 졸개들에게 소리쳤다.

"순순히 따르지 않는 자는 죽이리라. 모두 항복하라!"

그러자 주포의 군사들은 모두 그 자리에서 엎드려 고정에게 항복했다.

고정은 양쪽 군사를 모두 이끌고 공명을 찾아가 주포의 목을 바치며 항복했다. 공명이 껄껄 웃으며 말했다.

"실은 내가 그대를 믿지 않은 게 아니었소. 그대가 빨리 옹개와 주포를 죽여 충심을 보이게 하려고 의심하는 체했을 뿐이외다."

그리고 고정을 익주 태수로 삼아 세 군을 아울러 다스리게 하고 악환은 아장(牙將)으로 세웠다.

고정, 옹개, 주포의 세 갈래 군사가 모두 평정되자 영창(永昌) 태수 왕항(王伉)은 성 밖까지 나와 공명을 맞아들였다. 성으로 들어간 공명이 물었다.

"누가 공과 더불어 이 성을 지켜 무사하게 하였소?"

"제가 오늘까지 무사하게 이 성을 지킬 수 있었던 것은 모두 본군(本郡) 불위 땅 사람 여개(呂凱)가 도와준 덕분이었습니다. 모든 공이 그 사람에 힘입은 것이라 할 수 있지요."

왕항이 그렇게 대답했다. 공명은 그 자리에서 여개를 불러들이게 했다. 예가 끝난 뒤 공명이 넌지시 물었다.

"오래전부터 공이 영창의 높은 선비로 이 성을 지켜내는 데 여러 가지로 애쓰시고 있다는 말을 들어왔소. 이제 다행히 이 성은 건졌으나 나는 여기 그치지 않고 남만까지 평정할 작정이오. 공의 생각은 어떻소?"

그러자 여개가 품에서 지도 한 장을 내어주며 말했다.

"저는 벼슬길에 나온 뒤 남쪽 오랑캐들이 틈만 나면 모반하려 함을 안 지 오래되었습니다. 그래서 사람을 몰래 그 땅에 보내 거기서 군사를 머무르게 하거나 싸움을 벌이기에 좋은 땅을 살펴보고 그림을 그리게 하였습니다. 바로 이 '평만지장도(平蠻指掌圖)'인데, 이제 승상께 올립니다. 승상께서 살펴보시면 남쪽 오랑캐를 평정하는 데 약간의 도움은 받으실 수 있을 것입니다."

미리 알고 기다린 듯한 여개의 그 같은 말에 공명은 크게 기뻤다. 여개에게 행군교수(行軍敎授)를 내리고 아울러 길잡이로 삼아 남만 땅 깊숙이 들어갔다.

공명이 이끄는 군사가 한참 나아가고 있는데 문득 후주가 사자를 보내왔다는 전갈이 들어왔다. 공명이 사자를 맞아들이고 보니 그는 다름 아닌 마속이었다. 그 형 마량이 죽은 지 오래 안 돼 아직 상복 차림이었다.

"주상의 명을 받들어 군사들에게 나눠줄 술과 베를 가지고 왔습니다."

마속이 그렇게 사자로 온 뜻을 밝혔다. 공명은 후주가 내린 것을 하나하나 군사들에게 나눠준 뒤, 마속과 자리를 같이해 물었다.

"보시다시피 나는 천자의 명을 받들어 남쪽 오랑캐를 평정하러 가는 길이네. 전부터 들으니 자네는 세상 모든 일에 두루 안목이 높다는데, 내게도 좀 가르쳐주게. 이번 일은 어떻게 해야 잘될 것 같은가?"

그러자 마속이 목청을 가다듬어 말했다.

"승상께서 물으시니 어리석은 대로 한 말씀 올리겠습니다. 남쪽 오랑캐들은 그 땅이 멀고 산이 험한 걸 믿어 천자께 복종하지 않은 지 이미 오래됩니다. 또 설령 오늘 힘으로 눌러놓아도 내일이면 다시 들고 일어날 것이니 여간 다스리기 어렵지 않습니다. 이번에도 승상께서 가시면 반드시 평정은 될 것이나, 우리가 북으로 조비를 치러 나서면 그 빈틈을 타 다시 일어날 것임에 틀림없습니다. 듣기로 '적의 마음을 치는 게 으뜸이요, 적의 성을 치는 것은 그만 못하다. 마음으로 싸워 이기는 게 군사로 싸워 이기는 것보다 낫다' 하였으니 승상께서는 그 점을 헤아리셔야 할 것입니다. 마음으로 남쪽 오랑캐를 무릎 꿇게 할 수 있다면 더 바랄 게 무엇이겠습니까?"

"실로 유상(幼常, 마속의 자)이야말로 내 마음속을 들여다본 듯하이!"

공명은 그렇게 감탄하고 마속을 참군(參軍)으로 삼아 함께 데리고 갔다.

대강 마음속으로 생각해두었던 게 옳았음을 마속을 통해 확인한 까닭인지 그날부터 공명이 이끈 대군의 나아감은 더욱 빨라졌다. 오가 있어 위가 함부로 움직이지 못한다 해도 쓸데없이 남쪽에서 시간을 끌고 있을 까닭은 없었다.

두 번 사로잡고 두 번 놓아주다

남만왕(南蠻王) 맹획도 듣는 귀는 있어 공명이 슬기로 옹개의 무리를 가볍게 깨뜨렸다는 걸 알았다. 이어 공명이 자기 땅으로 진군해 오고 있다는 소식이 들어오자 제 밑에 있는 삼동(三洞, 부족. 흔히 동굴에 근거하였으므로 그렇게 나타냄)의 원수(元帥)들을 불러들였다. 첫째 동의 원수는 금환삼결(金環三結)이요, 둘째 동은 동도나(董荼那), 셋째 동은 아회남(阿會喃)이 원수였다.

"제갈량이 대군을 이끌고 우리 땅을 침범해 오고 있으니 서로 힘을 합쳐 맞서지 않을 수가 없다. 너희 셋은 길을 나누어 군사를 내고 제갈량과 싸우라. 이기는 자는 바로 동주(洞主)로 삼겠다."

맹획이 셋에게 그렇게 말하자 그들은 기세도 좋게 길을 나누어 나아갔다. 금환삼결은 가운데 길을 잡고, 동도나는 왼편 길을, 아회남은 오른편 길을 잡았는데 이끄는 군사는 각기 오만이었다.

이때 공명은 진채에서 장수들을 모아놓고 앞길을 의논하고 있었다. 문득 살피러 나갔던 군사가 나는 듯 말을 달려와 말했다.

"오랑캐의 삼동 원수가 세 길로 나누어 밀고 들어옵니다."

그 말을 들은 공명은 먼저 조운과 위연을 불러들였다. 그러나 그들에게는 아무 말도 않고 다시 왕평(王平)과 마충(馬忠)을 부르더니 둘에게 먼저 영을 내렸다.

"지금 오랑캐 군사가 세 길로 나누어 오고 있다. 나는 자룡과 문장(文長, 위연의 자)을 보내고 싶으나 그들은 이곳 지리를 잘 몰라 쓰지 못하고 있다. 따라서 그대들 둘을 먼저 보내려 하니 왕평은 왼 길로 나가 적을 맞고, 마충은 오른 길로 나가 적을 맞으라. 나는 자룡과 문장을 뒤따라 보내 그대들의 뒤를 받쳐줄 것이다. 오늘 군마를 정돈해 내일 아침 떠나도록 하라."

왕평과 마충이 영을 받고 물러나자 공명은 다시 장의와 장익(張翼)을 불렀다.

"그대들 두 사람은 군사를 이끌고 가운데 길로 나아가 적을 맞으라. 오늘 군마를 정돈한 뒤 내일 아침 왕평, 마충과 시각을 맞추어 떠나면 된다. 나는 자룡과 문장을 보내고 싶으나 이 두 사람은 지리를 잘 몰라 쓰지 못하고 있다."

공명이 그렇게 영을 내리자 장의와 장익도 소리내어 답하고 물러갔다. 조운과 위연은 공명이 끝내 자기들을 쓰지 않자 성난 빛을 드러냈다. 공명이 그런 그들을 보고 짐짓 달래듯 말했다.

"나는 장군들을 쓰지 않으려 함이 아니다. 장군들이 험한 곳을 깊숙이 들어갔다가 오랑캐들의 계책에 떨어질까 두려워 쓰지 못하는 것이오. 그렇게 되면 우리 군사들의 날카로운 기세만 꺾어놓는 꼴이 되지 않겠소?"

그러자 조운이 불끈거리며 받았다.

"만약 우리가 이곳 지리를 잘 안다면 어쩌시겠습니까?"

"어쨌든 그대들은 조용히 물러나 있고 함부로 움직이지 말도록 하시오."

공명이 기어이 두 사람을 잡아놓자 조운과 위연은 좋지 않은 기분으로 물러났다. 그러나 아무래도 그대로 있을 수는 없다 싶었던지 조운이 위연을 자기 진채로 불렀다.

"우리 두 사람은 선봉이면서도 지리를 모른다는 이유로 오늘 쓰이지 못했소. 후배들에게 할 일을 뺏겼으니 어찌 부끄러운 일이 아니겠소?"

조운이 그렇게 말하자 위연이 얼른 팔을 걷고 나섰다.

"그러지 말고 우리 두 사람이 몸소 한번 가서 살펴보는 게 어떻습니까? 토박이라도 하나 붙잡으면 길잡이로 삼아 오랑캐들을 칠 수 있을 것입니다."

조운도 들어보니 그럴듯했다. 이에 두 사람은 말에 올라 가운데 길로 달려 나갔다. 몇 리 가기도 전에 멀리서 티끌이 자욱이 이는 게 보였다. 산 위에 올라가 살펴보니 오랑캐 군사 수십 기가 말을 몰아 달려오고 있었다.

덮치기 좋은 길목에 숨어 있던 조운과 위연은 그들이 가까이 오자 양쪽에서 뛰쳐나갔다. 오랑캐 군사들은 두 사람을 보고 깜짝 놀라 달아나기 바빴다. 조운과 위연은 그런 그들을 뒤쫓아 각기 몇 명씩 사로잡았다.

진채로 돌아온 두 사람은 붙들어온 오랑캐 군사들에게 술과 밥을 주며 근처의 지리를 물었다. 그 중에 하나가 입을 열었다.

"앞에는 금환삼결 원수의 대채가 있는데, 산어귀에 자리 잡았습니다. 그 대채 동서로 두 갈래 길이 나 있어 하나는 오계동(五溪洞)으로 통하고 다른 하나는 동도나와 아회남의 진채 뒤로 이어집니다."

조운과 위연은 그 말을 듣자 곧 날랜 군사 오천을 골라 사로잡은 오랑캐 군사를 길잡이로 삼고 진채를 나섰다. 때는 밤 이경 무렵인데 달은 밝고 별은 빛났다. 달빛 속에 길을 재촉해 금환삼결의 대채에 이르니 거의 날샐 무렵인 사경이었다.

만병들은 벌써 아침밥을 짓고 있었다. 날이 밝는 대로 한바탕 짓쳐나올 요량인 듯했다. 조운과 위연은 두 갈래로 길을 나누어 그런 만병들의 진채를 들이쳤다. 그 갑작스런 공격에 만병들은 금세 어지러워졌다.

조운은 똑바로 적군 속으로 뛰어들어가다 금환삼결과 정통으로 맞닥뜨렸다. 금환삼결이 맞섰으나 원래 조운의 적수가 못됐다. 두 사람의 말이 한차례 엇갈리는가 싶더니 금환삼결은 조운의 창에 찔려 말 아래로 떨어졌다. 조운이 그 목을 베어들자 그의 졸개들은 그대로 흩어져 달아나버렸다.

금환삼결의 진채를 휩쓸자마자 위연은 군사 절반을 갈라 동쪽 길로 밀고 들어갔다. 기세를 몰아 동도나의 진채마저 휩쓸어버릴 작정이었다. 그걸 본 조운은 남은 절반을 데리고 서쪽 길로 아회남의 진채를 덮쳤다. 두 사람이 각기 목표한 만병의 진채에 이르렀을 때는 벌써 날이 훤히 밝아 있었다.

위연이 밀고 들어간 쪽은 동도나의 진채 뒤쪽이었다. 진채 뒤로 촉군이 밀려들고 있다는 말을 들은 동도나는 곧 군사를 이끌고 나가 맞싸우려 했다. 그때 갑자기 진채 앞쪽에서 함성이 일어 만병들이 크게 어지러워졌다. 왕평이 이끈 촉군이 벌써 그리로 밀어닥치고 있었다.

위연과 왕평이 앞뒤에서 들이치자 동도나는 당해낼 재간이 없었다. 이리저리 쫓기는 졸개들을 버려두고 길을 앗아 달아났다.

조운도 위연과 비슷했다. 아회남의 진채에 이르러 보니 벌써 마충의 군사들이 진채 앞으로 밀고 드는 중이었다. 조운이 뒤에서 들이치자 아회남 역시 견뎌내지 못하고 몸을 빼쳐 달아났다.

조운을 비롯한 촉장 네 사람이 군사를 거두어 진채로 돌아가자 공명이 물었다.

"세 동(洞)의 만병들이 무너져 달아났다면 그 우두머리 세 사람의 목은 어디 있는가?"

그 말에 조운이 금환삼결의 목을 들어다 바쳤다. 다른 장수들이 분하다는 듯 입을 모았다.

"동도나와 아회남은 말을 버리고 산마루로 달아나는 통에 뒤쫓지를 못했습니다."

그러자 공명이 껄껄 웃으며 말했다.

"하지만 걱정하지 말라. 그 둘은 내가 이미 사로잡아놓았다."

하지만 조운을 비롯한 네 장수는 그런 공명의 말을 믿을 수가 없었다. 서로 알 수 없다는 듯 얼굴만 마주보고 있는데, 문득 장의와 장익이 적장 둘을 묶어 끌고 들어왔다. 장의가 끌고 오는 것은 동도나였고 장익이 끌고 오는 것은 아회남이었다.

모두 놀랍고도 궁금해 공명을 바라보자 담담히 그 경위를 밝혔다.

"나는 여개(呂凱)의 지도를 보고 이미 저들이 진채를 세울 곳을 알았다. 그래서 일부러 자룡과 문장의 예기를 격동시켜 적진 깊숙이 들어가게 한 것이다. 자룡과 문장이 금환삼결의 진채를 먼저 쳐부수고 길을 나누어 양쪽의 적 진채로 짓쳐들 때 왕평과 마충을 보내 호응하게 했는데, 그 같은 일은 자룡과 문장이 아니고는 해낼 수가 없다고 보았다. 또 나는 동도나와 아회남이 반드시 산길로 달아날 것도 미리 헤아렸다. 그래서 장의와 장익에게 복병이 되게 하고 관색은 그 둘을 도와 동도나와 아회남을 사로잡게 하였다."

그제서야 모든 장수들이 엎드려 절하며 감탄했다.

"승상의 헤아림은 실로 귀신도 알아맞히기 어려울 것입니다."

공명은 조용히 웃으며 그들을 보다가 문득 영을 내렸다.

"저 두 사람을 풀어주어라."

동도나와 아회남을 가리키며 하는 말이었다.

군사들이 동도나와 아회남을 풀어주자 공명은 다시 그들에게 술과 고기를 대접하고 좋은 옷을 내리며 말했다.

"너희들은 각기 너희 동으로 돌아가거라. 다시는 나쁜 일을 거들어서는 아니 된다."

꼭 죽는 줄 알았던 동도나와 아회남은 그 같은 공명의 너그러움에 감격했다. 엎드려 울며 감사하고 샛길로 돌아갔다.

그들이 돌아간 뒤 공명은 다시 장수들을 불러놓고 말했다.

"내일은 반드시 맹획이 스스로 군사를 이끌고 덤벼들 것이다. 그 틈을 타 사로잡아야겠다."

그러고는 먼저 조운과 위연을 불러 각기 오천의 군사를 주며 어디론가 보냈다. 그다음은 왕평과 관색이었다. 공명은 그들에게도 각기 한 갈래 군마와 함께 계책을 주어 어디론가 보냈다.

한편 맹획은 삼동의 원수를 보내놓고 소식을 기다리는데 홀연 사람이 들어와 알렸다.

"세 동의 원수는 모두 촉군에게 사로잡히고 그 군사들은 흩어져 버렸다 합니다."

그 말을 들은 맹획은 크게 노했다. 곧 자기가 거느린 만병들을 휘몰아 싸우러 가다가 왕평의 군마와 마주쳤다.

양군이 둥그렇게 진을 쳐 맞선 가운데 왕평이 나가보니 말 탄 만병의 장수 수백 기에 싸여 맹획이 나오는 게 보였다. 머리에는 보석을 박은 자줏빛 금관을 쓰고 몸에는 붉은 비단 전포를 걸쳤으며, 허리에는 사자를 새긴 옥대요, 발에는 매부리 모양의 녹색 가죽신이었다. 한 마리 털이 굽슬굽슬한 적토마를 타고 두 자루 보검을 차고 있는 게 자못 위풍이 당당했다.

가만히 촉진(蜀陣)을 살펴보던 맹획이 좌우를 돌아보며 말했다.

"사람들이 매양 제갈량은 용병을 잘 한다더니 오늘 저 진을 보니 별것도 아니구나. 깃발은 어수선하고 대오는 뒤얽혀 어지러우며, 창칼이나 다른 병기도 나보다 나을 게 하나도 없지 않은가. 그전에 들은 말이 틀렸음을 이제야 알겠다. 진작에 알았더라면 훨씬 일찍부터 맞서보았을 것을.

자, 이제 누가 촉의 장수를 사로잡고 우리의 위세를 떨쳐 보이겠느냐?"

그러자 말이 끝나기도 전에 한 장수가 소리치며 나섰다.

"제가 나가보겠습니다."

맹획이 보니 망아장(忙牙長)이란 장수였다.

망아장은 한 자루 끝이 뭉툭한 큰 칼을 들고 황표마(黃驃馬)를 몰아 왕평에게 덤볐다. 왕평이 그와 맞섰으나 몇 합 싸우기도 전에 달아났다. 신이 난 맹획은 군사를 휘몰아 달아나는 촉군을 뒤쫓았다. 관색(關索)이 다시 나왔으나 또한 제대로 싸워보지도 않고 달아났다.

촉군이 달아나기를 이십 리 남짓, 맹획이 한창 신이 나서 그런 촉군을 뒤쫓는데 문득 함성이 크게 일며 장의와 장익의 두 갈래 군마가 쏟아져 나와 맹획이 돌아갈 길을 끊어버렸다. 달아나던 왕평과 관색도 되돌아서서 맹획을 들이쳤다.

촉군이 앞뒤에서 짓두들기니 만병들은 금세 뭉그러졌다. 맹획은 거느린 장수들과 죽기로 싸워 한 가닥 길을 열고 금대산(錦帶山) 쪽으로 달아났다. 그 뒤를 촉군의 세 갈래 군마가 급하게 뒤쫓았다.

맹획이 정신없이 말 배를 차고 있는데 다시 앞에서 크게 함성이 일며 한 떼의 군마가 길을 막았다. 앞선 장수는 상산의 조자룡이었다.

놀란 맹획은 금대산 좁은 길로 방향을 바꾸었다. 조자룡은 그런 맹획을 덮쳐 한바탕 만병을 죽이고 나머지는 사로잡았다. 맹획은 겨우 수십 기만 거느리고 산골짜기로 들어섰다. 등 뒤에는 뒤쫓는 군사들이 바짝 다가오는데 갑자기 길이 좁아져 말이 나갈 수가 없었다.

맹획은 말을 버리고 산등성이를 기듯 하며 넘어갔다. 산마루를 넘자 비로소 온전히 벗어났는가 싶었으나 아니었다. 문득 그쪽 산골짜기에서 다시 북소리가 울리며 촉군이 쏟아져 나왔다. 공명의 명을 받고 거기 숨어 기다리던 위연의 오백 보군이었다.

그래도 맹획은 어떻게 뚫고 나가보려 했으나 어림없는 일이었다. 맹획이 위연에게 사로잡히자 그를 따르던 장수들도 모조리 항복했다. 위연은 사로잡은 맹획을 이끌고 공명에게로 갔다.

그때 공명은 맹획을 맞을 채비를 갖춰놓고 있었다. 소와 말을 잡아 잔치를 차리게 하는 한편 장막 안에 일곱 겹으로 무사를 세워 그들의 창칼에서 뿜는 빛은 가을 서리와 겨울 눈 같았다. 스스로는 천자에게서 받은 황금 부월(斧鉞)을 손에 잡고 자루 구부러진 덮개를 받치게 하여 단정히 앉았다. 북소리 피리소리 은은한 가운데 좌우에 어림군을 늘어 세우고 그렇게 앉아 있으니 공명의 위의는 그 어느 때보다 엄중해 보였다.

먼저 끌려 들어오는 것은 수많은 만병들이었다. 공명은 그들을 묶은 끈을 풀어주게 하고 부드럽게 달랬다.

"너희들은 모두가 착한 백성들인데 불행히도 맹획에게 얽매여 이렇게 놀랍고 두려운 처지에 빠졌구나. 내가 생각하기에 너희들의 부모형제와 처자는 문에 기대 너희들이 돌아올 날만 기다리고 있을 것이다. 만약 이번 싸움에 너희들이 진 걸 알면 그들은 배가 갈라지고 창자가 비틀리는 듯한 슬픔으로 피눈물을 쏟을 것이다. 이제 너희들을 풀어줄 터이니 모두 돌아가 그들의 마음을 가라앉혀주라."

그러고는 술과 밥을 먹이고 곡식을 나눠주며 정말로 모두 놓아주었다. 만병들은 그 은혜에 깊이 감동해 울며 절하고 돌아갔다.

공명은 다시 무사들을 불러 맹획을 끌어내 오게 했다. 오래잖아 맹획이 무사들에게 앞뒤로 에워싸여 끌려왔다. 맹획이 장막 아래 무릎 꿇리어지자 공명이 그를 보고 가만히 물었다.

"선제께서 너를 박하게 대접하지 아니하셨는데 네 어찌 감히 모반했느냐?"

그러자 맹획은 조금도 굽히는 기색 없이 되받았다.

"동천, 서천의 땅은 원래 모두 다른 사람이 차지하고 있던 땅이었다. 그런데 네 주인이 힘으로 그걸 뺏어 마침내는 천자에까지 올랐다. 거기 비해 나는 대대로 이 땅에 살아왔다. 너희가 무례하게 우리 땅을 침범했는데 어찌 맞서 싸우지 않겠는가?"

겁없고 비위에 거슬리는 소리였지만 어찌 된 셈인지 공명은 성내는 기색이 없었다. 여전히 조용한 목소리로 물었다.

"너는 이제 내게 사로잡혔다. 그래 놓고도 마음으로는 항복할 수 없다는 것이냐?"

"산이 험하고 길이 좁아 재수없게 네 손에 떨어졌을 뿐이다. 어찌 마음속으로까지 네게 항복하겠는가?"

맹획이 여전히 그렇게 뻗대었다. 요샛말로 민족의 독립운동을 이끄는 지도자다운 기개였다. 공명은 그런 맹획을 한동안 살피다가 물었다.

"네가 복종할 수 없다면 너를 놓아 보내주는 수밖에 없구나. 어떠냐? 너를 놓아 보내주랴?"

전에 마속이 한 말도 있었지만 자부심이 강한 인간 특유의 호승

심이 발동한 것도 사실이었다. 맹획이 그 말을 받아 씩씩하게 대답했다.

"만약 네가 나를 놓아준다면 나는 다시 군마를 정돈해서 너와 자웅을 가려보겠다. 만약 다시 나를 사로잡을 수 있다면 그때는 네게 진심으로 항복하마."

그러자 공명은 그 자리에서 맹획을 묶은 밧줄을 풀어주게 했다. 뿐만 아니라 새 옷을 입히고 술과 밥을 먹인 뒤 안장 얹은 말까지 내주며 맹획을 보내주었다.

애써 잡은 맹획을 그냥 놓아주는 걸 보고 장수들이 공명에게 물었다.

"맹획은 남쪽 오랑캐들의 큰 우두머리올시다. 이제 다행히 사로잡아 남쪽 지방을 생각보다 빨리 평정했다 싶었는데 승상께서는 어찌하여 그를 그냥 놓아 보냈습니까?"

공명이 빙긋 웃으며 대답했다.

"내가 저를 사로잡기는 주머니에 든 물건을 꺼내는 것이나 다름이 없다. 그가 마음으로 항복해야만 이 땅이 온전히 평정될 것이니, 나는 그때까지 기다리겠다."

그러자 장수들은 아무래도 그 말을 다 믿을 수가 없었다.

한편 공명에게서 풀려난 맹획은 그날 하루를 달려 노수(瀘水) 가에 이르렀다. 마침 거기에는 싸움에 져서 쫓겨온 만병들이 몰려 있었다. 소문을 듣고 찾아온 그들은 사로잡혀 갔던 맹획이 멀쩡하게 돌아온 걸 보고 한편으로는 놀라고 한편으로는 궁금해 물었다.

"대왕께서는 어떻게 몸을 빼 돌아오실 수 있으셨습니까?"

맹획이 멀쩡하게 거짓말을 늘어놓았다.

"촉나라 놈들이 나를 장막 안에 가두어두길래 틈을 타 그놈들 여남은을 해치우고 밤을 틈타 달아났다. 오다가 보초를 서고 있는 마군을 또 만났으나 그때도 그놈을 죽이고 빠져나왔지. 이 말은 바로 그놈에게서 뺏은 것이야."

그 말에 속은 졸개들은 다시 힘을 얻었다. 맹획을 받들어 모시고 노수를 건너 새로 진채를 얽었다. 그리고 인근 여러 동(洞) 우두머리를 불러들이는 한편 촉군에게서 놓여난 만병들을 찾아 모으니 어느새 그 군세는 다시 십만이 넘어섰다.

이때 동도나와 아회남은 각기 저희 동에 있었다. 맹획이 사람을 보내 부르자 겁이 나서 저희 졸개들을 데리고 맹획에게로 갔다.

저희 편이 대강 다 모였다 싶자 맹획이 영을 내렸다.

"나는 이제 제갈량의 계책을 다 알았다. 그와 싸워서는 안 되니, 싸우게 되면 반드시 그의 속임수에 빠지고 말 것이다. 싸우지 않고 이길 수 있다. 곧 저들 촉의 군사는 먼 길을 와서 지치고 고단한 데다 날까지 이렇게 찌는 듯한데 무슨 수로 오래 견디겠느냐? 우리에게는 노수의 험함이 있다. 배와 뗏목을 모두 남쪽 언덕에 끌어다 놓은 뒤 토성을 높이 쌓고 도랑을 깊이 파 그 속에서 제갈량이 무슨 꾀를 내는지 구경이나 하자."

자못 밝게 보고 하는 소리였다. 모든 추장은 그 말에 따라 배와 뗏목을 남쪽 언덕에다 끌어 놓고 토성을 쌓기 시작했다. 강가 산기슭에다 높은 성루를 세우고 거기다가 활과 쇠뇌며 돌을 날리는 기계를 설치하여 오래 견디어낼 채비를 했다. 군량과 마초는 각 동에서 대기로 되어 있었다. 그렇게 되니 모든 게 빠짐없이 갖춰진 셈이라, 그로부터 맹획은 조금도 제갈공명을 걱정하지 않았다.

한편 공명은 군사를 휘몰아 내려오다가 노수 가에 이르게 되었다. 먼저 살펴보러 갔던 군사가 달려와 알렸다.

"노수 가에는 배 한 척 뗏목 한 대 남아 있지 않은데, 물살은 세고 물은 매우 깊습니다. 또 물 건너 언덕에는 토성이 쌓여 있고, 그 위에서는 만병들이 파수를 보고 있습니다."

이때가 마침 오월이라 원래도 한여름인데 남쪽으로 내려왔으니 그 더위는 더 심했다. 군사와 말은 갑주를 걸치기는커녕 홑옷조차 꿰고 있기 어려웠다.

공명은 몸소 노수 가로 가서 맹획의 대비를 살펴보았다. 여기저기 꼼꼼히 살피더니 대채로 돌아가 장수들을 모아놓고 말했다.

"지금 맹획은 노수 남쪽에 머물면서 성벽을 높이 쌓고 도랑을 깊게 파 우리에게 대항하고 있다. 그렇지만 우리가 여기까지 군사를 끌고 왔다가 빈손으로 돌아갈 수야 없지 않은가? 그대들은 각기 군사를 이끌고 산기슭 숲가로 가서 나뭇잎이 무성한 곳에 진채를 얽고 사람과 말을 함께 쉬게 하라."

그러고는 그곳 지리에 밝은 여개를 보내 노수에서 백 리쯤 떨어진 시원한 곳에 두 개의 진채를 얽게 하고 왕평, 장의, 장익, 관색 넷을 보내 둘이서 하나씩 맡아 지키게 했다. 또 진채 밖에는 풀로 엮은 덮개를 둘러치게 해 그 아래 말들이 더위를 피하게 하고 장졸들도 서늘한 곳에서 편히 쉬게 했다.

참군 장완이 그걸 보고 제갈공명을 찾아가 말했다.

"제가 여개가 얽은 진채를 보니 몹시 좋지 아니합니다. 지난날 선제께서 동오에게 낭패를 보실 때의 잘못을 그대로 따르고 있는 듯합니다. 만약 만병이 노수를 건너와 갑자기 진채를 들이치고 불로 공격해 오면 어떻게 막으실 작정입니까?"

그러자 제갈량이 빙긋 웃으며 대답했다.

"너무 걱정하지 마시오. 내게 묘한 계책이 서 있소이다."

하지만 장완을 비롯한 다른 사람들은 아무래도 그 속셈을 알 수가 없었다.

그럴 즈음 후주가 마대를 시켜 더위 먹은 데 쓰는 약과 군량을 보내왔다는 전갈이 왔다. 공명이 불러들이자 마대는 절하며 공명을 보고 온 뜻을 밝히는 한편, 가져온 약과 곡식을 각 진채에 나누어주었다.

그 일을 끝내고 돌아온 마대에게 공명이 가만히 물었다.

"그대가 끌고 온 군마는 얼마나 되는가?"

"한 삼천 됩니다."

마대가 왜 그러냐는 듯 공명을 보며 그렇게 대답하자 공명이 다시 물었다.

"내가 이끌고 온 군사는 지금 거듭되는 싸움으로 지쳐 있다. 그대의 군마를 좀 썼으면 하는데 한번 해보겠는가?"

"제가 이끌고 온 군마도 모두 나라의 군마입니다. 어찌 이쪽저쪽을 가를 수 있겠습니까? 승상께서 쓰실 작정이라면 죽더라도 마다 않고 한번 나가보겠습니다."

마대가 그렇게 흔연히 대답했다. 공명이 그런 마대에게 진작부터 마음먹고 있던 계책을 털어놓았다.

"지금 맹획은 노수에 의지해 항거하고 있어 건널 길이 없다. 나는 그 곡식 대는 길을 끊어 맹획의 군사가 절로 어지러워지게 만들려 한다."

"어떻게 그 곡식 대는 길을 끊어버릴 수 있겠습니까?"

"여기서 백오십 리쯤 내려가면 노수 하류에 사구(沙口)란 곳이 있다. 그곳은 물살이 느려 아무렇게나 엮은 뗏목으로도 건널 수가 있을 것이다. 그대는 이끌고 온 삼천 군마를 이끌고 거기를 건너 똑바로 오랑캐들의 마을[蠻洞]로 들어가라. 가서 먼저 그 양식 대는 길을 끊은 뒤, 동도나와 아회남 두 동주(洞主)를 만나 그들로 하여금 안에서 호응케 하면 일이 그릇됨은 없을 것이다."

그 말을 들은 마대는 그 자리에서 군사를 몰아 사구로 갔다. 사구에 이르러 보니 물은 허리춤에도 오지 않을 만큼 얕았다. 이에 군사들은 태반이 뗏목을 타지 않고 벌거벗은 채 물속으로 뛰어들었다.

그런데 이게 웬일인가. 벌거벗고 물에 들어간 군사들이 물을 반쯤 건너기도 전에 픽픽 쓰러지는 게 아닌가. 급하게 물가로 끌어냈지만 한결같이 코와 입으로 피를 쏟으며 죽어갔다.

깜짝 놀란 마대는 밤길을 달려 공명에게 그 일을 알리게 했다. 공명도 놀랐다. 곧 인근에 사는 그곳 토박이들을 불러오게 해 그 까닭을 물었다. 토박이 한 사람이 그 까닭을 일러주었다.

"지금이 몹시 뜨거운 철이라 그렇습니다. 노수에 괸 독기가 해가 내리쬐어 강물이 뜨거워지자 피어오른 것입니다. 그때 물을 건너는 사람은 반드시 그 독기를 쐬게 되고, 만약 그 물을 마시면 반드시 죽게 됩니다. 굳이 그 물을 건너려면 밤이 되어 물이 식은 다음에 건너야 합니다. 그때는 독기가 피어오르지 않아 밥을 든든히 먹고 건너면 별 탈이 없습니다."

그 말을 들은 공명은 그 토박이를 길잡이로 삼고 가려 뽑은 장사오, 육백과 함께 마대에게로 보냈다.

마대는 그 말대로 한밤중에 뗏목을 타고 그 물을 건넜다. 정말로 아무 일 없이 건널 수 있었다. 마대는 이천 군마를 몰아 오랑캐 부락으로 밀고 나가다가 그들이 양식 나르는 모든 길의 길목이 되는 좁은 산골짜기를 차지해버렸다.

협산곡에는 양편 산 사이로 한 가닥 길이 나 있는데 그게 얼마나 좁은지 말 한 필에 사람 하나가 겨우 지날 수 있을 정도였다. 그 골짜기를 차지한 마대는 군사를 나누어 거기다가 진채와 목책을 세우게 했다.

그걸 알 리 없는 만족들은 오래잖아 다시 그 길로 맹획이 쓸 곡식을 옮기려 했다. 마대는 그런 만족을 덮쳐 백여 대의 곡식 수레를 모조리 빼앗어버렸다.

한편 그때 맹획은 하루종일 진채 안에서 술만 마시고 군사 부리는 일은 돌보지 않았다. 고작 한다는 일이 추장들을 불러 모아놓고 큰소리나 치는 것이었다.

"내가 만약 제갈량과 바로 맞서게 되면 반드시 그의 속임수에 빠지게 될 것이다. 그 때문에 지금 노수의 험한 물에 의지해, 성을 높이 쌓고 도랑을 깊게 한 채 기다리고 있다. 촉나라 것들은 이곳의 더위를 못 이겨서라도 반드시 물러나게 될 것이다. 그때 나와 너희들이 힘을 합쳐 그 뒤를 들이치면 제갈량을 사로잡기는 어렵지 않다."

맹획이 그렇게 떠들자 한 추장이 말했다.

"사구 쪽은 물이 얕아 촉병들이 몰래 건널 수도 있습니다. 만약 그렇게 되면 우리에게 매우 해로우니 마땅히 군사를 쪼개 그곳을 지키도록 해야 합니다."

그러자 맹획은 호탕한 체 껄껄거리며 면박을 주었다.

"너는 이곳 토박이면서 어째 그렇게도 모르는가? 촉병이 그곳을 건너는 것은 내가 오히려 바라는 일이다. 만약 그들이 그곳을 건넌다면 모조리 물 가운데서 죽고 말 것이다."

"꼭 그렇지만도 않습니다. 이곳 토박이들이 밤중에 건너면 된다는 걸 일러준다면 그때는 어떻게 하겠습니까?"

그 추장이 아무래도 걱정된다는 듯 다시 그렇게 물었다. 맹획은 그래도 큰소리만 쳤다.

"너무 걱정할 것 없다. 우리 땅에 사는 사람이 설마 적을 돕기야 하겠는가?"

그러는데 문득 급한 전갈이 왔다.

"수는 얼마가 되는지 모르겠으나 촉병들이 노수를 건너 협산곡으로 난 우리 양식 길을 끊어버렸습니다. 그 대장이 쓰는 깃발에는 '평북장군 마대'라고 씌어 있었습니다."

이미 칼끝이 목 어름까지 이른 셈이건만 아직도 맹획은 급한 줄을 몰랐다.

"그까짓 어린애들을 가지고 무어 떠들 게 있느냐!"

그렇게 허세를 부리며, 부장 망아장에게 삼천 군마를 주어 협산곡으로 달려가게 했다.

마대는 만병들이 몰려온다는 말을 듣자 이천 군사를 이끌고 산 아래에다 진을 쳤다. 이윽고 만병이 이르러 양군이 둥글게 마주보고 있는 가운데 망아장이 말을 달려 나와 마대에게 덤볐다.

망아장의 기세는 볼만했으나 솜씨는 마대에게 미치지 못했다. 겨우 한 번 부딪고는 그대로 마대의 칼에 맞아 말 아래로 떨어졌다. 대장이 그렇게 죽자 졸개들은 그대로 뭉그러져 달아났다. 쫓겨간 망아장의 졸개들이 숨을 헐떡이며 맹획에게 돌아가 자기들이 본 일을 그대로 전했다.

그제서야 맹획도 걱정하는 꼬락서니가 되었다. 여러 장수들을 불러 놓고 물었다.

"누가 나가서 마대와 한번 맞서보겠는가?"

"제가 나가보겠습니다."

그 자리에 있던 동도나가 얼른 나섰다. 모두들 움츠러들어 눈치만 보는데 동도나가 나서주니 맹획은 반가웠다. 기꺼이 삼천 군사를 떼어주어 보냈다. 그리고 한편으로는 촉군이 또 노수를 건널까 봐 사구로도 아회남을 보내 삼천 군사와 더불어 그곳을 지키게 했다.

동도나가 협산곡에 이르러 진채를 내리자마자 마대가 군사를 이끌고 달려 나와 맞섰다. 둘이 막 맞붙으려 하는데 촉군 하나가 동도나를 알아보고 마대에게 일러주었다.

"저 사람이 바로 동도나란 동주올시다."

그러자 마대는 동도나 앞으로 나가 큰 소리로 꾸짖었다.

"의리를 모르고 은혜를 저버린 것아. 우리 승상께서는 너를 불쌍히 여겨 목숨을 붙여주었건만 너는 어찌 또 배신하였느냐? 도대체 너도 부끄러움을 아는 놈이냐?"

동도나가 거기 대답할 말이 있을 턱이 없었다. 얼굴 가득 부끄러운 빛을 띠고 섰다가 싸워보지도 않고 물러가버렸다. 마대는 그 뒤를 한바탕 후려주고 자기 진채로 돌아갔다.

맹획에게로 쫓겨간 동도나가 기어드는 목소리로 싸움의 결과를 말한 뒤에 덧붙였다.

"마대는 뛰어난 장수라 당해낼 길이 없었습니다."

그러자 맹획이 벌컥 성을 내며 소리쳤다.

"나는 네가 전에 제갈량의 은혜를 입은 적이 있음을 알고 있다. 그 때문에 싸워보지도 않고 쫓겨온 게 아니냐? 이는 바로 적에게 싸움을 팔아먹는 수작[賣陣之計]이다."

그러고는 좌우를 돌아보며 영을 내렸다.

"저놈을 끌어내다 목 베어라!"

그 갑작스런 불호령에 놀란 추장들이 나서서 맹획을 말렸다. 여럿이서 갖은 말로 동도나를 살려주기를 빌자 맹획도 마침내는 영을 바꾸었다.

"저놈의 목숨은 붙여주되 큰 몽둥이로 백 대를 때려 내쫓아라!"

이에 무사들은 동도나를 끌어내 대곤(大棍) 백 대를 때린 뒤 자기 진채로 돌려보냈다.

여러 추장들이 늘어져 누운 동도나를 찾아보고 말했다.

"우리들이 비록 오랑캐 땅에 살고 있으나 일찍이 중국을 감히 침범한 적이 없었고, 중국도 일찍이 까닭없이 우리 땅을 침범하지 않았습니다. 그런데 이제 맹획이 몰아대는 바람에 하는 수 없이 모반을 일으키게 되었습니다. 하지만 공명의 헤아릴 길 없이 놀라운 꾀는 조조와 손권도 두려워하였는데 하물며 우리 같은 오랑캐가 어떻게 맞서겠습니까? 거기다가 우리들은 모두 붙들렸다가 목숨을 용서받은 적이 있는 사람들입니다. 어찌 그 보답을 하지 않을 수 있겠습니까? 이제 우리는 목숨을 걸고라도 맹획을 죽여 공명에게 항복하는 게 낫겠습니다. 그리하여 여기 있는 사람들은 물론 동(洞)의 무고한 백성들을 도탄에서 구함이 옳습니다."

그러나 동도나는 맹획이 시킨 일일지도 모른다는 생각에서 슬몃 그들을 떠보았다.

"그대들의 속마음을 알 수 없으니 어찌해야 할지 모르겠소."

그러자 공명에게 붙들렸다가 놓여난 사람들이 목소리를 합쳐 소리쳤다.

"믿어주십시오. 우리는 모두 원수님과 함께 가기를 원합니다."

다른 사람들도 그들을 따라나서니 동도나는 비로소 마음을 굳혔다. 강도(鋼刀)를 빼들고 그들 백여 명과 더불어 맹획의 대채로 달려갔다.

그때 맹획은 술에 몹시 취해 장막 안에 잠들어 있고 장수 둘이 장막 밖에서 그를 지켜주고 있었다. 동도나가 칼끝으로 그 두 장수를 가리키며 말했다.

"너희들도 또한 제갈승상에게서 죽음을 용서받은 자들이다. 마땅히 그 은혜를 갚도록 하라."

그러자 두 장수가 한꺼번에 대답했다.

"그런 일이라면 장군께서 손을 쓰실 것까지도 없습니다. 저희들이 맹획을 산 채로 묶어다 승상께 갖다 바치겠습니다."

그러고는 장막 안으로 뛰어들어가 술 취해 쓰러져 있는 맹획을 꽁꽁 묶었다.

그들은 맹획을 끌고 노수 가로 가서 배에 태우고 물을 건넜다. 똑바로 공명이 있는 북쪽 언덕에 배를 댄 뒤 먼저 사람을 보내 그 소식을 알렸다.

이때 공명은 풀어둔 세작들을 통해 이미 그 일을 훤히 알고 있었다. 가만히 영을 내려 각 진채의 장졸들에게 무기와 깃발 등을 정돈해두게 한 뒤 비로소 동도나와 추장들이 보낸 사람에게 말했다.

"우두머리 되는 추장만 맹획을 끌고 들어오고 나머지는 모두 본채로 돌아가 기다리도록 하라."

이에 동도나만 맹획을 끌고 공명을 찾아갔다. 공명은 먼저 동도나를 불러들여 무거운 상을 내림과 아울러 좋은 말로 그 수고로움을 달래주었다. 마음이 흐뭇해진 동도나는 공명에게 절하여 작별하고 추장들과 함께 자기들 진채로 돌아가버렸다.

공명은 다시 맹획을 끌어오게 했다. 맹획이 칼과 도끼를 든 군사들에게 등을 밀리며 들어서자 공명이 껄껄 웃으며 말했다.

"전에 네가 말하기를 '앞으로 다시 사로잡히게 되면 항복하겠소' 했다. 자, 이제 어떡하겠느냐?"

맹획이 뻣뻣이 고개를 쳐들고 소리쳤다.

"이번 일은 네가 잘해서 된 게 아니라, 내 밑엣것들이 들고 일어나 우리끼리 서로 해쳐 이 꼴이 난 것이다. 그런데 어떻게 항복할 수 있겠느냐?"

"좋다, 그럼 내가 다시 한번 너를 놓아주면 어찌하겠느냐?"

공명이 별로 머뭇거리지도 않고 그렇게 물었다. 그러자 맹획도 약간 기세가 수그러졌다.

"내가 비록 오랑캐 족속이나 병법은 좀 알고 있소. 만약 승상이 나를 놓아주어 우리 동중(洞中)으로 돌아가게 해준다면 나는 다시 한번 군사를 이끌고 나와 승상과 승부를 가려볼 것이오. 만약 이번에도 승상이 나를 사로잡으면 그때는 진심으로 항복하겠소. 딴소리하지 않겠소이다."

전과 달리 제법 정중하게 말했다. 공명이 한 번 더 다짐을 주었다.

"이번에 사로잡히고서도 또 항복하지 않으면 그때는 가볍게 용서하지 않으리라."

그리고 좌우를 보며 영을 내렸다.

"맹획을 풀어주어라."

이에 무사들이 밧줄을 풀어주자 공명은 맹획을 장막 안에 앉힌 다음 술과 밥을 내주며 말했다.

"나는 초려를 나온 뒤로 싸워서 이기지 못함이 없었고, 쳐서 빼앗지 못함이 없었다. 그런데 어째서 너희 오랑캐 땅[蠻邦] 사람들은 항복하지 않느냐?"

그러나 맹획은 입을 꾹 다물고 대답하지 않았다.

술자리가 끝난 뒤 공명은 맹획과 말 머리를 나란히 하고 진채를 돌았다. 그냥 놓아 보내는 게 아니라 각 영채를 두루 구경시켜서 보낼 뜻인 듯했다. 따라서 맹획은 촉군의 진채와 나무 울타리[柵]가 어떻게 자리 잡고 있으며, 군량과 병기는 어디에 쌓여 있는가를 모두 살필 수 있었다. 그러나 공명은 그것들로 맹획의 기를 죽이려는 듯 이것저것 다 보여준 뒤 맹획에게 말했다.

"그대가 내게 항복하지 않겠다니 참으로 어리석은 사람이다. 내가 이렇게 많은 빼어난 군사들과 용맹한 장수들에다 넉넉한 곡식과 말 먹이 풀이며 갖가지 싸우는 연장을 갖추고 있는데 그대가 어찌 나를 이길 수 있겠는가? 만약 일찍 항복하면 천자께 말씀드려 네 왕위를 잃지 않게 할 것이요, 자자손손 이 땅을 다스리게 해주겠다. 어떠냐? 이래도 항복할 뜻이 없느냐?"

맹획도 공명의 진채를 구경하고서는 생각이 바뀌었다는 듯 태도가 달라졌다. 갑자기 말투가 공손해져 항복의 뜻을 비쳤다.

"제가 비록 항복을 한다 하더라도 동중의 다른 사람들까지야 마음으로 항복하겠습니까? 만약 승상께서 놓아 보내주신다면 돌아가는 대로 사람들을 불러 모아 달래보겠습니다. 그래서 모두의 마음이 한가지로 된 뒤에 승상께로 귀순하겠습니다."

그러자 공명의 얼굴에 기꺼워하는 빛이 가득했다. 맹획을 데리고 다시 대채로 돌아와 날이 저물도록 술잔을 나눈 뒤에야 돌려보냈다. 그것도 공명이 몸소 노수까지 나가 배에 오르는 맹획을 배웅할 만큼 은근한 태도였다.

하지만 노수를 건너 자기의 본채로 돌아온 맹획은 공명 앞에서와는 딴판이었다. 언제 항복하겠다고 했느냐는 듯 이를 악물고 싸울 채비에 들어갔다.

그 첫 번째가 이미 공명의 사람이 된 것이나 다름없는 동도나와 아회남을 없앤 일이었다. 맹획은 먼저 장막 안에 도부수를 감춰놓고 믿을 만한 졸개를 동도나와 아회남의 진채로 보냈다. 공명이 사자를 보냈으니 어서 와보라는 거짓 전갈을 주어서였다. 그리고 거기 속은 동도나와 아회남이 오자 감추어두었던 도부수를 호령해 모두 죽인 뒤 그 시체를 개골창에 내던졌다.

공명의 불찰이었다. 이왕에 맹획을 놓아 보낼 양이면 자기편이 된 동도나와 아회남은 어떻게 보호할 수 있는 방책을 마련했어야 했다. 그런데 아무런 손을 쓰지 않아 둘 다 그토록 끔찍하게 죽음을 당하고 말았다. 항복하겠다는 맹획의 말에 속았던 것일까, 아니면 원주민 협력자의 안위에 대한 정복자의 비정이나 다름없는 소홀함이었을까.

아회남과 동도나를 죽여 내부의 걱정거리를 없이 한 맹획은 다시 가깝고 믿을 만한 사람을 골라 그 둘이 지키던 길목을 지키게 했다. 그리고 스스로는 있는 대로 군사를 긁어모아 협산곡으로 달려갔다. 마대를 쳐없앰으로써 노수를 건너 만들어진 촉군의 발판을 없애버리려는 생각에서였다.

그러나 막상 마대가 있던 협산곡에 이르러 보니 촉군은 한 명도 눈에 띄지 않았다. 어리둥절해진 맹획은 근처에 사는 백성들을 불러 물어보았다.

"여기 있던 촉군들은 모두 어디로 갔느냐?"

그러자 그들이 입을 모아 말했다.

"어젯밤 진채를 뽑고 군량과 마초까지 챙겨 노수를 건너가버렸습니다."

그 같은 말에 그야말로 닭쫓던 개 울만 쳐다보는 격이 된 맹획은 하릴없이 군사를 돌려 자신의 근거지로 돌아갔다. 하지만 이미 마음속에 세워둔 계책이 있는지 별로 움츠러드는 기색은 없었다. 곧 제 아우 맹우를 불러 의논하는데 매우 자신에 차 있었다.

"나는 지금 제갈량의 허실을 모조리 알고 있다. 이번에는 반드시 이길 것이니 너는 시키는 대로만 하면 된다."

그렇게 큰소리부터 쳐놓고 이어 귓속말로 무언가를 일러주어 내보냈다.

네 번을 사로잡혀도 기개는 꺾이지 않고

다음 날이었다. 맹우는 황금과 좋은 구슬, 보배스런 조개껍질, 상아, 물소뿔 따위 값지고 귀한 것들을 잔뜩 싸지고 만병 백여 명과 노수를 건너 제갈량의 대채로 찾아갔다. 그들 일행이 물을 건너 북쪽 언덕에 내리자마자 북소리 피리소리 요란한 가운데 한 떼의 군마가 앞을 가로막았다. 앞선 장수는 협산곡에서 홀연히 사라진 마대였다.

맹우는 깜짝 놀라 몸을 떨었다. 마대가 그런 맹우에게 물었다.

"너는 누구며 어찌하여 왔는가?"

"저는 맹획의 아우 맹우로 승상을 뵈오러 왔습니다."

맹우가 겁먹은 얼굴로 그렇게 대답했다. 마대는 그런 맹우를 진채 바깥에 있게 하고 사람을 뽑아 공명에게 보냈다.

때마침 공명은 마속, 장완, 여개, 비위 등과 더불어 남만을 평정할 계책을 짜내고 있었다. 홀연 마대에게서 사람이 와서 알렸다.

"맹획이 아우 맹우를 보내 금은보화를 올려왔습니다."

그 말을 들은 공명이 마속을 돌아보며 물었다.

"그대는 맹우가 왜 왔는지 알겠는가?"

마속이 잠깐 생각하다 조용조용 말했다.

"감히 큰 소리로 떠들 수가 없겠습니다. 제가 남몰래 종이에 써서 승상께 올릴 것이니 승상께서 헤아리신 바와 같은지 살펴주십시오."

공명이 그렇게 하기를 허락하자 마속은 종이에다 무언가를 써서 공명에게 바쳤다. 그걸 본 공명이 손바닥을 쓸며 크게 웃고 말했다.

"맹획을 사로잡을 계책을 내가 이미 세워두었다. 그대의 보는 바가 실로 나와 꼭 같구나!"

그런 다음 조운을 불러 무언가 귀에 대고 영을 내려 보냈다. 또 위연을 불러 낮은 소리로 무언가를 시켰고 왕평, 마충, 관색도 차례로 불러 남몰래 분부를 내렸다.

공명의 은밀한 영을 받은 장수들은 각기 거기에 따라 정한 곳으로 떠나갔다. 공명은 그들이 모두 사라진 뒤에야 맹우를 불러들였다. 맹우는 공명의 장막 앞에 엎드려 절하며 말했다.

"제 형 맹획은 승상께서 살려주신 은혜에 깊이 감격하고 있으나, 마땅히 바쳐올릴 게 없어 약간의 금과 구슬, 보석 따위로 우선 그 은혜에 보답하고자 저를 보냈습니다. 적으나마 거두시어 장졸들에게 내릴 상으로 써주십시오. 천자께 올릴 예물은 뒤이어 따로이 이를 것입니다."

그러자 공명은 맹우가 바친 걸 담담히 거둬들이면서 지나가는 말처럼 물었다.

"그대의 형은 어디 있는가?"

"승상의 크신 은혜에 감사드리고자 은갱산(銀坑山)으로 보물을 거두러 갔습니다. 오래잖아 돌아올 것입니다."

그 같은 맹우의 대답에 공명이 또 지나가는 말로 물었다.

"그대는 몇 사람이나 데려왔는가?"

"어찌 감히 많이 끌고 올 수 있겠습니까? 다만 백여 명인데 모두가 예물을 지고 온 자들입니다."

맹우가 왠지 황망해하며 그렇게 대답했다. 공명이 문득 맹우에게 그들을 불러들이게 했다.

들어온 만인(蠻人)들을 보니 모두 푸른 눈에 얼굴은 검고, 머리칼은 누른데 수염은 붉었다. 귀에는 금귀고리를 달고 헝클어진 머리에 맨발이었으나, 하나같이 키가 크고 힘꼴깨나 써 보였다.

공명은 그들을 위로한다는 명목으로 모두 자리에 앉게 하고 장수들을 불러 술대접을 하게 했다. 장수들이 은근하게 술을 권하니 만인들도 흐뭇해 잔을 받았다.

한편 맹획은 아우를 공명의 진중으로 보내놓고 소식 오기만을 기다렸다. 오래잖아 맹우를 따라갔던 졸개 중에 둘이 돌아왔다는 전갈이 왔다. 맹획은 그 둘을 불러들여 일이 어떻게 되었는가를 물었다. 두 사람이 입을 모아 대답했다.

"제갈량은 예물을 받고 크게 기뻐하며 따라간 사람들을 모두 장막 안으로 불러들이고 소와 말을 잡아 잔치를 벌였습니다. 작은 대왕(맹우)께서 저희에게 가만히 이르시기를 오늘밤 이경쯤 쳐들어오시면 좋겠다고 전하라 하셨습니다. 그때 안에서 호응하고 밖에서 들이치면 대사를 이룰 수 있겠다는 것입니다."

그 말을 들은 맹획은 기뻐 어쩔 줄 몰랐다. 곧 만병 삼만을 일으켜 세 갈래로 나누고 각 동의 추장들을 불러 영을 내렸다.

"모든 군사들은 불씨와 쏘시개를 마련해서 떠나되 촉군 진채 앞에 이르거든 불을 질러 군호를 삼으라. 나는 중군을 들이쳐 반드시 제갈량을 사로잡으리라."

맹획이 워낙 큰소리를 치니 만장(蠻將)들도 아니 믿을 수가 없었다. 모두 그가 일러준 계책에 따라 해가 지자마자 노수를 건넜다.

맹획은 특히 믿는 만장 백여 명을 이끌고 똑바로 공명의 대채를 덮쳐갔다. 가는 도중에는 말할 것도 없고 바로 진채 앞에 이르러도 가로막는 촉군은 하나도 없었다.

채문에 이른 맹획은 여러 장수들을 이끌고 말을 박차 뛰어들었다. 그런데 이게 어찌 된 일인가. 진채는 텅 비어 있고 촉군은 하나도 눈에 띄지 않았다.

맹획은 얼른 중군으로 달려가보았다. 공명의 장막을 들치고 들어가보니 공명은 없고 아우 맹우와 그 졸개들만 술에 취해 이리저리 쓰러져 있었다.

맹획의 속셈을 미리 알아본 공명의 솜씨였다. 공명은 마속과 여개에게 만인들을 맡아 대접하게 하면서, 한편으로는 악인(樂人)을 불러 재미난 잡극을 상연케 했다. 그리하여 만인들이 그 잡극에 정신이 팔려 있는 사이에 술에다 몰래 잠드는 약을 타 마시게 하니 모두 취하여 쓰러진 게 마치 술을 너무 마셔 죽은 것 같았다.

"일어나라, 어떻게 된 일이냐?"

맹획이 그들을 걷어차며 소리쳐 물었다. 그중에서 겨우 깨어난 졸개 하나가 말은 못하고 손가락으로 입만 가리켰다.

그제서야 맹획은 또 공명의 계략에 떨어진 걸 알았다. 급히 맹우를 비롯한 백여 명 졸개들을 구해 물러나려는데 갑자기 앞에서 큰 함성과 함께 불길이 일었다. 그 갑작스런 사태에 만병들은 싸워보지도 않고 달아나기 바빴다. 그런 만병들을 개 돼지 잡듯 하며 한 떼의 군마가 밀려들었다. 앞선 장수는 촉의 왕평이었다.

맹획은 깜짝 놀랐다. 급히 왼편에 있는 저희 부대로 달아나려는데 다시 불길이 하늘을 찌를 듯 솟으며 한 떼의 군마가 덮쳐왔다. 앞선 것은 촉장 위연이었다.

맹획은 급했다. 이번에는 오른쪽에 있는 저희 부대로 달아나려 해보았으나 마찬가지였다. 거기서도 불길이 치솟으며 한 떼의 군마가 덮쳐왔다. 조운이 이끄는 촉군이었다.

그 세 갈래 군마가 맹획을 에워싸고 들이치니 맹획은 사방을 돌아봐도 달아날 길이 없었다. 하는 수 없이 모든 군사를 내동댕이치고 말 한 필로 제 한 몸만 빼내 노수로 달려갔다.

맹획이 노수 가에 이르니 마침 수십 명의 만병이 작은 배 한 척을 저어오고 있었다. 맹획은 소리쳐 그들을 불렀다. 그들도 맹획을 알아보고 배를 맹획이 선 언덕에다 대었다.

맹획은 말을 끌고 배에 올랐다. 이제 살았다 싶었으나, 그게 아니었다. 맹획이 배에 오르자마자 한소리 신호와 함께 그때껏 자기 졸개들인 줄만 알았던 배 안의 군사들이 우르르 덮쳐 맹획을 꽁꽁 묶어버렸다.

맹획을 사로잡은 것은 마대였다. 공명으로부터 계책을 받고 군사들을 만병처럼 꾸며 배와 함께 기다리다가 급한 맹획을 꾀어들인 것이었다.

이때 공명은 뒤에 남겨진 만병들을 달래고 있었다. 저희 우두머리 홀로 달아나버린 걸 알자 만병들은 대개 항복하며 목숨을 빌었다. 공명은 항복한 군사들을 하나하나 위로해주며 조금도 해를 끼치지 않았다. 그리고 그 일이 끝나자 군사들을 시켜 아직도 타고 있는 불을 끄게 했다.

오래잖아 마대는 맹획을, 조운은 맹우를, 위연·왕평·마충·관색은 여러 동의 추장들을 사로잡아 돌아왔다. 공명은 그중에서도 특히 맹획을 손가락질하며 웃음 섞어 물었다.

"너는 먼저 네 아우로 하여금 예를 갖춰 거짓 항복을 하게 했지만 어찌 나를 속일 수 있겠는가? 이번에 또 너를 사로잡았으니 이제는 내게 항복하겠는가?"

그러나 맹획은 또 억지를 썼다.

"이번에는 내 아우가 먹는 것을 못 참고 당신이 쓴 독에 걸려 큰 일을 그르쳤을 뿐이오. 만약 내가 오고 아우가 밖에 남아 군사를 이끌고 왔더라면 반드시 성공했을 거외다. 이것은 하늘이 나를 지게 만든 것이오, 내가 힘이 모자라진 게 아닌데 어떻게 항복할 수 있겠소?"

"이번으로 너는 벌써 세 번째 사로잡혔다. 그런데도 어찌 항복하지 않는가?"

공명이 맹획의 억지를 별로 성내는 기색 없이 받으며 그렇게 물었다. 그제서야 맹획도 할 말이 없는지 머리를 수그리고 가만히 있었다. 그때 공명이 다시 뜻밖의 소리를 했다.

"나는 또 너를 놓아 보내주겠다."

맹획이 얼른 그 말을 받아 다짐했다.

"만약 승상께서 우리 형제를 돌려보내 주신다면 나는 집안사람들과 가까운 장정들을 끌어모아 다시 한바탕 크게 싸워보겠습니다. 그때 가서 또 사로잡힌다면 승상께 항복하여 죽을 때까지 마음 변하지 않겠습니다."

"내가 또 너를 사로잡게 되면 나도 더는 가볍게 용서하지 않을 것이다. 너는 그걸 잊지 말고 조심할 것이며 부지런히 병서를 읽어라. 가깝고 믿을 만한 사람들을 끌어모으고 좋은 계책을 내어 때늦게 뉘우치는 일이 없게 하라."

공명은 선뜻 그렇게 말하고 무사들에게 영을 내렸다.

"맹획과 맹우를 놓아주고 각 동의 추장들도 모두 풀어주어라."

이에 맹획과 그를 따르는 무리는 다시 한번 공명에게 엎드려 절하고 물러났다.

이때 촉병은 이미 노수를 건넌 뒤였다. 맹획의 무리가 노수를 건너보니 남쪽 강 언덕에도 촉병들이 가득 벌여 서 있고 깃발은 위세 좋게 휘날렸다. 맹획이 그 한군데 영채를 지나려니 마대가 높이 앉아 있다가 칼끝으로 맹획을 가리키며 소리쳤다.

"이번에 또 사로잡히면 결코 가볍게 놓아주지 않겠다. 잊지 말라!"

그뿐만이 아니었다. 자기 진채가 있던 곳에 이르니 어느새 그 진채는 조운이 차지하고 있었다. 역시 병마를 늘여 세우고 큰 깃대 아래 자리 잡고 앉아 있던 조운이 또 칼을 빼들고 을러댔다.

"승상께서 너를 이토록 보아주었으니 너는 결코 이 큰 은혜를 잊지 말라. 그걸 잊을 때는 이 칼이 너를 용서치 않으리라."

맹획은 한층 더 간이 오그라붙었다. 기어드는 목소리로 대답하며 그곳을 지났다.

하지만 그 같은 일은 거기서도 끝나지 않았다. 촉병이 머무르고 있는 곳을 벗어나 어떤 산 언덕으로 오르는데, 위연이 일천 정병을 이끌고 그 언덕 위에 있다가 말 고삐를 당기며 큰 소리로 겁을 주었다.

"내 이미 네 소혈 깊이 들어와 험하고 요긴한 길목은 다 차지했다. 그런데 너는 아직 어리석고 미욱하게 우리 대군에게 맞서려 드느냐? 이번에 또 사로잡히면 네 시체를 부수어 천 토막 만 토막을 만들 것이요, 결코 가볍게 용서하지 않을 것이다."

그 바람에 또 한차례 진땀을 뺀 맹획은 머리를 싸쥐듯 하고 자기 근거지로 달아났다.

한편 노수를 건넌 공명은 진채를 세우는 일이 끝나자 삼군에게 크게 상을 내렸다. 그리고 여러 장수들을 자신의 장막으로 불러 모아 그토록 쉽게 맹획을 세 번째로 사로잡게 된 까닭을 들려주었다.

"맹획이 두 번째로 잡혀왔을 때 내가 그에게 영채 구석구석까지 보여준 것은 바로 그로 하여금 우리 영채를 야습하게 만들기 위함이었다. 나는 맹획이 병법을 제법 익혔음을 알았기 때문에 겉으로는 병마와 군량이며 병기 따위를 자랑하는 체하면서 실은 그에게 우리의 허실을 보여주었다.

곧 우리의 빈틈을 드러내어 그곳을 공격하게 만든 것인데, 바로 우리 진채가 불에 약한 것을 보여 그가 불로 우리를 공격하게 한 것이다.

과연 맹획은 아우를 보내 거짓 항복으로 우리들 마음을 놓게 하는 한편 그 아우의 내응을 받아 불로 우리를 공격하려 했다. 하지만 내가 이미 알고 기다리는데 어찌 일이 제 뜻대로 될 리 있겠는가?

다만 이번에 세 번째로 사로잡고도 그를 죽이지 않은 것은 내 바람이 그를 마음으로부터 복종케 하는 데 있지, 그런 무리를 죽여 없애는 데 있지 않기 때문이다. 이제 그대들에게도 뚜렷이 밝혀두거니와, 수고롭더라도 그대들 또한 그 뜻을 알아 나라의 은혜에 보답하도록 하라."

그 말을 들은 장수들은 감탄해 마지않았다. 모두 공명 앞에 엎드리며 입을 모아 말했다.

"승상께서는 지(智), 인(仁), 용(勇) 셋을 모두 갖추셨습니다. 설령 자아(子牙)나 장량(張良)이라 할지라도 거기에는 미치지 못할 것입니다."

그 같은 장수들의 추켜세움을 공명이 겸양으로 그들에게 되돌렸다.

"나 같은 것이 어찌 그 같은 옛사람을 바라볼 수 있겠는가. 모든 것은 그대들의 힘에 의지한 것이니 공이 있다면 함께 이룬 것일 뿐이다."

그 말에 거기 있던 장수들치고 흐뭇해하지 않는 이가 없었다.

이때 근거지인 은갱동에 돌아간 맹획은 세 번이나 공명에게 사로잡혔던 한을 씻고자 싸울 채비가 한창이었다. 변두리 여덟 지방[番]

아흔세 골[旬]이며 만방(蠻方) 여러 부락에 사람을 보내 금은보화를 나누어주고 군사들을 불러모았다. 칼과 방패를 함께 쓰는 군사며 사냥꾼에 이런저런 오랑캐 장정들이 모여 군사는 금세 수십만이 되었다.

맹획은 날을 재촉해 그들에게 싸울 채비를 시켰다. 여기저기서 끌어모아도 구름이 모이고 안개가 둘러싸듯 모두 맹획을 둘러싸고 시키는 대로 따랐다. 실로 놀랄 만한 맹획의 솜씨였다.

염탐 간 군사들이 그 일을 알아내 공명에게 전했다. 그러나 공명은 조금도 걱정하는 빛 없이 웃으며 말했다.

"내가 바라는 게 바로 모든 만병들이 다 모이는 것이다. 그들에게 내 힘을 보여주리라."

그러고는 작은 수레에 올라 부근을 살피러 갔다. 겨우 수백 기만 앞세운 채였다.

얼마를 가다 보니 앞에 한 강물이 가로막는데 그 이름은 서이하(西洱河)였다. 물살은 느렸으나 배도 뗏목도 보이지 않아 공명은 군사들에게 뗏목을 엮게 했다. 그런데 이상한 것은 그 뗏목이었다. 군사들이 나무를 찍어 뗏목을 엮었으나 물에 띄우자마자 가라앉아버렸다.

"이게 어찌 된 일인가?"

공명이 여개를 불러 물었다. 여개 또한 그 까닭은 몰랐으나 달리 물을 건널 방도는 알고 있었다.

"듣기로 서이하 상류에 산이 하나 있는데 거기 대나무가 많다고 합니다. 굵은 것은 몇 아름 되는 것도 있다 하니 군사들을 보내 그대를 쪄오게 하지요. 그걸로 물 위에 다리를 놓고 군마가 건너게 하면 될 것입니다."

그 같은 여개의 말에 공명은 곧 군사 삼만을 뽑아 그 산으로 보냈다. 군사들이 대 수십만 그루를 쪄 물에 떠려 보내자 공명은 하류에서 그걸 건져 강폭이 좁은 곳에다 대나무 다리를 놓았다.

대나무 다리는 넓이가 여남은 길이나 되었다. 공명은 그 다리를 진채의 문으로 삼고 먼저 강 북쪽 언덕에 가로로 길게 진채를 세웠다. 도랑을 깊이 파고 흙담을 높이 쌓은 든든한 진채였다. 그리고 다시 그 다리와 이어져 강물 남쪽 언덕에도 진채를 세웠다. 역시 가로로 길게 세 개의 큰 진채를 세워 그 대나무 다리로 북쪽 언덕의 진채와 연결되게 하는 방식이었다.

그 모든 일을 끝낸 공명이 기다리고 있을 때 맹획이 수십만 만병을 이끌고 달려왔다. 지난날의 한과 분함을 한꺼번에 씻어버리려는 듯한 기세였다.

맹획은 칼과 방패 든 군사 일만 명을 앞장세워 공명의 진채로 밀려들었다. 맹획이 와서 싸움을 건다는 말을 들은 공명은 네 마리 말이 끄는 수레에 올라 진채 밖으로 나가보았다. 머리에는 선비들이 쓰는 윤건이요, 몸에는 흰 학창의에 손에는 깃털부채를 들고 수레에 앉은 그를 장수들이 빙 둘러쌌다.

맹획의 차림 또한 거창했다. 몸에는 물소가죽으로 만든 갑옷을 걸치고, 머리에는 붉은 투구를 썼다. 왼손에는 방패요, 오른손에는 칼을 들고 터럭 붉은 소를 탔는데 입은 끊임없이 거친 욕설을 퍼부어대고 있었다.

"쳐라! 모두 나아가라!"

갑자기 맹획이 그렇게 영을 내리자 만여 명의 만병들은 각기 칼과 방패를 휘두르며 촉군에게 덤벼들었다. 계략이고 뭐고가 통하지 않는 마구잡이 싸움으로 몰아가려는 뜻 같았다.

공명은 급히 군사를 물려 본채로 돌아가게 했다. 그리고 진채의 모든 문을 굳게 닫게 한 뒤 누구도 나가 싸우는 걸 허락하지 않았다.

만병들은 모두 벌거벗은 알몸뚱이로 진채 앞까지 와 쌍욕을 퍼부어댔다. 꼴같잖은 것들한테 바가지 바가지 욕을 얻어먹자 촉의 장수들은 불끈했다. 모두 공명에게 달려와 졸랐다.

"부디 저희들을 내보내주십시오. 죽기로 싸워 저것들을 짓밟아버리겠습니다."

그러나 공명은 허락하지 않다가 장수들이 두 번 세 번 조르자 조용히 말했다.

"만방의 사람들은 왕화(王化)를 받아들이지 않은 것들이라 지금 저렇게 미친 듯 덤벼들 때는 바로 맞서선 아니 된다. 굳게 지키며 며칠을 기다려 저들의 미친 듯한 기세가 숙진 뒤에 맞서는 게 좋다. 내게 묘한 계책이 있으니 그대들은 가볍게 나가지 말라."

이에 장수들도 더는 우겨대지 않고 며칠을 굳게 지키기만 했다.

며칠 뒤 높은 언덕에서 만병들의 진채 깊숙한 곳을 살피던 공명은 마침내 그들의 기세가 풀어졌음을 알아차렸다. 곧 모든 장수들을 불러 모아놓고 말했다.

"자, 이제는 한번 나가 싸워보겠는가?"

"좋습니다. 나가 싸우겠습니다."

장수들이 모두 기꺼이 나섰다.

공명은 먼저 조운과 위연을 불러 귀에 대고 무언가 나직이 일러주었다. 계책을 받은 두 사람이 일어서 나가자 공명은 다시 왕평과 마충을 불러들였다. 그들에게도 무언가 귀엣말로 계책을 일러준 공명은 마지막으로 마대를 불러 말했다.

"나는 이제 이곳의 세 진채를 버리고 강물 북쪽으로 물러나려 한다. 우리 군사가 물러나거든 그대는 얼른 부교를 끊어버리고 하류로 옮겨가라. 거기서 기다리다가 조운과 위연이 강을 건너오거든 호응하면 될 것이다."

그다음 공명은 또 장익을 불러 말했다.

"우리 군사가 물러나더라도 진채에 횃불을 많이 밝혀 맹획을 속이라. 그리고 그걸 안 맹획이 우리를 뒤쫓거든 그때는 그 뒤를 끊어버려라."

그렇게 모든 장수에게 하나하나 계책을 일러준 공명은 그날 밤관색 하나만을 남겨 자신의 수레를 지키게 하며 군사들을 물렸다. 그러나 장익이 등불을 수없이 밝혀놓으니 만병들은 감히 치고 들지를 못했다.

다음 날 날이 밝았다. 맹획은 또 군사를 휘몰아 촉군과 싸우러 왔다가 진채 셋이 그대로 비어 있음을 알았다. 사람은커녕 어리친 개새끼 한 마리 없는데 군량미며 마초에 수레 수백 대와 병기까지 두고 간 걸 본 맹우가 형에게 말했다.

"제갈량이 진채를 버리고 달아났습니다. 하지만 이게 바로 계략이 아닐까요?"

"내 생각에는 제갈량이 치중까지 버리고 간 것으로 보아 그 나라에 무슨 큰일이 난 것 같다. 오나라가 쳐들어온 게 아니면 위나라가 밀고 든 것임에 틀림없다. 그래서 등불을 많이 켜 우리 눈을 속이고 수레와 병기까지 버린 채 도망간 것 같다. 빨리 뒤쫓아서 이 좋은 기회를 놓치지 않도록 해야 한다."

맹획이 그렇게 잘라 말하고 앞장서 말을 몰아 촉군을 뒤쫓았다.

맹획이 서이하 가에 이르러 보니 강 북쪽에 촉군의 진채가 서 있는데 전과 같이 기치가 가지런한 게 마치 비단 구름을 두른 듯했다. 또 근처 강변에도 비단을 둘러 성처럼 보이게 했는데 조금도 쫓기는 군사들 같지가 않았다.

그러나 어찌 된 셈인지 맹획은 그걸 보자 더욱 힘을 내 맹우에게 말했다.

"저것은 제갈량이 우리가 뒤쫓는 걸 겁내 짐짓 강물 북쪽에 잠시 머무르고 있는 듯 꾸민 것이다. 하지만 이틀도 안 돼 그는 틀림없이 달아날 것이다."

그러고는 만병들을 강물 남쪽에 머무르게 한 뒤 사람을 보내 대나무를 쪄오게 했다. 뗏목을 엮어 강을 건너려 함이었다. 그러나 싸우는 데 정신이 팔려 군사들을 모두 진채 앞으로 몰아 내놓으니 촉군이 딴 길로 저희 땅 깊숙이 들어와도 알 길이 없었다.

얼마 있다 미친 듯한 바람이 크게 일자 사방에서 불길과 함께 북소리가 나며 촉군들이 갑자기 쏟아져 나왔다. 놀란 만병들은 저희끼리 부딪치고 나동그라지며 법석을 떨었다.

놀란 맹획은 급히 자기 피붙이들과 졸개들을 이끌고 길을 앗아 원래의 진채로 돌아갔다. 그때 문득 한 떼의 군마가 진채 안에서 뛰쳐나왔다. 앞선 장수를 보니 조운이었다. 맹획은 황망히 서이하로 돌아서서 그쪽 거친 산기슭을 타고 달아났다.

어디쯤 갔을까. 또 한 떼의 군마가 가로막는데 앞선 장수를 보니 마대였다. 거기서 다시 한차례 죽을 맛을 본 맹획은 겨우 수십 명의 졸개만 거느리고 골짜기 안으로 달아났다. 그러나 그것도 트인 길은 아니었다. 남쪽, 북쪽, 서쪽 세 곳에서 불길이 일어 그곳으로는 가지 못하고 한군데 빤한 동쪽 길로 접어들었다.

맹획이 한군데 산굽이를 돌았을 때 문득 큰 숲이 하나 나타났다. 그 숲 앞에는 군사 수십 명이 수레 한 대를 에워싸고 섰는데, 수레에 단정히 앉은 것은 바로 공명이었다.

"만왕 맹획이 싸움에 크게 지고 이리로 올 줄 내가 이미 알고 기다린 지 오래다. 자 이제 어찌하겠는가?"

공명이 껄껄 웃으며 맹획에게 말했다.

공명을 보자 맹획은 두 눈이 뒤집혔다. 자신의 처지도 잊고 좌우를 돌아보며 소리쳤다.

"나는 저자의 속임수에 빠져 이미 세 차례나 욕을 보았다. 이제 다행히 저자를 만났으니 너희들은 힘을 다해 나아가 그 욕을 씻으라. 사람이고 말이고 가릴 것 없이 베어 박살을 내버려라!"

그 소리에 말 탄 만병 몇이 험한 기세로 공명을 향해 덮쳐갔다. 맹획도 그들의 앞장을 서서 크게 소리치며 말을 휘몰았다. 그런데 이게 어찌 된 일인가. 그 숲 앞에 이르기도 전에 발밑이 꺼지면서 사람과 말이 모조리 깊은 구덩이 속으로 떨어져버렸다.

뿐만이 아니었다. 맹획과 그 졸개들이 구덩이에 떨어지자 큰 숲속에서 위연이 수백 기를 이끌고 뛰쳐나왔다. 그리고 그들을 하나하나 구덩이에서 끌어내 밧줄로 꽁꽁 묶어버렸다.

공명은 그걸 못 본 체 먼저 진채로 돌아가 사로잡혀 온 만병과 동의 추장들을 좋은 말로 다독였다. 감격한 그들은 태반이 자기의 땅으로 돌아가버렸고 그 나머지도 죽거나 다친 사람을 빼고는 모두 공명에게 항복해버렸다. 공명은 이번에도 그들에게 술과 밥을 주어 배불리 먹인 뒤 모두 풀어 보내주었다. 그 같은 공명의 너그러움에 만병들은 다시 한번 감격하며 제 갈 길로 가버렸다.

얼마 후 장익이 먼저 맹우를 끌고 왔다. 공명이 그를 꾸짖었다.

"네 형이 어리석고 생각이 막힌 사람이면 너라도 곁에서 말려야 할 게 아니냐? 이제 내게 네 번째로 사로잡혔으니 무슨 낯으로 사람들을 보겠는가?"

맹우가 거기 대꾸할 말이 있을 리 없었다. 얼굴 가득 부끄러운 빛을 띠고 있다가 그저 목숨만 살려주기를 엎드려 빌었다.

"좋다. 내 오늘은 너를 죽이지 않겠다. 잠시 네 목숨을 더 붙여줄 터이니, 너는 반드시 네 형을 달래 두 번 다시 이런 일이 없도록 해라."

공명은 그 말과 함께 무사들에게 맹우를 풀어주라 일렀다. 공명이 또 한번 살려주자 맹우는 감격하지 않을 수 없었다. 울며 그 은혜에 감사하고 물러갔다.

오래잖아 이번에는 위연이 맹획을 끌고 왔다. 공명이 짐짓 성난 기색으로 소리쳤다.

"너는 이번에 또 내게 사로잡혔다. 이제 무슨 소리를 하겠느냐?"

"이번에도 잘못해 당신의 속임수에 떨어졌으니 죽어도 차마 눈감지 못할 것이오!"

맹획이 분하다는 듯 뻣뻣이 대꾸했다. 공명이 무사들을 꾸짖듯 영을 내렸다.

"이제는 저놈을 살려둘 수 없다. 어서 저놈을 끌어내 목 베어라!"

그러나 맹획은 조금도 두려워하는 기색이 없었다. 무사들에게 등을 밀려나가면서도 공명을 돌아보며 큰 소리를 쳐댔다.

"만약 다시 나를 놓아 보내준다면 내 반드시 이렇게 네 번이나 사로잡힌 한을 씻을 것이오!"

그 기개를 보자 공명이 문득 낯빛을 바꾸어 껄껄 웃었다.

"그 사람을 풀어주어라."

공명은 그렇게 말하여 맹획을 풀어주게 하고 술을 내려 맹획의 놀란 가슴을 가라앉히게 했다.

이윽고 맹획에게 자리를 내어준 공명이 가만히 물었다.

"나는 이제까지 네 번이나 너를 사로잡았으나 예로 대접해 돌려보냈다. 그런데 너는 아직 항복할 뜻이 없으니 어떻게 된 일인가?"

"나는 비록 왕화를 입지 못한 곳에 사는 사람이나 승상처럼 속임수를 쓰지는 않습니다. 그런데 어찌 그 속임수에 항복할 수 있겠습니까?"

전략의 개념을 이해 못해서인지 알면서 뻗대보는 것인지는 알 수 없지만 아직 항복할 뜻이 전혀 없는 것만은 분명했다. 공명이 그런 맹획을 보고 빙긋 웃으며 물었다.

"만약 너를 다시 놓아준다면 한 번 더 나와 싸워보겠느냐?"

"그래서 만약 다시 내가 승상께 사로잡힌다면 그때는 진심으로 항복할 뿐만 아니라 제가 거느린 족속과 땅을 바치고 두 번 다시 모반하지 않을 것을 맹서하겠습니다."

공명의 말이 떨어지기 바쁘게 맹획이 그렇게 말했다. 공명도 망설임없이 그 말을 받아들여주었다.

"좋다. 다시 한번 놓아 보내줄 터이니 이번에는 네 말을 어기지 말아라."

그러고는 맹획을 보내주었다. 맹획 또한 흔연히 공명의 앞을 물러나 새로운 싸움을 준비하러 떠났다.

그런데 이쯤 해서 한번 짚고 넘어가야 할 인물은 맹획이 아닌가 싶다.

정사에서는 주(註)에서만 짤막하게 다루고 있지만, 『삼국지연의』 전편을 통해 맹획만큼 흥미 있는 인물도 드물다.

첫째로는 그가 한 변방의 만족 지도자라는 점에서 눈길을 끈다. 정사는 말할 것도 없고 『연의』도 한결같이 한족의 손에 씌어져 맹획을 보는 눈길도 그들의 중원사관(中原史官) 내지 식민사관에만 의지하고 있다. 따라서 그는 잘해야 간교하고 아니면 우둔한 주제에 거짓말만 밥먹듯 하는 오랑캐 추장으로만 그려지고 있다.

하지만 한 꺼풀만 뒤집으면 그에게서 독립심에 불타는 민족 지도자의 면모를 찾아내는 것은 어렵지 않다. 그는 약소 민족을 이끌고 강력한 촉군과 싸우며 조국의 식민지화에 눈물겹게 저항하고 있다. 수적인 우위, 장비의 우수성, 중원에서의 풍부한 전쟁 경험에다 제갈량이란 뛰어난 전략가까지 갖춘 침략군을 맞아 그는 자신의 동족과 그 땅에서 끌어낼 수 있는 한의 모든 힘을 끌어내 맞서고 있다.

물론 그렇다고 맹획의 그런 면모가 제갈량의 광채를 조금도 줄이지는 않는다. 그는 그대로 뒷날의 그 어떤 식민지 개척자가 보인 것보다 더 뛰어난 책략을 구사하고 있다. 반드시 그를 추켜세울 목적이 없더라도 거기서 그가 맹획을 상대로 벌이고 있는 갖가지 왕화 정책은 천수백 년이 지난 근대 서구의 식민지 정책보다 세련되고 오히려 돋보이는 데마저 있다.

어쨌든 제갈량에게서 풀려난 맹획은 다시 동족의 장정 수천을 끌어모은 뒤 남쪽으로 내려갔다. 거기서 더 많은 군사를 모으고 힘을 길러 제갈량과 한 번 더 싸워볼 속셈이었다.

얼마 내려가지 않아 한 곳에 자욱이 먼지가 일더니 한 떼의 군사가 이르렀다. 아우 맹우가 흩어진 졸개들을 힘대로 끌어모아 형의 원수를 갚으러 오는 길이었다. 서로 죽은 줄만 알았던 형제는 얼싸 안고 목을 놓아 울며 지난일을 얘기했다.

이윽고 맹우가 형에게 권했다.

"우리 군사는 여러 번 싸움에 지고 촉군은 여러 번 이겨 이제 싸우려 해도 당해내기 어렵습니다. 산속 깊이 있는 동네로 물러가 숨어 나오지 않는 게 좋겠습니다. 그러면 촉군은 이 찌는 듯한 더위를 이기지 못해서도 절로 물러갈 것입니다."

"그렇다면 어디로 가야겠느냐?"

맹획도 당장 뾰족한 수가 없는지 그렇게 물었다. 맹우가 미리 준비하고 있었던 듯이나 대답했다.

"여기서 서남으로 가면 한 마을이 있는데 그 이름을 독룡동(禿龍洞)이라 합니다. 그곳 동주 타사대왕(朶思大王)은 저와 몹시 친한 사이니 그리로 가서 기대보시는 게 좋을 듯합니다."

이에 맹획은 독룡동으로 가기로 마음을 굳히고 먼저 맹우를 보내 타사대왕을 만나보게 했다. 타사대왕은 맹우가 찾아가자 얼른 군사를 이끌고 자기 땅 어귀까지 나가 맹획을 맞아들였다. 평소 맹획이 자기 동족들에게 얼마만 한 신망을 얻고 있었는지를 알아볼 만한 대목이다.

맹획은 타사대왕의 경내로 들어가 서로 예를 표한 뒤 그간에 있었던 일을 낱낱이 말해주었다. 어지간하면 촉군의 위세에 겁을 집어먹고 움츠러들 법도 했으나 타사대왕은 그렇지가 않았다. 맹획이 한탄과 함께 얘기를 끝내자 분연히 소리쳤다.

"대왕께서는 부디 마음을 편히 가지십시오. 만약 서천의 군사가 온다 해도 말 한 마리 군사 한 사람 돌아갈 수 없을 것입니다. 모두 제갈량과 더불어 이 땅에서 죽게 만들지요."

그 말에 맹획은 몹시 기뻤다. 그러나 한편으로는 타사대왕이 터무니없이 큰소리를 치고 있는 게 아닌가 싶어 물었다.

"어떤 계책으로 그렇게 하시겠소?"

"이 동네로 들어오는 길은 다만 두 가닥이 있을 뿐입니다. 동북으로 난 길은 바로 대왕께서 들어오신 길인데, 지세가 평평하고 흙이 두꺼울 뿐만 아니라 물이 흔해 사람과 말이 다니기 좋습니다. 그러나 만약 그곳에 흙과 돌을 굴려 동네로 들어오는 입새를 막아버린다면 비록 백만 대군이 온다 해도 뚫고 들어올 데가 없습니다. 다른 한 갈래는 서북으로 난 길인데 산이 험하고 재가 높을 뿐만 아니라 길이 좁습니다. 그밖에 다른 샛길이 없지 않으나 모두 독 있는 뱀과 모진 전갈이 득실거리고 안개 같은 장기(瘴氣)가 자욱이 서려 있지요. 그 장기만으로도 미, 신, 유 세 시진밖에는 사람이 다닐 수가 없습니다. 그렇지만 물을 마실 수가 없으니 역시 다니기 쉽지는 않겠지요.”

이어 타사는 묻지도 않은 말을 덧붙였다.

“또 거기에는 네 개의 독 있는 샘이 있습니다. 하나는 아천(啞泉)이라 해서 물은 맛이 좋으나 사람이 그 물을 마시면 말을 못하게 되고 보름을 넘기지 않아 죽고 맙니다. 둘째는 멸천(滅泉)이라 하는데 온천물과 별로 달라 보이지 않으나 사람이 만약 거기 몸을 담그면 살갗이 문드러져 뼈를 드러내고 죽지요. 셋째는 흑천(黑泉)입니다. 그 물을 덮어쓰면 손발이 시커멓게 되어 죽고 맙니다. 넷째는 유천(柔泉)이라고 합니다. 그 물은 얼음같이 찬데 사람이 마시기만 하면 목구멍부터 따뜻한 기운이 없어지고 온몸이 부드러워져 마침내는 솜같이 된 뒤 죽고 맙니다. 따라서 그곳은 벌레나 새 한 마리 없는 곳이지요. 오직 한 복파장군 마원(馬援)이 한 번 온 적이 있을 뿐, 그 뒤로는 누구도 이른 적이 없습니다. 이제 먼저 동북쪽으로 난 큰길을 막고 대왕께서는 마을 깊숙이 숨어 계신다면 동쪽 길이 끊긴 촉군은 틀림없이 그쪽 서편 길로 접어들 것입니다. 그러나 오는 도중에 물이 없으니 그 샘들만 보면 퍼서 마시겠지요. 그렇게만 되면 설령 백만 대군이 온다 해도 돌아갈 자는 하나도 없을 것입니다. 도대체 그들을 상대로 창칼을 쓸 까닭이 어디 있겠습니까?”

그 모든 말을 들은 맹획은 비로소 마음이 놓였다. 손으로 이마를 치며 기쁨을 나타냈다.

"이제서야 내 몸을 쉬게 할 만한 땅을 얻었구나."

그러고는 제갈량이 있는 북쪽을 가리키며 고소한 듯 말했다.

"제갈량이 아무리 꾀가 많고 헤아림이 귀신 같다 한들 그 네 개의 샘이야 어찌 피할 수 있으랴. 그 네 군데 샘물만으로도 네 번 사로잡힌 한은 넉넉히 씻을 수 있겠구나!"

비록 스스로 나가 촉군을 쳐부수지는 못하나 그 아래 항복해 다스림을 받지 않게 된 것만으로도 기껍지 않을 수 없었다. 싸움에 지친 몸과 패배의 쓰라림에 찌들었던 마음이 한꺼번에 개운해지는 듯했다. 이에 맹획과 맹우는 그날부터 모든 시름을 털고 연일 타사대왕이 베푸는 잔치만 즐겼다.

한편 공명은 아무리 기다려도 맹획이 군사를 이끌고 나오지 않자, 마침내 전군에 영을 내려 서이하를 멀리하고 남으로 밀고 가게 했다. 스스로 맹획을 찾아나서려 함이었다. 철저한 패배에 기초한 복속만이 오래감을 알고 있는 그에게는 아직 맹획에게 보여주어야 할 게 더 있었다. 만족의 기개만으로는 도저히 저항할 수 없는 힘이 그와 그의 등 뒤에 있는 중화(中華)에 있음을.

독룡동천에서 은갱동으로

때는 유월 한창 뜨거운 때라 햇볕이 마치 모닥불을 퍼붓는 것 같았다. 공명이 대군을 몰아 나가고 있는데 문득 살피러 갔던 군사가 나는 듯 말을 달려와 알렸다.

"맹획은 독룡동(禿龍洞)으로 들어가 숨어 나오지 않고 있습니다. 동으로 들어가는 길은 돌과 흙으로 막혀 있을 뿐만 아니라 안에서 군사가 지키고 있고 다른 곳은 모두 험한 산과 높은 재로 둘러싸여 나아갈 수가 없습니다."

그 말을 들은 공명은 여개(呂凱)를 불러 물었다.

"제가 일찍이 이 동으로 들어가는 길이 있다는 말을 들었으나 자세히는 알지 못합니다."

여개가 머뭇거리며 그렇게 답하자 마침 거기 있던 장완이 공명에게 권했다.

"맹획은 이미 네 번이나 사로잡힌 바 되어 적지 않이 놀랐을 것입니다. 어찌 다시 감히 나오겠습니까? 거기다가 지금 날은 덥고 사람과 말이 아울러 지쳐 있으니 싸워도 이로움이 없을 듯합니다. 군사를 돌려 본국으로 돌아가는 게 낫겠습니다."

그러나 공명이 무겁게 고개를 저었다.

"그게 바로 맹획의 계책에 떨어지는 것이오. 우리 군사가 한번 물러나기 시작하기만 하면 적은 반드시 승세를 타고 뒤쫓을 것이외다. 이제 여기까지 왔는데 어떻게 돌아갈 수 있겠소?"

그런 다음 왕평에게 수백 군마를 주고 새로 항복한 만병을 길잡이로 삼아 서북쪽으로 난 샛길을 찾아 들어가보게 했다.

왕평이 영을 받아 그 길로 들어가다 보니 한군데 샘이 있었다. 목이 마르던 군사들은 다투어 그 물을 마셨다. 왕평은 길을 찾은 데다 샘까지 있자 얼른 그 소식을 공명에게 알리게 했다. 그러나 심부름을 간 군사는 공명의 대채에 이르기도 전에 말문이 막혀 공명 앞에 이르러서는 다만 손가락으로 자기 입을 가리킬 뿐이었다.

공명은 깜짝 놀랐다. 그 군사가 말문이 막힌 게 독 때문임을 알아차리고 몸소 수십 기와 더불어 왕평이 있는 곳으로 달려갔다. 가서 보니 샘이 솟는 작은 못이 하나 있는데, 물은 맑았으나 깊어 바닥이 보이지 않았다. 물기운이 써늘한 게 군사들도 함부로 들어가 알아볼 엄두를 내지 못했다.

공명은 수레에서 내려 높은 곳으로 올라갔다. 사방을 돌아봐도 우뚝우뚝 솟은 봉우리뿐 까치나 참새 한 마리 날지 않는 게 매우 이상했다. 그래서 잇달아 사방을 살피는데 멀리 산기슭에 오래된 사당 하나가 눈에 들어왔다. 공명은 칡덩굴에 매달리어 기어가듯 그 언덕에 올라가보았다. 돌로 짠 사당 안에는 흙으로 빚은 장군의 상이 단정히 앉아 있고 곁에는 돌비석이 하나 서 있었다.

'한 복파장군 마원지묘(漢伏波將軍 馬援之廟)'라 크게 씌어진 곁에 그 사당을 세우게 된 연유가 씌어 있었다. 한의 복파장군 마원이 남쪽 오랑캐를 평정하고 그곳에 이르니 그곳 주민들이 사당을 지어 제사를 지내게 되었다는 내용이었다.

공명은 그 사당에 두 번 절하고 고했나.

"양은 선제의 당부를 받은 데다 이제는 또 금상의 어진 뜻을 받들어 만방을 평정하러 이곳에 이르렀습니다. 남만을 평정한 뒤에는 위를 치고 오를 삼켜 한실을 다시 일으켜 세우고자 함이었습니다. 그런데 지금 군사들은 이곳 지리를 잘 알지 못해 잘못 독수를 마시고 말을 하지 못하고 있습니다. 바라건대 존신(尊神)께서는 한조의 은의를 생각하시어 신령한 힘을 드러내 보여 주옵소서. 부디 우리 삼군을 지키고 보살펴주옵소서!"

그런 기도를 올린 공명은 그 사당을 나와 부근에 사는 토박이를 찾았다. 토박이들로부터 군사들이 입은 독을 풀 방도를 물어볼 참이었다. 하지만 멀리 가기도 전에 맞은편 산에서 한 늙은이가 지팡이를 짚고 걸어오는 게 보였다. 모습이나 차림이 예사롭지 않은 늙은이였다.

공명은 그 늙은이를 사당 안으로 모셔들여 돌 위에 앉게 하고 물었다.

"어르신의 높으신 이름은 어떻게 됩니까?"

그러자 노인은 이름은 밝히지 않고 칭송만 앞세웠다.

"이 늙은이는 오래전부터 대국 승상의 크신 이름을 들어왔습니다. 이제 이렇게 뵙게 되니 실로 큰 기쁨입니다. 이 땅 사람들은 승상께 여러 번 목숨을 구해주신 은혜를 입어 하나같이 깊은 감사를 느끼고 있습니다."

듣기에 따라서는 의심쩍은 데가 없는 것은 아니었으나 공명에게 우선 급한 것은 중독된 군사들을 구해내는 일이었다. 굳이 이름을 캐묻는 대신 군사들이 마신 샘물에 대한 것부터 물었다. 늙은이가 조금도 머뭇거리지 않고 대답했다.

"군사들이 마신 샘물은 아천(啞泉)의 것인 듯합니다. 마시면 말을 못하고 며칠 안에 죽게 되지요. 이곳에는 그 샘물 외에도 독 있는 샘물이 셋 더 있습니다. 동남쪽에 한 샘이 있는데 그 물이 매우 찹니다. 만약 사람이 그 물을 마시면 목구멍에 따뜻한 기운이 없어지고 몸이 흐물흐물해져 죽기 때문에 그 이름을 유천(柔泉)이라고 합니다. 남쪽에 있는 샘물은 그 물이 사람에 튀기면 손발이 시커매져 죽지요. 그 바람에 흑천(黑泉)이란 이름이 붙었습니다. 또 서남쪽 샘이 하나 더 있는데 언제나 뜨거운 물처럼 끓고 있지요. 사람이 거기 목욕을 하면 살점이 모두 떨어져나가 죽기 때문에 멸천(滅泉)이란 끔찍한 이름으로 불립니다. 이미 말한 이 네 곳 샘은 독기가 모여 된 것이라 약으로는 그 독이 퍼진 사람을 낫게 할 수가 없습니다. 거기다가 또 이 부근에는 못된 장기(瘴氣)가 일어 미, 신, 유시 때에만 다닐 수 있을 뿐입니다. 그 나머지 시간에는 장기가 빽빽이 덮여 있어 거기 쐬기만 하면 무엇이든 이내 죽고 말지요."

그런 얘기를 들은 공명은 갑자기 막막하기 그지없었다.

"만약 그러하다면 남방을 평정하기는 그른 일이구나! 또 남방을 평정하지 못한다면 어떻게 위를 치고 오를 아울러 한실을 되일으켜 세운단 말인가! 선제께서 뒤에 남은 금상을 당부하셨는데 이러고서야 사는 게 죽는 것보다 나을 게 무에 있겠는가!"

공명이 그렇게 탄식하자 늙은이가 좋은 말로 공명을 위로했다.

"승상께서는 너무 걱정하지 마십시오. 제가 그 모든 어려움을 한꺼번에 풀어줄 곳을 한군데 일러드리겠습니다."

"어르신께 어떤 높으신 가르치심이 계십니까? 부디 일러주십시오."

공명이 매달리듯 그렇게 말했다. 그 늙은이는 별로 내세우는 기색 없이 참으로 귀한 것을 알려주었다.

"여기서 서쪽으로 몇 리 가면 산골짜기 하나가 있고, 그 안으로 이십 리쯤 들어가면 다시 만안계(萬安溪)란 개울이 나옵니다. 그 개울 위쪽에 한 높은 선비가 사는데 호를 만안은자(萬安隱者)라 합니다. 그 사람은 벌써 수십 년째 그 계곡에서 나온 적이 없지요. 그런데 그가 거처하는 암자 뒤에 안락천(安樂泉)이란 샘이 있습니다. 어떤 독에 중독된 사람이라도 그 물을 마시기만 하면 바로 낫고, 옴이나 버짐이 생겼을 때나 장기에 쐬었을 때도 거기서 목욕을 하면 깨끗해집니다. 또 그 암자 뒤에는 좋은 풀이 있는데 이름을 해엽운향(薤葉芸香)이라고 합니다. 사람이 그 잎을 하나씩 입에 물고 있으면 장기에 쐬어도 아무렇지 않지요. 승상께서는 어서 그리로 가서 그 샘물과 풀잎을 얻도록 하십시오."

공명은 고마운 나머지 그 늙은이에게 엎드려 절하고 물었다.

"어르신께 이같이 목숨을 구해주신 듯한 은혜를 입고 나니 어떻게 이 고마움을 나타내야 할지 모르겠습니다. 부디 높으신 이름이라도 들려주십시오."

그러자 그 늙은이가 복파장군의 사당 안으로 들어가며 엄숙히 말했다.

"나는 이곳 산신이외다. 복파장군의 명을 받들어 특히 가르쳐주러 온 것이오."

그러고는 사당 뒤의 돌벽을 열고 사라져버렸다. 공명은 신기함을 이기지 못했다. 사당 앞에 다시 절하고 물러나 진채로 돌아갔다.

다음 날이었다. 공명은 여러가지 예물을 마련한 뒤 왕평과 아천을 마셔 벙어리가 된 군사들을 데리고 산신이 일러준 곳으로 찾아갔다. 먼저 큰 골짜기를 찾아 샛길로 한 이십 리 들어가니 소나무 잣나무가 높이 솟고 대나무와 기이한 꽃들이 무성한 가운데 집 한 채가 서 있는 게 보였다.

쓰러져가는 울을 두른 몇 간 띠집[茅屋]인데 가까이 가니 그윽한 향기가 코끝에 스쳤다. 공명은 바로 찾아온 게 기뻐 집 앞에 이르기 바쁘게 문을 두드렸다. 한 아이가 나와 물었다.

"누구시기에 이곳을 찾아왔습니까?"

"나는 제갈량이란 사람이다. 만안은자를 뵈러 왔다."

공명이 그렇게 말하자 곧 한 사람이 나왔다. 대나무 관에 짚신이요, 흰 옷에 검은 띠를 띠고 대나무 지팡이를 짚었는데 눈은 푸르고 수염은 노랬다.

"오신 분은 한(漢)승상이 아니십니까?"

그가 반기는 듯 그렇게 묻자 공명도 웃음을 머금고 되물었다.

"높으신 선비께서는 어떻게 저를 알아보셨습니까?"

그가 다시 시원스레 받았다.

"승상께서 크게 군사를 이끌고 남방을 평정하러 오셨음을 들은 지 오랜데 어찌 모르겠습니까?"

그러고는 공명을 청해 초당으로 들이고 예를 표했다.

예가 끝난 뒤 주인과 손님이 자리를 정해 앉기 바쁘게 공명이 간곡히 말했다.

"양은 돌아가신 소열황제의 무거운 당부와 뒤를 이으신 지금 성상의 명을 받들어 군사를 이끌고 이곳으로 오게 되었습니다. 만방을 복속시켜 왕화를 입게 하려함에서였습니다. 그런데 뜻밖에도 맹획은 독룡동 깊이 숨어버리고 그리로 가던 우리 군사는 잘못하여 아천의 물을 마셨습니다. 그 때문에 정히 갈피를 잡지 못하고 있던 차에 고맙게도 복파장군께서 어진 모습을 드러내시어 어르신의 약천을 알려주셨습니다. 그 샘물이면 아천을 마신 군사들을 낫게 할 수 있다 하니 부디 나누어주시어 그들의 남은 목숨을 구할 수 있게 해주십시오."

그러자 그 숨어 사는 선비가 선선히 허락했다.

"이 늙은이는 그저 산야에 버려진 쓸모없는 사람입니다. 승상께서 몸소 이곳을 찾아오실 만한 위인이 못 됩니다. 그러나 그 샘물이라면 암자 뒤에 있으니 얼마든지 퍼다 쓰십시오."

이에 왕평을 비롯한 벙어리 군사들은 동자의 인도를 받아 샘물가

로 갔다. 샘물을 마신 군사들은 곧 나쁜 침과 가래를 토하고 말을 할
수가 있게 되었다. 동자는 또 그들을 데리고 계곡으로 가 몸을 씻어
장기를 가셔내게 했다.

그동안 그 늙은이는 잣차와 송화채(松花菜)를 내어 공명을 대접
했다.

"그곳 독룡동 부근은 독사와 전갈이 많고 버드나무 꽃이 개울이
나 샘물에 떨어져 물을 마실 수가 없습니다. 땅을 파서 샘을 만들고
거기서 솟는 물을 마셔야만 아무 탈이 없을 것입니다."

그가 그렇게 그곳에서 물을 얻는 방법을 일러주자 공명은 아울러
해엽운향도 나누어주기를 청했다. 그는 그 또한 기꺼이 내주었다.

"모두 입에 해엽운향 한 잎을 물고 있으면 장기가 침범하지 못할
것이오."

그렇게 군사들에게 일러주는 그를 보고 공명이 다시 그 이름을
물었다. 그가 빙긋 웃으며 알려주었다.

"맹획의 형 맹절(孟節)이 바로 이 사람입니다."

그 말에 공명은 깜짝 놀랐다. 벌어진 입을 다물지 못하고 있는데
맹절이 다시 말했다.

"승상께서는 너무 놀라지 마시고 제 말을 마저 들으십시오. 저희
부모는 모두 세 아들을 두었는데 맏이는 바로 이 늙은이요, 둘째는
맹획이며 셋째는 맹우올시다. 이제 부모님은 모두 돌아가셨습니다
만 바로 밑의 아우가 성정이 거세고 모질어 왕화를 받아들이려 하지
않았지요. 저는 여러 번 아우를 달래보았으나 끝내 들어주지 않기에
이름을 바꾸고 이곳에 숨어 살게 되었습니다. 이제 그 욕된 아우가

나라를 거슬러, 승상으로 하여금 수고스럽게도 이 거친 땅 깊은 곳까지 들어오게 하였으니 이 맹절은 그 죄만 해도 만 번 죽어 마땅합니다. 이에 먼저 승상께 아뢰고 죄를 비는 것입니다.”

그 말이 마디마디 진정에 차 있어 공명은 의심보다 감탄에 사로잡혔다.

“이제야 도척(盜跖)과 유하혜(柳下惠)의 일을 믿겠구나. 그 일이 바로 여기도 있지 않은가!”

도척은 현자 유하혜의 동생인데, 모질기로 이름난 도적이었다. 맹절같이 어진 형에 맹획 같은 모진 동생이 있는 게 꼭 그와 같았다. 하지만 그것은 왕화라는 이름의 식민지화를 꾀하는 공명의 입장에서 본 것일 뿐, 조금만 돌려서 보면 얼마든지 달리 해석될 수도 있다. 다시 말하자면 맹절과 맹획은 강력한 침략자에 맞서는 약소민족의 두 가지 상반된 대응 양식을 대표하는 사람들이 아니겠는가.

한족의 우수한 중원 문화에 깊이 빠져든 것으로 보이는 맹절에게는 그들의 지배에 순응하는 것이 자기들 종족의 보존과 번영에 더 이로우리라고 믿고 있었을 것이다. 그게 민족주의 입장에서 보면 진정한 투사요, 불굴의 지도자인 아우 맹획을 거세고 모진[惡] 인간으로 보게 한 것임에 틀림이 없다. 가망 없는 싸움으로 종족을 이끌어 숱한 종족의 목숨을 앗아가게 만든다는 뜻에서 한 말로 보면 그 또한 종족을 덜 사랑함이 아닌 듯하나, 그런 관점이 정복자인 공명의 그것과 일치하는 데는 어떤 섬뜩함이 느껴진다.

마음속의 뜻이야 어떠하건 그런 맹절을 이해하는 공명의 입장 또한 정복자의 입장에서 크게 벗어나지 않은 것임은 그다음 말에서 잘 드러난다.

"내가 천자께 말씀드려 공을 이곳 왕으로 삼으면 어떻겠소?"

맹절이 펄쩍 뛰며 말했다.

"나는 이미 공명이 싫어 이리로 숨어들었습니다. 그런데 어찌 다시 부귀에 뜻을 두겠습니까?"

말은 그랬으나 그가 진심으로 피하고 싶었던 것은 정복자의 대가가 자신의 깨끗한 명분을 더럽히는 일이었을 것이다.

거듭 권해도 맹절이 굳이 왕위를 마다하자 공명은 다시 금과 비단을 내놓았다. 맹절이 그걸 받을 리 없었다. 공명은 찬탄을 금하지 못하며 절로만 고마움을 나타내고 맹절의 초당을 나왔다.

진채로 돌아온 공명은 먼저 군사들에게 샘부터 파게 했다. 맹절에게 들은 대로 군사들이 마셔도 아무 탈이 없는 물을 얻기 위함이었다. 그러나 군사들이 땅을 열 길 씩이나 파보아도 물이 나오지 않았다. 그렇게 장소를 옮겨가며 파보아도 마찬가지이자 목마른 군사들은 놀라고 두려워하기 시작했다.

생각다 못한 공명은 그날 밤 향을 피워올리며 하늘에 제사를 드리고 고했다.

"신 제갈량은 재주 없으면서도 대한의 복록을 입고 천자의 명을 받들어 이 땅을 평정하러 왔습니다. 그런데 이제 도중에 물이 떨어져 사람과 말이 아울러 목마름에 시달리고 있습니다. 하늘이 대한의 운세를 끊으려 함이 아니시거든 이 샘 가득 단물이 괴게 해주옵소서. 만약 대한의 운세가 이미 다하였다면 양을 비롯한 저희 무리는 다만 이곳에서 죽기를 기다릴 뿐입니다."

그리고 제사를 마친 공명은 경건히 기다리는 마음으로 잠자리에 들었다. 하늘이 정말로 한실을 저버리지 않은 것인지 이튿날 날이 밝고 우물을 들여다보니 우물마다 맑은 물이 넘쳐흘렀다. 오늘날에조차 없어지지 않는 싸움터의 신화 중에 하나이리라.

중독된 군사들이 모두 낫고 마실 물까지 넉넉히 얻자 공명의 군사들은 별일 없이 샛길을 지나 바로 독룡동천 앞에다 진채를 내렸다. 만병이 그걸 알고 급히 맹획에게 달려가 알렸다.

"촉병들은 장기를 쐬어도 아무 일 없고, 또 독 있는 샘에 중독되거나 목마른 기색도 없이 이곳에 이르렀습니다. 그 네 개의 독천(毒泉)도 촉병들에게는 듣지 않는 것 같습니다."

타사대왕은 아무래도 그 말이 미덥지 않은 듯했다. 곧 맹획과 함께 높은 곳에 올라가 촉병 쪽을 내려보았다. 정말로 촉군들이 아무 일 없이 크고 작은 통에 물과 간장을 날라다 말을 먹이고 밥을 짓는 게 보였다.

타사대왕은 머리끝이 쭈뼛했다. 질린 얼굴로 맹획을 돌아보며 탄식했다.

"저것은 아무래도 하늘이 보낸 군사들 같습니다. 실로 어찌하면 좋겠습니까?"

맹획이 오히려 그런 타사대왕의 마음을 다잡아주듯 말했다.

"우리 형제가 나가 촉병과 한바탕 죽기로 싸워보겠소. 싸움터에서 죽을지언정 어찌 손을 내밀어 묶임을 받겠소!"

타사대왕도 거기에 힘을 얻었는지 이를 악물며 말을 받았다.

"만약 대왕께서 그 싸움에 지시면 나의 처지도 끝장입니다. 마땅히 소와 말을 잡아 장정들을 배불리 먹이고 후한 상을 내려 그들로 하여금 물불을 가리지 않고 싸우도록 만들어야겠습니다. 그런 다음 그들을 휘몰아 똑바로 촉병의 진채를 덮치면 이길 수도 있을 것입니다."

그리고 곧 그 말대로 했다. 술과 고기를 흠뻑 마시고 상까지 두둑히 받은 만병들은 크게 기세가 올랐다.

맹획과 타사대왕이 그들을 이끌고 막 싸우러 나서려는데 문득 졸개 하나가 달려와 알렸다.

"우리 동 뒤 서쪽 은야동(銀冶洞) 스물한 번째 동주 양봉(楊鋒)이 삼만 군을 이끌고 우리를 도우러 왔습니다."

그 말에 맹획이 크게 기뻐하며 소리쳤다.

"이웃 군사들이 도우러 왔으니 이 싸움은 반드시 우리가 이기겠구나!"

그리고 타사대왕과 함께 동구까지 나가 양봉을 맞아들였다. 군사를 이끌고 독룡동천으로 들어온 양봉이 말했다.

"제게는 가려 뽑은 군사 삼만이 있습니다. 모두 철갑을 입고도 산봉우리와 높은 영마루를 나는 듯 치달을 수 있으니 촉병 백만은 넉넉히 당해낼 것입니다. 거기다가 또 내게는 다섯 아들이 있는데 모두가 무예를 갖췄습니다. 우리가 대왕을 도와드릴 것이니 대왕께서는 조금도 걱정하지 마십시오."

그런 다음 다섯 아들을 모두 불러들여 맹획에게 절하게 했다. 맹획이 그들을 살펴보니 하나같이 표범의 몸놀림에 호랑이의 생김이라 위풍이 대단했다. 맹획은 기뻐해 마지않으며 크게 잔치를 열어 양봉 부자를 대접했다.

술이 반쯤 오르자 양봉이 문득 말했다.

"싸움터에는 즐길 거리가 적어 제가 놀이패를 약간 데려왔습니다. 모두 칼과 방패로 하는 춤을 잘 추니 불러다 이 자리에 재미를 더할까 합니다."

맹획이 그걸 마다할 까닭이 없었다. 그러자 금방 놀이패 수십 명이 장막 안으로 춤추며 들어왔다. 모두가 풀어헤친 머리에 맨발이었다. 그들이 손뼉을 치며 노래하는 소리는 흥겹기 그지없었다. 맹획이 재미있게 보고 있는데 양봉이 문득 맹획 형제를 가리키며 아들 둘에게 시켰다.

"너희는 어서 저 두 분에게 술잔을 올려라."

이에 양봉의 두 아들은 술잔을 채워 맹획과 맹우 앞으로 갔다. 두 사람이 그 술잔을 받아 막 마시려는데 양봉이 벼락치듯 소리쳤다.

"아들은 어서 그 두 역적 놈을 묶지 않고 무얼 하는가!"

그러자 양봉의 두 아들은 그대로 맹획과 맹우를 덮쳐 묶어버렸다. 놀란 타사대왕이 달아나려 했으나 그도 뜻 같지 못했다. 양봉이 덮쳐 그 또한 사로잡히는 신세가 되고 말았다. 그때껏 춤추고 노래하던 놀이패들이 돌연 무서운 기세로 장막을 에워싸니 누구도 맹획 형제나 타사대왕을 구하러 덤빌 수가 없었다.

맹획이 정신을 차려 그런 양봉을 꾸짖었다.

"토끼가 죽으면 여우가 슬퍼지는 법이니 같은 부류(동족)는 해치지 말라[兎死狐悲 勿傷其類]는 옛말이 있다. 너와 나는 모두 같은 족속의 동주들로서 지난날 아무 원한진 일도 없는데 어찌하여 나를 해

치느냐?"

그러자 양봉이 타이르듯 그 말을 받았다.

"우리 형제며 아들 조카는 모두 제갈승상으로부터 목숨을 살려주신 은혜를 입었다. 그 은혜를 갚을 길 없어하던 차에 마침 네가 모반을 하니 어찌 너를 잡아다 승상께 바치지 않겠느냐?"

그리고 장막을 나가 먼저 각 동에서 불려온 장정부터 각기 제 고향으로 돌려보낸 다음 맹획 형제와 타사대왕을 끌고 공명의 진채로 갔다.

제갈공명을 찾아본 양봉이 그 앞에 엎드려 말했다.

"저희는 모두 승상의 은덕에 감복하여 여기 맹획과 맹우 및 그를 돕던 무리를 사로잡아 왔습니다. 작은 갚음이라도 될까 하여 승상께 바치오니 거두어주옵소서."

공명은 그 뜻 아니한 선물에 매우 기뻤다. 한바탕 어려운 싸움을 각오하고 있었는데 양봉이 그걸 피할 수 있게 해준 까닭이었다.

공명은 양봉 부자에게 큰 상을 내린 다음 맹획을 끌어오게 했다.

"어떠냐? 이번에는 네 진심으로 항복하겠느냐."

공명이 끌려온 맹획을 내려보며 웃음을 머금고 물었다. 맹획이 제 성을 못 이겨 소리쳤다.

"이건 당신이 잘해서 나를 사로잡은 게 아니오. 우리 종족 안에서 서로 해쳐 이 지경이 났을 뿐이외다. 죽이려면 어서 죽이시오. 이렇게는 결코 마음으로 당신에게 항복할 수 없소!"

"너는 나를 마실 물 한 방울 없는 땅으로 끌어들였다. 그리고 아천, 멸천, 흑천, 유천 같은 독물샘으로 우리 군사를 어찌해보려 했으나 우리는 아무 탈 없이 이곳까지 왔다. 이 어찌 하늘의 뜻이 아니겠느냐? 너는 어찌도 이토록 되지도 않을 일을 꿈꾸고 고집하느냐?"

공명이 별로 성난 기색 없이 차근차근 따져 대꾸했다. 거기에 힘을 얻은 맹획이 목소리를 가다듬어 다시 떼를 썼다.

"우리 조상은 은갱산이란 곳에서 살았소이다. 그곳은 세 갈래 강이 있고 지나기 힘든 관이 겹쳐 지키기는 쉽고 둘러엎기는 어려운 땅이오. 당신이 만약 나를 한 번 더 놓아주어 그곳에서 사로잡는다면 그때는 자자손손 진심으로 항복하고 섬길 수 있겠소이다."

맹획의 짐작내로 이번에도 공명은 군이 마다하지 않았다. 그러나 표정만은 짐짓 매섭게 하여 다짐을 받았다.

"좋다. 다시 한번 너를 보내주마. 가서 병마를 정비해 나와 한판 멋지게 승부를 겨뤄보자. 하지만 그때 사로잡히고서도 마음으로 항복하지 않는다면 구족을 잡아 죽일 테니 그리 알아라!"

그러고는 좌우에게 일러 맹획의 밧줄을 풀어주게 했다. 다시 한번 풀려난 맹획은 이번에도 절하며 고마움을 표시하고 공명 앞을 물러나갔다. 공명은 또 맹우와 타사대왕도 풀어주게 하고 술과 밥을 내려 그들을 놀라게 했다. 두 사람은 송구스러워 감히 공명을 바로 쳐다보지도 못했다. 공명은 다시 그들에게 안장 없은 말까지 내어주어 돌려보냈다.

공명에게 풀려난 맹획과 그 무리 천여 명은 밤낮을 달려 은갱동으로 돌아갔다. 은갱동은 맹획이 공명에게 말한 대로 밖으로 세 줄기 강을 겹으로 두르고 있었다. 노수(瀘水)와 감남수(甘南水), 서성수(西城水)가 그것으로, 세 줄기가 한 곳에서 합치고 있어 삼강으로 불리기도 했다. 그 마을 북쪽으로는 거의 이백 리에 이르는 넓고 기름진 들이 있어 여러 가지 물산이 풍부했다. 또 그 서쪽 이백 리에는 소금광이 있었으며 서남으로 이백 리를 가면 노감(瀘甘)에 이르고 정남 삼백 리에는 양도동(梁都洞)이 있었다.

은갱동이란 이름을 얻게 된 은(銀)은 그 동을 둘러싸듯 자리 잡은 산에서 나왔다. 그 산 이름이 바로 은갱산으로, 산 중턱에 궁궐과 누각이 들어서 만왕의 거처가 되었다. 그 건물 가운데 조상을 모시는 사당의 이름은 '가귀(家鬼)'였고, 거기서 사철 소와 말을 잡아 지내는 제사 이름은 '복귀(卜鬼)'였다. 촉이나 그밖에 외지 사람을 제물로 써서 그 제사를 지냈다.

그곳 사람들은 또 병이 나도 약을 먹을 줄 모르고 무당을 불러 푸닥거리를 할 뿐이었다. 그 무당을 일러 '약귀(藥鬼)'라 했다. 형법도 없이 죄를 지으면 그저 목을 자르는 게 유일한 벌이었다.

그곳 사람들은 혼인 풍습도 유별났다. 계집아이가 자라면 골짜기로 가서 목욕을 하는데 그때 남자도 그녀들과 함께 섞여든다. 그리고 거기서 서로 눈이 맞으면 짝을 정하는데 부모도 그걸 막지는 못했다. '학예(學藝)'라고 이름하는 풍습이었다.

먹고사는 방식은 흉풍에 따라 달랐다. 비바람이 알맞아 농사가 잘되면 벼를 심고 거두었으나, 벼가 익지 않으면 뱀을 잡아 죽을 쑤고 코끼리를 구워 밥 삼아 먹었다. 각 지방마다 가장 으뜸되는 이를 '동주'라 부르고 그다음을 '추장'이라 불렀다. 매달 초하루와 보름에 삼강성 안에서 물건을 사고팔고 혹은 서로 바꾸었다. 맹획이 돌아간 그 나라의 풍속이 대강 그러했다.

맹획은 자기 동에 돌아가자마자 피붙이와 그를 따르는 무리 천여 명을 모아놓고 물었다.

"나는 여러 차례 촉병에게 사로잡혀 욕을 보았소. 이제 그 원수를 갚고자 하는데 누가 좋은 계책이 없겠소?"

그러자 한 사람이 나서서 말했다.

"제가 한 사람을 천거하겠습니다. 그 사람이라면 제갈량을 쳐부술 수 있을 것입니다."

그 말에 여럿이 보니 그는 맹획의 처남이요, 팔번부장(八番副將)인 대래동주(帶來洞主)였다.

"그 사람이 누구인가?"

맹획이 기뻐하며 물었다. 대래동주가 자신있게 대답했다.

"여기서 서남쪽으로 가면 팔납동(八納洞)이 있는데 그 동주는 목록대왕(木鹿大王)이라 불리고 있습니다. 법술에 깊이 통해 있으며, 나다닐 때는 코끼리를 타고, 비와 바람을 마음대로 부른다 합니다. 언제나 호랑이와 표범, 늑대에다 독사며 전갈을 데리고 다닐 뿐 아니라, 삼만의 신병(神兵)을 부리는데, 용맹하고 날래기가 이만저만이 아닙니다. 대왕께서는 글을 닦고 예를 갖춰 그에게 도움을 청해보십시오. 제가 직접 가서 목록대왕에게 졸라보겠습니다. 만약 이 사람이 우리 청을 들어준다면 촉병은 조금도 두려워할 게 없을 것입니다."

이에 맹획은 처남의 말을 따라 그에게 글을 주어 팔납동으로 가보게 했다. 그리고 거기까지 따라온 타사대왕은 삼강성으로 보내 그곳을 지키면서 앞서 촉병을 막게 했다.

오래잖아 공명이 이끈 촉병들이 삼강성에 이르렀다. 공명이 삼강성을 살펴보니 세 방향은 강물이 둘러 있고 한 곳만 강 언덕으로 이어져 있었다. 공명은 위연과 조운에게 각기 한 갈래 군사를 주어 뭍 길로 성을 치게 했다.

위연과 조운이 성 아래 이르자 성벽 위의 적군이 활과 쇠뇌를 비오듯 쏘아 붙였다. 원래 은갱동의 사람들은 활과 쇠뇌를 익혀 솜씨가 뛰어났을 뿐만 아니라 그들이 쓰는 쇠뇌가 또한 유별났다.

한 번에 화살이 열 대씩 날아가는데 화살 끝에 묻은 독이 끔찍했다. 그 화살에 맞으면 온몸이 썩어 창자를 내보이고 죽게 된다고 했다.

조운과 위연이 아무리 맹장이라 해도 그런 화살이 비오듯 쏟아지는 데는 도리가 없었다. 제대로 싸워보지도 못하고 뒤로 물러났다.

"적병이 굳게 성문을 걸고 들어앉아 활과 쇠뇌만 쏘아대는데, 그 화살 끝에 무서운 독이 발려 있어 어쩔 수 없이 물러났습니다."

조운과 위연이 돌아가 그렇게 말하자 공명은 몸소 작은 수레에 올라 성 아래로 가보았다. 그리고 무엇을 살피는지 한참을 살피다가 진채로 돌아와 영을 내렸다.

"진채를 십 리쯤 뒤로 물려라."

이에 촉병들은 십 리나 물러나 다시 진채를 세웠다. 촉병들이 갑자기 멀리 물러가는 걸 본 만병들은 기세가 오를 대로 올랐다. 큰 소리로 웃고 떠들며 서로 치하를 주고받았다. 촉병이 두려워서 물러간 걸로 생각한 까닭이었다.

한편 공명은 군사를 물린 뒤로 진채의 문을 굳게 닫고 일체 나오지 않았다. 하루이틀이 지나고 닷새가 지나도 아무런 영을 내리지 않다가, 닷새째 저녁 무렵 왼쪽에서 가벼운 바람이 일기 시작하자 비로소 영을 내렸다.

"모든 군사들은 옷 한 벌씩을 따로 마련해 일경 때까지 점고를 받도록 하라. 어기는 자가 있으면 목을 베리라!"

그 갑작스런 영에 군사들은 모두 어리둥절했다. 그러나 다른 사람도 아닌 공명의 영이라 감히 어기지 못하고 시키는 대로 따랐다.

군사들이 모두 옷 한 벌씩을 따로 마련해 정한 시각에 모이자 공명이 다시 영을 내렸다.

"군사들은 모두 그 옷에 흙을 채우고 삼상성 아래로 모이라. 먼저 이른 자에게는 크게 상을 내리리라!"

그러자 군사들은 모두 가지고 있던 여벌 옷에 흙을 채우고 나는 듯 삼강성 아래로 달려갔다. 공명이 다시 그들에게 소리 높이 외쳤다.

"모두 성벽 아래 가져온 흙을 쏟고 성벽으로 오르라. 먼저 성벽 위에 오르는 자의 공을 으뜸으로 치리라!"

이때 촉병의 수는 원래의 군사 십만에 항복한 군사 일만을 합쳐 십일만이나 되었다. 한꺼번에 들고 있던 흙을 성벽 아래 쏟으니 금세 흙으로 된 산이 성벽으로 이어졌다. 촉병들은 한소리 군호를 정해놓고 거기 맞춰 일제히 성벽 위로 기어올랐다.

꺾일 줄 모르는 저항의 넋

마음 놓고 있던 만병들은 깜짝 놀랐다. 급히 활과 쇠뇌를 쏘려 했으나 캄캄한 밤중이라 잘 보이지도 않거니와 그럴 겨를도 없었다. 잠깐 사이에 태반은 사로잡히고 나머지는 꽁지가 빠지게 성을 버리고 달아났다. 맹획을 따라 거기까지 왔던 타사대왕이란 자도 그 어지러운 통에 비참하게 목을 잃고 말았다.

순식간에 삼강성을 빼앗은 공명은 거기 있던 진기한 보물들을 모두 거두어 공이 많은 장졸들에게 상을 내렸다. 싸움에 이긴 데다 상까지 받자 촉군들은 신이 났다. 드높은 사기로 다음 싸움을 기다렸다.

한편 성을 버리고 달아난 만병들은 맹획에게 돌아가 울며 알렸다.

"타사대왕께서는 돌아가시고 삼강성은 촉군에게 빼앗겨버렸습니다."

맹획은 그 말에 깜짝 놀랐다. 걱정으로 간이 오그라드는 판에 사람이 들어와 알렸다.

"촉병이 벌써 강을 건너 우리 동 앞에 진채를 내렸습니다."

맹획은 더욱 놀라 어쩔 줄 몰랐다. 손발을 바로 가누지 못하고 오락가락하는데 병풍 뒤에서 한 사람이 깔깔 웃으며 나와 말했다.

"명색 남자가 되어 어찌 그리도 답답하게 구십니까? 제가 비록 한낱 여자 몸이나 당신과 함께 나가 싸워보겠습니다."

맹획이 그 사람을 보니 다름 아닌 아내 축융부인(祝融夫人)이었다. 부인은 대대로 남민에 실아온 집안의 딸인네 화신(火神)인 축융씨(祝融氏)의 후예로 알려져 있었다. 한 자루 비도(飛刀)를 잘 써, 그녀가 칼을 날리면 백 번을 날려 백 번이 다 과녁에 꽂혔다.

축융부인의 격려로 힘을 얻은 맹획은 자리에서 일어나 아내에게 감사하고 싸울 채비에 들어갔다. 축융부인은 큰소리 친 대로 앞장서 말에 오른 뒤 피붙이들 수백과 동병 오만을 이끌고 촉병과 싸우러 은갱동을 나갔다.

축융부인이 막 동구를 나서는데 한 떼의 촉병들이 길을 막았다. 앞선 대장은 장의였다. 장의는 축융부인이 만병들을 이끌고 달려오는 걸 보자 군사들을 벌여 적을 맞을 채비를 하게 했다.

축융부인은 등에 다섯 자루의 비도를 꽂고 손에는 한 길 여덟 자나 되는 막대를 든 채 털 붉은 적토마 위에 앉아 있었다. 그런 그녀를 보자 장의는 속으로 은근히 찬탄해 마지않았다. 그러나 만난 곳이 싸움터라 구경만 할 수 없어 달려 나가 맞섰다.

두 사람이 어울린 지 몇 합 되기도 전에 축융부인이 돌연 말 머리를 돌려 달아나기 시작했다. 여자라고 은근히 깔보던 장의가 생각 없이 그런 그녀를 뒤쫓았다. 달아나던 축융부인이 몸을 홱 틀며 어느새 뽑아들고 있던 비도를 날렸다.

그제서야 놀란 장의가 얼른 손을 들어 비도를 쳐내려 했으나 날아온 칼은 어김없이 장의의 왼팔에 꽂혔다. 아픔을 이기지 못한 장의는 몸을 뒤집으며 말에서 떨어졌다. 보고 있던 만병들이 함성을 지르며 몰려와 장의를 꽁꽁 묶어버렸다.

촉장 마충은 장의가 적에게 사로잡혔다는 소식을 듣자 놀라 달려 나왔다. 급하게 장의를 구하러 가려는데 만병들이 쏟아져 나와 길을 막았다. 그 속에 축융부인이 긴 막대를 들고 말 위에 앉아 있는 걸 보자 마충은 벌컥 화가 났다. 한칼에 요절낼 양으로 말을 박찼다.

그런데 그 무슨 운수인지 마충이 미처 축융부인에게 다가가기도 전에 타고 있던 말이 밧줄에 걸려 뒤집어졌다. 말이 뒤집히니 그 위에 타고 있던 사람이 성할 리 없었다. 마충이 땅에 떨어져 뒹굴자 만병들이 우르르 몰려들어 그 또한 묶어버리고 말았다.

축융부인이 마충과 장의를 사로잡아 은갱동으로 돌아가자 맹획은 기뻐 어쩔 줄 몰랐다. 크게 잔치를 열어 이기고 돌아온 아내와 군사들의 기운을 돋워주었다.

"도부수들은 저 두 놈을 끌어내 목을 베라. 무고히 남의 땅을 침범하는 촉병들에게 본보기를 삼으리라."

흥이 오른 축융부인이 그렇게 영을 내렸다. 맹획이 그런 아내를 말렸다.

"제갈량은 나를 다섯 번이나 사로잡았으나 살려서 돌려보내주었소. 그런데 우리는 사로잡자마자 적장의 목을 벤다면 의롭지 못한 일이 되오. 우리 동에 가두어두었다가 제갈량까지 사로잡은 뒤에 죽여도 늦지 않으리라."

그러자 축융부인도 남편의 말을 따랐다. 마충과 장의를 끌고 나가게 한 뒤 깔깔거리며 술을 마시고 풍악을 잡혔다.

한편 축융부인에게 장수 둘을 잃고 공명에게로 쫓겨간 촉병들은 숨넘어가는 소리로 그 소식을 알렸다. 공명은 별로 놀라는 기색도 없이 마대와 위연, 조운 세 사람을 불러들였다. 그리고 무언가 가만히 계교를 주어 먼저 내보냈다.

다음 날이 되었다. 맹획과 축융부인이 느긋한 마음으로 저희 골짜기에 들어앉아 있는데 졸개 하나가 달려와 알렸다.

"촉장 조운이 와서 싸움을 걸고 있습니다."

그 말을 들은 축융부인은 맹획이 무어라고 말할 틈도 없이 말에 뛰어올랐다.

곧 조운과 축융부인의 한바탕 싸움이 벌어졌다. 그러나 어찌 된 셈인지 조운은 몇 합 싸워보지도 않고 말을 돌려 달아나기 시작했다. 축융부인은 복병이 있을까 두려워 감히 뒤쫓지 못하고 군사를 되돌렸다.

다음 날은 위연이 또 은갱동으로 와 싸움을 걸었다. 축융부인이 달려 나가 싸움이 시작됐지만 결과는 전날과 마찬가지였다. 위연이 거짓으로 패한 체 달아나며 축융부인을 꾀어내보려 했으나 그녀는 이번에도 위연을 뒤쫓지 않았다.

다음 날이 되었다. 이번에는 조운이 다시 돌아와 싸움을 걸었다.

축융부인이 또 은갱동을 나가 조운을 맞았다. 조운의 계략은 전날과 다름없었다. 몇 합 싸우지 않고 거짓으로 패해 달아났다. 축융부인도 여전히 매복이 두려워 그런 조운을 뒤쫓지 않았다.

그런데 축융부인이 막 군사를 돌리려 할 때였다. 어디선가 위연이 달려 나와 바가지 바가지 욕을 퍼부으며 덤벼들었다. 참고 참았던 축융부인도 그 상스런 욕질에는 발끈하고 말았다. 싸움막대를 휘두르며 위연을 덮쳐갔다. 위연은 그런 축융부인을 놀려대듯 몇 번 맞붙어 보지도 않고 말 머리를 돌려 달아나기 시작했다.

성난 축융부인은 이것저것 생각도 없이 그대로 위연을 뒤쫓았다. 위연은 힐끗힐끗 돌아봐가며 산기슭 샛길로 달아났다. 한참을 달리다가 큰 함성이 일어 위연이 돌아보니 축융부인이 안장을 안고 말에서 떨어지는 중이었다.

그곳에서 매복해 기다리던 것은 마대였다. 여기저기 말을 쓰러뜨리는 밧줄을 펼쳐놓고 기다리다가 축융부인이 걸리자 그 말을 쓰러뜨리고 말에서 떨어진 축융부인을 사로잡아버렸다.

마대가 축융부인을 사로잡아 가는 걸 보고 만장(蠻將)과 그 졸개들이 구하러 달려갔으나 될 일이 아니었다. 조운이 어디선가 되돌아와 덤벼드는 만병들을 두드려 흩어버렸다.

축융부인이 촉병의 대채로 끌려가니 공명이 장막에 단정히 앉아 기다리고 있었다.

"그 부인의 밧줄을 풀어주라."

공명은 무사들에게 그렇게 영을 내린 다음 다른 장막으로 데려가 술을 내리게 했다. 축융부인의 놀란 가슴을 달래주려 함이었다.

"맹획에게도 사람을 보내라. 우리가 축융부인을 사로잡았음을 알리고 그녀와 장의, 마충을 바꾸자고 하여라."

축융부인의 마음을 달래준 뒤 공명은 다시 그렇게 영을 내렸다.

공명의 전갈을 받은 맹획은 얼른 거기 응했다. 장의와 마충을 돌려주고 축융부인을 되찾아갔다. 맹획은 아내가 돌아온 게 기쁘기는 했으나 한편으로는 걱정도 컸다. 은근히 믿었던 그녀도 공명에게는 한낱 어린애에 지나지 않았기 때문이었다. 다시 머리를 싸매고 걱정을 하는 중인데 졸개 하나가 달려와 알렸다.

"팔납동주(八納洞主)께서 오셨습니다."

그 말을 들은 맹획은 뛰듯이 달려 나가 팔납동주를 맞았다. 팔납동주인 목록대왕이란 자는 흰 코끼리를 타고 왔는데, 몸에는 금과 보석 구슬을 꿴 줄을 감고 허리에는 두 자루 큰 칼을 차고 있었다. 그 뒤에는 전날 처남인 대래동주가 말한 대로 호랑이며 표범, 늑대 같은 짐승들이 떼를 지어 둘러싸듯 따라오고 있었다.

맹획은 그 앞에 엎드려 그간에 있었던 일을 말하고 도와주기를 간절히 빌었다.

"좋소. 내가 대왕의 원수를 갚아드리리다."

맹획의 말을 듣고 난 목록대왕은 기꺼이 그 청을 들어주었다. 맹획은 기뻐 어쩔 줄 모르며 크게 잔치를 벌여 그를 대접했다.

다음 날 목록대왕은 자기가 이끌고 온 군사들과 사나운 짐승들을 데리고 촉군과 싸우러 나갔다. 위연과 조운은 만병들이 나온다는 말을 듣고 군마를 펼쳐 싸울 태세를 갖추었다.

오래잖아 목록대왕이 이끄는 만병들이 이르렀다. 조운과 위연이 진 앞에서 말 고삐를 나란히 하고 바라보니 만병의 깃발과 병기부터가 유별났다. 군사들은 거의가 옷을 입지 않았는데, 벌거숭이 몸은 한결같이 붉고 얼굴은 못생긴 데다 더럽기 짝이 없었다. 손에는 모두 네 자루의 날카로운 칼을 들었고 신호는 북과 징 대신 사금(篩金, 구멍이 많이 뚫린 징 같은 악기인듯)이란 저희 악기를 썼다.

목록대왕은 허리에 두 자루 보검을 차고 손에는 자루 달린 종을 든 채 흰 코끼리 위에 앉아 있었다. 그 뒤로는 큰 깃발이 수없이 뒤따르고 있었다.

조운이 위연에게 놀란 얼굴로 말했다.

"우리가 싸움터에서 일생을 보냈으나 저런 인물을 보기는 실로 처음이다!"

위연도 목록대왕을 보니 예사롭지 않아 놀란 빛을 감추지 못했다.

두 사람이 넋 잃은 듯 보고 있는데 갑자기 목록대왕이 뭔가 중얼중얼 외며 들고 있던 종을 흔들었다. 그러자 홀연 미친 듯한 바람이 일며 모래와 돌을 비뿌리듯 촉군에게 퍼부었다. 뿐만이 아니었다. 뒤이어 한소리 뿔나팔 소리가 나자 목록대왕이 데리고 온 짐승들이 이를 드러내고 발톱을 휘저으며 바람을 타고 촉군을 덮쳐왔다.

조운과 위연이 아무리 맹장이고 촉병들이 아무리 단련된 군사라 해도 그런 적과 싸워보기는 처음이었다. 촉군은 제대로 맞서 보지도 못하고 뒤돌아 달아나기 시작했다. 만병들은 그런 촉군을 뒤쫓아오며 죽이다가 삼강 어름에서야 돌아갔다.

조운과 위연은 싸움에 진 군사들을 수습해 대채로 돌아갔다. 그리고 공명을 찾아가 싸움에 진 죄를 빌며, 아울러 자기들이 보고 들은 일을 자세히 일렀다.

공명이 빙긋 웃으며 말했다.

"싸움에 진 건 그대들의 죄가 아니다. 나는 초려에서 나오기 전에 남만에는 호랑이와 표범을 부리는 술법이 있음을 들은 적이 있었다. 그래서 이번에 촉을 떠날 때 그런 적을 쳐부술 수 있는 물건들을 마련해서 왔다. 군사들 뒤에 따라오는 수레 중에 따로 봉해진 스무 대가 있을 것이다. 그중에서 우선 열 대를 풀어 쓰면 까짓 잡술쯤은 어렵잖게 물리칠 수 있다. 나머지 열 대는 나중에 따로이 쓸 데가 있을 것이다."

그러고는 곁에 있는 군사들에게 영을 내렸다.

"후진에 가면 붉은 기름을 칠한 상자가 실린 수레 열 대와 검은 기름을 칠한 상자가 실린 열 대가 있을 것이다. 그중에서 붉은 것은 이리로 가져오고 검은 것은 따로 잘 갈무리해 두어라."

장수들은 그때까지도 공명이 무엇을 하려고 그러는지를 알지 못했다. 군사들이 붉은 칠한 수레를 몰고 오자 공명은 그걸 뜯게 했다. 그 안에서 나온 것은 나무로 깎아 칠을 한 큰 짐승들이었다. 겉에는 털가죽을 오색실로 바느질해 붙이고 강철로 된 이와 발톱을 단 것이 었는데, 크기는 한 마리에 열 사람이 올라탈 만했다.

공명은 날랜 군사 일천 명을 뽑아 그 나무로 깎은 짐승들을 몰게 하고 먼저 그 뱃속에다 백여 자루의 불이 잘 붙는 물건들을 집어넣게 했다. 그리고 다시 수레 속에 감추게 한 뒤 다음 날이 되기를 기다렸다.

다음 날 공명은 대군을 휘몰아 은갱동 앞으로 나아갔다. 촉군이 동구 앞에 진세를 벌이는 걸 만병들이 맹획에게 뛰어들어가 알렸다. 목록대왕이란 자는 전날의 승리로 간이 한껏 부풀어 있었다. 스스로 적이 없음을 자랑하다가 그 소리를 듣자 얼른 맹획과 함께 은갱동을 나왔다.

공명은 윤건에 깃털 부채를 들고 검은 도복 차림으로 수레에 앉아 있었다. 촉군 앞머리에서 그런 공명을 본 맹획은 공명을 손가락질하며 목록대왕에게 말했다.

"저기 저 수레 위에 앉은 자가 바로 제갈량이오. 만약 이번에 저 사람을 사로잡을 수 있다면 큰일은 이미 다 풀린 것이나 다름없을 것입니다."

그 말을 들은 목록대왕은 또 전날처럼 주문을 외며 종을 흔들기 시작했다. 금세 미친 듯한 바람이 일며 사나운 짐승들이 뛰어나왔다.

그걸 보고 있던 공명이 가만히 부채를 들어 한 번 휘저었다. 그러자 그때껏 촉진을 향해 미친 듯 불어제치던 바람은 이내 방향을 바꾸어 거꾸로 만병들을 휩쓸었다. 이에 촉진에서는 다시 나무로 깎아 만든 짐승들이 끌려나왔다. 모양이 크고 무시무시할 뿐만 아니라 입과 코로는 불과 연기까지 내뿜고 있었다.

목록대왕이 풀어놓은 진짜 짐승들은 그런 촉진의 가짜 짐승들을 보자 깜짝 놀랐다. 입으로는 뻘건 불을 뿜고 코로는 시커먼 연기를 토하며 몸을 흔들어 구리 방울 소리를 내고 강철 이빨과 발톱을 휘젓는 게 그것들에게 잡히기만 하면 뼈도 못 추릴 것 같았다. 이에 짐승들은 앞으로 내닫기는커녕 얼른 뒤돌아 꽁지가 빠지게 뛰었다.

갑자기 짐승들이 자기편을 향해 덮쳐오자 만병들은 금세 어지러

위졌다. 놀라 쫓겨오는 짐승들에게 부딪치고 할퀴어 쓰러지는 자만도 그 수를 헤아릴 수 없었다. 공명은 그걸 보고 일제히 북과 징을 울리게 하고 대군을 몰아 적진으로 쓸어갔다.

그렇게 되니 싸움이고 뭐고 없었다. 그 기세 좋던 목록대왕의 군사들은 풍비박산이 되고 목록대왕 자신은 어지럽게 부딪히는 군사들 사이에서 어느 귀신에게 잡혀가는지도 모르는 채 죽고 말았다.

맹획은 급히 은갱동으로 달아났으나 촉병이 꼬리를 물고 따라 들어오니 지켜낼 재간이 없었다. 마침내 맹획은 그 피붙이들과 더불어 궁궐을 버리고 산을 기어 넘어 달아나버렸다. 그 바람에 공명은 큰 힘 들이지 않고 맹획의 본거지인 은갱동을 빼앗을 수 있었다.

은갱동을 차지해도 맹획이 보이지 않자 공명은 또 맹획이 달아난 걸 알았다. 다음 날 날이 밝는 대로 맹획을 잡으러 사람을 내보내려 하는데 문득 한 소식이 들어왔다.

"맹획의 처남인 대래동주가 맹획에게 항복할 것을 권하다가, 맹획이 기어이 듣지 않자, 맹획과 축융부인 및 그 피붙이 백여 명을 사로잡아 승상께 바치러 왔습니다."

그런데 알 수 없는 것은 공명이었다.

당연히 기뻐할 소식인데도 기뻐하기는커녕 얼른 장의와 마충을 불러 귓속말로 무슨 영을 내렸다.

두 장수는 그 길로 나가더니 날래고 힘센 군사 이천을 뽑아 공명의 장막으로 들어오는 길 양편에 숨겼다. 공명은 또 진문을 지키는 장수에게도 영을 내려 대래동주가 오는 대로 그냥 들여보내라고 시켰다.

얼마 후 대래동주는 수백 명의 도부수를 이끌고, 맹획과 그 피붙이 백여 명을 잡아 묶어 공명의 진채에 이르렀다. 진문을 지키는 장수가 그대로 들여보내니 대래동주는 오래잖아 공명 앞에 이를 수 있었다. 그러나 저만치 앉아 있는 공명을 향해 무슨 수작을 붙여보기도 전에 공명의 불호령이 먼저 떨어졌다.

"네놈들이 다시 내게 사로잡히러 왔구나! 여봐라, 어서 이놈들을 묶어라."

그러자 양쪽 장막 뒤에서 장의와 마충이 이끈 이천 군사가 뛰쳐나와 두 명이 만병 하나씩을 잡아 묶었다. 그들이 모두 묶인 뒤에야 공명이 껄껄 웃으며 말했다.

"내 진작에 너희들의 잔꾀를 알아보았더니라. 그따위 어린애 같은 수작으로 어찌 나를 죽일 수 있겠느냐? 네 두 번째로 사로잡혔을 때도 너는 너희 동 사람들과 짜고 거짓 항복을 해온 적이 있다. 그 때문에 네가 두 번 다시 그런 짓을 하지 않을 줄로 내가 믿을 줄 알고 이번에 또 거짓 항복으로 나를 죽이려 하다니!"

그러고는 무사들을 시켜 맹획과 그 피붙이들의 몸을 뒤지게 했다. 정말로 그들의 몸에는 날카로운 칼이 감춰져 있었다. 거짓으로 사로잡힌 체 왔다가 때를 보아 줄을 끊고 대래동주가 이끌고 온 도부수들과 힘을 합쳐 공명을 죽이려 했음에 틀림없었다.

비록 공명의 밝은 눈을 속이지는 못했지만, 여기서 한번 살펴보고 싶은 것은 그 계략을 통해 엿볼 수 있는 맹획의 굽힐 줄 모르는 정신이다. 수십만 촉군의 진채 한가운데 겨우 수백 명으로 뛰어들었으니 설령 계략이 성공해서 공명을 죽인다 해도 그들이 살아날 수 있다는 보장은 전혀 없었다. 그런데도 맹획과 그 일족들은 그런 비장한 계책을 쓰고 있다.

그 얼마 뒤 위나라가 고구려를 침공했을 때 밀우(密友)가 항복을 가장해 위장 관구검을 찔러 죽이고 몰리던 동천왕(東川王)을 위기에서 구해낸 일이 연상된다. 그런데 맹획은 왕인 그 자신의 목숨을 던져서라도 촉병을 물리치려 하고 있는 셈이다. 요샛말로 그 무엇에도 꺾일 줄 모르는 자유의 넋이라고나 할까.

공명은 여섯 번째로 사로잡힌 맹획에게 물었다.

"니는 진에 말하기를 너의 근서시인 은갱농에서 사로잡히면 그때는 내게 마음으로 항복하겠다고 말했다. 그런데 이제 이렇게 사로잡혔으니 어떻게 하겠느냐?"

맹획이 이를 갈며 한스러워했다.

"이번 일은 우리가 제발로 죽으러 걸어 들어온 것이지 당신이 재주가 좋아 나를 사로잡은 것은 아니오. 나는 마음으로 항복할 수 없소이다."

"나는 너를 여섯 번째 사로잡았다. 그런데도 아직 항복하지 않겠다니, 도대체 언제까지 기다려야 한단 말이냐?"

공명이 성나기보다는 딱하다는 듯 그렇게 물었다. 맹획이 한 번 더 어거지를 썼다.

"승상께서 나를 일곱 번째로 사로잡는다면 그때는 딴말 않고 항복하겠소. 그리고 맹세코 두 번 다시 배신하지 않으리다!"

"그건 어렵지 않다. 이미 네 둥지와 굴이 모두 부서졌는데 내가 걱정할 게 무어 있겠느냐?"

공명은 선뜻 그렇게 말하고 무사들에게 맹획을 얽은 밧줄을 풀어 주게 했다. 그러면서도 다짐만은 이번에도 잊지 않았다.

"이번에 사로잡혀서도 또다시 버틴다면 그때는 결코 가볍게 용서 하지 않겠다. 새겨듣고 뒷날 뉘우침이 없게 하라!"

이미 죽을 각오를 하고 왔는데 공명이 다시 살려서 보내주니 아무리 맹획이라도 더 들고 떠들 낯이 없었다. 두 손으로 머리를 싸쥐듯 해 공명 앞을 물러났다.

그때 맹획의 졸개로 남은 것은 겨우 천 명 남짓했다. 그것도 절반은 다친 채 정신없이 달아나다가 뒤따라온 맹획과 만났다. 맹획이 그들을 달래 다시 한번 싸워볼 것을 말하자, 그들은 그때껏 맹획을 따르다가 당한 고초도 잊고 거기 따랐다.

여기서 간접적으로나마 또다시 엿볼 수 있는 것은 맹획이 그 피붙이와 아랫사람들로부터 얻고 있는 신망이다. 웬만한 인물이라도 두 번 세 번 실패가 겹치면 모두 떠나가게 마련이건만, 그는 여섯 번을, 그것도 두말할 여지 없이 참담한 실패를 거듭했건만, 그의 피붙이와 졸개들은 여전히 그를 따르고 있다. 설령 그것이 신망이 아니고 교묘한 언변이나 그밖에 또 다른 어떤 속임수에 의한 것이라 하더라도, 맹획이 비범한 인물인 것만은 부정할 수가 없다.

다시 부릴 수 있는 사람을 얼마간 얻게 되자 맹획은 마음이 조금 가라앉았다. 처남인 대래동주와 머리를 맞대고 앞일을 궁리했다.

"이제 우리의 근거지인 은갱동을 촉병에게 빼앗겼으니 막막하구나. 어디로 가서 누구에게 의지해 다시 한번 공명과 싸워본단 말인가?"

그러자 대래동주가 귀가 번쩍 트일 소리를 했다.

"제가 아는 나라들 가운데 촉병을 쳐부술 수 있는 나라는 오직 하나뿐입니다. 그리로 가서 힘을 빌려보는 수밖에 없을 것입니다."

"그게 어느 나라인가?"

맹획이 지옥에서 부처라도 만난 듯한 얼굴로 성급히 물었다. 대래동주가 자신있게 말했다.

"오과국(烏戈國)입니다."

"오과국은 어디로 가면 있으며 어떠한 나라인가?"

맹획이 한층 급해서 물었다. 대래동주가 차근차근 말해주었다.

"여기서 동남으로 칠백 리를 가면 그 오과국이 있습니다. 그 나라의 임금 올돌골(兀突骨)은 키가 두 길이나 되는데 다섯 가지 곡식 대신에 살아 있는 뱀과 온갖 모진 짐승을 밥 삼아 먹습니다. 그래서인지 몸에 비늘이 돋아 갑옷처럼 칼과 화살을 막아낸다고 합니다.

또 그 아래 있는 군사들은 모두 등갑(藤甲)을 입고 있는데, 그 갑옷이 매우 특이하다고 합니다. 그 갑옷을 만드는 등나무는 그 나라의 산간 바위 절벽에 자라는 것으로 그 나라 사람들은 그걸 베어다 반년 동안 기름에 담가두었다가 꺼내 말리고 다시 담그는 식으로 여남은 번을 되풀이합니다. 그런 다음 그 등으로 갑옷을 짜면 몸에 입은 채 강물에 뛰어들어도 가라앉지 않고, 물에 젖지 않으며 칼과 화살이 뚫지 못한다는 것입니다. 사람들은 그런 갑옷을 입은 군사들을 무서워해 특히 등갑군(藤甲軍)이라 부르지요.

이제 대왕께서 그 오과국에 가서 구해주기를 청해보십시오. 만약 그들의 도움을 받을 수만 있다면 제갈량을 사로잡는 일은 잘 드는 칼로 대나무를 쪼개는 것보다 더 쉬울 것입니다."

거기까지 설명을 듣자 맹획은 크게 기뻐했다. 곧 모든 졸개들을 이끌고 오과국으로 달려갔다.

동남쪽으로 칠백 리를 밤낮없이 달려가니 과연 오과국이 나왔다. 아직도 집을 짓지 않고 동굴에 사는 족속들의 나라였다. 맹획은 그 임금 올돌골을 찾아보고 엎드려 절하며 그때껏 있었던 일을 낱낱이 알리며 도움을 빌었다. 같은 종족끼리의 정인지 자신의 강대함에 대한 자부심 때문인지 올돌골은 맹획의 이야기를 듣고 난 뒤 선뜻 말했다.

"알겠소. 내가 이 나라의 군사를 일으켜 당신의 원수를 갚아드리겠소."

맹획은 그런 올돌골이 고맙기 그지없었다. 다시 한번 엎드려 절하며 그 고마움을 나타냈다.

올돌골은 지체 않고 저희 장수[俘長] 둘을 불렀다. 한 사람은 이름이 토안(土安)이요, 다른 한 사람은 해니(奚泥)였다.

"이제 우리는 등갑군 삼만을 이끌고 동북으로 가서 촉인지 뭔지 하는 나라의 군사를 쳐부수고 그 우두머리 제갈량을 사로잡으려 한다. 어서 군사를 일으킬 채비를 하라."

이에 맹획은 올돌골과 토안, 해니가 이끈 등갑군 삼만을 얻어 다시 공명과 싸우러 떠났다. 오과국을 떠나 동북쪽으로 한참 올라가니 도화수(桃花水)란 강이 하나 나왔다. 양쪽 강 언덕에 복숭아 나무가 빽빽이 자라는데, 해마다 그 잎이 물에 떨어져 독이 되어 만약 딴나라 사람이 그 물을 먹으면 모두 죽었다. 그러나 오과국 사람들이 그 물을 먹으면 정신이 배나 맑아졌다.

오과국 군사들은 그 도화수 나루에다 진을 치고 촉군이 내려오기를 기다렸다.

한편 여섯 번째로 맹획을 놓아 보낸 공명은 맹획이 한동안 보이지 않자 만인들을 풀어 그 소식을 알아보게 했다. 얼마 안 돼 회보가 들어왔다.

"맹획은 오과국 임금에게 도움을 청해 삼만 등갑군을 얻어왔습니다. 지금 도화수 나루에 진치고 있습니다. 뿐만 아니라 맹획은 각 지방의 만병들을 다시 긁어모아 그들과 힘을 합쳐 우리에게 맞서려 하는 바, 그 세력 또한 만만치 않습니다."

그러나 공명은 조금도 걱정하는 빛 없이 대군을 몰아 남으로 내려갔다.

곧바로 도화수 가에 이른 뒤 강 건너 만병들을 바라보니 사람의 형상 같지가 않았다. 더럽고 못생기기가 목록대왕의 졸개들에게 비할 바가 아니었다.

복숭아 잎이 떠 흐르는 강물도 예사롭지 않아 보였다. 지난번 독룡동에서 독 있는 샘물에 애를 먹은 적이 있는 공명은 그곳 토박이 주민 하나를 찾아오게 해 물었다.

"이 물이 어째 예사롭지 않게 보인다. 아는 대로 말하라."

"지금 한창 복숭아 잎이 강물에 떨어지는 때입니다. 오과국 사람이 아니면 이 물을 마셔서는 아니 됩니다."

불려온 토박이 주민 하나가 그렇게 알려주었다. 공명은 비로소 만병들이 왜 그 물가에 진을 쳤는지 알 만했다.

"군사들을 물가에서 오 리쯤 뒤로 물려라. 거기다가 진채를 내리고 싸울 채비를 하라."

공명은 그렇게 영을 내리고 위연으로 하여금 그 진채를 맡아 지키게 했다.

다음 날이 되었다. 오과국 임금은 한 떼의 등갑군을 이끌고 강물을 건너 촉군에게 덤볐다. 하늘과 땅을 뒤흔드는 듯한 북소리, 징소리에 적이 온 줄 안 위연도 군사를 이끌고 진채를 나가 그들을 맞았다. 오래잖아 만병들이 땅을 발로 구르며 촉병 앞에 이르렀다.

촉병들은 활과 쇠뇌에 살을 먹이고 만병들에게 쏘아 붙였다. 그러나 놀랍게도 화살은 하나도 그들의 갑옷을 뚫지 못하고 퉁겨져 나와 땅에 떨어졌다. 놀라운 일은 그뿐이 아니었다. 이윽고 적이 다가와 칼로 베고 창으로 찔렀지만 도무지 그 괴상한 갑옷을 뚫을 길이 없었다.

놀라고 겁먹은 촉병들이 갈팡질팡하자 만병들은 더욱 기세가 올랐다. 날카로운 칼과 쇠작살로 베고 찌르며 덮쳐오니 촉병들이 어떻게 당해낼 수가 없었다. 곧 이리저리 흩어져 달아나기 시작했다.

다행스런 것은 만병들이 악착스레 뒤쫓아오지 않는 점이었다. 그 바람에 위연은 곧 군사를 수습해 되돌아올 수 있었다. 위연이 다시 도화수 가에 이르러 보니 오과국 군사들은 강물을 건너 저희 진채로 돌아가고 있었다.

그런데 거기서 위연은 또 한번 놀라운 광경을 보았다. 화살도 창칼도 들어가지 않아 단단하기 그지없는 갑옷이었는데도 오과국 군사들은 그 갑옷을 입은 채 강물을 헤엄쳐 건넜다. 개중에 지친 군사들은 숫제 갑옷을 벗어 물 위에 띄우고 그 위에 올라앉아 강을 건너기도 했다. 단단할수록 무겁다는 게 위연이 아는 이치였으나 만병들에게는 그것도 통하지 않는 것 같았다.

급히 대채로 돌아간 위연은 공명을 찾아보고 자기가 본 놀라운 광경을 얘기해 주었다. 듣고 난 공명은 여개와 그곳 토박이들을 불러 물었다.

"이게 어떻게 된 일이오? 어째서 갑옷이 물에 뜰 수가 있소?"

여개가 가만히 기억을 더듬다가 대답했다.

"내가 듣기로 오과국이란 나라는 사람의 도리를 모르는 곳이라 합니다. 또 그 나라 사람들은 등갑이란 갑옷을 입는데, 그 갑옷 입은 자를 쉽게 다치게 할 수 없다고 했습니다. 그 나라에 있다는 복숭아 잎이 섞인 독한 물도 유별난 데가 있습니다. 그 나라 사람이 마시면 정신이 갑절이나 맑아지지만 딴 나라 사람이 마시면 바로 죽는다고 합니다. 그 같은 오랑캐 땅을 구태여 싸워 얻어본들 무엇에 쓰겠습니까? 이쯤에서 그만 군사를 돌리는 게 나을 듯합니다."

남만의 지리에 밝다는 여개도 어지간히 겁먹은 얼굴이었다. 그러나 공명은 조금도 어두운 기색 없이 껄껄 웃으며 말했다.

"내가 여기까지 오기를 쉽게 하지 못했는데 어찌 돌아가는 것만 그리 쉽게 할 수 있겠소? 내일은 내가 한번 나가보리다. 내게는 오랑캐들을 평정할 계책이 이미 섰소."

그런 다음 조운과 위연을 불러 영을 내렸다.

"그대들은 진채를 굳게 지키기만 하고 결코 가볍게 나가 맞서지 말라."

정말로 무슨 계책이 있는 듯한 태도였다.

다음 날이 되었다. 공명은 그곳 토박이를 길잡이로 삼아 몸소 작은 수레를 타고 진채를 나왔다. 도화수 나루 북쪽 산기슭에 올라 지세를 살펴보려는데 산마루가 험해 수레가 오를 수 없었다. 공명은 하는 수 없이 수레에서 내려 걸어 올라갔다.

한 산꼭대기에 이르니 그 아래 골짜기 하나가 보이는데 꼭 긴 뱀 같았다. 양쪽으로 깎아지른 듯한 절벽이 섰고 나무 한 그루, 풀 한 포기 없는 그 골짜기 가운데로 한 줄기 큰길이 나 있었다.

"저 골짜기는 이름이 무엇인가?"

공명이 길잡이로 데려간 토박이에게 물었다. 그 토박이가 아는 대로 대답했다.

"반사곡(盤蛇谷)이라고 합니다. 골짜기를 빠져나가면 삼강성(三江城)으로 가는 큰길이 되고, 골짜기 앞은 탑랑전(塔郞甸)이란 곳입니다."

그 말을 듣자 공명은 무엇이 기쁜지 크게 웃으며 말했다.

"저곳은 하늘이 내게 공을 이루게 하려고 마련해놓은 땅이다!"

드디어 오과국 군사들을 두들겨 부술 계책을 얻은 듯했다.

공명은 올라온 길로 되내려가 수레에 오른 뒤 급히 진채로 돌아갔다.

맹획은 드디어 꺾이고
공명은 성도로

공명은 먼저 마대를 불러 영을 내렸다.

"그대는 검은 기름칠한 상자가 실린 수레 열 대를 끌고 가되 대나무 줄기 천 개를 따로이 마련하라. 그래서 그 궤안에 든 것과 대나무통으로 내가 이제부터 시키는 대로 하라."

공명은 그렇게 말하고 한동안 마대만 알아듣게 귓속말을 한 뒤 다시 소리를 높였다.

"그대가 이끈 군사들로 반사곡 양 입구를 막고 다른 사람들이 모르게 해야 한다. 보름 말미를 줄 것이니 반드시 그 안에 모든 채비를 끝내도록 하라. 만약 조금이라도 소홀함이 있으면 마땅히 군법으로 다스릴 것이다."

마대가 군령을 받고 나가자 공명은 다시 조운을 불렀다.

"장군은 반사곡 뒤 삼강성으로 가는 큰길 입새를 지키도록. 거기 소용되는 물건은 오늘 안으로 모두 갖추어야 하오."

그리고 다시 위연을 불렀다.

"그대는 수하의 군사들을 데리고 도화 나루터 아래 있는 진채로 가라. 적군이 강물을 건너 치고 들면 진채를 버리고 달아나되 반드시 흰 깃발이 보이는 곳으로 달아나야 한다. 보름 동안에 열다섯 싸움을 모두 져주고 일곱 군데 진채를 적에게 내주도록. 그리고 열네 번째로 질 때까지는 나를 보러 오지 말라."

위연은 그런 명을 받자 마음이 즐겁지 아니했다. 한 번도 아니고 열다섯 번씩이나 싸움에 져야 하는 게 하도 기가 막혀 투덜거리며 물러났다.

공명은 또 장익을 불러 일렀다.

"그대는 한 떼 군마를 이끌고 가서 내가 말하는 곳에 든든한 진채와 책(柵)을 얽도록 하라."

장의와 마충도 따로이 군령을 받았다. 항복한 만병 수천 명을 데리고 어떤 은밀한 일을 하라는 명이었다. 장수들은 모두 어리둥절했지만 공명의 말이라 시키는 대로 각기 떠났다.

한편 맹획은 오과국 군사들이 첫 싸움에 이기고 돌아와도 영 마음이 놓이지 않았다. 그 임금 올돌골(兀突骨)에게 주의를 주었다.

"제갈량은 계교가 많은 자입니다. 매복을 잘하니 삼군에 분부를 내려 거기 대비케 하십시오. 앞으로 촉군과 싸우다가 산골짜기가 나오고 나무와 숲이 짙으면 결코 가볍게 나아가서는 아니 됩니다."

올돌골도 그렇게 앞뒤가 막힌 사람은 아니었다. 수긋하게 맹획의 말을 받아들였다.

"대왕의 말씀에도 일리가 있소. 나도 중국 사람들이 속임수가 많은 것은 잘 알고 있소이다. 대왕의 말씀대로 따르도록 하겠소. 앞으로는 내가 앞장서서 쳐나가거든 대왕은 뒤에서 길을 일러주시오."

그렇게 둘이서 의논을 맞추고 있는데 문득 졸개 하나가 들어와 알렸다.

"촉병들이 도화 나루터 북쪽에다 진채를 얽고 있습니다."

그러자 올돌골은 곧 데려온 저희 장수[俘長]들을 불러 명했다.

"너희들은 도화수를 건너 그 촉병을 쳐부숴라."

명을 받은 두 오랑캐 장수는 곧 등갑군을 이끌고 도화수를 건넜다.

위연은 공명이 시킨 대로 몇 번 싸워보지도 않고 달아나기 시작했다. 그러나 만병들은 매복이 있을까 두려워 뒤쫓지 못하고 저희 진채로 돌아가버렸다.

다음 날이 되었다. 만병들은 위연이 또 돌아와 진채를 얽고 있다는 소식을 듣고 강물을 건너 덮쳤다. 위연은 마주 나와 싸우는 체했으나 다시 몇 합 붙어보지도 않고 말 머리를 돌려 달아났다.

약간 간이 커진 만병들은 이번에는 한 십 리쯤 뒤쫓아보았다. 복병 같은 게 있는 것 같지는 않고 위연이 얽어둔 영채 하나가 있을 뿐이었다.

다음 날이 되었다. 두 오랑캐 장수는 저희 임금 올돌골에게 자신들이 두 눈으로 본 걸 아뢰었다. 올돌골은 믿을 수가 없어 그날은 스스로 군사를 이끌고 나가보았다.

위연은 올돌골과 한바탕 싸운 뒤 전날처럼 또 달아나기 시작했다.

촉병들도 갑옷과 창을 버리고 그 뒤를 따랐다. 위연이 한참 가다 보니 정말로 흰 깃발이 저만큼 보였다. 급히 그 깃발 있는 데로 가보니 거기에는 영채가 하나가 얽어져 있었다. 위연은 다시 그곳에 자리 잡았다.

얼마 후 올돌골이 등갑군을 이끌고 거기까지 뒤쫓아왔다. 위연은 선뜻 그 새로운 진채마저 내어주고 군사들과 함께 또다시 달아났다.

다음 날이 되었다. 전날 촉군에게 진채 하나를 뺏어 기세가 오를 대로 오른 만병은 다시 촉군을 뒤쫓기 시작했다. 달아나던 위연이 되돌아서서 싸웠으나 역시 세 합을 넘기지 않았다. 져서 쫓기는 체 흰 깃발이 꽂힌 곳을 바라보며 달아났다.

한참을 가다 보니 또 새로운 진채 하나가 마련되어 있었다. 위연은 그 진채로 군사들을 몰아넣고 하룻밤을 쉬었다. 다음 날 만병들이 뒤따라 그 새로운 진채를 덮쳤다. 위연은 그들과 싸우는 체하다가 또 진채를 버리고 달아났다. 만병들은 촉군에게 진채 하나를 더 뺏고 그날 싸움을 끝냈다.

그 뒤로 똑같은 일이 거듭 벌어졌다. 위연은 싸우다 달아나고, 달아나 싸우는 식으로 내리 열다섯 번 싸움에 져주고 일곱 개의 진채를 만병들에게 내주었다.

만병들은 점점 더 기세가 올랐다. 촉군을 뒤쫓아 밀물처럼 나아갔다. 그들의 임금 올돌골도 신이 났다. 앞장서서 촉병을 무찌르며 나아가다가 갑자기 숲이 무성하고 나무가 울창한 곳을 만났다.

올돌골은 복병이 있을까 두려워 함부로 나아가지 못하고 사람을 보내 멀리서 그곳을 살펴보게 했다. 짐작대로 숲과 나무그늘 여기저기 깃발이 바람에 나부끼고 있는 게 보였다.

올돌골이 새삼 함부로 뒤쫓지 않은 걸 다행으로 여기며 맹획에게 말했다.

"정말로 대왕의 헤아림을 벗어나지 않는구려. 기세만 믿고 군사를 내몰았다면 참으로 큰일날 뻔했소이다."

맹획이 그것 보라는 듯 껄껄 웃으며 그 말을 받았다.

"제갈량도 이번에는 우리에게 깨뜨려지게 되었소이다. 우리가 그들의 잔꾀를 다 알고 있으니 무슨 수로 견뎌내겠소? 거기다가 대왕은 잇달아 열다섯 번의 싸움에 이기고 일곱 개의 진채를 빼앗았습니다. 촉병들은 바람에 쓸리는 듯 달아나고 제갈량도 그 계교가 다한 것 같소. 이제 여기서 한 번만 더 밀어붙이면 결판이 날 것 같소이다."

그 말을 들은 올돌골은 어깨가 으쓱했다. 그때부터 더욱 촉군을 얕보게 되었다.

열여섯째 날이 밝았다. 위연은 숲속에 숨어 있기 답답하다는 듯 스스로 군사를 이끌고 나와 싸움을 걸었다. 그런 싸움이라면 등갑군이 마다할 리 없었다. 다시 한바탕 싸움이 벌어졌다.

올돌골은 코끼리를 타고 저희 등갑군의 선두에 섰다. 머리에는 해와 달 모양의 장식이 달린 늑대 털가죽 모자를 쓰고 몸에는 금구슬 꿴 줄을 둘렀다. 양 겨드랑이에는 저절로 돋은 비늘이 갑옷처럼 번쩍였고, 두 눈에서도 세찬 빛이 쏟아지는 듯했다.

그런 올돌골이 위연을 손가락질하며 꾸짖자 위연은 금세 겁먹은 얼굴이 되었다. 싸워보지도 않고 말 머리를 돌려 달아나기 시작했다. 올돌골은 등갑군을 휘몰아 그런 위연과 촉군을 뒤쫓았다.

위연은 군사들을 이끌고 반사곡을 돌아 흰 깃대가 세워져 있는 곳으로 달아났다. 올돌골은 졸개들을 휘몰아 그 뒤로 마음 놓고 쫓았다. 산 위에 나무도 숲도 별로 없고 복병을 숨기기 어려움을 보고 더욱 마음을 놓은 것이다.

촉군은 드디어 반사곡 안으로 달아나기 시작했다. 올돌골이 그 촉군을 쫓아 반사곡 입구에 이르니 검은 칠한 상자가 실린 수레 수십 대가 버려져 있는 게 보였다.

"저게 무엇이냐?"

올돌골이 갑깐 나아가기를 멈추고 곁에 있는 졸개들을 돌아보며 물었다. 졸개들 가운데 하나가 아는 체 나서서 말했다.

"이 길은 촉병들이 군량을 운반하는 길입니다. 대왕의 군사가 밀어닥치니 놀란 나머지 군량 실은 수레를 버리고 달아난 듯합니다."

그 말을 들은 올돌골은 마음이 흐뭇했다. 이제 정말로 촉군은 몰릴 대로 몰려 정신을 못 차리고 있는 듯했기 때문이었다. 올돌골은 더욱 급하게 졸개들을 몰아 촉군을 뒤쫓게 했다.

그럭저럭 골짜기 입구를 지나고 앞이 훤히 트였다. 그러나 촉군은 어디로 갔는지 자취도 없고 통나무와 바윗덩어리만 어지러이 쏟아져 골짜기 앞뒤를 막아버렸다.

"모두 길을 열고 앞으로 나아가라!"

올돌골은 그렇게 영을 내리고 스스로 앞장서서 달렸다. 문득 멀지 않은 곳에 마른 풀과 장작을 실은 크고 작은 수레가 나타났는데 모두 불이 붙어 있었다.

"모두 물러나라! 어서 이 골짜기를 벗어나라!"

놀란 올돌골이 그렇게 소리쳤다. 그러나 그때 뒤쪽에서 함성이 들리며 졸개 하나가 달려와 급하게 알렸다.

"골짜기 입구도 이미 마른 나뭇가지로 막혔습니다."

그 말에 올돌골이 달려가보니 들어올 때 지나쳐 본 검은 상자가 실린 수레에서 거센 불길이 오르고 있었다. 원래 거기 실려 있던 것은 화약이었다. 한 번 불이 붙자 걷잡을 수 없게 금세 골짜기 입구를 세찬 불꽃으로 막아버렸다.

하지만 그때까지만 해도 올돌골은 그렇게 크게 놀라거나 겁내지 않았다. 골짜기에 나무와 풀이 별로 없어 불붙어 봤자 대단하지 않다고 여긴 탓이었다.

"놀라지 말고 이곳을 나가자!"

올돌골은 그렇게 소리치며 앞장서 길을 찾았다. 갑자기 양쪽 벼랑에서 골짜기를 향해 횃불이 쏟아졌다. 불이 골짜기에 닿자마자 땅에 묻혀 있는 화약 선에 닿아 불이 붙었다. 그 불길은 순식간에 대나무 대롱을 따라 번지며 만병들의 발밑에 묻혀 있는 철포를 터뜨렸다.

땅이 갈라져 치솟고 쇳조각이 흩어지며 골짜기는 금세 화약 연기와 불꽃으로 자욱했다. 불꽃이 튀어 등갑에 닿기만 하면 어김없이 불이 붙어 벗어던질 틈조차 주지 않았다. 그도 그럴 것이, 몇 번씩 기름에 절이고 말리기를 되풀이한 등갑이라 불에 약할 수밖에 없었다. 결국 올돌골과 그의 삼만 등갑군은 모두 반사곡 안에서 서로 껴안은 채 모조리 타 죽고 말았다.

공명은 산 위에서 그 광경을 내려보고 있었다. 몸에 불이 붙은 만병은 주먹을 부르쥐고 다리를 오그린 채 타 죽어갔고 절반은 또 터지는 철포의 쇳조각에 맞아 죽었다. 머리통이 부서지고 팔다리가 찢어져 날리는데, 그 끔찍한 광경은 차마 눈뜨고 볼 수가 없었다. 사람의 살을 태우는 냄새도 그대로 속을 뒤집는 듯했다.

보고 있던 공명이 주르르 눈물을 흘리며 탄식했다.

"내가 비록 나라에는 공이 있을지 몰라도 반드시 목숨이 줄겠구나. 저 많은 사람을 한꺼번에 죽이고 어떻게 오래 살기를 바랄 수 있으리!"

그 말에 곁에 있던 장수들도 모두 처연함을 이기지 못했다.

그때 맹획은 뒤처져 있으면서 올돌골로부터 좋은 소식이 오기만을 고대하고 있었다. 갑자기 만병 천여 명이 달려오더니 맹획 앞에 엎드려 울며 말했다.

"오과국 군사들은 촉병과 크게 싸워 이겨, 제갈량은 마침내 반사곡 안에 갇혔습니다. 지금 등갑군이 그를 에워싸고 있으니 대왕께서도 함께 가셔서 돕도록 하십시오. 저희들은 원래 이곳 사람들입니다. 제갈량의 강압을 못 이겨 항복했던 자들입니다. 이제 대왕께 이 소식을 알려드림과 아울러 특별히 대왕을 돕고자 달려왔습니다."

그 말에 맹획은 몹시 기뻤다. 급히 함께 있던 피붙이와 졸개들을 끌어모아 말에 올랐다. 새로운 만병들이 그런 맹획의 길잡이가 되었다.

그런데 이게 웬일인가, 반사곡에 이르러 보니 아직도 불길과 연기가 치솟는데 사람과 말의 살 타는 냄새가 코를 찔렀다. 맹획은 금세 등갑군이 공명의 계책에 떨어진 걸 알았다. 얼른 군사를 물리려는데 갑자기 함성이 일며 두 갈래 군마가 뛰쳐나왔다. 왼쪽은 장의요, 오른쪽은 마충이 이끄는 촉군이었다.

맹획이 놀란 중에도 이를 악물며 맞싸울 채비를 했다. 하지만 그것조차 뜻대로 되지 않았다. 얼마 전 되돌아왔다는 저희 군사들이 다시 촉군 편이 되어 갑자기 덤볐다. 그 바람에 맹획의 그 피붙이들은 제대로 싸워보지도 못하고 모조리 사로잡히는 신세가 되고 말았다. 하지만 맹획은 달랐다. 또다시 사로잡힐 수는 없다는 결의로 죽을힘을 다해 겨우 몸을 빼냈다. 그리고 산길을 따라 정신없이 달아났다.

맹획이 한참 달리는데 산등성이 우묵한 곳에서 다시 한 떼의 인마가 작은 수레 하나를 에워싸고 나타났다. 수레 위에 한 사람이 윤건에 도포 입고 깃털부채를 든 채 앉았는데 바로 공명이었다.

"반적 맹획아, 이번에는 어쩔 셈이냐?"

공명이 맹획을 큰 소리로 꾸짖었다. 맹획은 다급하기만 했다. 대답할 겨를도 없이 말 머리를 돌려 달아나기 바빴다.

하지만 멀리는 못 갈 팔자였다. 길가에서 한 장수가 펀뜻 나타나더니 길을 가로막았다. 마대였다. 맹획은 그래도 어떻게 뚫고 나가보려 했으나 손발이 제대로 움직여주지 않았다. 마대는 그런 맹획을 어린애 낚아채듯이 말에서 끌어내려 꽁꽁 묶고 말았다. 그때는 왕평과 장익도 만병들의 본채를 덮쳐 축융부인과 나머지 맹획의 피붙이들을 모두 사로잡아버린 뒤였다.

공명은 진채로 돌아와서야 여러 장수들에게 씁쓸한 얼굴로 그간의 경위와 심경을 말해주었다.

"내가 이번에 쓴 계책은 마지못해 쓰기는 했지만 내게 끼쳐진 하늘의 음덕(陰德)을 크게 깎아내렸을 것이다. 나는 적이 내가 틀림없이 나무와 수풀이 우거진 곳에 매복을 하리라고 생각할 줄 알았다. 그래서 숲속에 깃발을 세워두었지만 실은 군사를 감추지 않았는데 그것은 적으로 하여금 내가 저희들이 헤아린 대로 움직이는 것처럼 알게 하기 위해서였다.

나는 또 위연에게 열다섯 번이나 싸움에 져주게 했다. 이 또한 서너 번으로는 적이 나의 유인에 말려들지 않을 것이기 때문에 그렇게 해 적의 기세를 돋우어준 것이다.

따라서 적은 반사곡이 바위산 사이에 난 길이고 바닥은 모래며 나무와 숲이 없는 걸 보자 열다섯 번이나 이긴 기세를 몰아 의심 없이 우리 군사를 뒤쫓아 들어왔다. 하지만 그때 이미 나는 마대를 시켜 골짜기 안에 등갑군을 한꺼번에 때려잡을 설비를 해놓고 있었다. 곧 검은 칠한 상자 안에 들었던 것을 땅에 묻었는데, 그것은 성도에서 미리 만들어 온 '지뢰'라는 화포였다. 포 하나에 아홉 개의 포환이 들어 있는 것으로 나는 그걸 서른 발짝마다 하나씩 묻게 하고 지뢰와 지뢰 사이를 화약이 찬 대나무 대롱으로 연결하게 하였다. 하나에만 불을 붙여도 거기 묻힌 모든 지뢰가 다 터져 그 위력은 돌을 쪼개고 산을 허물 만했다.

나는 또 조자룡을 시켜 마른풀 실은 수레를 골짜기 입새에 버려두게 하고, 골짜기 양편의 산 위에는 굵은 나무와 바위들을 모아두게 했다. 그리고 위연이 골짜기를 지나간 뒤에는 그 나무와 바위로 길을 끊고 골짜기 입새의 수레에도 불을 지르게 했다. 등갑군을 그

반사곡 안에 가둬두기 위함이었다. 내가 듣기로 '물에 이로운 것은 불에는 이롭지 못하다' 했다. 등갑군의 등갑에 창칼이 들어가지 않고 또 물에 뜨는 것은 그 갑옷이 기름을 먹은 물건이었기 때문이다. 기름 먹은 물건이 불을 만나면 탈 것은 뻔한 이치가 아니겠느냐? 그런 물건으로 몸을 가린 만병들을 불이 아닌 것으로야 어떻게 이길 수 있겠느냐?

하지만 이제 오과국 사람들의 씨를 말려버렸으니 내 죄가 너무 크구나!"

그 말을 들은 장수들은 모두 땅에 엎드려 절하며 감탄의 소리를 냈다.

"승상의 하늘 같은 헤아림은 실로 귀신도 짐작하지 못할 것입니다."

하지만 여기서 잠시 『연의』의 흥미를 끊는 이야기를 하나 하고 넘어가야겠다. 먼저 제갈량이 등갑군 삼만을 지뢰로 전멸시켰다는 것은 정사 어디에도 나오지 않는다. 아니, 오과국이란 나라도 실제 있었던 것 같지가 않다. 『한서(漢書)』, 『후한서(後漢書)』의 지리지에는 없고 『산해경(山海經)』에나 그 이름이 보이기 때문이다.

또 공명이 썼다는 지뢰도 의심스럽기 짝이 없다. 일반적으로 화약이 싸움에 이용되기 시작한 것은 십삼세기로 되어 있으나 제대로 위력을 발휘하는 것은 그보다도 이, 삼세기 뒤의 일이 된다. 그런데 공명이 이세기 중엽에 지뢰를 썼다면 그 뒤 천 몇백 년이란 공백이 생기는 걸 설명할 길이 없다. 대개 전쟁의 기술이나 무기는 그보다 더 효과적인 것이 나올 때까지는 유지되는 법인 까닭이다. 아니 그 이상, 그 기술이나 무기가 온전히 쓸모없어질 때까지 유지된다고 하는 편이 옳다.

따라서 반사곡 지뢰 이야기는 이른바 '세푼[三分]의 허구'에 속하는 것으로 읽혀져야 할 것이다.

"이제 맹획을 데려오너라."

등갑군을 전멸시킨 계책을 장수들에게 풀이해주면서 탄식하던 공명은 이어 무사들에게 그런 영을 내렸다.

얼마 후 멧돼지 옭듯 옭힌 맹획이 끌려와 공명의 장막 앞에 무릎을 꿇었다. 공명은 또다시 그 결박을 풀어주게 함과 아울러 무사들에게 명했다.

"맹획을 다른 장막으로 데려가 술과 밥을 주어라. 먼저 놀란 가슴을 가라앉힌 뒤에 내 다시 저를 불러 얘기하리라."

그리고 맹획이 끌려나가자 그에게 술과 밥을 가져다줄 관원을 가까이 불러 가만히 무어라고 일러주었다.

그때 맹획이 끌려간 장막에는 그의 아내인 축융부인과 아우 맹우, 처남 대래동주와 이런저런 피붙이들이 모두 모여 있었다. 맹획은 그런 그들과 쓴 술잔을 나누면서 한숨과 탄식 속에 의논을 거듭했다. 하지만 이제는 더 물러날 곳도 힘을 빌릴 만한 나라도 남아 있지 않았다.

그때 한 관원이 그 장막으로 들어와 맹획에게 말했다.

"승상께서는 너무 많은 이 땅 사람들을 죽여 공과 얼굴을 맞대기 부끄럽다고 하오. 그래서 나를 보내시면서 공을 풀어주고, 공에게 다시 한번 인마를 모아 덤벼보라고 전해달라 하셨소이다. 공은 어서 빨리 이곳을 떠나시오."

그러자 어지간한 맹획도 더는 버텨내지 못했다. 갈 곳도 없거니와 이기고도 부끄러워할 줄 아는 그 너그러운 인품이 감격스럽기 그지 없었다. 이에 눈물을 흘리면서 그 관원에게 말했다.

"적을 일곱 번이나 사로잡았다 놓아준 일은 예부터 이제껏 한 번도 없던 일입니다. 제가 비록 왕화를 입지 못한 사람이라 하나 예의를 조금은 압니다. 어떻게 그리도 부끄러움을 모르는 짓을 할 수 있겠습니까?"

그러고는 형제와 처자 및 모든 무리를 이끌고 기듯이 공명의 장막으로 가 무릎을 꿇었다. 맹획이 잘못을 빌기 위해 옷을 벗고[袒, 여기서는 벌을 받기 위해 오른쪽 어깨를 벗은 것을 말함인 듯] 머리를 조아리며 공명에게 한 말은 이러했다.

"승상의 하늘 같은 위엄 앞에 진심으로 무릎을 꿇습니다. 앞으로 우리 남쪽 것들은 두 번 다시 모반하는 일이 없을 것입니다."

공명도 전에 없이 예를 갖춰 다짐을 받았다.

"공은 이번에는 참으로 항복하는가?"

"저의 자자손손이 모두 승상의 살려주신 은혜를 입었습니다. 어찌 항복하지 않을 수 있겠습니까?"

맹획이 그렇게 말하며 마음에서 우러난 눈물을 쏟았다. 굳은 독립의 의지와 꺾일 줄 모르던 자유의 혼이 마침내 강력한 제국의 지배에 무릎을 꿇는 쓸쓸한 순간이었다. 하지만 공명으로서는 가장 빛나는 승리의 순간이었다.

공명은 어렵게 얻은 승리의 효과를 오래 지켜가기 위해 조금도 마음의 고삐를 늦추지 않았다. 맹획을 일으켜 세워 장막 안으로 들이고 크게 잔치를 열어 한 번 더 그를 감격시켰다. 뿐만이 아니었다. 그를 전과 같이 동주로 삼아 제 족속을 다스리게 하고 뺏은 땅도 모조리 돌려주었다.

공명의 그 같은 너그러움에 맹획의 피붙이와 졸개들도 고마워하지 않는 이가 없었다. 모두 기뻐 날뛰며 제 땅으로 돌아갔다.

공명이 그렇게 맹획을 돌려보내는 걸 보고 장사(長史) 비위가 들어와 물었다.

"이제 승상께서는 몸소 사졸들을 이끌고 이 거친 땅 깊숙이 들어와 남쪽 오랑캐를 평정하셨습니다. 거기다가 그 왕까지 이미 마음으로 항복했는데도 어찌하여 이대로 돌아가려 하십니까? 왜 관리를 이 땅에 남겨 맹획과 더불어 지키게 하지 않으십니까?"

그러자 공명이 가만히 고개를 저으며 말했다.

"장사의 뜻은 알겠으나 그렇게 하기에는 세 가지 어려운 일이 있네."

"세 가지 어려움이란 무엇입니까?"

비위가 알 수 없다는 듯 다시 물었다. 공명이 차분하게 그 세 가지 어려운 일들을 들려주었다.

"나라 밖에 관원을 남기고 가려면 반드시 군사들도 남겨야 한다. 그런데 군사를 남기려면 먹을 것도 남겨야 하는 바, 그 먹을 것이 없는 게 첫 번째의 어려움이다. 그다음 이번 싸움에서 많은 이 땅 사람들이 다치고 그 아비나 형이 죽었다. 그런 이 땅에 관원을 남기고 군사를 딸려주지 않으면 반드시 화가 생길 것이니 그게 두 번째의 어려움이다. 그밖에 이 남쪽 오랑캐는 서로 죽이고 내쫓는 짓거리들을 해오는 동안 의심과 미움만 잔뜩 자라왔다. 거기에 다른 나라의 관원을 남겨두면 결국은 서로 못 믿게 돼 일이 날 것이니 그게 세 번째 어려움이다. 내가 지금 이곳에 사람을 남기고 가지 않는 것은 양식을 이곳으로 실어오지 않아도 될 뿐만 아니라 서로 평안하며 일없이 지내기 위해서이다.”

그 말을 듣자 비위는 말할 것도 없고 다른 사람까지도 공명의 속 깊은 헤아림에 모두 감탄했다.

남쪽 사람들도 공명의 은덕에 감격하기는 마찬가지였다. 공명이 아직 살아 있는데도 사당을 지어 사철 제사를 지내고 공명을 부르기를 자부(慈父)라 했다. 또 금은과 진주, 단칠(丹漆)과 약재, 밭갈이 소와 싸움말 등을 바쳐 군용에 쓰이게 함과 아울러 다시는 배반하지 않을 것을 맹세했다. 남쪽은 가장 바람직한 형태로 촉에게 평정된 셈이었다.

그 모든 일을 마무리지은 공명은 군사들을 배불리 먹인 뒤 곧 군사를 물려 성도로 돌아가기로 했다. 먼저 위연에게 거느린 군사와 더불어 돌아가는 길을 앞장서기를 명했다.

그런데 명을 받고 먼저 떠난 위연이 노수 가에 이르렀을 때였다. 갑자기 검은 구름이 사방에서 몰려오며 강물 위에서 한바탕 미친 듯한 바람이 일었다. 그 바람이 돌과 모래를 날려 군사들이 도무지 앞으로 나아갈 수가 없었다.

놀란 위연은 군사를 물리고 공명에게 그 일을 알렸다. 공명도 놀랍기는 마찬가지였다. 그곳 풍수에 밝은 맹획에게 그 까닭을 물었다.

그때 맹획은 크고 작은 동의 추장들과 그 동민들을 데리고 공명을 배웅하러 와 있었다. 공명이 노수의 일을 묻자 별것 아니라는 듯 대답했다.

"그 물은 원래 창신(猖神)이 화를 일으키는 곳입니다. 건너려면 반드시 제사를 지내 그 미친 귀신을 달래야 합니다."

"그런 귀신이라면 여느 제물로는 달래기 어려울 듯하오. 어떤 제물을 써야겠소?"

공명이 다시 그렇게 물었다. 맹획이 아는 대로 대답했다.

"예전에는 창신이 화를 일으키면 사람 머리 마흔아홉과 검은 소 흰 양으로 제사를 지냈습니다. 그렇게 하면 바람이 그치고 물결이 가라앉으며 해마다 풍년이 든다 했습니다."

그러자 공명이 어두운 얼굴로 중얼거렸다.

"나는 이미 이 땅을 평정했는데, 어찌 한 사람이라도 함부로 죽일 수 있겠는가?"

그러고는 몸소 노수 가로 나가 살펴보기 시작했다. 사람의 목을 마흔아홉이나 잘라야 하는 걸 피해 보기 위함이었다.

공명이 물가로 나가보니 정말로 음습한 바람이 거세게 일고 험한 물결이 드높았다. 건너기는커녕 보는 데도 사람과 말이 다 놀랄 만큼 거센 바람이요, 험한 물결이었다.

공명은 그걸 직접 보자 더욱 괴이쩍었다. 한낱 물귀신이 장난하는 것 이상으로 느껴지는 데가 있어 그곳 토박이들에게 물었다.

"이곳이 언제나 이러한가?"

그러자 토박이 하나가 새로운 사실을 하나 알려주었다.

"승상께서 이곳을 지나가신 뒤로 물가에서 귀신들이 울부짖는 소리가 들렸는데 해 질 무렵부터 날 밝을 때까지 그치지 않습니다. 독한 안개 같은 게 자욱한 가운데 수많은 원통한 귀신들이 깃들여 아무도 감히 이 물을 건너지 못했습니다."

그러자 공명은 문득 깨달은 게 있는 듯 탄식 섞어 말했다.

"그것은 모두 나의 죄다. 전에 마대가 촉병 천여 명을 이끌고 여기를 지나려 하다가 그 모두가 이 물에 빠져 죽은 적이 있다. 거기다가 우리가 죽인 이곳 사람들의 시체도 모두 이 물속에 던졌으니, 그 많은 놀란 혼 원통한 귀신이 어딜 갔겠느냐? 그 한이 풀리지 않아 일이 이렇게 된 것임에 틀림이 없다. 오늘 밤 내 마땅히 이 물가에서 큰 제사를 지내 그들의 한을 풀어주리라."

"제사를 지내시려면 반드시 지난 예에 따르셔야 합니다. 사람의 머리 마흔아홉 개가 있어야만 원통한 귀신들이 흩어질 것입니다."

그 토박이가 다시 맹획과 똑같은 소리를 했다. 공명이 무겁게 머리를 가로저었다.

"원래 사람이 죽어 저 같은 원귀가 되었는데, 어찌 또 산 사람을 죽여 원귀를 늘리겠는가? 내가 따로 생각이 있으니 그 일은 내게 맡기라."

공명은 그렇게 말하고 군중에서 음식 만드는 이를 불러 영을 내렸다.

"너는 소와 말을 잡고 그 고기와 국수를 반죽해 사람의 머리 모양으로 빚으라. 그런 다음 그 속은 소와 양의 고기를 채우고 삶아 제상에 올리도록 하라."

이른바 만두(饅頭)가 만들어진 것은 제갈공명의 노수대제(瀘水大

祭)가 그 처음이 되는 셈이다.

그날 밤 공명은 노수 언덕에다 큰 제상을 펼치고 향을 사르며 마련한 제물을 늘어놓았다. 그리고 그 둘레에 마흔아홉 개 등잔과 혼백을 부르는 깃대를 벌여 세운 다음 만두라는 그 새로운 음식과 다른 제물들을 땅에 펼쳤다.

삼경 무렵이 되자 공명은 금으로 만든 관에 흰 학창의를 입고 나와 몸소 제사를 맡았다.

공명이 제문을 읽게 하니 동궐(董厥)이 엄숙하게 읽어나갔다.

'대한 건흥(建興) 가을 구월 초하루, 무향후(武鄕侯) 영익주목(領益州牧) 승상 제갈량은 삼가 제물을 펼치고 예의를 갖추어, 나라를 위해 목숨을 바친 촉의 장졸 및 이곳 남쪽 땅 사람들의 영혼 앞에서 고한다.

우리 대한 황제의 위엄은 옛적 오패(五覇, 춘추 시절 패권을 누렸던 다섯 제후)보다 더하고 그 밝음은 삼왕(三王, 전설 속의 세 황제)을 이을 만하다. 그런데도 지난번 풍습 다른 이곳의 군사는 멀리서부터 국경을 침범해 전갈이 꼬리를 뻗쳐 요사스러움을 일으키듯 이리 같은 마음이 내키는 대로 대한의 땅을 어지럽히고 장난질을 쳤다.

나는 왕명을 받들어 그 죄를 묻고자 멀리 거친 이 땅으로 왔는 바, 비휴(貔貅, 범 비슷한 짐승으로 옛날에는 길들여 전쟁에 썼다 함)가 땅강아지와 개미 떼[螻蟻]를 쓸어버리듯, 씩씩한 우리 군사는 미친 도적들을 얼음 녹듯 녹여 없앴다. 들리느니 오직 대나무가 쪼개지듯 적이 부서지는 소리요, 보이느니 원숭이가 나무에서 떨어지듯 무너지는 적의 기세였다.

우리 장졸은 나이 어린 사졸이라도 모두가 하나같이 구주의 호걸이요, 높고 낮은 장교는 또한 모두가 사해의 영웅이었다. 무예를 닦아 싸움터로 나섬으로써 밝음을 쫓아 주인을 섬겼고, 삼령(三令)을 어김없이 지켜 싸움으로써 나와 함께 일곱 번 적의 우두머리를 사로잡는 일을 했다. 언제나 나라를 받드는 정성으로 굳세었고, 임금께 충성하는 마음으로 힘을 다했다.

그러하되, 어찌 생각이나 하였으랴. 그대들은 어쩌다가 싸움터에서 때를 잃기도 하고 적의 간사한 계책에 빠지기도 하여, 더러는 흐르는 화살에 맞아 그 넋이 구천으로 돌아가고 더러는 칼에 다쳐 그 혼백이 기나긴 어둠 속으로 돌아갔다. 그러나 슬퍼하지 말라. 그대들은 살아서는 그 씩씩함을 마음껏 떨쳐 보였고, 죽어서는 길이 전해질 이름을 남겼다.

이제 싸움에 이긴 노래를 높이 부르며 돌아가려 하거니와 사로잡고 뺏은 것을 먼저 그대들에게 바쳐 그대들을 기리려 한다. 그대들의 영령은 아직도 스러지지 않았을 것이니 반드시 우리가 비는 소리를 듣고 있을 것이다.

비나니, 그대들은 휘날리는 우리 깃발을 따르고 우리 군사들의 뒤를 쫓아 함께 본국으로 돌아가자. 그리하여 각자의 고향을 찾아가 형제와 처자의 제사를 받을 수 있도록 하라. 부디 낯선 땅의 귀신이 되어 쓸데없이 남의 나라를 떠도는 일이 없게 하라.

나는 마땅히 천자께 그대들의 공을 말씀 올려 그대들의 집집마다 나라의 은덕이 미치게 할 것이다. 해마다 옷과 양식을 내어주고 다

달이 녹봉을 내려 그대들의 공에 보답함으로써 그대들의 넋을 위로하려 한다……'

동궐은 거기서 잠시 숨을 멈추었다. 듣는 이 치고 눈시울이 뜨거워지지 않는 이가 없었다. 그러나 달래야 할 귀신은 촉군(蜀軍)의 전사자들뿐만이 아니었다. 동궐은 다시 다른 이들을 위해 읽어나갔다.

'……아울러 이 땅의 귀신과 이번 싸움에 죽은 이곳 남쪽 사람[南人]들의 넋에게도 고한다. 그대들에게도 제사를 지내고 희생이 바쳐질 것이니 머지않아 기대어 쉴 곳도 생기리라. 살아 있는 이는 천자의 위엄을 입어 늠름하고, 죽은 이도 왕화(王化) 아래로 돌아왔다. 마음을 평안히 가다듬어 울부짖지 말라. 정성을 다하여 제사를 바쳐 올리노라. 오오, 슬프다. 엎드려 비나니 모든 넋들은 흠향하라.'

동궐이 제문을 읽기를 마치자 공명은 목을 놓아 울었다. 그 슬퍼함이 얼마나 지극한지 삼군의 마음이 모두 움직여 눈물을 흘리지 않는 이가 없었다. 맹획을 비롯한 남만 사람들도 모두 울며 곡을 했다.
그러자 그들의 정성이 귀신에게도 전해졌던 것인지 어두운 구름과 원(怨) 서린 안개 속에 수천의 귀신이 은은히 나타나더니 바람을 따라 흩어졌다. 공명은 좌우의 장수들에게 준비한 제물을 모두 노수로 던져넣게 해 원통한 넋들을 한 번 더 위로했다.
다음 날 공명은 대군을 이끌고 노수 남쪽 언덕에 이르렀다. 전날의 제사 덕분인지 구름은 흩어지고 안개는 걷혀 있었다. 거기다가 바람도 없고 물결도 잔잔하니 촉병은 아무런 힘들이지 않고 물을 건널 수 있었다.

그다음부터는 자랑스런 개선행군이었다. 북소리 드높고 말발굽 소리 요란한데 군사들의 개선가가 하늘 높이 울려퍼졌다. 개선군이 영창에 이르자 공명은 왕항(王伉)과 여개(呂凱)를 남겨 사군(四郡)을 지키게 하고 거기까지 따라온 맹획은 제 땅으로 돌려보냈다.

"부디 나라를 다스리는 데 게으르지 말 것이며 백성들을 잘 보살 피라. 어떤 까닭으로든 농사짓기를 저버려서는 아니 된다."

공명은 맹획에게 그렇게 당부했다. 맹획과 그를 따르는 무리들은 한결같이 울며 공명에게 절하고 돌아갔다.

이로써 공명의 남만 정벌은 끝났다.

하지만 정사에 비추어보면 가장 허황되고, 『연의』를 지은 이의 작 가적인 재능을 보여주는 데 가장 빛나는 부분이 이 남만 정벌이 아 닌가 한다.

진수의 정사는 '장무 삼년 봄 제갈량은 무리를 이끌고 남쪽을 정 벌해 가을에 그 땅을 평정하다[章武三年春 亮率衆南征 其秋悉平]'란 한 구절뿐이고 주(註)에서도 서너 줄로 칠종칠금(七縱七擒)의 사실 만을 기록하고 있을 뿐이다.

민간의 설화도 참고는 되었겠지만, 맹획을 상대로 제갈량이 펼친 그 현란한 계책들과 갖가지 준비, 그리고 맹획을 도우러 나온 설화 적 남만 왕들은 거의가 『연의』를 지은 이의 상상력에서 나온 셈이 다. 지나치게 공명을 추켜세우다가 공명을 한 술사(術士)나 이인(異 人)처럼 보이게 해 오히려 현실감이 없도록 만들었다는 비난이 있음에도 불구하고, 감탄하지 않을 수 없는 재능이다. 『삼국지연의』를 기서(奇書)라 일컫는 것도 실로 그런 지은이의 재능을 높여 한 말이나 아닌지 모르겠다.

공명이 남만 정벌을 끝내고 성도로 돌아오자 후주는 성 밖 삼십 리까지 나왔다. 그리고 임금이 타는 수레에서 내려 길가에 선 채 공명을 기다렸다. 그걸 본 공명은 황망히 수레에서 내려 길바닥에 엎드리며 아뢰었다.

"신이 얼른 남방을 평정하지 못해 주상으로 하여금 근심하시게 하였으니 그 죄가 큽니다."

후주는 그런 공명을 일으켜 세운 뒤 공명과 수레를 나란히 하여 성안으로 돌아갔다. 그리고 태평연(泰平筵)을 크게 열어 싸움에 애쓴 장졸들을 위로하고 삼군에게 두터운 상을 내렸다. 공명이 남만을 평정하고 돌아오자 촉의 위엄은 사방에 크게 떨쳐 울리었다. 그로부터 그 위엄에 떨어 조공을 바쳐오는 곳만도 이백 곳이 넘었다.

공명은 또 후주께 아뢰어 나라를 위해 싸우다가 죽은 장졸들의 가족들을 나라에서 일일이 돌보게 했다. 그렇게 되자 백성들은 고마움과 기쁨에 차고, 나라 안팎은 맑고 평온하기 그지없었다.

조비의 죽음과 출사표

위주(魏主) 조비가 제위에 오른 지 일곱 해째 되는 해는 곧 촉한 (蜀漢)의 건흥 사년이었다.

조비는 먼저 진씨(甄氏)를 부인으로 맞았는데 그 진씨는 곧 원소 의 둘째 아들 원희의 아내였던 사람이다. 원소가 멸망했을 때 업성 에서 조비의 눈에 띄어 그 부인이 되었는데, 나중에 아들 하나를 낳 았다. 이름이 예(叡)요 자는 원중(元仲)이라 하며, 어려서부터 몹시 총명하여 조비에게서 남다른 사랑을 받았다.

조비는 뒤에 또 안평 광주 사람인 곽영(郭永)의 딸을 얻어 귀비(貴 妃)로 삼았는데 얼굴이 매우 예뻤다. 그 아비가 일찍부터 곽귀비를 두고 말하기를, '내 딸은 여중지왕(女中之王)이다'라고 해 여왕(女王) 이란 별명이 있는 여자였다.

조비가 곽귀비를 맞아들이자 진부인은 전 같은 괴임을 받을 수가 없었다. 거기 힘을 얻은 곽귀비는 진부인을 모함해서 해치려고 마음 먹고 조비가 믿는 신하 장도(張韜)와 의논했다. 장도가 곧 못된 꾀를 냈다. 때마침 조비가 병들어 누운 걸 보고 거짓으로 말을 지어 퍼뜨렸다.

'진부인의 궁중에서 오동나무로 깎은 사람 형상이 나왔는데 거기에는 천자(天子)의 태어난 해와 달과 날과 시가 적혀 있었다더라. 진부인이 천자를 몰래 해치려고 한 짓임에 틀림없다.'

그 말을 들은 조비는 몹시 노했다. 제대로 알아보지도 않고 진부인에게 사약을 내린 다음 곽귀비를 황후로 삼았다. 하지만 곽귀비는 아들을 낳지 못했다. 진부인이 낳은 조예(曹叡)를 아들 삼아 기르는데, 비록 몹시 사랑하기는 해도 태자로 세우려고는 하지 않았다.

조예가 나이 열다섯에 이르자 활쏘기와 말타기를 익혀 솜씨가 제법이었다.

그해 이월 조비가 조예를 데리고 사냥을 나갔을 때의 일이었다. 부자가 나란히 산 언덕 사이를 달리는데 사슴 두 마리가 뛰쳐나왔다. 어미와 새끼인 듯 한 마리는 크고 한 마리는 작았다. 조비가 화살 한 대를 쏘아 큰 사슴을 쓰러뜨리고 난 뒤에 보니 작은 사슴은 조예 쪽으로 달려가고 있었다.

"애야, 어째서 쏘지 않느냐?"

조비가 큰 소리로 조예에게 물었다. 그러나 조예는 활을 쏘는 대신 눈물을 주르르 흘리며 말 위에서 말했다.

"폐하께서 이미 그 어미를 죽이셨는데 제가 또 어찌 차마 그 새끼

마저 죽일 수 있겠습니까?"

그 말을 들은 조비는 활을 땅바닥에 내던지며 감탄의 소리를 냈다.

"내 아들이 참으로 너그럽고 덕 있는 임금이 되겠구나!"

그리고 오래잖아 조예를 평원왕(平原王)으로 봉했다. 장차 태자로 세우려는 뜻을 비로소 분명히 한 것이었다.

그해 오월 조비는 한여름에 한질(寒疾, 오한이 드는 병)에 걸렸다. 의원이 힘들여 치료해도 낫지가 않자 조비는 자신이 마침내 일어나지 못할 것이라 짐작했다. 곧 중군대장군 조진과 진군대장군 진군, 무군대장군 사마의 세 사람을 침상 곁에 불렀다. 그리고 다시 조예를 부른 뒤 조진, 진군, 사마의 세 사람에게 조예를 가리키며 일렀다.

"이제 짐의 병이 무겁고 깊어 다시 일어나기는 틀린 듯하다. 이 아이가 아직 어리니 그대들 세 사람은 힘을 다해 도와주어 짐의 뜻을 저버리지 말라."

세 사람이 입을 모아 말했다.

"폐하께서 어찌 그런 말을 입에 담으십니까? 저희들은 힘을 다해 폐하를 섬기면서 천추만세를 누릴 것입니다."

그러나 조비는 무겁게 고개를 가로저었다.

"올들어 허창의 성문이 아무 까닭 없이 무너진 것부터가 상서롭지 못한 징조였다. 짐은 그걸 보고 짐이 죽을 줄 알았다."

그때 내시가 들어와 정동대장군 조휴가 입궐해 문안을 아뢴다는 말을 전했다. 조비는 조휴도 불러들이게 한 다음 다시 당부했다.

"경들은 이 나라의 기둥이며 대들보 같은 신하들이다. 서로 힘을 합쳐 내 아들을 보필해준다면 짐은 죽어서도 편히 눈 감을 수 있을 것이다."

그리고 눈물을 주르르 흘리더니 이내 숨을 거두었다. 그때 조비의 나이 마흔이요, 천자 자리에 오른 것은 일곱 해째였다.

조비가 죽자 조진, 진군, 사마의, 조휴 등은 한편으로 장례를 시작하고 다른 한편으로는 조예를 받들어 대위황제(大魏皇帝)로 세웠다.

조예는 그 아비 조비에게는 문황제(文皇帝), 어머니 진씨에게는 문소황후(文昭皇后)란 시호를 내리고, 조정을 새로이 가다듬었다. 종요는 태부로, 조진은 대장군으로, 조휴는 대사마로, 화흠은 태위로, 왕랑은 사도(司徒)로, 진군은 사공(司空)으로, 사마의는 표기대장군으로 세우고 다른 문무 벼슬아치들도 모두 벼슬을 높였다. 천하에 크게 사면령을 내려 민심을 수습하는 일도 잊지 않았다.

이때 옹주와 양주는 그곳을 지키는 이의 자리가 비어 있었다. 사마의가 표문을 올려 스스로 서량을 지키겠다고 나섰다. 위주 조예는 그 뜻을 따라 사마의를 제독(提督)으로 삼고, 옹(雍), 양(凉) 두 주의 병마를 거느리게 해주었다.

허창에 있는 세작에 의해 위의 그 같은 변화는 모조리 촉의 귀에 들어갔다. 사마의가 서량으로 온다는 말을 들은 공명은 몹시 놀란 얼굴로 말했다.

"조비가 죽고 그의 어린 아들이 뒤를 이은 것이나 그 벼슬아치들이 이리저리 자리를 옮긴 것은 걱정할 게 없으나 사마의가 움직인 것은 심상치 않다. 지모와 계략이 많은 사마의가 이제 옹주와 양주의 병마를 거느리면서 훈련을 시키면 우리 촉에 큰 걱정거리가 될 것이다. 먼저 군사를 일으켜 그를 쳐버리는 게 낫겠다."

그러자 곁에 있던 참군 마속이 가만히 말했다.

"승상께서 방금 남방을 평정하고 오신 뒤라 우리 군사들은 병들고 지쳐 있습니다. 마땅히 그들을 다독이고 보살펴야 할 때인데 어찌 다시 새로운 싸움을 하러 나설 수 있겠습니까? 제게 사마의가 절로 조예의 손에 죽게 할 수 있는 좋은 계책이 하나 있습니다. 승상께서 한번 들어보시겠습니까?"

"그게 어떤 계책인가?"

공명이 마속에게 물었다. 마속이 눈이 번쩍 뜨일 계책을 내놓았다.

"사마의가 위의 대신이라 하나 조예가 평소에 늘 의심하고 시기하는 자입니다. 사람을 몰래 허도와 업군 같은 곳에 보내어 사마의가 역적질을 하려 한다는 유언비어를 퍼뜨려보는 게 어떻겠습니까? 그리고 아울러 그의 이름으로 천하에 알리는 격문을 써서 여기저기 붙여놓으면, 조예는 그를 의심해 반드시 죽여버릴 것입니다."

조조 때부터 시작된 사마의에 대한 위 조정의 뿌리 깊은 의심을 이용한 꾀였다. 공명도 그런 마속의 꾀를 그럴듯이 여겼다. 곧 사람을 몰래 위로 들여보내 마속의 꾀대로 하게 했다.

얼마 뒤 업군의 성문에 갑자기 한 방문이 나붙었다. 성문을 지키던 장수가 그걸 읽어보고 깜짝 놀라 조예에게 떼다 바쳤다. 조예가 읽어보니 그 내용은 대강 이랬다.

'표기대장군 총령 옹, 양 등처병마사(總領雍涼等處兵馬事) 사마의가 삼가 신의를 받들어 널리 천하에 알리노라. 지난날 태조(太祖) 무황제(武皇帝)께서 이 나라를 세우실 때 원래 뜻하시기는 진사왕(陳思

王) 조자건(曹子建, 조식)을 태자로 세워 뒤를 이으려 하셨다. 그러나 불행히도 간사하고 아첨하는 무리가 모여 헐뜯고 뒤집어 씌우는 바람에 진사왕은 오랜 세월이 지나도록 못에 잠긴 용(龍)의 신세를 면하지 못하고 있다. 지금 제위에 오른 황손(皇孫) 조예는 이렇다 할 덕행이 없으면서도 함부로 스스로 높였으니 이는 태조의 뜻을 저버림이나 다름이 없다. 이제 나는 천명을 받들고 사람들이 바라는 바에 따라 진사왕을 받들어 세우고자 한다. 오늘로 군사를 일으키니 이 글이 이르는 곳은 모두 새로운 임금의 명에 따르도록 하라. 따르지 않는 자는 마땅히 그 구족을 멸하리라! 미리 이 뜻을 알리나니 모두 헤아려 행하라.'

실로 엄청난 내용이었다. 그걸 읽은 조예는 깜짝 놀라 질린 낯빛으로 여러 신하들을 불러모았다. 태위 화흠이 나서서 말했다.

"사마의가 표문을 올려 옹, 양 두 주를 맡으려 한 것은 실로 이 때문이었던 같습니다. 일찍이 태조께서도 저희들에게 이르셨습니다.

'사마의는 그 눈길이 매와 같고 이리처럼 고개를 뒤로 틀 수 있으니 반역의 상(相)이다. 그에게 병권(兵權)을 맡기지 말라. 반드시 나라에 큰 화근이 될 것이다' 하셨습니다. 이제 그 컴컴한 속을 드러냈으니 얼른 그를 죽여버리도록 하십시오."

사도 왕랑도 화흠과 뜻을 같이했다.

"사마의는 육도삼략에 매우 밝고, 군사를 잘 부리며, 뜻마저 큽니다. 일찍 없애지 않으면 뒷날 반드시 화를 일으킬 것입니다."

이에 더욱 놀란 조예는 크게 군사를 일으켜 스스로 사마의를 치러 나서려 했다. 그때 문득 대장군 조진이 나와서 말했다.

"아니 됩니다. 문황제(文皇帝, 조비)께서는 그를 포함한 저희 몇 사람에게 폐하를 당부하셨습니다. 그것은 곧 선제께서 사마중달(司馬仲達)에게 딴 뜻이 없음을 아셨기 때문이라 할 수 있습니다. 폐하께서는 부디 그걸 헤아려 움직이시도록 하십시오."

"사마의가 만약 정말로 모반을 하려 한다면 그때는 어찌하겠소?"

조예가 조진에게 그렇게 물었다. 조진이 자신 있다는 듯 대꾸했다.

"폐하께서 정히 의심이 드신다면 한고조(漢高祖)가 운몽(雲夢)에 놀이 간 체하여 한신(韓信)을 사로잡은 계책을 따라해보도록 하십시오. 어가를 안읍(安邑)에 대면 사마의가 틀림없이 달려 나와 맞을 것인 바, 그때 그의 움직임을 살펴 수상쩍으면 수레 앞에서 바로 사로잡아버리시면 될 것입니다."

조예가 가만히 생각해보니 그럴듯한 꾀 같았다. 조진을 허도에 남겨 나랏일을 돌보게 하고 자신은 몸소 십만 어림군을 이끌고 안읍으로 갔다.

위주 조예가 갑자기 대군을 이끌고 그리로 온 까닭을 알 리 없는 사마의는 오히려 그걸 천자에게 자신의 위세를 떨쳐 보일 좋은 기회라 생각했다. 병마를 정돈하고 갑옷 입은 군사 몇만을 딸리게 해 조예를 맞으러 갔다.

그 소식을 들은 근신 하나가 조예에게 알렸다.

"사마의는 과연 십여 만의 군사를 이끌고 나와 맞서려 합니다. 정말로 모반할 마음이 있었던 것 같습니다."

조예는 그 말에 크게 놀랐다. 곧 조휴를 불러 명을 내렸다.

"장군은 먼저 군사를 이끌고 나가 사마의를 막으라."

이에 조휴는 어림군을 이끌고 사마의에 맞서려고 달려 나갔다.

아무것도 모르는 사마의는 조휴가 군대를 이끌고 달려오자 천자의 어가도 함께 이른 줄 알았다. 얼른 말에서 내려 길바닥에 엎드렸다. 그런 사마의 앞에 조휴가 달려 나와 꾸짖었다.

"중달은 선제의 고명(顧命)을 받은 몸으로 어찌하여 반역하려 했는가?"

그 말을 들은 사마의는 깜짝 놀랐다. 온몸으로 식은땀을 흘리며 물었다.

"장군은 그게 무슨 말씀이오? 내가 반역하려 했다니 도대체 그게 어디서 나온 소리요?"

사마의가 길바닥에 엎드릴 때부터 조휴도 소문이 그릇된 것임을 짐작했다. 거기다가 식은땀을 비오듯 흘리며 떨리는 목소리로 물어오는 사마의를 보자 더욱 사실이 뚜렷해지는 느낌이었다. 구태여 숨기려 들지 않고 사마의가 의심을 받게 된 경위를 모두 일러주었다.

조휴의 말을 들은 사마의는 기가 막혔다.

"그것은 촉이나 오가 반간(反間)하는 계책을 쓴 것이오. 우리 임금과 신하가 서로를 의심해 해치게 만들고, 그 빈틈을 타 쳐들어오려는 것임에 틀림이 없소. 내가 천자를 찾아뵙고 그 의심을 풀어드리겠소이다."

이윽고 그렇게 말한 사마의는 자신이 이끌고 온 병마를 물러가 있게 하고 혼자 조예를 찾아갔다.

조예의 수레 앞에 엎드린 사마의가 눈물을 흘리며 간곡히 말했다.

"신은 앞서 선제의 고명을 받은 몸으로 어찌 딴마음을 먹을 리 있겠습니까? 그것은 틀림없이 오나 촉의 간교한 꾀일 것입니다. 바라건대 신에게 한 갈래 군사를 내려주신다면, 신은 먼저 촉을 쳐부수고 이어 오를 평정하여, 선제와 폐하의 은덕에 보답함과 아울러 신의 충성된 마음을 밝히겠습니다."

그렇지만 의심이란 게 묘해 한번 들면 쉬이 씻기지 않는 특성이 있다. 사마의의 간곡한 말에도 불구하고 조예는 얼른 사마의의 말을 믿을 수가 없었다. 거기다가 곁에 있던 화흠마저 쑤석였다.

"아무래도 사마의에게 병권을 맡겨서는 안 될 것 같습니다. 그에게서 벼슬을 뺏고 고향으로 내려보내심이 옳을 듯합니다."

조예는 선뜻 그런 화흠의 말을 따랐다. 사마의에게서 벼슬을 뺏고 고향으로 돌아가게 한 뒤 조휴에게 옹, 양 두 주 병마를 모두 거느리게 했다.

조예는 조용히 일을 마무리짓고 허도로 돌아갔지만 사마의가 벼슬자리에서 쫓겨났다는 소문은 곧 위나라 구석구석에 퍼졌다. 그 소리를 들은 촉의 첩자는 나는 듯 성도에 알렸다.

소문을 들은 공명은 기쁨을 이기지 못했다.

"내가 위를 치려 한 지 오래되었으나 사마의가 옹, 양 두 곳의 병마를 도맡아 거느리고 있어 쉽게 움직이지 못했다. 그런데 이제 사마의가 우리 계략에 떨어져 벼슬에서 떨려났다니 걱정할 게 무엇이겠는가?"

그렇게 말하고 다음 날 일찍 조회에 나가 후주(後主)에게 한 장 표문을 올렸다. 바로 저 유명한 출사표(出師表)였다.

일찍이 소동파가 서경의 이훈(伊訓), 열명(說命)의 두 편과 견주었으며, 그 글을 읽고 울지 않는 사람은 충신이 아니라고 하는 말까지 있는 출사표의 내용은 이러하다.

'선제께서는 창업의 뜻을 반도 이루시기 전에 붕어하시고, 지금 천하는 셋으로 나누어져 있습니다. 거기다가 우리 익주는 싸움으로 피폐해 있으니 이는 실로 나라가 흥하느냐, 망하느냐가 걸린 위급한 때라 할 수 있을 것입니다[先帝創業未半 而中道崩殂 今天下三分 益州罷敝 此誠危急存亡之秋也].

그러하되 곁에서 폐하를 모시는 신하는 안에서 게으르지 않고 충성된 무사는 밖에서 스스로의 몸을 잊음은, 모두가 선제의 남다른 지우를 추모하여 폐하께 이를 보답하려 함인 줄 압니다[然侍衛之臣 不懈於內 忠志之士 忘身於外者 蓋追先帝之殊遇 欲報之於陛下也].

마땅히 폐하의 들으심을 넓게 여시어, 선제께서 끼친 덕을 더욱 빛나게 하시며, 뜻있는 선비들의 의기를 더욱 넓히고 키우셔야 할 것입니다[誠宜開張聖聽 以光先帝之遺德 恢宏志士之氣].

결코 스스로 덕이 엷고 재주가 모자란다고 함부로 단정하셔서는 아니 되며, 옳지 않은 비유로 의를 잃으심으로써 충성된 간언이 들어오는 길을 막으셔서도 아니 됩니다[不宜妄自菲薄 引遺喩失義 以塞忠諫之路也].

폐하께서 거처하시는 궁중과 관원들이 정사를 보는 조정은 하나가 되어야 합니다. 벼슬을 올리는 일과 벌을 내리는 일은 그 착함과 악함에 따라야 한다는 것이 궁중 다르고 조정 달라서는 아니 됩니다

[宮中府中俱爲一體 陟罰臧否 不宜異同].

간사한 죄를 범한 자나 충성되고 착한 일을 한 자는 마땅히 그 일을 맡은 관원에게 넘겨 그 형벌과 상을 결정하게 함으로써 폐하의 공평하고 밝은 다스림을 세상에 뚜렷하게 내비치도록 하십시오[若有作奸犯科 及爲忠善者 宜付有司 論其刑賞 以昭陛下平明之治].

사사로이 한쪽으로 치우쳐 안(궁중)과 밖(조정)의 법이 서로 달라지게 해서는 아니 됩니다[不宜偏私使內外異法也].

시중 벼슬 시랑 벼슬에 있는 곽유지, 비위, 동윤은 모두 선량하고 진실되며 뜻과 헤아림이 충성되고 깨끗합니다. 선제께서는 그 때문에 그들을 여럿 가운데서 뽑아 쓰시고 폐하께까지 넘겨주신 것입니다[侍中侍郎 郭攸之 費褘 董允等 此皆實 志慮忠純. 是以 先帝簡拔 以遺陛下].

어리석은 생각으로는, 궁중의 일은 일의 크고 작음을 가림없이 그들에게 물어 그대로 따르심이 좋겠습니다. 그들은 빠지거나 새는 일 없도록 폐하를 보필하여 이로움을 넓혀줄 것입니다[愚以爲宮中之事 事無大小、悉以咨之 然後施行 必得裨補闕漏 有所廣益].

장군 상총은 그 성품과 행동이 맑고 치우침이 없으며 군사를 부리는 일에도 구석구석 밝습니다. 지난날 선제께서도 그를 써보시고 능력이 있다고 말씀하신 바 있어 여럿과 의논 끝에 그를 도독으로 삼은 것입니다. 어리석은 생각으로는, 군사에 관한 일이면 크고 작음을 가림이 없이 그와 의논하시는 게 좋겠습니다. 반드시 진중의 군사들을 화목하게 하고 뛰어난 자와 못한 자를 가려 각기 그 있어야 할 곳에 서게 할 것입니다[將軍向寵 性行淑均 暢曉軍事. 試用之於昔

曰 先帝稱之曰「能」. 是以衆議擧寵以爲督. 愚以爲營中之事 事無大小 悉以
咨之 必能使行陣和穆 優劣得所也].

어질고 밝은 신하를 가까이 하고 소인을 멀리 한 까닭에 전한은
흥성하였고, 소인을 가까이 하고 어진 신하를 멀리 한 까닭에 후한
은 기울어졌습니다. 선제께서 살아 계실 때 이 일을 논하다 보면 환
제, 영제 시절의 어지러움을 통탄하고 한스럽게 여기지 않을 수 없
었습니다[親賢臣 遠小人 此先漢所以興隆也. 親小人 遠賢臣 此後漢所以傾
頹也. 先帝在時 每與臣論此事 未嘗不歎息痛恨於桓靈也].

지금 시중상서 장사 참군 자리에 있는 세 사람은 곧고 발라 절의
를 지켜 죽을 만한 신하들입니다. 폐하께서 그들을 가까이 하시고
믿어주시면 한실이 다시 융성하기를 날을 헤며 기다릴 수 있을 것입
니다[侍中尙書 長史 參軍 此悉貞亮 死節之臣也. 願陛下親之 信之 則漢室
之隆 可計日而待也].

신은 본래 아무런 벼슬 못한 평민으로 몸소 남양에서 밭 갈고 있
었습니다. 어지러운 세상에서 목숨이나 지키며 지낼 뿐 조금이라도
제 이름이 제후의 귀에 들어가 그들에게 쓰이게 되기를 바라지 않았
습니다[臣本布衣 躬耕南陽. 苟全性命於亂世 不求聞達於諸侯].

선제께서는 신의 낮고 보잘것없음을 꺼리지 않으시고, 귀한 몸을
굽혀 신의 오두막집을 세 번이나 찾으시고 제게 지금 세상에서 해야
할 일을 물으셨습니다. 이에 감격한 신은 선제를 위해 개나 말처럼
닫고 헤맴을 받아들였던 것입니다[先帝不以臣卑鄙 猥自枉屈 三顧臣於
草廬之中 諮臣以當世之事. 由是感激 遂許先帝以馳驅].

그 뒤 선제의 세력이 엎어지고 뒤집히려 할 때 신은 싸움에 진 군

사들 틈에서 소임(싸움에 진 군사를 되살리는)을 맡고 위태롭고 어려운 지경에서 명(그 위태로움과 어려움에서 구해달라는)을 받았습니다. 그로부터 스물하고도 한 해, 선제께서는 신이 삼가고 성실함을 알아주시고, 돌아가실 즈음하여 신에게 나라의 큰일을 맡기셨던 것입니다[後值傾覆 受任於敗軍之際 奉命於危難之間. 爾來二十有一年矣 先帝知臣謹愼 故臨崩寄臣以大事也].

명을 받은 이래, 아침부터 밤까지 신이 걱정하기는 두렵게도 그 당부를 들어드리지 못하여 선제의 밝으심을 다치지나 않을까 하는 것이었습니다. 그리하여 지난 오월에는 노수를 건너 그 거친 오랑캐 땅 깊이까지 들어갔습니다[受命以來 夙夜憂慮 恐付託不效 以傷先帝之明. 故五月渡瀘 深入不毛].

이제 다행히 남방은 이미 평정되었고, 싸움에 쓸 무기며 인마도 넉넉합니다. 마땅히 삼군을 격려하고 이끌어 북으로 중원을 정벌해야 합니다. 느린 말과 무딘 칼 같은 재주나마 힘을 다해 간사하고 흉악한 무리를 쳐 없애고 한실을 부흥시켜 옛 서울[長安]로 되돌리겠습니다[今南方已定 甲兵已足 當獎帥三軍北定中原. 庶竭駑鈍 攘除姦凶 興復漢室 還於舊都].

이는 신이 선제께 보답하는 길일 뿐만 아니라 폐하께 충성하기 위해 마땅히 해야 할 일이기도 합니다. 그동안 이곳에 남아 나라에 이롭고 해로움을 헤아려 폐하께 충언 올리는 것은 곽유지와 비위, 동윤의 일이 될 것입니다[此臣所以報先帝而忠陛下之職分也 至於斟酌損益 進盡忠言 則攸之褘允之任也].

바라건대 폐하께서는 신에게 역적을 치고 나라를 되살리는 일을 맡겨주시옵소서. 그리고 신이 만약 제대로 그 일을 해내지 못하면 그 죄를 다스리시고 선제의 영전에 알리옵소서. 만일 폐하의 덕을 흥하게 할 충언이 없으면 곽유지와 비위, 동윤을 꾸짖어 그 게으름을 밝히옵소서[願陛下託臣以討賊興復之效. 不效則治臣之罪 以告先帝之靈. 若無興復之言 則責攸之褘允等之咎 以彰其慢].

폐하 또한 착한 길을 자주 의논하시어 스스로 그 길로 드시기를 꾀하소서. 아름다운 말은 살피시어 받아들이시고 선제께서 남기신 가르치심을 마음 깊이 새겨 좇으시옵소서. 신은 받은 은혜에 감격하여 이제 먼길을 떠나거니와, 떠남에 즈음하여 표문을 올리려 하니 눈물이 솟아 더 말할 바를 알지 못하겠습니다[陛下亦宜自謀 以諮諏善道 察納雅言 深追先帝遺詔 臣不勝受恩感激 今當遠離 臨表涕泣 不知所云].'

구절구절 선주에 대한 추모의 정과 후주에 대한 충성이 밴 글이었다.

표문을 다 읽은 후주가 떨리는 목소리로 말했다.

"상부(相父)께서는 남쪽을 정벌하시느라 멀리 가시어 어려움을 겪으시다가 이제 막 돌아오셨습니다. 아직 앉은 자리가 편해지시기도 전에 또 북쪽을 정벌하시겠다니 몸과 마음이 너무 지치실까 걱정이 됩니다."

"신은 선제께서 돌아가시면서 한 당부를 받은 뒤로 밤낮 애썼으나 아직도 스스로 게으르다 생각하고 있습니다. 이제 마침 남방이 평정되어 안으로 되돌아볼 걱정거리가 없어졌으니, 이때 역적을 쳐 중원을 되찾지 않고 다시 어느 때를 기다리겠습니까?"

공명이 그렇게 대답했다. 초주(譙周)가 여럿 가운데서 나와 다른 말로 후주를 거들었다.

"신이 밤에 천상(天象)을 보니 북방의 왕성한 기운이 아직 여전하고, 별도 밝기가 전보다 갑절이나 됩니다. 아직은 도모할 때가 아닌 줄 압니다."

그렇게 후주에게 아뢴 뒤 다시 공명을 보고 물었다.

"승상은 천문에 매우 밝으시면서 또 어찌하여 억지로 안 될 일을 하려 하십니까?"

"천도(天道)란 그 변화가 무상한 것이외다. 어찌 천문에만 얽매여 있을 수 있겠소? 나도 이번에 병마를 내기는 하나, 한중에 멈추어 위의 움직임을 살펴본 뒤에 나아가든지 말든지 할 것이오."

공명은 그렇게 대꾸하고 초주가 애써 말려도 듣지 않았다.

공명은 출사표에서 밝힌 대로 곽유지와 비위, 동윤 등을 시중(侍中)으로 삼아 궁궐 안의 일을 모두 맡아보게 했다.

또 장군 상총을 대장으로 어림군을 거느리게 하고, 진진(陳震)은 시중, 장완은 참군, 장예는 장사로 삼아 승상부의 일을 맡겼다. 두경은 간의대부, 두미와 양홍은 상서, 내민과 맹광은 좨주, 윤묵과 이선은 박사로, 극정(郤正)과 비시(費詩)는 비서로, 초주는 태사로 삼았으며, 그들 안팎의 문무 관원 백여 명이 함께 촉 안의 일을 돌보게 했다.

끝내 위를 치라는 후주의 조서를 받아내 승상부로 돌아온 공명은 다시 여러 장수들을 불러 출전의 부서를 짰다.

전독부(前督部)는 진북장군 영승상사마 양주자사 도정후 위연이요, 전군도독(前軍都督)은 영부풍태수 장익, 아문장비장군(牙門將裨將

軍)은 왕평이 맡았다.

후군영병사(後軍領兵使)는 안한장군(安漢將軍) 영건녕태수(領建寧太守) 이회(李恢)가 되고 부장은 정원장군(定遠將軍) 영한중태수(領漢中太守) 여의(呂義)가 되었다.

군량 나르는 일을 보살피면서 좌군영병사(左軍領兵使)를 맡게 된 것은 평북장군 진창후 마대였고, 그 부장은 비위장군 요화였다.

우군영병사는 분위장군(奮威將軍) 박양정후(博陽亭侯) 마충과 진무장군 관내후 장의가 맡았다.

행중군사(行中軍師)는 거기대장군 도향후(都鄉侯) 유염이요, 중감군(中監軍)은 양무장군 등지(鄧芝), 중참군(中參軍)은 안원장군 마속이었다.

전장군은 도정후 원림(袁琳), 좌장군은 고양후(高陽侯) 오의(吳懿), 우장군은 현도후(玄都侯) 고상(高翔), 후장군은 안락후(安樂侯) 오반(吳班)이 되었다.

영장사(領長史)는 유군장군 양의(楊儀), 전장군은 정남장군 유파(劉巴), 전호군(前護軍)은 편장군 한성정후(漢成亭侯) 허윤, 좌호군은 독신중랑장 정함, 우호군은 편장군 유민(劉敏), 후호군은 전군중랑장 궁옹(宮雝)이었다.

행참군(行參軍)에는 소무중랑장 호제(胡濟)와 간의장군(諫議將軍) 염안(閻晏) 및 편장군 찬습, 비장군(神將軍) 두의, 무략중랑장 두기, 유군도위(綏軍都尉) 성돈이 각기 임명되었다.

종사는 무략중랑장 번기가 맡고, 전군서기(典軍書記)는 번건, 승상영사(丞相令史)는 동궐이 맡았다.

장전좌호위사(帳前左護衛使)는 용양장군 관흥이요, 우호위사는 호익장군(虎翼將軍) 장포가 맡았다. 그리고 그 모든 장수들을 평북대도독 승상 무향후(武鄕侯) 영익주목(領益州牧) 지내외사(知內外事) 제갈량이 거느리고 떠나는 것이었다.

　모든 자리를 정한 뒤에 공명은 다시 이엄(李嚴)을 비롯해 천구(川口)를 지키는 장수들에게 글을 보내 동오의 내침에 대비케 했다. 그리고 날을 골라 군사를 내니 때는 건흥(建興) 오년 봄 삼월 병인일(丙寅日)이었다.

나이 일흔에
오히려 기공(奇功)을 세웠네

촉의 대군이 막 출발하려는데 문득 장하(帳下)에 한 사람 늙은 장수가 뛰쳐나와 소리쳤다.

"내가 비록 늙었다 하나 아직 염파(廉頗, 전국시대 조나라의 맹장. 나이 일흔에 열 근 고기를 먹고 천 근 활을 당겼다 함)의 힘과 마원(馬援, 한무제 때의 명장)의 뛰어남이 있소이다. 그 두 옛 사람은 모두 늙음에 지지 않고 큰일을 해냈는데, 어찌하여 나는 이번 싸움에 써주지 않소이까?"

그 소리에 놀란 여럿이 그를 보니 바로 조운이었다. 공명이 좋은 말로 그를 달랬다.

"내가 남쪽을 정벌하고 돌아오니 마맹기(馬孟起)가 병들어 죽어 있었소. 그 애석함이 마치 한 팔을 잃은 듯했소이다. 이제 장군께서는 이미 나이 많이 드신 데다 만에 하나 잘못되시기라도 하신다면 그 일을 어찌하겠소? 일세(一世)를 떨쳐 울린 영명(英名)에 흠이 갈 뿐 아니라 우리 촉(蜀)의 날카로운 기세마저 덜게 될까 두렵소이다.”

그러자 조운은 더욱 목청을 돋우었다.

“나는 선제를 따라나선 이래 싸움터에서 물러난 적이 없고 적군을 맞아서는 언제나 앞장을 섰소이다. 대장부가 싸움터에서 죽는다면 그보다 더한 다행이 없는데 그 무슨 말씀이십니까? 이번에 전부 선봉이 되지 못하면 실로 일생의 한이 될 것이외다.”

공명이 두 번 세 번 말렸으나 소용없었다.

“나를 선봉으로 써주지 않으면 이 주춧돌에 머리를 짓찧고 죽어버리겠소!”

조운이 그렇게까지 나오니 공명도 어쩌는 수가 없었다. 마침내 허락하면서도 조건을 달았다.

“장군께서 기어이 선봉을 서시겠다면 반드시 한 사람을 더 데리고 가시오.”

그 말이 떨어지기 바쁘게 한 사람이 나섰다.

“제가 비록 재주 없으나 노(老)장군을 모시고 앞서 가 적을 깨뜨려보겠습니다.”

공명이 보니 그 장수는 등지(鄧芝)였다. 공명은 그제서야 조금 마음이 놓인 듯 군사 오천과 부장 열 명을 딸려 그 둘을 먼저 보냈다.

이윽고 공명이 이끄는 본대가 성도를 떠나니 후주는 백관을 이끌고 북문 밖 십 리까지 나와 공명을 배웅했다. 후주를 하직하고 떠나는 공명의 대군은 그 기치가 들판을 덮고 창칼은 수풀 같았다. 먼저 한중을 바라보고 물밀듯이 나갔다.

촉의 대군이 밀려옴을 탐지한 위의 첩자가 얼른 그 소식을 낙양에 알렸다. 그날 위주 조예가 백관들을 모아놓고 조회를 하는데 근신이 다가가 아뢰었다.

"변방의 관리가 알려오기를 제갈량이 삼십만이 넘는 대군을 이끌고 한중까지 나와 있다고 합니다. 그 선봉 조운과 등지는 벌써 우리 국경을 침범했습니다."

그 말을 들은 조예는 깜짝 놀랐다. 여러 신하들을 둘러보며 걱정스레 물었다.

"누가 장수가 되어 촉병을 물리쳐주시겠소?"

그러자 한 사람이 뛰쳐나와 소리쳤다.

"신의 아비가 한중에서 죽어 그 한에 이를 갈면서도 아직 원수 갚음을 못했습니다. 신이 원래 거느린 맹장들과 관서의 병마를 이끌고 나가 이미 국경을 침범해 들어온 촉병을 쳐부수겠습니다. 이는 위로는 나라를 위해 힘을 다함이 되고, 아래로는 아비의 원수를 갚는 일이 되니, 신이 만 번 죽는다 한들 한될 게 무엇이겠습니까?"

여럿이 그 사람을 보니, 그는 바로 하후연의 아들 하후무(夏侯楙)였다. 하후무는 자가 자휴(子休)로 성질이 매우 급하고 또 아주 인색했다. 어려서부터 하후돈의 양자가 되었는데, 그 아비 하후연이 황충에게 죽자 조조는 그를 가엾게 여겨 딸 청하공주(清河公主)를 시집보내고 부마(駙馬)로 삼았다. 그 바람에 조정에서 우러름을 받고 병권까지 쥐게 되었으나 아직 실제로 싸움터에 나서본 적은 없었다.

그래도 그 기상에 감동된 조예는 하후무를 대도독으로 삼고 그에게 관서의 모든 군마를 주며 먼저 나가 적을 무찌르게 했다. 그걸 보고 있던 사도 왕랑이 나와 아뢰었다.

"아니 됩니다. 하후부마는 아직 싸워본 경험이 없는데 이처럼 큰 소임을 맡기시는 것은 마땅치 못합니다. 더구나 제갈량은 아는 게 많고 꾀가 깊으며 육도삼략에도 매우 밝습니다. 함부로 가볍게 맞서서는 아니 됩니다."

하후무가 그런 왕랑의 말을 되받았다.

"사도는 혹시 제갈량과 한 끈으로 엮이어 안에서 호응하려고 그러시는 것이나 아니오? 나는 어려서부터 아버지를 따라다니며 육도삼략을 익혔고 병법도 알 만큼은 아오. 당신은 내 나이가 젊다고 업신여기지만 만약 이번에 가서 제갈량을 사로잡지 못한다면 내 맹세코 다시 돌아와 천자를 뵙지 않겠소!"

반박이라기보다는 차라리 시비였다. 하후무가 그렇게까지 나오자 왕랑도 감히 더 입을 열지 못했다.

하후무는 위주 앞을 물러나 밤을 낮 삼아 장안으로 달려갔다. 그리고 관서의 군마 이십만을 모아 제갈공명을 맞으러 나섰다.

이때 공명의 군대는 면현(沔縣)에 이르러 마초의 묘소를 지나게 되었다. 공명은 마초의 아우 마대에게 상복을 입히고 몸소 묘 앞에 나가 제사를 드렸다.

제사를 끝내고 진채로 돌아가 다시 군사를 낼 의논을 하는데 홀연 초마(哨馬)가 달려와 알렸다.

"위주 조예는 부마 하후무에게 관서 여러 곳의 병마를 주어 보냈습니다. 이제 머지않아 우리와 맞서려고 나올 것입니다."

그러자 함께 있던 위연이 한 계책을 올렸다.

"하후무는 고생 모르고 자란 철부지라 겁 많고 약하며 아무것도 못하는 위인입니다. 제게 정병 오천만 주신다면 포중으로 나가 진령(秦嶺) 동쪽을 돌고 자오곡(子午谷)으로 빠져 북으로 나가보겠습니다. 열흘을 넘기지 않고 장안에 이를 수 있습니다. 하후무는 내가 밀고 든다는 말을 들으면 틀림없이 성을 버리고 저각(邸閣) 횡문(橫門)으로 달아날 것입니다. 제가 그를 동쪽으로 쫓을 테니 승상께서는 그 틈을 타 대군을 몰고 야곡(斜谷)으로 나가도록 하십시오. 그리되면 함양 서쪽의 모든 땅은 한꺼번에 우리 것이 될 것입니다."

공명이 빙긋 웃으며 고개를 가로저었다.

"그것은 모든 걸 두루 살펴 갖춘 계책이라고 할 수 없다. 그대는 중원에 쓸 만한 사람이 없다고 얕보지만 만약 누가 산골짜기 같은 데 복병을 두었다가 길을 끊고 들이치면 어찌할 작정인가? 그리되면 그대가 이끌고 간 오천이 다칠 뿐만 아니라 우리 대군 전체의 예기를 꺾는 일이 된다. 결코 써서는 안 될 계책이다."

"승상께서 큰길을 따라 대군을 몰고 나가시면 적은 어김없이 관중의 모든 군사를 모아 큰길에서 막을 것입니다. 그렇게 되면 싸움이 길게 질질 끌 것이니 언제 중원을 얻을 수 있겠습니까?"

위연이 그래도 물러서지 않고 다시 그렇게 말해보았으나 소용없었다.

"내가 먼저 농우를 뺏은 다음 넓고 평평한 길로 병법에 따라 군사를 몰아나간다면 걱정할 게 무어 있겠는가?"

그러고는 끝내 위연의 계책을 써주지 않았다. 위연은 못마땅했으나 어쩌는 수가 없었다. 속으로 애타하면서도 입을 다물었다.

그런데 위연의 그 같은 계책에 대해 후세의 전략가들은 의견이 엇갈린다.

공명의 말이 옳다 하는 쪽도 있지만 더 많은 것은 위연을 편드는 쪽이다. 곧 위에 대해 삼 대 일에도 채 못 미치는 국력의 촉으로서는 기승(奇勝)밖에 없고, 그런 점에서 위연 쪽이 옳다고 보고 있다. 공명의 작전은 세밀하고 완벽하게 짜인 것이기는 하지만, 진군이 느려 국력이 몇 배나 앞서는 위에게 언제나 넉넉한 준비 시간을 내주게 되는 게 흠이라는 뜻이다.

하지만 그거야 어찌 됐건 병권은 공명의 손에 있었다. 위연의 계책을 물리친 공명은 곧 조운에게 영을 내려 앞으로 나가게 했다.

그 무렵 장안의 하후무는 관서의 군마들을 모아들이느라 여념이 없었다. 그런 그에게 기쁜 소식이 하나 왔다. 서량대장군 한덕(韓德)이 군사를 이끌고 찾아온 일이었다. 한덕은 큰 도끼[開山大斧]를 잘 쓰고 힘이 세어 홀로 만 명을 당해낼 만한 용맹이 있는 데다 날랜 서강의 군사 팔만까지 이끌고 있었다. 하후무는 몹시 기뻐하며 한덕에게 큰상을 내리고, 선봉으로 삼았다.

한덕에게는 아들이 넷 있었는데 하나같이 무예에 정통하고 말타기와 활쏘기가 뛰어났다. 맏이는 한영(韓瑛), 둘째는 한요(韓瑤), 셋째는 한경(韓瓊), 넷째는 한기(韓琪)였다.

한덕은 그 네 아들과 강병 팔만을 데리고 나아가다 봉명산에서 촉군과 맞닥뜨렸다. 양군이 둥글게 진을 치고 맞선 가운데 한덕이 먼저 말을 타고 나왔다. 그 양쪽에는 범 같은 네 아들이 둘씩 갈라서 있었다.

"나라를 거스르는 역적 놈들아, 네놈들이 어찌 감히 내 땅을 침범하느냐?"

한덕이 기세 좋게 촉군 쪽을 보며 큰 소리로 꾸짖었다.

그 소리에 조운은 크게 성이 났다. 창을 꼬나들고 말을 박차 홀로 한덕에게 덤볐다. 한덕의 맏아들 한영이 말을 달려 나와 조운을 막았으나 될 일이 아니었다. 세 합을 채우지 못하고 조운의 한 창에 찔려 말에서 굴러떨어졌다.

둘째 아들 한요가 그걸 보고 참지 못해 칼을 휘두르며 달려 나왔다. 조운은 옛날의 범 같은 위엄을 떨쳐 보이며 한층 힘을 내 한요를 맞았다. 그렇게 되니 한요도 조운의 적수로는 약했다.

한덕의 셋째 아들 한경이 그 낌새를 알아차렸다. 둘째 형마저 끔찍한 꼴을 당하기 전에 돕겠다고 방천화극을 끼고 말을 박차 나왔다. 한경까지 가세해 한꺼번에 둘과 싸우게 되었지만 조운은 조금도 두려워하는 기색이 없었다. 창 쓰는 법이 가지런하기만 했다.

넷째 아들 한기는 안달이 났다. 맏형이 죽고 둘째와 셋째 형이 한꺼번에 덤비고 있어도 오히려 몰리는 것같이 뵈는 탓이었다. 한기 또한 말을 박차고 두 자루 일월도를 휘두르며 덮치니 조운은 세 장수에게 둘러싸인 꼴이 되고 말았다.

얼마 안 돼 한기가 조운의 창을 맞고 말 아래로 굴러떨어졌다. 한덕의 진에서 편장(偏將) 하나가 달려 나가 얼른 한기를 떠메고 들어갔다. 그때 조운이 갑자기 창을 끌며 말을 돌려 달아나기 시작했다. 셋째 아들 한경이 그걸 보고 창을 말 안장에 꽂은 뒤 얼른 활을 꺼냈다.

한경이 연이어 화살을 세 대나 날렸으나 조운은 번번이 창대로 그걸 쳐 떨어뜨려버렸다.

발끈한 한경은 활을 던지고 다시 창을 꼬나잡으며 조운을 뒤쫓았다. 그러자 이번에는 조운이 화살을 꺼내 화살 한 대를 날렸다. 화살은 어김없이 한경의 얼굴에 박혀 한경은 한마디 구성진 비명과 함께 말 아래로 떨어져 죽었다.

형과 아우가 차례로 끔찍한 꼴을 당하는 걸 보자 한요는 눈이 뒤집혔다. 칼을 휘두르며 조운을 찍어 넘기려고 미친 듯 덤볐다. 조운은 문득 들고 있던 창을 땅바닥에 내던지고 보검을 뽑아들었다.

조운의 손에서 퍼뜩 칼빛이 뿜어져 나오는가 싶더니 벌써 한요는 성한 사람이 아니었다. 한칼을 맞고 비실대는 그를 조운이 냉큼 사로잡아 자기 진채로 끌고 가버렸다.

한요를 끌어다 놓고 온 조운이 다시 창을 꼬나잡고 한덕에게로 달려들었다. 한덕은 네 아들이 모두 조운의 손에 죽거나 다치고 사로잡혀 가는 꼴을 보자 분하기에 앞서 간담이 내려앉는 듯했다. 감히 조운과 맞싸울 생각을 못하고 진채 속으로 쫓겨 들어갔다.

서강병들도 평소부터 조운의 무서운 이름은 들어 알고 있었다. 거기다가 이제 다시 전과 다름없이 날래고 씩씩한 걸 보자 감히 나와 싸울 생각을 못했다. 그렇게 되니 한덕의 진채는 조운이 이르는 곳마다 무너져내리고 쫓기었다.

조운은 말 한 마리 창 한 자루로 적진을 좌우로 휩쓸고 다니는데 마치 사람 없는 들판을 내닫듯 했다.

뒷사람이 시를 지어 그를 노래했다.

옛적 상산 조자룡을 생각하노라.	憶昔常山趙子龍
나이 일흔에 오히려 기공을 세웠네.	年登七十建奇功
홀로 네 장수를 베고 적진 휩쓰니	獨誅四將來衝陣
꼭 당양에서 어린 주인 구하던 모습이네.	猶似當陽救主雄

등지는 조운이 크게 이기는 걸 보고 촉병을 몰아 적을 덮쳤다. 서강병은 마침내 더 견뎌내지 못하고 뭉그러져 달아났다. 한덕은 조운에게 사로잡히는 게 두려워 갑옷을 벗어던지고 걸어서 달아났다.

조운과 등지는 한바탕 적을 쫓고 죽인 뒤에 진채로 돌아갔다. 등지가 조운에게 찬사의 말을 올렸다.

"장군께서는 칠순에 가까우시나 영용(英勇)하심은 지난날과 조금도 다름이 없습니다. 오늘 적진 앞에서 적장 넷을 한꺼번에 베신 일은 세상에서 흔치 않을 것입니다."

"승상께서 내 나이가 많다고 쓰지 않으려 하시기에 오늘 일부러 그렇게 드러내 보인 것뿐이네."

조운도 흡족한 얼굴로 그렇게 말했다. 그리고 사람을 뽑아 사로잡은 한요와 함께 싸움에 이긴 내용을 적은 글을 제갈공명에게 바치게 했다.

한편 네 아들을 모두 잃고 쫓겨간 한덕은 하후무에게 가 울면서 그 일을 전했다. 하후무는 그 소리에 스스로 대군을 이끌고 조운과 맞서려 나왔다.

"하후무가 대군을 이끌고 오고 있습니다."

탐마가 달려와 그같이 알리자 조운은 곧 창을 들고 말에 오른 뒤 군사 천여 명을 이끌고 봉명산으로 갔다. 산 앞에 진세를 벌이고 있으려니 하후무의 대군이 밀려들기 시작했다.

하후무가 황금투구를 쓰고 큰 칼[大刀]을 멘 채 흰 말 위에 앉아 문기 아래로 나왔다.

"내가 한번 조자룡의 솜씨를 보리라."

하후무는 조운이 창을 꼬나든 채 이리저리 내닫고 있는 걸 보자 스스로 나가 싸우려 했다. 한덕이 그를 가로막고 나섰다.

"나의 네 아들을 죽인 원수인데 그 한을 풀지 않고 어찌하겠습니까? 우선 제가 나가보겠습니다."

새삼 이가 갈린다는 듯 그렇게 말해놓고 산이라도 쪼갤 듯한 큰 도끼를 휘두르며 말을 달려 나갔다.

한덕이 눈이 뒤집혀 덤벼들자 조운 역시 크게 성이 났다. 창을 꼬나잡고 달려와 채 세 합이 차기도 전에 한덕을 찔러 말 아래로 떨어뜨렸다. 결국은 다섯 부자가 모두 조운의 손 아래 결딴난 셈이었다.

조운은 한덕을 죽인 것으로 그치지 않고 다시 말 머리를 돌려 하후무에게 덤볐다. 눈앞에서 한덕이 죽는 꼴을 본 하후무는 겁이 덜컥 났다. 황황히 되돌아서 자기 진채 속으로 숨어버렸다.

등지가 그 틈을 놓치지 않고 촉병을 몰아 위군의 진채를 덮쳤다. 움츠러들 대로 움츠러든 위군은 감히 맞설 엄두도 못 내고 뭉그러졌다. 한바탕 호되게 얻어맞고 십 리나 물러나 진채를 내렸다.

그날 밤 하후무는 여러 장수들을 불러 모아놓고 물었다.

"나는 전부터 조운의 이름을 들어왔으나 보기는 오늘이 처음이었다. 오늘 보니 비록 나이는 들어도 아직 영웅의 기상은 남아 있었다. 우리 편에는 아무래도 그를 당할 사람이 없을 듯하다. 이 일을 어찌하면 좋겠는가?"

정욱의 아들인 참군 정무(程武)가 나와 말했다.

"제가 헤아리기로, 조운은 용맹만 있고 꾀가 없으니 너무 걱정하실 건 없을 듯합니다. 내일 도독께서 다시 나가 싸우시되 꾀를 써서 그를 잡는 게 좋겠습니다. 먼저 좌우에 군사를 숨겨둔 뒤에 도독께서 나가 싸우시다가 거짓으로 패해 조운을 유인하면 조운은 틀림없이 복병이 있는 곳까지 따라올 것입니다. 그때 도독께서는 높은 곳에 오르시어 사방의 군마를 지휘하시면 조운을 겹겹이 에워싸 사로잡을 수 있습니다."

하후무가 들어보니 그 계책이 제법 그럴듯했다. 이에 거기 따라 먼저 동희에게 삼만 군사를 주어 왼쪽에 매복하게 하고 다시 설칙에게 삼만을 주어 오른쪽에 매복하게 한 뒤 날이 밝기를 기다렸다.

다음 날이었다. 하후무는 힘차게 북을 울리고 기치를 가지런히 하여 군사를 몰고 나아갔다. 조운과 등지가 그런 하후무를 나와 맞았다. 등지가 무슨 낌새를 알아차렸는지 말 위에서 가만히 조운에게 말했다.

"어제 저녁 형편없이 져서 쫓겨간 위병들이 오늘 다시 왔으니 저희 딴에는 무슨 계책을 세워두었을 것입니다. 노장군께서는 미리 알아 막도록 하십시오."

"입에서 젖비린내 나는 어린것이 해본들 얼마이겠는가? 내 오늘은 반드시 하후무를 사로잡으리라!"

조운은 등지의 말을 알아들었는지 어쨌는지 다만 그렇게 내뱉고 는 말을 박찼다.

위장 반수(潘邃)가 나와 그런 조운을 맞았다. 그러나 반수는 원래 가 조운의 적수가 못 되었다. 겨우 세 합을 견디지 못하고 말 머리를 돌려 달아났다. 조운이 그를 뒤쫓자 위병 진채에서 장수 여덟이 한 꺼번에 달려 나와 조운에게 덤벼들었다.

하지만 그들도 싸움에는 별 뜻이 없는 듯 거기 섞여 있던 하후무 가 먼저 달아나자 나머지도 모두 그 뒤를 쫓아 달아나기 시작했다. 조 운은 기세가 올랐다. 등지가 일러준 말도 잊고 그들을 신이 나 뒤쫓 았다. 등지도 하는 수 없이 군사들을 몰아 그런 조운의 뒤를 따랐다.

조운이 앞뒤 안 보고 적진 깊숙이 들어섰을 때였다. 갑자기 사방 에서 크게 함성이 일었다. 그제서야 퍼뜩 정신이 든 등지가 급히 군 사를 물리려 했지만 이미 때는 늦어 있었다. 왼쪽에서는 동희가, 오 른쪽에서는 설칙이 각기 삼만군을 이끌고 쏟아져 나왔다.

등지는 그들을 뚫고 나가보려 했으나 워낙 이끌고 있는 군사가 적었다. 아무리 이리 뛰고 저리 뛰어도 뚫고 나갈 수가 없었다.

하후무를 얕보고 방심했던 조운도 그 값을 톡톡히 물고 있었다. 적병 한가운데 갇혀 좌로 치고 우로 받아보았지만 적병의 에워쌈은 두터워지기만 했다.

그때 조운이 이끌고 있던 군사는 겨우 천여 명이었다. 몰리던 끝 에 어떤 산 아래 이르니 산 위에서 하후무가 손으로 삼군을 지휘하 고 있는 게 보였다. 조운이 동쪽으로 가면 손가락으로 동쪽을 가리키고 서쪽으로 가면 서쪽을 가리켰다. 조운이 아무리 애써도 에움을 뚫지 못하는 것은 실로 그런 하후무의 손가락질 때문이었다.

이에 조운은 우선 하후무부터 잡을 양으로 산꼭대기로 치달았다. 그러나 산중턱에 이르렀을 때 통나무와 바위가 굴러떨어져 도저히 올라갈 수가 없었다.

조운은 진시부터 유시(酉時, 오후 여섯 시 무렵)까지 힘을 다해 싸웠으나 끝내 위병들 틈에서 벗어나지 못했다. 이에 달이 밝으면 다시 싸울 작정으로 말에서 내려 잠시 쉬었다.

조운이 갑옷을 풀고 앉으려 하는데 마침 달이 밝아왔다. 문득 사방에서 불길이 하늘을 찌를 듯 솟으며 북소리가 크게 울리는 가운데 돌과 화살이 비오듯 쏟아졌다. 위병들이 물밀듯 쏟아지며 소리쳤다.

"조운은 어서 항복하라!"

조운은 얼른 말 위에 뛰어올랐다. 사방에서 병마는 점점 가깝게 죄어 왔다. 그 바람에 조운이 이끄는 인마는 한발짝도 앞으로 나갈 수가 없었다. 어지간한 조운도 드디어는 막막했던지 하늘을 우러러 소리쳤다.

"나는 늙었으나 늙음에 지지 않고 여기 이 싸움터에서 죽는다!"

탄식이라기보다는 뜻한 걸 이룬 사람의 자랑스런 외침 같았다.

그때 문득 동북쪽에서 함성이 크게 일더니 위병들이 이리저리 흩어져 달아나기 시작했다. 한 떼의 군마가 위병들을 흩어버리며 달려오는데 앞선 장수를 보니 반갑게도 장포였다. 장팔사모를 들고 말 안장에는 사람의 목 하나를 단 채 나타난 장포가 조운에게 말했다.

"승상께서는 혹시라도 노장군께 실수가 있을까 걱정하시어 제게 오천 병마를 내주며 호응케 하였습니다. 그런데 여기 와서 들으니 노장군께서 적에게 갇혀 고단하시다기에 두터운 에움을 뚫고 이렇게 달려온 것입니다. 도중에 위장(魏將) 설칙을 만나 그를 죽이고 목을 얻어 왔습니다."

한창 고단한 중이라 조운도 고맙기 그지없었다. 곧 장포와 힘을 합쳐 북서쪽으로 길을 뚫고 나갔다. 위병들은 그런 그들을 막기는커녕 창칼을 내던지고 달아나기 바빴다.

거기다가 다시 한 떼의 군마가 나타나 조운과 장포를 거들었다. 앞선 장수는 청룡언월도를 들었는데 그 한쪽 손에는 사람의 머리 하나가 쥐어져 있었다. 조운이 보니 그 장수는 다름아닌 관흥이었다.

"승상의 명을 받들어 특히 오천 군사를 이끌고 접응하러 왔습니다. 승상께서는 노장군에게 혹시 실수라도 있을까 몹시 걱정하셨습니다. 이 목은 위장 동희의 것입니다. 오다가 만났기로 한칼에 베어 그 목을 얻었습니다. 승상께서도 곧 이곳에 이르실 것입니다."

관흥이 동희의 목을 흔들어 보이며 그렇게 조운에게 말했다. 조운이 장포와 관흥에게 말했다.

"두 장군은 이미 큰 공을 세워놓고도 어찌하여 뒤쫓아가 하후무를 사로잡고 일을 끝내버리지 않는가?"

그 말을 들은 장포가 퍼뜩 깨달은 듯 군사를 이끌고 위병을 뒤쫓았다.

"저도 가봐야겠습니다."

관흥도 그렇게 말하고 서둘러 군사를 몰아 장포를 뒤따랐다.

그들의 뒷모습을 물끄러미 바라보던 조운이 문득 좌우를 돌아보며 결연히 말했다.

"저 둘은 내게는 아들이나 조카뻘이다. 저들이 서로 공을 다투며 달려가는데 나는 나라의 상장(上將)이요, 조정의 구신(舊臣)으로서 어찌 저들만 못해서야 되겠는가? 마땅히 이 늙은 목숨을 바쳐 선제의 은혜를 갚으리라!"

그러고는 또한 군사를 몰아 하후무를 잡으러 갔다.

그날 밤 그 세 갈래 군마가 한꺼번에 위병을 들이치니 위병은 한바탕 크게 당했다. 거기다가 등지가 이끈 군사들까지 나타나 호응해 들판은 위병의 시체로 뒤덮이고 흐르는 피는 내를 이루었다.

하후무는 무모한 데다 나이 어리고 그때껏 싸움을 실제로 겪어본 적이 없었다. 자기 군사들이 크게 어지러워지자 모두들 그대로 버려두고 가까이 거느리고 있는 장수 백여 명과 함께 남안군으로 달아나 버렸다. 남은 군사들은 우두머리 장수들이 보이지 않자 모두 뿔뿔이 흩어지고 말았다.

관흥과 장포는 하후무가 남안으로 달아났다는 말을 듣자 밤을 마다 않고 그를 뒤쫓았다. 성안으로 들어간 하후무는 굳게 성문을 닫게 하고 군사를 긁어모아 어떻게 지켜볼 채비를 갖추었다.

곧 장포와 관흥이 뒤쫓아와 성을 에워싸기 시작했다. 뒤이어 조운이 이끈 군사가 오고 등지 또한 뒤질세라 뒤따라왔다. 네 갈래 군마는 남안성을 에워싸고 들이치기 시작했다. 그러나 이번에는 하후무도 죽기로 지키니 열흘이 지나도 성은 떨어지지 않았다.

"승상께서 후군은 면현에 두고 좌군은 양평(陽平)에, 우군은 석성(石城)에 두신 채 몸소 중군을 이끌고 이리 오셨습니다."

네 장수가 한창 남안성을 짓두들기고 있는데 문득 그런 전갈이 왔다. 조운과 장포, 관흥, 등지 네 사람은 모두 공명을 찾아 절한 뒤에 열흘이나 들이쳐도 성이 떨어지지 않음을 알렸다.

그 말을 들은 공명은 작은 수레에 올라 몸소 남안성을 돌아보았다. 말없이 한바퀴 성을 돌아본 공명이 군막으로 돌아가 앉자 여러 장수들이 그를 에워싸고 그 성을 우려뺄 계책이 나오기를 기다렸다.

공명이 그런 장수들을 보며 말했다.

"이 성은 성벽을 둘러싼 물이 깊고 성벽이 높아 치기가 쉽지 않다. 내가 하려는 일은 이 성을 뺏는 데 있지 않다. 그대들이 길게 이 성을 치고 있는 사이에 다른 곳의 위병들이 길을 나누어 나와 한중을 뺏으면 우리 군대 전체가 위태로워진다."

그러자 등지가 아까운 듯 말했다.

"하후무는 위의 부마라 그를 사로잡을 수만 있다면 장수 백 명의 목을 얻는 것보다 낫습니다. 지금 이 성안에 갇혀 한참 고단한데 어찌 그를 버려두고 갈 수 있겠습니까?"

"내게 다 생각이 있으니 너무 걱정 말라."

공명은 그렇게 등지의 입을 막은 뒤 여럿을 둘러보며 물었다.

"여기서 서쪽은 천수군에 이어져 있고 북쪽은 안정군이 있다. 그 두 곳 태수가 누구인지 아는 사람 없는가?"

그러자 형세를 살피는 일을 맡고 있는 장수 하나가 대답했다.

"천수군의 태수는 마준(馬遵)이고 안정군의 태수는 최량(崔諒)입니다."

그 말을 들은 공명은 무엇 때문인지 몹시 기쁜 낯빛을 지었다.

공명은 먼저 위연을 불러 가만히 계책을 주어 보냈다. 다음은 장포와 관흥 차례였다. 공명은 그들에게도 남몰래 계책을 일러주어 어디론가 보냈다. 그리고 다시 믿을 만한 군사 두 명을 불러 그들에게 은밀한 계책을 주었다.

모든 장수들이 명을 받은 대로 군사를 이끌고 떠나자 공명은 장작과 마른 풀을 성 아래 쌓게 하고 성을 불태울 것이라고 입으로 얼러댔다. 그러나 그 소리를 들은 위병들은 모두 크게 웃고 조금도 두려워하지 않았다.

그 무렵 안정성 안에 있는 태수 최량은 마음이 편치 못했다. 하후무가 공명에게 쫓기어 남안성 안에 갇혀 있다는 소식을 들은 탓이었다. 언제 촉군이 그곳 안정에도 들이닥칠지 몰라 군사를 있는 대로 모두 끌어모으니 사천 남짓 되었다. 최량은 그들로라도 성을 지켜보려고 단단히 채비를 시키고 있는데 홀연 한 사람이 남쪽에서 달려와 말했다.

"태수께 긴히 말씀드릴 기밀이 있습니다."

남쪽이면 하후무가 있는 남안 쪽이라 최량은 얼른 그를 맞아들이고 물었다.

"너는 누구며 내게 알릴 기밀은 무엇이냐?"

"저는 하후(夏侯)도독의 심복 장수인 배서올시다. 하후도독께서 제게 영을 내리시기를 특히 천수와 안정 두 군에 가서 구원을 요청하라 하셨습니다. 남안성이 위급하여 매일 성벽 위에 불을 놓고 구원을 청해보았으나 천수, 안정 두 군에서 구원병이 오지 않자 다시 저를 뽑아 보내신 것입니다. 두터운 적병의 에움을 뚫고 이렇게 달려와 급히 말씀드리는 것이니 되도록이면 오늘 밤 안으로 군사를 일으켜 성 밖에서 호응해주십시오. 도독께서도 구원병이 온 걸 보면 성문을 열고 뛰어나와 호응할 것입니다.”

배서라는 사람은 그렇게 말했다. 최량은 얼른 그를 믿을 수가 없었다. 한참 그를 살피다가 물었다.

“도독께서 문서는 주어 보내지 않았는가?”

그러자 배서는 몸속 깊이 간직했던 편지를 꺼냈다. 먼 길을 허둥대며 달려오느라 솟은 땀이 스며 얼른 알아보기 어려운 글이었다. 거기다가 배서는 최량이 꼼꼼히 살펴볼 틈도 없이 그 편지를 거두며 말했다.

“저는 또 이 글을 가지고 천수로 가봐야겠습니다. 일이 몹시 급합니다.”

그리고 데려온 졸개에게 말을 가져오라 일러 뛰어오른 뒤 급히 성을 나가 천수군을 향했다.

그로부터 이틀쯤 되었을 때였다. 최량이 아직도 한구석 미심쩍은 데가 있어 군사를 내지 않고 있는데 다시 말 탄 군사 하나가 달려와 말했다.

“천수 태수께서는 이미 군사를 일으키시어 남안을 구하러 가셨습니다. 안정군도 어서 구원병을 내주십시오.”

그렇게 되자 최량도 걱정이 되었다. 아랫관원들을 모두 모아놓고 의논했다. 많은 관원들이 입을 모아 말했다.

“만약 가서 구해주지 않아 남안이 떨어지고 하후부마가 어떻게 되기라도 한다면 그것은 모두 천수, 안정 두 군의 죄일 것입니다. 가서 구하는 수밖에 없습니다."

이에 최량도 드디어 마음을 굳히고 인마를 일으켜 남안을 구하러 성을 나갔다. 안정성을 지키는 것은 문관과 군사 약간뿐이었다.

최량이 군사를 이끌고 나와 보니 정말로 남안 쪽에 하늘을 찌를 듯 불길이 솟는 게 보였다. 최량은 급하게 군사를 재촉해 밤길을 달렸다.

남안이 한 오십 리쯤 남은 곳에 이르렀을 때 갑자기 앞뒤에서 크게 함성이 일었다. 살피러 갔던 군사가 급히 돌아와 최량에게 알렸다.

"앞에는 관흥이 이끄는 군사가 길을 끊고 뒤에는 장포가 이끄는 군사가 밀고듭니다."

그 말을 들은 안정의 군사들은 싸울 생각도 않고 사방으로 내빼기부터 먼저했다.

최량은 몹시 놀랐다. 뒤따르는 백여 기와 더불어 죽기로 싸워 길을 앗고 안정으로 돌아갔다. 그런데 최량이 막 성벽 근처에 이르렀을 때였다. 갑자기 성벽 위에서 화살이 비오듯 쏟아졌다. 이어 촉장 위연이 성벽 위에서 크게 소리쳤다.

"성은 이미 내가 차지했다. 최량은 어찌 빨리 항복하지 않는가?"

위연이 안정성을 뺏은 것은 바로 제갈공명에게서 받은 계책대로 한 덕분이었다. 위연은 최량이 안정성을 나간 뒤 부하들을 안정의 군사로 분장시켜 성문 앞에서 소리치게 했다.

"성문을 열어라! 급한 일이 있어 돌아온 군사다."

그리고 깜빡 속아 넘어간 성안 군사들이 문을 열자 그대로 들이닥쳐 성을 뺏어버린 것이었다.

그 뜻밖의 사태에 최량은 당황해 어찌할 줄 몰랐다. 급하게 말 머리를 돌려 천수군으로 달아났다.

최량이 길을 반쯤 갔을 때였다. 앞길에 한 떼의 군마가 벌여 서서 기다리고 있는 게 보였다. 특이한 것은 군마 앞의 큰 깃발 아래 있는 작은 수레였다. 거기 한 사람이 윤건에 학창의를 입고 깃털 부채를 든 채 앉아 있었다.

그게 공명임을 알아본 최량은 급히 말 머리를 돌려 달아났다. 관흥과 장포가 길을 나누어 따라오며 소리쳤다.

"어디로 도망가려느냐? 어서 항복하라."

최량이 보니 사방은 이미 촉병으로 뒤덮여 빠져나갈 구멍이라고는 보이지 않았다. 어쩔 수 없이 말에서 내려 항복하고 공명과 더불어 촉군의 대채로 갔다.

공명은 항복한 최량을 마치 귀한 손님 대하듯 하며 넌지시 물었다.

"남안 태수와 그대는 교분이 두터운가? 그렇지 아니한가?"

"그 사람은 양부(楊阜) 집안의 양릉(楊陵)인데, 저와는 이웃 고을에서 살아 교분이 매우 두텁습니다."

공명의 후한 대접에 은근히 감격해 있던 최량이 숨김 없이 말했다. 그러자 공명이 별로 강요하는 기색 없이 물었다.

"나는 그대를 남안산성으로 들여보내 태수 양릉을 달랬으면 싶소. 그렇게만 된다면 하후무를 사로잡는 것은 어렵지 않을 것이오. 어떻소? 번거롭지만 한번 나서주시겠소?"

"한번 가보겠습니다. 그러나 승상께서 저를 보내시려면 잠시 군마를 물려주십시오. 그래야 남안성으로 들어가 달래기 좋습니다."

최량이 그렇게 선뜻 응낙했다. 이번에도 공명의 후대에 감격해서 그러는 것 같았으나 태수쯤 되는 이치고는 좀 가벼웠다. 그러나 공명은 그대로 최량의 말을 믿고 바라는 대로 해주었다.

"군마를 모두 이십 리 물려서 진채를 내리도록 하라."

전령을 띄워 각군에게 그렇게 명한 뒤 최량을 보냈다.

말 한 필에 몸을 싣고 남안으로 달려간 최량은 성문 앞에서 소리쳤다.

"문을 열어라! 안정 태수 최량이다. 너희 태수를 만나 할 얘기가 있다."

그리고 군사들이 성문을 열어주자 한달음에 달려들어가 태수 양릉을 만났다.

"무슨 일로 이렇게 오셨소?"

서로 예가 끝난 뒤 양릉이 그렇게 물었다. 최량은 그동안에 자기가 겪은 일을 모조리 얘기했다. 항복을 권하기보다는 일이 이렇게 되었으니 이제 어떻게 했으면 좋겠느냐는 물음 같았다.

듣기를 다한 양릉이 가만히 말했다.

"우리는 폐하[魏主]의 큰 은혜를 입은 사람들인데 어찌 차마 촉에 항복할 수야 있겠소? 차라리 제갈량의 계책을 거꾸로 이용해봅시다 [將計就計]. 잘만 하면 그를 이길 수 있을 것이오."

그러고는 최량을 데리고 하후무에게로 갔다. 두 사람이 모든 걸 일러바치자 하후무가 멍한 얼굴로 물었다.

"어떤 계책을 썼으면 좋겠소?"

촉군에게 호되게 두들겨 맞고 그 성안에 쫓겨와 있는 처지다 보니 생각도 잘 아니 나는 모양이었다. 양릉이 마련해둔 꾀를 내놓았다.

"제가 항복하고 성문을 열어주는 체해 촉병을 끌어들인 뒤 성안에서 갑작스레 들이쳐 그들을 죽여버리면 될 것입니다."

하후무도 최량도 그런 양릉의 꾀가 그럴듯해 보였다. 그대로 따르기로 하고 최량이 먼저 성을 나갔다.

"양릉이 항복하고 성문을 열기로 했습니다. 그때 대군을 들여보내 하후무를 잡도록 하십시오. 원래는 양릉이 스스로 하후무를 잡아 바치려 했으나, 자기 밑에 있는 군사가 많지 않아 함부로 손을 쓰지 못하고 있다 합니다."

그러자 공명이 조금도 의심 않는 눈치로 말했다.

"그렇다면 일이 아주 쉽게 되었군. 그대는 먼저 우리에게 항복한 그대의 군사 백여 명을 데리고 성안으로 들어가시오. 그 안에는 우리 촉의 장수들도 안정의 군사로 꾸미고 섞여서 들어갈 것이오. 그래서 먼저 하후무가 있는 근처에 숨어 있게 한 뒤 양릉과 약속하여 한밤중에 성문을 열게 하시오. 그때 우리가 밖에서 호응해 밀고 들어가면 일은 끝날 것이오."

그 말을 들은 최량은 속으로 가만히 생각해보았다.

'만약 촉장들을 데려가지 않겠다고 하면 공명의 의심을 살 것이다. 좋다. 데리고 가자. 성안으로 들어간 뒤에 그들을 먼저 베어버리면 될 게 아닌가. 그런 다음 횃불을 드는 걸 신호로 공명을 성안으로 꾀어들이자. 그리되면 공명도 죽일 수 있을 게다.'

그러고는 공명이 시키는 대로 따랐다. 공명은 그런 최량에게 당부하듯 말했다.

"나는 가장 아끼고 믿는 관흥과 장포를 그대와 함께 먼저 보내겠소. 그대는 조금이라도 보탬이 될까 하여 안정의 잔병들을 긁어모아 왔다 하고 성안으로 들어가 하후무를 안심시키시오. 그런 다음 불을 질러 신호하면 내가 친히 성안으로 들어가 하후무를 사로잡을 것이오."

그때는 이미 해 질 녘이었다. 관흥과 장포는 공명에게서 남몰래 계책을 받은 뒤 갑옷을 여미고 말에 올랐다. 손에는 각기 아버지 대부터 물려 써오던 병기가 쥐어져 있었다.

안정의 군사들 틈에 섞인 관흥과 장포가 최량을 따라 남안성에 이르자 앞서 가던 최량이 성안을 향해 소리쳤다.

"문을 열어라. 안정 태수 최량이다."

그 소리에 남안 태수 양릉이 성벽 위로 나왔다. 양릉은 성벽 위에 널빤지를 세워 가슴가리개[護心欄]로 쓰게 쳐둔 나무 울타리에 기대 적에게 사로잡혔다는 최량이 군사를 이끌고 오는 게 이상한 듯 물었다.

"그 군사는 어디서 오는 군사요?"

"안정에서 약간의 구원병을 긁어모아 왔소이다."

최량은 그렇게 대답하는 한편 성 위로 화살 한 대를 쏘아보냈다. 그 화살에는 최량의 밀서가 묶여 있었는데 내용은 이러했다.

'이번에 제갈량이 먼저 두 장수를 보냈소. 성안에 숨어 있다가 밖에서 저희 편이 밀고 들어오면 안에서 호응하게 하려는 수작이오. 조금도 놀라지 말고 조용히 들여보내주시오. 행여라도 우리의 계책

이 적에게 눈치채이게 될까 두렵소. 이 두 장수는 성안으로 들어가거든 그때 없애도 될 것이오.'

양릉은 그 글을 읽어보고 안으로 들어가 하후무에게 알렸다. 하후무가 신이 나 말했다.

"이미 공명은 우리 계책에 떨어졌지만 그래도 적을 가볍게 보아서는 아니 되오. 도부수 백여 명을 먼저 숨어 있게 하시오. 그리고 그 두 적장이 최량을 따라 성안으로 들어오거든 얼른 성문을 닫아걸고 죽여버리시오. 불을 올려 신호하는 것은 그다음이라야 할 것이오. 제갈량이 속아 성안으로 들어오면 숨어 있던 군사들을 한꺼번에 풀어 그를 사로잡도록 하시오."

양릉은 그런 하후무의 말을 따랐다. 성안의 채비를 모두 갖춘 뒤에야 성벽 위로 올라가 말했다.

"안정의 군사라면 들여보내주겠소."

그러고는 성문을 열게 했다.

관흥은 최량을 따라 앞서 가고 장포는 뒤에 처진 형국으로 성문 앞에 이르니 그사이 성벽을 내려온 양릉이 성문 곁에서 최량과 관흥을 맞았다. 아직은 군사들의 꼬리가 다 들어오기 전이라 성문을 닫지 못하고 시치미를 떼며 서 있는데 문득 관흥이 칼을 번쩍 쳐들었다.

관흥이 말 아래로 찍어내린 것은 다름 아닌 양릉의 목이었다. 양릉은 제 꾀만 밝은 줄 알고 마음 놓고 있다가 손 한번 제대로 써보지 못하고 목 없는 귀신이 되고 말았다.

그 꼴을 본 최량은 깜짝 놀랐다. 관흥을 피한다고 되돌아서 달렸으나 어차피 붙어 있을 목숨은 못 되었다. 적교 근처에 이르렀을 때 뒤따라오던 장포가 소리쳤다.

"역적 놈은 닫지를 말라! 너희놈들의 그 하찮은 속임수로야 어찌 우리 승상을 속일 수 있겠느냐?"

그리고 손을 들어 한 창을 내지르니 최량은 괴로운 외마디 소리와 함께 말 아래로 굴러떨어졌다.

오리새끼를 놓아주고 봉(鳳)을 얻다

장포가 최량을 찔러 죽일 무렵 관흥은 벌써 성문을 지키는 위병들을 흩어버리고 성벽 위로 올라가 있었다. 거기서 다시 한바탕 적병을 휩쓴 뒤에 불을 지르자 이미 성 근처까지 바싹 다가와 있던 촉병들이 성안으로 쏟아져 들어왔다.

이제 밤만 되면 제갈공명을 사로잡게 되었다고 김칫국부터 마시고 있던 하후무는 그 갑작스런 변괴에 어찌할 줄 몰랐다. 장졸들을 수습해 싸워본다는 쪽으로는 엄두도 못 내보고, 남문을 열어 달아나기 바빴다.

하지만 제갈공명의 손길은 이미 거기까지 뻗어 있었다. 하후무가 겨우 남문을 빠져나오자마자 한 떼의 군마가 길을 막았다. 앞선 장수를 보니 촉의 왕평이었다.

왕평은 단 한 합에 하후무를 사로잡았다. 하후무를 대충 얽어 말 위에 싣고 대드는 졸개들은 모두 죽여버렸다. 하후무는 제갈공명을 사로잡기는커녕 제가 도리어 사로잡혀 끌려가는 신세가 되고 말았다.

한편 남안성으로 들어간 공명은 먼저 백성들을 안심시키고 군사들로 하여금 백성들의 것은 터럭 하나 건드리지 못하게 했다. 그사이 길을 갈라 나갔던 장수들이 각기 돌아와 공명에게 세운 공을 알려왔다. 아무래도 으뜸은 하후무를 잡아온 왕평이었다. 공명은 모든 장수에게 무거운 상을 내리고 하후무는 죄인을 싣는 수레에 가두어 두게 했다.

"승상께서는 어떻게 최량이 속임수를 쓰고 있다는 걸 아셨습니까?"

진중이 좀 가라앉은 뒤에 등지가 공명에게 물었다. 공명이 조용히 웃으며 말했다.

"나는 처음부터 그가 별로 항복할 마음이 없는 걸 알고 양릉이 지키는 이 성안으로 들여보냈다. 그리하면 그는 틀림없이 있었던 일을 그대로 말할 것이고, 그걸 전해 들은 하후무는 또 거꾸로 내 계책을 이용하려 들 것이라 본 것이다. 돌아온 그를 보니 과연 무언가 나를 속이는 듯한 데가 있었다. 이에 나는 관흥과 장포를 보내겠다는 것으로 내가 그를 의심하고 있음을 감추었다.

그때 그의 속마음은 그 둘과 함께 가는 것이 아주 거북했을 것이다. 그러면서도 기꺼이 함께 가겠다고 나선 것은 내 의심을 받게 되는 게 두려워서였을 뿐이었다.

그는 속으로 관흥과 장포는 성안으로 들어간 뒤에 죽여도 늦지 않을 것이라 생각했고, 또 그 뒤에 우리를 속여 마음 놓고 성안으로 들어오게 하려고 했을 것이다. 그러나 나는 그걸 미리 헤아리고 두 장수에게 몰래 명을 내려 성문 아래에서 최량을 죽여버리게 했다. 그다음 틀림없이 마음 놓고 있을 적병을 들이쳐 성문을 뺏게 한 다음 우리 군사들을 재빨리 밀어닥치게 한 것이다. 바로 적이 뜻하지 아니한 곳으로 나아간다[出其不意]는 계책이었다.”

공명의 그 같은 말을 들은 장수들은 모두 엎드려 절하며 감복했다. 공명이 다시 묻지도 않은 걸 밝혔다.

“처음 안정에 엎드려 있는 최량을 속여 끌어낸 것은 배서(裵緒)란 위장(魏將) 행세를 한 내 심복이다. 나는 또 그를 천수군으로 보내 그 태수도 속이게 하였는데 어찌 된 셈인지 아직 돌아오지 않고 있다. 이제 이긴 기세를 타고 천수군도 마저 빼앗아야겠다.”

그러고는 천수군을 뺏으러 떠났다. 오의는 남안을 지키고 유담은 안정을 지키게 한 뒤 위연의 군마만 데리고 떠난 것인데, 거기에는 이긴 뒤의 방심도 좀 있었다.

그때 천수군의 태수는 마준(馬遵)이란 사람이었다. 하후무가 싸움에 져 남안성에 갇힌 채 괴로움을 겪고 있다는 말을 듣자 문무 관원들을 모두 모아놓고 해야 할 일을 의논했다. 공조인 양서(梁緖)와 주부 윤상, 주기 양건(梁虔)이 입을 모아 말했다.

“하후부마는 제실의 금지옥엽이십니다. 소홀히 해서 무슨 일이 난다면 가만히 앉아서 보고만 있은 죄를 면하기 어렵습니다. 태수께서는 어찌하여 여기 있는 군마를 모조리 이끌고 구하러 가지 않으십니까?”

마준도 그 말을 들으니 적잖이 걱정이 되었다. 그러나 지켜야 할 성을 비워두고 가는 게 또한 켕겨 얼른 마음을 정하지 못하고 있는데 홀연 사람이 들어와 알렸다.

"하후부마께서 심복인 배서란 장수를 보내셨습니다."

마준은 얼른 배서를 불러들이게 했다.

배서란 장수는 마준에게 하후무가 보낸 것이란 글 한 통을 바치며 말했다.

"도독께서는 안정과 천수의 군사를 바라고 계십니다. 오늘 밤이라도 군사를 내어 도독과 접응하도록 하십시오."

그러고는 말이 끝나기 바쁘게 돌아가버렸다.

뿐만이 아니었다. 다음 날 또한 사람이 말을 달려와 마준에게 재촉했다.

"안정군의 군사들은 이미 하후도독을 구하러 떠났습니다. 태수께서도 어서 군사를 내시어 힘을 합치도록 하십시오."

그렇게 되었다면 마준도 그냥 성안에 엎드리고 있을 수가 없었다. 드디어 군사를 내려고 하는데 어떤 사람이 들어와 말했다

"아니 됩니다. 태수께서 군사를 내시면 바로 제갈량의 계책에 떨어지게 됩니다!"

그 소리에 놀란 사람들이 돌아보니 그는 천수군 기(冀) 땅 사람 강유(姜維)였다. 강유의 자는 백약(伯約)으로 그 부친 경(囧)은 일찍이 천수군 공조(功曹)로 있다가 강인의 난리 때 싸움터에서 죽었다. 그 때문에 아비 없이 자랐으나 어려서부터 많은 책을 읽었고, 병법과 무예에도 막힌 데가 없었다. 게다가 어머니를 극진히 모시니 고을 사람들 모두가 그를 우러러보았다. 뒤에 중랑장이 되어 참본부군

사(參本部軍事)로 일했다.

"어째서 그러한가?"

마준이 어리둥절해 강유에게 물었다. 강유가 그 까닭을 차근차근 말했다.

"요사이 들자니 제갈량은 하후도독을 들부수어 도독께서는 지금 남안성 안에 갇혀 있다 합니다. 제갈량은 그 남안성을 물샐 틈 없이 에워싸고 있다는 데 어찌 하후도독이 보낸 사람이 빠져나올 수 있겠습니까? 그런데도 그곳을 빠져나왔다면 그 사람은 대단한 장수일 것입니다. 하지만 배서는 이름도 없는 장수에다 전에 본 적도 들은 적도 없는 사람입니다. 또 안정군에서 왔다는 그 보마(報馬)는 공문(公文)이 없습니다. 군사를 내라는 중요한 일에 어찌 공문이 없을 수 있겠습니까? 이런저런 걸로 미루어보건대 이곳으로 온 자들은 모두 촉의 장수들임에 틀림없습니다. 그러면서도 위의 장수인 것처럼 꾸며 태수님을 속이려 든 것입니다. 만약 태수님께서 거기에 속아 성을 나가신다면, 군사를 가까이에 숨겨두었다가 반드시 비어 있는 성을 덮칠 것입니다. 제갈량이 우리 천수를 뺏으려고 꾸민 계책입니다."

그제서야 마준도 깊이 깨달은 바 있었다. 젊은 강유의 놀라운 헤아림에 감탄을 감추지 못했다.

"백약의 깨우침이 아니었더라면 큰일 날 뻔했네! 하마터면 제갈량의 계책에 빠질 뻔하지 않았나?"

그러자 강유가 한바탕 시원스레 웃고 나서 말했다.

"하지만 이제는 마음 놓으십시오. 제게 단번에 제갈량을 사로잡고, 남안의 위태로움을 풀어줄 계책이 하나 있습니다."

"그게 무엇인가?"

마준이 펄쩍 뛰듯 강유에게 물었다. 강유가 그 계책을 서두름 없이 밝혔다.

"지금 제갈량은 틀림없이 우리 성 뒤쪽 가까운 곳에 한 떼의 군사를 숨겨놓았을 것입니다. 우리가 자신의 속임수에 넘어가 성을 나가면 그 빈틈을 타 우리를 덮치려는 수작이지요. 바라건대 제게 날랜 군사 삼천만 주십시오. 그러면 적이 올 만한 길목에 숨어 기다리겠습니다. 또 태수님께서도 군사를 내시되 너무 멀리 가지 마시고 삼십 리쯤 가서는 되돌아오도록 하십시오. 그러다가 불길이 오르거든 그걸 신호로 삼아 앞뒤에서 적을 들이치는 것입니다. 이번에 만약 제갈량이 스스로 온다면 반드시 제 손에 사로잡히게 될 것입니다."

마준이 들어보니 실로 멋진 계책이었다. 곧 그 계책을 쓰기로 하고 먼저 강유에게 골라 뽑은 군사 삼천을 주어 보냈다. 다음은 그 자신이었다. 마준은 양건과 함께 나머지 군사를 모두 이끌고 성을 나가 알맞은 곳에서 군사를 돌리고 기다렸다. 성안에 남아 지키는 것은 양서(梁緒)와 윤상(尹賞)뿐이었다.

이때 공명은 조운에게 군사 한 갈래를 주어 성 근처 산속에 숨어 있게 했다. 천수군의 군마가 성을 나가면 빈 성을 들이치라는 명과 함께였다. 조운이 군사들과 함께 명을 받은 대로 한 곳 산속에 숨어 있는데 세작이 와서 알렸다.

"천수 태수 마준이 군사를 몽땅 이끌고 성을 나갔습니다. 성안에 남아 지키고 있는 것은 문관들뿐입니다."

그 말을 들은 조운은 몹시 기뻤다. 모든 게 제갈공명이 헤아린 대로라 믿으며 장익과 고상(高翔)에게 전갈을 보냈다.

"마준이 군사를 이끌고 성을 나갔으니 그 길을 끊고 들이치라."

장익과 고상은 제갈량이 바로 그런 일을 시키기 위해 감추어두었던 사람들이었다. 그들에게 전갈을 낸 뒤 조운은 곧 오천 병마를 이끌고 천수성으로 달려갔다.

"나는 상산의 조자룡이다. 너희들은 이미 우리 계책에 빠졌으니 어서 성을 바치고 항복하라! 그리하면 목숨은 건질 수 있으리라."

성문 앞에 이른 조운이 기세 좋게 소리쳤다. 그러자 양서가 성벽 위에 있다가 껄껄 웃으며 그 말을 받았다.

"너희들이야말로 우리 강백약의 계책에 떨어졌다. 그래 놓고 아직도 모른단 말이냐?"

그러나 조운은 그 말을 믿을 수가 없었다. 궁하니 끌어낸 거짓말로 여기고 성을 칠 채비를 했다. 그때 홀연 함성이 크게 일며 사방에서 불길이 하늘을 찌를 듯 치솟았다.

그 불길을 뒤로 하고 한 젊은 장수가 창을 휘두르며 말을 몰아 나왔다.

"너는 천수 땅의 강유를 알아보겠느냐?"

그 장수가 대뜸 조운을 덮치며 소리쳤다. 조운은 노기를 참지 못해 대꾸도 없이 그런 강유와 맞붙었다. 풋내기 장수 같아 얕보았으나 싸워보니 그게 아니었다. 몇 합 부딪는 중에도 강유는 싸울수록 힘이 더해가는 듯했다.

조운은 깜짝 놀랐다. 자신도 모르게 속으로 감탄의 말을 중얼거렸다.

'누가 이런 곳에 저런 인물이 있을 줄 생각이나 했겠는가!'

그러면서 힘든 싸움을 계속하고 있는데, 다시 두 갈래 군마가 양쪽에서 덤벼들었다. 어느새 되돌아온 마준과 양건이 이끄는 군사들이었다.

조운은 이내 머리와 꼬리가 서로 돌볼 수 없는 처지에 빠지고 말았다. 겨우 한 갈래 길을 뚫어 군사를 이끌고 달아나기 시작했다. 강유가 그런 조운을 뒤쫓았으나 다행히 장익과 고상이 나타나 그런 조운을 구해냈다.

진채로 돌아간 조운은 자기들이 도리어 적의 계책에 빠졌던 일을 모두 공명에게 말했다. 공명이 깜짝 놀라며 물었다.

"어떤 사람이 내 깊이 숨긴 계책을 알아차렸단 말인가? 그게 누구였소?"

그러자 조운을 대신해 남안 사람 하나가 답했다.

"그 사람은 천수군 기 땅의 강유올시다. 어머니를 지극한 효성으로 모시며, 문무를 갖추었고, 지용(智勇)을 함께 지녔습니다. 이 시대의 영걸이라 할 만하지요."

그 말을 받아 조운이 다시 강유를 추켜세웠다.

"그의 창 쓰는 솜씨가 실로 놀라웠습니다. 다른 사람과는 전혀 달랐습니다."

한참 만에야 공명이 무슨 뜻에서인지 한마디 나직이 말했다.

"내 이제 천수를 뺏으려 하면서도 그런 인물이 그곳에 있는 줄은 몰랐구나!"

그리고 대군을 몰아 천수로 나아갔다.

한편 조운을 쫓아 보내고 돌아간 강유는 마준을 보고 권했다.

"조운이 싸움에 지고 돌아갔으니 이번에는 반드시 공명이 몸소 올 것입니다. 이대로 있어서는 아니 됩니다. 적은 다시 우리가 성안으로 들어가 있을 줄 알고 올 것인데, 그걸 노려보는 게 어떻겠습니까? 우리 군사를 네 길로 나누어 한 갈래는 제가 이끌고 성 동쪽에 숨어 있다가 적이 오면 그 길을 끊어버리겠습니다. 태수님과 양건, 윤상은 그 나머지를 이끌고 성 밖에 숨어 있고, 양서는 전처럼 백성들과 더불어 성을 지킨다면 이번에는 공명을 사로잡을 수 있을 것입니다."

강유의 말대로 했다가 톡톡히 재미를 본 마준이었다. 이번에도 그가 시키는 대로 장졸을 나누어 각기 가야 할 곳으로 보냈다.

이때 공명은 강유가 신경 쓰인 나머지 몸소 앞장서서 천수로 달려오고 있었다. 성 부근에 이른 공명이 장졸들에게 영을 내렸다.

"무릇 성을 공격할 때는 처음 도착한 날에 끝장을 봐야 한다. 크게 삼군을 격려하고 북소리와 함성도 드높게 바로 성을 기어오르도록 하라. 만약 날짜를 끌게 되면 우리 편 군사들의 예기가 떨어질 뿐만 아니라 쉽게 깨뜨리기 어려워진다."

강유를 비롯해 천수의 병력이 모두 성안에 있는 줄 알고 내린 명이었다. 그러나 공명을 하늘같이 믿고 있는 장졸들은 그대로 따랐다. 물밀듯이 성 아래로 짓쳐들었다.

하지만 성 아래 이르러 보니 깃발이 가지런하고 적병들도 허둥거리지 않는 게 채비가 되어도 단단히 되어 있는 듯했다. 그 바람에 가볍게 공격하지 못하고 어물거리는 사이 밤이 되었다.

밤도 제법 깊어 촉병들이 이제 한번 성을 들이쳐볼까 하는 때였다. 홀연 사방에서 불길이 치솟으며 함성이 땅을 뒤흔들었다. 어디서 온 군사들인지 모르나 성벽 위에서도 북을 치고 함성을 질러 거기 호응하는 것으로 보아 촉 편은 아닌 듯했다.

이에 놀란 촉병들은 그때까지의 기세도 잊고 뿔뿔이 흩어져 달아나기 시작했다. 공명도 장졸들을 수습해볼 도리가 없었다. 어떻게 위급이라도 피해볼 양으로 얼른 수레에 올랐다.

관흥과 장포가 그런 공명을 보호하며 그사이 사방에서 에워싸기 시작한 적을 뚫고 나갔다. 공명이 얼핏 머리를 돌려서 보니 성 동쪽에서 한 떼의 군마가 쏟아져 나오는데 그 기세가 꼭 긴 뱀이 밀고 나오는 듯했다.

"저 군마가 누구의 것인지 알아보아라."

공명이 관흥에게 그렇게 영을 내렸다. 가까이서 살피고 돌아온 군사가 공명에게 알렸다.

"저기 오는 것은 강유의 군사들입니다."

그러자 공명이 감탄했다.

"군사는 많다고 좋은 것이 아니다. 사람이 쓰기에 달렸을 뿐이니 저 군사가 바로 그러하구나. 강유는 정말로 훌륭한 장수감이다!"

그러고는 군사를 거두어 진채로 돌아갔다.

잇따른 패배에 조심이 되었던지 그로부터 한동안 공명은 깊은 생각에 잠겼다. 그러다가 이윽고 강유를 잡을 계책을 생각해냈는지 먼저 안정 사람 하나를 불러 물었다.

"강유는 지극한 효자라 했는데, 그 어머니는 지금 어디 있느냐?"

"기현에 있습니다."

물음을 받은 사람이 아는 대로 대답했다. 그러자 공명은 위연을 불러 가만히 일렀다.

"그대는 한 갈래 인마를 이끌고 가서, 겉으로만 기세를 올려 기성을 뺏으려 드는 척하라. 그러다가 강유가 오거든 못 이긴 척 그가 성 안으로 들어가게 길을 내어주라."

그래 놓고 공명은 다시 불려온 안정 사람에게 물었다.

"이곳에서 가장 긴요한 땅은 어디인가?"

그 사람이 한참 생각하다가 대답했다.

"천수의 곡식과 돈은 모두 상규(上邽)에 있습니다. 만약 상규를 들부술 수만 있다면 천수의 양식은 절로 끊어지고 말 것입니다."

공명에게는 매우 중요한 정보가 아닐 수 없었다. 공명은 크게 기뻐하며 이번에는 조운을 불러 영을 내렸다.

"장군은 한 갈래 군사를 이끌고 가서 상규를 치도록 하시오. 꼭 우리 손에 넣어야 하오."

그리고 자신은 진채를 천수성에서 삼십 리나 되는 곳으로 물려 앉았다.

얼마 안 있어 급한 전갈이 천수성 안으로 날아들었다.

"공명은 군사를 세 갈래로 나누어 하나는 이곳 천수성을 치고, 다른 하나는 상규를, 그리고 나머지는 기성을 치게 했습니다."

그 소리를 듣자 누구보다 놀란 것은 강유였다. 한달음에 마준에게 달려가 울며 졸랐다.

"제 어머님께서 지금 기성에 계십니다. 혹시라도 어머님께 무슨 일이 있을까 두려우니 부디 제게 한 갈래 군사를 떼어주십시오. 가서 기성도 구하고 늙으신 어머님도 지키겠습니다."

강유의 지극한 효성을 알고 있는 마준은 그 말을 들어주지 않을 수 없었다. 곧 강유에 삼천의 군마를 떼어주며 기성을 구원하게 하고 아울러 양건에게도 삼천을 주어 상규를 지키게 했다.

강유가 기성으로 가니 성 앞에 위연이 군마를 벌이고 섰다가 길을 막았다. 강유는 창을 꼬나들고 여러 소리 나눌 것도 없이 위연을 덮쳐갔다. 위연도 지지 않고 맞섰다. 그러나 올 때 공명에게 들은 말이 있는지라 힘대로 싸우지 않았다. 서너 번 창칼을 부딪다 힘에 부치는 체 말 머리를 돌려 달아났다.

강유는 그 틈을 타 길을 얻어 기성 안으로 들어갔다. 그리고 굳게 성문을 닫아 건 뒤 군사들을 다잡아 지킬 태세를 단단히 하게 했다. 늙은 어머니를 찾아보고 안심시켜드렸음은 말할 나위도 없었다. 위연은 강유가 성안으로 들어간 뒤에야 성을 에워싸고 다시 싸움을 걸었다. 그러나 강유는 굳게 지킬 뿐 나와 싸우지 않았다.

그런 상태는 상규성도 마찬가지였다. 조운은 양건이 삼천 군마와 함께 성안으로 들어가는 걸 모른 체 보아 넘긴 뒤에야 다시 성을 에워쌌다.

모든 일이 자기가 뜻한 대로 되자 공명은 사람을 남안으로 보내 갇혀 있는 하후무를 데려오게 했다. 하후무가 공명의 장막에 이르자 공명이 알 듯 말듯한 미소를 지으며 물었다.

"너는 죽는 게 두려우냐?"

"그저 살려만 주십시오."

하후무는 한 나라의 부마로서, 그리고 수십만 군의 대도독(大都督)으로서는 어울리지 않게 땅바닥에 엎드려 목숨을 빌었다. 공명이 그런 하후무를 한동안 가만히 내려보다가 말했다.

"지금 강유는 기성을 지키고 있는데 사람을 보내 특히 글을 보내왔다. 부마인 너를 넘겨주면 자신은 스스로 와서 항복하겠다고 하는 내용이었다. 내 이제 네 목숨을 붙여줄 터이니 가서 강유를 항복하도록 달래보겠느냐?"

"그러겠습니다. 제가 가서 강유를 항복하도록 만들겠습니다."

하후무는 공명의 말이 떨어지기 바쁘게 응낙하고 나섰다. 어떻게든 범의 굴 같은 촉병의 진채에서 놓여나고 싶은 마음에서 한 소리지만 공명은 그대로 믿어주는 체했다. 새 옷과 안장 얹은 말을 내주고 하후무를 놓아 보냈다. 아무도 딸려주지 않고 홀로 길을 찾아가게 한 데 공명의 덫이 있었지만 하후무가 그걸 알 리 없었다.

하후무는 놓여나기는 했으나 돌아가는 길을 알 수가 없었다. 이리저리 길을 찾아 돌아다니다가 문득 허겁지겁 달아나고 있는 백성 몇을 만났다.

"그대들은 어디 사는 사람들이며 왜 이리 허둥대는가?"

하후무가 그렇게 묻자 그들이 대답했다.

"저희들은 기성의 백성들입니다. 강유가 성을 들어 제갈량에게 항복하는 바람에 지금 위연이 성안에 들어와 불을 지르고 백성들을 노략질하고 있습니다. 저희는 그걸 피하기 위해 집과 재산을 버리고 달아나는 중입니다. 상규에나 가볼까 합니다."

"그럼 지금 천수군을 지키는 것은 누구인가?"

하후무가 다시 물었다. 피난 가던 백성들이 이번에도 아는 대로 답해주었다.

"천수성 안에는 마(馬)태수가 있다고 합니다."

그 말을 들은 하후무는 천수군으로 가는 길을 물어 그리로 말을 달렸다. 한참 가는데 다시 한 떼의 백성들을 만났다. 남자아이는 업고 여자아이는 안은 채 황망히 가는 그들을 보고 하후무가 또 전처럼 물어보았다. 그들 역시 강유가 항복한 일을 말했다.

그럭저럭 천수군에 이른 하후무는 성문 앞에 이르러 크게 소리쳤다.

"문을 열어라. 나는 하후무다."

그 소리에 성벽 위로 몰려나온 사람들은 그가 정말로 부마 하후무임을 알아보았다. 황망히 성문을 열고 달려 나와 하후무를 맞아들였다.

"도독께서 어떻게 이리 오실 수 있게 되었습니까?"

절을 올린 태수 마준이 놀라움을 금치 못하고 물었다. 하후무는 제갈량이 강유를 달래라고 자기를 놓아준 일이며, 도중에 백성들에게서 들은 말을 모두 늘어놓았다.

마준이 어이없다는 듯 탄식했다.

"강유가 촉에 항복할 줄은 정말로 몰랐구나!"

그러자 강유와 친한 양서가 강유를 발명해주려 들었다.

"그럴 리 없습니다. 도독을 구해내기 위해 거짓으로 항복하겠다 말한 것일 겁니다."

하후무가 그를 면박주었다.

"강유가 이미 항복한 증거가 뚜렷한데 거짓은 무슨 거짓인가?"

말은 그러해도 하후무 또한 제 눈으로 본 것은 아니어서 잘라 말하지는 못했다. 강유가 정말로 항복했는지 아닌지로 이야기를 주고받는 사이에 벌써 날은 저물어 초경이 되었다.

"촉군이 또 성을 공격해옵니다."

갑자기 군사들이 달려와 다급하게 말했다. 하후무는 마준과 더불어 성벽 위로 올라가 형세를 살폈다. 앞장을 서서 성을 공격하러 온 적장은 놀랍게도 강유였다.

강유가 창을 끼고 말 등에 앉아 성벽 위를 향해 크게 소리쳤다.

"하후 도독은 나오시오! 나와서 내가 묻는 말에 답해주시오!"

그 소리에 하후무와 마준이 성벽 위로 몸을 드러냈다. 강유는 위엄과 무예를 뽐내듯 나서서 하후무를 손가락질하며 꾸짖었다.

"나는 도독을 위해 항복했는데 도독께서는 어찌하여 제 입으로 한 말을 어기시오?"

하후무도 가만히 있지 않았다.

"강유는 들어라. 너는 위나라의 은혜를 입은 몸으로 어찌하여 촉에 항복했느냐? 그리고 전에 내가 한 말이라니 그건 또 무슨 소리냐?"

하후무가 그렇게 따져 묻자 강유는 더욱 소리를 높였다.

"당신은 내게 글을 보내 촉에 항복하라 하지 않았소? 그래 놓고 이제 와서 무슨 소리요? 당신은 당신 자신을 빼내기 위해 나를 구덩이에 빠뜨렸소. 이제 나는 이미 촉에 항복하여 상장이 되었으니 어떻게 위(魏)로 다시 돌아간단 말이오?"

그러고는 군사를 몰아 성을 짓두들기더니 날이 샌 뒤에야 물러갔다. 실은 그 강유는 하후무가 길가에서 만난 백성들과 마찬가지로 공명의 꾀에서 만들어진 가짜였다. 군사들 중에서 강유와 닮은 자를 뽑아 강유로 가장하게 하여 성을 공격게 한 것이었다.

하지만 하후무는 말할 것도 없고 오랫동안 강유를 데리고 있던 마준도 깜박 속고 말았다. 불빛이 있다고는 해도 밤중인 데다, 성벽 위에서 멀찌감치 내려다본 것이라 강유가 진짜인지 가짜인지 확인할 수 없었던 것이다.

한편 하후무와 마준을 속인 공명은 몸소 기성으로 달려갔다. 그리고 마지막으로 강유를 잡아낼 계책에 들어갔다. 처음 며칠은 그저 성을 에워싸고 마구잡이로 들이치는 것으로 날을 보냈다.

강유는 이끌고 있는 군사들과 백성들을 격려해 촉군의 공격을 잘 막아냈다.

그러나 성안에는 양식이 넉넉하지 못해 군사들은 끼니를 제대로 때울 수 없었다. 아무리 용맹스럽다 해도 먹지 않고는 싸울 수 없는 법이라 강유는 군량이 큰 걱정거리였다.

그런 강유에게 공명은 때맞추어 미끼를 던졌다. 하루는 강유가 성 위에서 보니 촉병들이 크고 작은 수레에 군량과 말먹이 풀을 나르고 있었다. 모두 위연의 진채로 가는데 여간 탐나는 게 아니었다. 끝내 참지 못한 강유는 삼천 군마를 이끌고 그 군량과 말먹이 풀을 뺏으러 성을 나왔다. 이상한 것은 촉병들이었다. 강유가 덮치자 제대로 맞서 보지도 않고 제각기 길을 찾아 달아나버렸다.

쉽게 군량을 뺏은 강유는 이제 됐다 싶었다. 그 군량을 가지고 성 안으로 들어가려 했다. 그러나 그때 이미 그는 공명의 덫에 걸린 뒤였다. 군량이 든 수레를 끌고 가자니 아무래도 더뎌져 마음만 급해 있는데 갑자기 한 떼의 군마가 나타나 길을 막았다. 앞선 장수는 촉의 장익이었다.

강유가 장익과 어울렸다. 한 서너 번이나 부딪쳤다 떨어졌을까, 다시 한 떼의 촉병이 그곳에 이르렀다. 왕평이 이끄는 군사들이었다.

장익과 왕평은 양쪽에서 번갈아 강유를 몰아댔다. 그렇게 되면 군량이고 뭐고 없었다. 겨우 길만 뚫어 성으로 돌아갔다.

그런데 이게 어찌 된 일인가. 강유가 성 앞에 이르러 보니 성벽 위에는 벌써 촉병의 기치가 펄럭이고 있었다. 강유가 성을 나가기만 기다리고 있었던 위연이 그새 재빨리 점령해버린 것이었다.

갈 곳이 없어진 강유는 다시 죽기로 싸워 한 가닥 길을 열고 천수성으로 달려갔다. 그때 그를 뒤따른 것은 겨우 여남은 기에 지나지 않았다. 그러나 도중에 또 장포를 만나 한바탕 두들겨 맞는 바람에 천수성에 이르렀을때는 그 혼자뿐이었다.

"문을 열어라. 내가 왔다."

강유는 그래도 이제는 살았다 싶어 마음 놓고 성안을 향해 소리쳤다. 그런데 또 뜻밖의 일이 벌어졌다. 성벽 위에 나타난 것은 자기편 군사임에 틀림없었지만, 반겨 문을 열기는커녕 왠지 움찔 놀라며 사라지는 것이었다.

그도 그럴 것이 강유가 촉에 항복했다는 사실은 이미 천수성 안에 두루 알려진 사실이었다. 그런데 그 강유가 달려와 문을 열라니 어찌 놀라지 않겠는가.

"이상한 일이 생겼습니다. 강유가 와서 성문을 열라고 합니다."

그 군사가 안으로 달려가 태수 마준에게 알렸다. 마준은 더 생각해볼 것도 없다는 듯 잘라 말했다.

"그것은 강유가 우리를 속여 성문을 열게 하려는 수작이다. 거기 넘어가서는 아니 된다."

그러고는 영문도 모르는 채 기다리고 있는 강유에게 어지러이 활을 쏘게 했다.

강유는 기가 막혔다. 어떻게 까닭을 물어보려 해도 성안에서는 그 틈조차 주지 않았다. 거기다가 뒤쫓는 촉병이 어느새 가까이 이르니 더 배겨낼 도리가 없었다. 이에 강유는 말 머리를 돌려 이번에는 상규로 향했다.

그곳도 천수성과 마찬가지였다. 문을 열라고 소리치자 성벽 위에 나온 것은 함께 벼슬살이하던 양건(梁虔)이었으나, 그를 보는 눈은 전과 달랐다. 성문을 열어주기는커녕 소리 높여 꾸짖기부터 했다.

"나라를 등진 역적 놈아. 네 어찌 감히 나를 속여 성을 뺏으려 드느냐? 나는 이미 네가 촉병에게 항복한 걸 알고 있다!"

그러고는 강유의 말을 들어보지도 않고 화살비만 퍼부어댔다.

강유는 말도 붙여보지 못하고 하늘을 우러러 길게 탄식했다. 그런 그의 눈에는 피눈물이 쏟아졌다. 하지만 도리없는 일이었다. 자신의 죄없음을 밝히는 것은 뒤로 미루고 장안으로 향했다. 어쨌든 뒤쫓는 촉병이나 떨쳐버리고 보자는 생각에서였다.

하지만 공명의 촘촘한 그물은 거기까지 쳐져 있었다. 강유가 채 몇 리도 가기 전이었다. 저만치 보이는 나무와 숲이 무성한 곳에서 갑자기 함성이 일며 수천의 촉병이 뛰쳐나왔다. 앞선 장수는 관흥이었다.

관흥이 길을 가로막고 선 걸 보자 강유는 눈앞이 아뜩했다. 사람과 말이 함께 지칠 대로 지쳐 있어 싸울래야 싸울 수가 없었다. 이에 강유는 재빨리 말 머리를 돌려 달아나기 시작했다.

하지만 끝내 공명의 손길을 벗어날 팔자는 못 되었다. 얼마 가기도 전에 앞쪽에서 문득 한 대의 작은 수레가 작은 산 언덕을 돌아 나왔다. 그 위에 한 사람이 앉아 있는데 윤건에 학창의 입고 깃털부채를 든 것이 틀림없이 공명이었다.

"백약은 이참에 이르러서도 어찌 빨리 항복하지 않는가?"

공명이 강유를 부르며 타이르듯 말했다.

강유는 한동안 깊이 생각해보았다. 앞에는 공명이 가로막고 뒤에는 관흥이 버티고 서 있었다. 그러나 그보다 더 그를 맥빠지게 하는 것은 갈 곳이 없다는 사실이었다. 일이 어찌 된 까닭인지는 알 길 없지만, 이미 천수와 상규 두 성에서 자기편에게 쫓긴 처지가 아닌가. 장안으로 가고 있기는 해도 과연 거기서는 자신이 받아들여질지 걱정되지 않을 수 없었다.

강유는 마침내 말에서 내려 수레 앞에 털썩 무릎을 꿇었다. 그걸 본 공명이 황망히 수레에서 내려 강유를 일으킨 뒤 그 손을 어루만지며 말했다.

"나는 저 남양의 오두막을 나온 이래로 널리 어진 이를 얻어 내가 평생 배운 바를 전하려 했소. 그러나 한스럽게도 아직껏 그 사람을 얻지 못해 애를 태웠더니, 이제 백약을 만나 그 원을 풀게 되었소."

마디마디 진정이 밴 소리였다. 강유는 그 말에 감격했다. 이제는 항복이 부끄러움이나 고통이 아니라 기쁨이 되어 강유로 하여금 그대로 땅에 엎드려 절하게 했다.

공명도 기쁘기는 매한가지였다. 강유를 일으켜 수레에 태워 함께 진채로 돌아갔다. 적장을 사로잡은 군사(軍師)라기보다는 쓸 만한 제자감을 얻은 스승의 표정 그대로였다.

공명이 강유를 얻게 된 경위를『연의』에서 읽고 있노라면 우리는 다시 한번 그 지은이의 비범한 재능에 놀라지 않을 수 없다. 그러나 엄밀히 말한다면 우리들이 감탄해온 삼국지의 기계와 묘책들은 역사가 우리에게 남겨준 것이라기보다는『연의』를 지은 이의 개인적인 천재에 힘입은 부분이 더 많다.『연의』에서 가장 빛나는 부분이 대개 그러한데, 공명이 강유에게서 항복을 받는 과정도 그중에 하나이다.

정사의 본문(本文)은 강유가 제갈량에게로 가게 된 경위를 태수의 의심 때문인 것으로 짤막하게 기록하고 있고, 주(註)에도 강유가 공명을 골탕먹인 일이나 공명이 강유를 사로잡기 위해 펼친 계책 같은 것은 한 구절도 없다. 어느 쪽으로든 거의 틀림없어 보이는 것은, 공명과 강유의 만남이 꾀와 꾀의 치열한 싸움을 거친 것은 아니었으며, 어떤 이유로 위(魏)에서 버림받은 강유가 공명을 찾아간 것에 지나지 않았다. 그런데『연의』를 지은 이의 탁월한 상상력과 재능은 그토록 생생하고도 재미있는 갈등 구조와 기계 묘책으로 우리를 매료시키고 있다.

강유가 공명에게로 간 경위가 어떠하건 공명이 강유를 남달리 보아준 것만은 틀림이 없다. 진채로 돌아온 공명은 장막을 걷고 강유와 마주앉아 천수성과 상규성을 마저 빼앗을 의논으로 들어갔다. 강유가 스스로 나서서 말했다.

"천수성 안에는 양서(梁緖)와 윤상(尹賞)이 있는데 둘 다 저와 몹시 가깝게 지낸 사람들입니다. 제가 두 통 밀서를 써서 성안으로 쏘아 보내 저희끼리 난리를 일으키도록 해보겠습니다. 제 뜻대로만 된다면 어렵지 않게 성을 손에 넣을 수 있을 것입니다."

공명도 손해날 게 없는 계략이라 강유가 하는 대로 지켜보기로 했다.

강유는 밀서 두 통을 써서 화살에 묶은 다음, 말을 달려 똑바로 성을 향해 달려가 성안으로 그 화살들을 쏘아 붙였다. 꼭 그 밀서들이 양서나 윤상에게 전해지기를 바란 것만은 아니었다. 그 편지가 마준이나 하후무에게 전해져도 바랄 만한 일은 얼마든지 있었다.

강유의 밀서를 손에 넣은 것은 어떤 하급 장교였다. 내용이 하도 엄청나 태수 마준에게 갖다 바쳤다. 그 글을 읽어본 마준은 양서와 윤상에게 더럭 의심이 갔다. 가만히 하후무를 불러 의논했다.

"양서와 윤상이 강유와 한 끈으로 이어져 안에서 호응하려 하고 있습니다. 도독께서는 어서 결단을 내리시어 그들을 없애도록 하십시오."

그 같은 마준의 말에 하후무도 대뜸 고개를 끄덕였다.

"알았소. 그 두 사람을 죽여버려야겠소."

하지만 그때 이미 밀서가 온 일은 윤상의 귀에도 들어간 뒤였다. 마준과 하후무가 의논한 내용까지는 듣지 못해도 그런 강유의 편지가 그들 손에 들어갔다면 결과는 불 보듯 뻔했다. 이에 다급해진 윤상은 양서를 찾아가 말했다.

"아무래도 성을 바치고 촉에 항복하는 편이 낫겠네. 그래서 촉으로 가서나 출세해보도록 하세."

양서 또한 윤상과 같은 마음이었다. 두말 없이 그대로 따르기로 하고 알맞은 때를 기다리기로 했다.

그런데 그날 밤이었다. 하후무가 여러 차례 사람을 보내 윤상과 양서를 불렀다. 할 말이 있다는 핑계였으나 그 속셈은 뻔했다.

일이 급해진 걸 알아차린 두 사람은 드디어 마음을 정했다. 얼른 갑옷 입고 말에 오른 뒤 자기들을 따르는 졸개들을 데리고 성문께로 가서 성문을 활짝 열어젖혔다. 그런 일이 있을 줄 알고 기다렸다는 듯 촉병들이 열린 성문으로 물밀듯이 쏟아져 들어왔다.

양서와 윤상에게 선수를 뺏긴 격이 된 하후무와 마준은 놀라고 당황했다. 어떻게 버텨볼 엄두도 못 내보고, 겨우 수백 기만 건져 서문으로 달아났다. 성을 버린 그들이 내몰리듯 간 곳은 강인(羌人)들의 땅이었다.

양서와 윤상은 공명을 성안으로 맞아들였다. 성안으로 들어간 공명은 놀란 백성들의 마음을 진정시킨 뒤 여럿에게 상규를 마저 뺏을 계책을 물었다.

이제는 촉의 사람이 된 양서가 말했다.

"그 성은 제 친아우인 양건(梁虔)이 지키고 있습니다. 바라건대 제게 항복을 권하게 해주십시오. 그러면 틀림없이 성을 나와 항복할 것입니다."

그 말에 공명은 몹시 기뻐했다. 양서는 그날로 상규로 달려가 아우 양건을 불러내고 항복을 권했다. 형의 권유에 양건은 군소리 없이 성을 나와 공명에게 항복했다.

공명은 천수를 얻는 데 공을 세운 모든 사람에게 무겁게 상을 내리고 벼슬을 주었다. 양서는 천수 태수로 삼고, 윤상은 기성령(冀城令), 양건은 상규령(上邽令)으로 삼아 제 땅에 눌러 앉혔다. 그리고 다른 장수들은 모두 공명과 함께 위와의 싸움에 나서게 했다.

세 군을 점령한 데 따르는 일을 대강 마무리짓고, 군사들을 정돈해 다시 나아가려 할 즈음 장수들이 아무래도 알 수 없다는 듯 물었다.

"승상께서는 어찌하여 하후무를 잡으러 가지 않으십니까?"

공명이 향하려는 곳이 하후무가 달아난 강인들의 땅이 아니었기 때문이었다. 공명이 빙긋이 웃으며 말했다.

"내가 하후무를 놓아준 것은 오리새끼 한 마리를 놓아준 것이나 다름없다. 그러나 이제 강유를 얻은 것은 봉황새 한 마리를 얻은 것과 같다. 구태여 놓아준 오리새끼를 뒤쫓을 게 무어 있겠는가?"

그러고는 여전히 병마만 정돈할 뿐이었다.

새로이 천수, 상규, 기 세 성을 얻은 뒤로 공명의 위엄과 명성은 세상을 크게 떨쳐 울렸다. 거기 겁을 먹은 위의 주군(州郡)들은 공명이 이르는 곳마다 바람에 쏠리듯 귀순해왔다.

군마를 정돈한 공명은 한중의 군사를 모두 이끌고 기산(祁山)으로 나아갔다. 첫 번째의 기산 진출이었다.

공명이 기산으로 나와 위수 서쪽에 진을 치고 있다는 소식은 나는듯 낙양에 전해졌다. 때는 위주 조예의 태화(太和) 원년 어느 날이었다.

그날 조예가 조회를 받고 있는데 가까이서 모시는 신하 하나가 아뢰었다.

"하후부마는 세 군을 잃고 강중(羌中)으로 달아났다 합니다. 이제 촉병은 기산으로 나왔으며 그 앞머리는 위수 서쪽에 이르렀습니다. 바라건대 크게 군사를 내시어 적을 쳐부수도록 하옵소서."

그 말을 들은 조예는 깜짝 놀랐다. 황망히 군신들을 돌아보며 물었다.

"누가 짐을 위해 촉병을 물리쳐주겠소?"

사도 왕랑(王郎)이 나와 말했다.

"신이 보니 선제께서는 언제나 대장군 조진을 쓰셨는데, 그는 가는 곳마다 반드시 적을 이기고 돌아왔습니다. 폐하께서도 그를 대도독으로 삼아 촉병을 물리치게 하십시오."

위주 조예는 그런 왕랑의 말을 옳게 받아들였다. 그 자리에서 조진을 불러 말했다.

"선제께서는 경에게 붕어하신 뒤의 일을 부탁하셨소. 이제 촉병이 중원으로 침입해 들어오고 있는데 경이 가만히 앉아 보고만 있을 수는 없지 않소?"

그러자 조진이 사양했다.

"신은 재주 없고 아는 게 얕습니다. 그런 큰일을 해내지 못할 듯합니다."

왕랑이 곁에서 위주를 거들어 조진에게 권했다.

"장군은 나라를 받드는 신하로 이 일을 마다하셔서는 아니 되오. 이 늙은 몸이 비록 둔하고 어리석으나 장군을 따라나설 것이니 부디 폐하의 뜻을 거스르지 마시오."

그러자 조진도 드디어 생각을 바꾼 듯 조예에게 청했다.

"신이 나라의 큰 은혜를 입고 어찌 핑계를 대어 마다할 리 있겠습니까? 다만 혼자서는 힘에 부칠 듯하니 좋은 부장 한 사람을 딸려주십시오."

"그건 경의 뜻대로 골라 쓰시오."

조예가 선뜻 조진의 청을 받아들였다. 이에 조진은 태원군 양곡현 사람 곽회(郭淮)를 천거했다. 곽회는 자를 백제(伯濟)라 하며 벼슬은 사정후(射亭侯)에 영(領) 옹주자사였다.

치솟는 촉의 기세, 흔들리는 중원

위주 조예는 조진을 대도독으로 삼아 절월(節鉞)을 내리고, 곽회를 부도독으로, 왕랑을 군사(軍師)로 하여 그를 돕게 했다. 그때 왕랑은 싸움터에 어울리지 않게도 나이 일흔여섯이었다.

조진이 이끌고 갈 군사는 동서의 경군(京軍) 이십만이었다. 조진은 사촌아우 조준을 선봉으로 삼고 탕구장군 주찬을 부선봉으로 삼아 길을 떠났다. 그해 동짓달 어느 날의 일이었다. 조예는 몸소 서문밖까지 나가 그런 조진을 배웅했다.

대군을 이끌고 장안에 이른 조진은 곧 위수를 건너 그 서쪽에 진채를 세우고 왕랑, 곽회와 적을 물리칠 의논을 했다. 왕랑이 나서서 말했다.

"내일 우리 군사의 대오를 엄정히 하고 기치를 크게 벌여 세운 뒤이 늙은이가 친히 나가 제갈량에게 몇 마디 해보겠소. 제갈량으로 하여금 손을 내밀고 항복하게 만들면 싸우지 않고도 촉병을 절로 물러가게 할 수 있을 것이오."

워낙 아는 게 많고 말 잘하는 왕랑이라 어찌 보면 될 듯도 싶었다. 이에 조진은 기꺼이 그 말을 따르기로 하고 장졸들에게 영을 내렸다.

"내일 사경에 밥 지어 먹고 날 밝는 대로 대오를 갖추게 하라. 사람과 말을 모두 위엄 있게 치장하고, 기치며 북과 피리도 격식을 갖추어 벌여 세워야 한다."

그리고 한편으로는 사람을 공명에게 보내 다음 날 싸우자는 글을 보냈다.

다음 날이 되었다. 양군은 기산(祁山) 아래서 마주 보고 진세를 벌였다. 촉군이 보니 위병들이 자못 씩씩하고 굳세 보이는 게 하후무가 거느리고 온 무리와는 달라 보였다. 그때까지는 조진이 뜻한 바대로 된 셈이었다.

요란했던 양쪽의 북소리 피리소리가 그치자 위병들의 진 속에서 왕랑이 말을 타고 나왔다. 앞쪽에는 도독 조진이요, 뒤쪽에는 부도독 곽회가 섰고, 선봉과 부선봉은 각기 진 모퉁이에 머문 채 나가기만을 기다리고 있었다.

"으뜸되는 적장은 진 앞으로 나서라. 나와서 묻는 말에 답하도록 하라!"

위병 하나가 촉군 앞에 나와 소리쳤다.

그러자 촉군 쪽에서도 문기가 열리며 관흥과 장포가 말을 몰고 나와 좌우로 갈라섰다. 뒤이어 한 무리의 씩씩한 장수들이 줄을 나누어 서는가 싶더니 그 가운데로 한 대의 수레가 천천히 굴러 나왔다. 수레 위에 단정히 앉은 것은 공명이었는데, 언제나처럼 윤건 쓰고 깃털부채를 들었다. 검은 띠에 흰 옷자락이 표표히 바람에 나부끼는 듯했다.

공명이 가만히 눈을 들어 위진(魏陣)을 보니 진 앞에 세 개의 햇볕가리개가 놓여 있고 그 위의 큰 깃발에는 사람의 이름이 크게 씌어져 있었다. 그 가운데 수염 흰 늙은이가 앉았는데 이름을 보니 사도 왕랑이었다.

'왕랑은 반드시 말로 어찌해보려 들 것이다. 때를 보아 알맞게 대응해나가야겠다.'

공명은 왕랑을 보고 속으로 그렇게 생각했다. 그리고 수레를 밀어 진 앞으로 나가게 한 뒤 위병 쪽에 자기가 나온 것을 알리게 했다.

"한(漢)승상께서 사도(司徒)와 말씀을 나누시겠다고 하신다."

공명을 호위하는 군사들이 그렇게 소리치자 왕랑도 말을 몰아 진 앞으로 나왔다.

공명이 수레 안에서 손을 모으자 왕랑도 말 위에서 몸을 굽혀 답례했다. 이어 왕랑이 점잖게 입을 열었다.

"공의 큰 이름을 들은 지 오래더니 오늘 다행히 이렇게 뵙게 되었소이다. 공은 이미 천명을 알고 시무(時務)를 헤아려보시면서 어찌 이같이 명분 없는 군사를 내시었소?"

그러자 공명이 낭랑한 목소리로 받았다.

"나는 조서를 받들어 역적을 치러 왔소. 어찌 우리 군사에게 명분이 없다 하시오?"

공명이 별로 말싸움을 피하려는 눈치가 없자 왕랑은 잘됐다 싶었다. 멋진 솜씨로 길게 늘어놓았다.

"하늘이 정한 운수는 변하게 마련이고, 천자의 자리도 바뀌기 쉬워 덕 있는 이에게로 돌아가는 법이외다. 그게 자연의 이치라 할 수 있소. 먼저 지난 일을 돌이켜봅시다. 환제, 영제 이래 황건적이 크게 일면서 천하는 어지럽게 다투는 형국으로 변했소.

초평(初平) 건안(建安) 연간에는 동탁이 역적질을 했고, 뒤를 이어 이각과 곽사가 다시 못된 짓을 했으며, 원술은 수춘에서 천자를 자칭하고 원소는 업상(鄴上)에서 또한 그 위세를 자랑했소. 유표는 형주에 버티고 있었으며, 여포는 범처럼 서주를 삼켰고, 도둑은 사방에서 벌 떼처럼 일어, 나라는 달걀을 쌓아둔 것같이 위태롭게 되고, 백성들의 목숨은 거꾸로 매달린 듯한 지경으로 급박하게 되었던 것이오.

우리 태조 무황제(武皇帝, 조조)께서는 그런 천하를 깨끗이 비질하고 변두리 땅까지 모두 힘으로 바로잡으셨소. 그러자 백성들의 마음은 그분께로 기울어졌고 온 나라는 그 덕을 우러르게 되었소이다. 우리 태조께서 제위로 나가신 것은 권세로 차지한 게 아니라 실로 하늘의 뜻이 그분께로 돌아간 것이오.

세조(世祖) 문제(文帝, 조비)께서는 문무에 거룩하시어 그 대통을 이으셨으며, 하늘의 뜻에 따르고 사람들의 마음에 합치어 순임금이 요임금에게서 왕위를 물려받듯 한의 제위를 물려받으셨소. 그래서 중국(中國)에 계시면서 온 세상을 다스리게 되셨으니 이 어찌 하늘과 사람의 뜻에 따른 것이라 아니할 수 있겠소?

공은 큰 재주를 지니고 큰 그릇을 갖추어 스스로를 관중(管仲)과 악의(樂毅)에 견주시려 한다 들었소. 그러면서 어찌 그 같은 하늘의 이치를 알지 못하고 억지를 써서 거스르려 드시오? 어찌 온 세상 사람들의 뜻을 저버리려 하시는 것이오? '하늘의 뜻을 따르는 자는 흥하고 거스르는 자는 망한다[順天者昌 逆天者亡]'란 말을 듣지도 못하셨소?

이제 우리 대위(大魏)는 갑옷 갖춘 군사가 백만이요, 좋은 장수만도 천 명이 넘소이다. 그런데 썩은 풀더미 위에 날아다니는 반딧불 같은 세력으로 어찌 하늘의 밝은 달에 맞서려 하시오? 공은 어서 창을 거꾸로 잡고 갑옷을 벗어던지며 항복해 봉후(封侯)의 자리나 잃지 않도록 하시오. 그것이 나라를 편안케 하고 백성들을 기쁘게 하는 일이니 그 아니 아름다운 일이겠소!"

왕랑이 그렇게 말을 마치자 공명이 껄껄 웃으며 받았다.

"나는 그래도 공이 한조(漢朝)의 오래되고 큰 신하라 반드시 들을 만한 소리를 할 줄 알았는데 어찌 그런 더러운 소리를 하시오? 이제 내가 한마디 할 터이니 그쪽에서 조용히 들어보시오. 지난날 환제, 영제 시절에 한(漢)의 왕통이 뒤바뀌고 환관들이 화를 빚어, 나라는 어지럽고 세월은 흉흉해졌으며 사방은 시끄러웠소. 황건적이 난리를 일으키고 동탁과 이각, 곽사의 무리가 발꿈치를 이어 일어나 한의 천자를 억누르고 백성들의 목숨을 함부로 앗아갔소.

또 조정에는 나무로 깎은 꼭두각시 같은 것들이 벼슬아치가 되어 있었고, 궁궐 안에서는 짐승이나 벌레 같은 것들이 녹을 받아먹고 있었소. 늑대의 심보에 개 같은 행실을 하는 것들이 떼 지어 조정을 채우고 있었으며, 종놈 같은 낯짝에다 종년같이 무릎밖에 꿇을 줄 모르는 것들이 정사를 한답시고 어지럽게 설쳐대고 있었소이다. 그 바람에 나라는 폐허가 되고 백성들은 도탄에 빠져들었던 것이오.

나는 특히 그런 조정에 길게 몸담고 있은 그대가 한 짓거리를 다 알고 있소. 그대는 동해의 물가에 태어나 처음에는 효렴(孝廉)으로 뽑히어 벼슬길에 올랐소. 그랬으면 마땅히 임금을 돕고 나랏일을 잘 보살펴 한(漢)을 평안케 하고 유씨(劉氏)를 일으켜 세워야 하거늘, 오히려 역적을 도와 제위를 훔칠 줄 누가 알았겠소! 그 죄악이 하도 커 하늘과 땅이 모두 그대를 용납하지 않을 것이며 천하의 사람들은 모두 그대의 고기를 씹으려고 벼를 뿐이외다!"

왕랑이 들으니 절로 모골이 송연하고 식은땀이 등을 적실 소리였다. 그러나 공명은 그걸로 그치지 않았다. 갑자기 꾸짖는 말투가 되어 한층 목소리를 높였다.

"이제 다행히도 염한(炎漢)을 보살피는 하늘의 정이 끊어지지 않아 소열황제(昭烈皇帝, 유비)께서 서주에서 대통을 이으셨고 나는 오늘 그 뒤를 이은 천자의 뜻을 받들어 역적을 치려 군사를 일으켰다. 그대는 원래 힘있는 것들에게 빌붙어 지내는 자로서 몸을 감추고 고개를 움츠려 먹고 입는 것이나 챙기는 게 마땅하거늘 어찌 함부로 군사들 앞에 나와 하늘의 운세를 떠들고 있는가? 이 머리터럭 흰 하찮은 것, 수염 푸른 늙은 역적아! 너는 오늘이라도 죽어 구천으로 들게 되면 무슨 낯짝으로 스물네 분 천자를 뵙겠느냐? 늙은 역적은 어서 물러가고, 천자를 내친 못된 신하놈이나 소리쳐 불러내 나와 승부를 결판짓게 하라!"

말을 시작할 때의 높임마저도 없어진 추상같은 꾸짖음이었다. 그 말을 듣자 왕랑은 분함과 부끄러움이 가득 차 올라 가슴이 터지는 듯했다. 문득 한소리 알아듣지도 못할 고함과 함께 말에서 떨어져 죽어버렸다.

공명은 차가운 눈길로 그런 왕랑을 보다가 다시 부채를 들어 조진을 가리키며 말했다.

"나는 너까지 핍박하지는 않겠다. 어서 돌아가 군마를 정돈하고 내일 나와 결판을 내자."

그러고는 그대로 군사를 돌렸다. 조진도 굳이 싸움을 서두를 마음이 없어 그대로 군사를 물렸다.

조진은 왕랑의 시체를 거두어 나무관에 넣은 다음 장안으로 돌려보냈다. 정사에서는 글 잘하고 강직하며 제 집에서 편안히 죽은 사람을 『연의』가 전장에 끌어내 볼품없이 죽여놓은 꼴이다. 두 조정을 섬긴 자, 왕랑만이 아니건만 필주(筆誅)치고는 좀 가혹하다.

"제갈량은 오늘 밤 우리가 장례를 치르느라 정신이 없을 줄 알고 틀림없이 야습을 올 것입니다. 우리 군사를 네 갈래로 나누어, 두 갈래는 험한 산길로 도리어 촉군의 진채를 야습하고, 두 갈래는 우리 본채 밖에 숨겨두었다가 야습을 오는 촉군을 좌우에서 짓두들기도록 하시는 게 좋겠습니다."

위병이 진채로 돌아간 뒤 부장 곽회가 조진에게 말했다. 조진이 기쁜 얼굴로 찬동했다.

"그 계책이 꼭 내 마음에 든다. 그대로 하리라."

그리고 먼저 조준과 주찬을 불러 영을 내렸다.

"그대들 둘은 각기 군사 만 명씩을 거느리고 기산을 돌아 촉군의 진채 있는 데로 가라. 거기서 살피다가 만약 촉병이 우리 진채를 향해 떠나거든 군사를 몰아 비어 있는 촉병의 진채를 들이치라. 그러나 촉병이 움직이지 않거든 얼른 군사를 물려 되돌아오라. 결코 가볍게 나아가서는 아니 된다."

두 사람이 영을 받고 물러나자 조진은 다시 곽회를 보고 말했다.

"우리 두 사람은 각기 한 갈래의 군사를 이끌고 진채 밖에 매복하도록 하자. 진채 안에는 짚더미를 쌓아놓고 몇 명만 남겨 촉병이 밀려오면 거기 불을 질러 신호하도록 하면 될 것이다."

얼핏 보아서는 빈틈없는 계책이요, 채비 같았다.

한편 진채로 돌아온 공명도 가만히 있지는 않았다. 먼저 조운과 위연을 불러 영을 내렸다.

"두 분 장군은 각기 거느린 군사들을 이끌고 가서 위병들의 진채를 들이치시오."

그러자 위연이 문득 말했다.

"조진은 병법을 깊이 익힌 사람입니다. 반드시 우리가 저들이 상중(喪中)인 틈을 타 기습을 해올 줄 헤아리고 있을 것입니다. 그렇다면 거기에 대한 방비가 어찌 없겠습니까?"

위연이 나름으로는 머리를 짜낸다고 짜내 한 말이었으나 공명은 빙긋이 웃으며 그를 안심시켰다.

"내가 바란 게 바로 그것이다. 나는 조진이 내가 저희 진채를 기습하려는 걸 미리 짐작해주기를 빌고 있다. 그러면 그는 틀림없이 기산 뒤에 복병을 묻어두었다가 우리 군사가 지나가면 도리어 텅 빈 우리 진채를 기습하려 들 것이다. 나는 그걸 노려 그대들 두 사람을 먼저 보내는 셈이다. 그대들은 그 산발치를 지나 멀찌감치 진채를 내리고 위병들이 우리 진채로 짓쳐들기를 기다리라. 그러다가 불을 질러 신호하거든 두 길로 나누어 문장(文長, 위연의 자)은 산어귀를 막고 자룡은 되돌아오라. 위병들은 그런 자룡과 만나면 반드시 되돌아 달아날 것인데 그때 승세를 타고 들이치면 크게 이길 수 있을 것이다."

결국은 공명의 헤아림이 곽회나 조진보다는 한 수 위였던 셈이다. 조운과 위연이 명을 받고 나가자 공명은 또 관흥과 장포를 불렀다.

"너희들은 각기 군사 한 갈래를 이끌고 가 기산 길목에 숨어 있으라. 그러다가 위병들이 그 앞을 지나가거든 그들을 뒤따라 그 진채를 쓸어버려라."

공명이 그렇게 영을 내리자 그 둘 역시 시킨 대로 떠났다. 공명은 또 마대, 왕평, 장익, 장의 네 장수를 불러들였다.

"그대들은 진채 밖에 숨어 있다가 위병들이 밀고 들어오면 사방에서 나와 짓두들기도록 하라."

공명이 그들에게 그런 영을 내려 위병을 잡을 그물코를 더욱 촘촘하게 짰다. 그런 다음 진채에는 마른 풀과 장작더미를 쌓아 올려 불지르기 좋게 채비케 하고 자신은 진채 뒤에 숨어 적이 오기만을 기다렸다.

한편 위의 선봉 조준과 주찬은 해 질 무렵 저희 진채를 떠나 가만히 촉군의 진채 쪽으로 나아갔다. 한군데 알맞은 곳에 자리를 잡고 기다리는데, 과연 밤이 깊자 왼편 산 아래로 가만가만 군사가 움직이는 기척이 났다. 조준은 속으로 감탄했다.

"과연 곽도독의 헤아림은 귀신 같구나!"

그러고는 조금도 망설임 없이 군사를 재촉해 촉군의 진채로 밀고 들어갔다.

조준과 주찬이 촉군의 진채 앞에 이르렀을 때는 삼경 무렵이었다. 정말로 텅 빈 진채 같았다. 조준은 앞장서서 진채로 뛰어들었다.

그런데 진채 안에 들어가니 이상했다. 사람이 없다 해도 그렇게 없을 수가 없는 것이었다. 이 구석 저 구석을 쑤셔보아도 어리친 개새끼 한 마리 보이지 않자 마침내 조준에게도 짚이는 게 있었다.

'우리가 거꾸로 적의 계략에 빠졌구나……'

조준은 그렇게 중얼거리며 얼른 군사를 물리려 했다. 그때 갑자기 진채 안에서 불이 일며 주찬이 이끄는 위병들이 밀어닥쳤다. 그러나 조준은 저희 편인지 알아차리지 못하고 맞싸우니 주찬 또한 적인 줄 알고 덤벼 위병들은 저희끼리 죽고 죽이는 사태에 빠졌다.

같은 편끼리 싸운 걸 알게 된 것은 조준과 주찬이 맞닥뜨린 뒤에야 겨우 서로를 알아본 그들은 얼른 군사를 합쳐 적진을 빠져나가려 했다.

하지만 그들은 이미 쳐놓은 그물에 걸려든 고기나 다름없었다. 그들이 채 빠져나오기도 전에 사방에서 함성이 일며 왕평, 마대, 장익, 장의가 이끄는 촉군들이 밀어닥쳤다.

조준과 주찬은 그대로 얼이 빠졌다. 가까이서 부리는 군사 백여 명만 데리고 큰길로 냅다 뛰었다. 나머지 졸개들은 나몰라라 하고 달아난 것이지만 그마저도 뜻 같지는 못했다. 촉의 맹장 위연이 또 덮쳐온 까닭이었다.

조준과 주찬은 죽기로 싸워 겨우 길을 앗았다. 뒤도 돌아보지 않고 저희 진채를 향해 꽁지가 빠져라 달아났다.

겨우 본채에 이르렀지만 이곳도 안전한 곳은 못 되었다. 몇 명 남아 진채를 지키던 위병들이 저희 편을 촉군인 줄 알고 놀라 불을 지른 까닭이었다.

그 불길을 보고 미리 숨어서 기다리던 조진과 곽회가 조준과 주찬을 덮쳤다. 왼쪽에서는 조진이 이끈 군사가 달려 나오고 오른편에서는 곽회가 이끈 군사들이 달려 나와 짓두들겨서 거기서 위병들은 또 한번 저희끼리 죽고 죽이는 어이없는 짓을 했다.

그때 그들의 등 뒤에서 진짜 촉군이 세 갈래로 길을 나누어 덮쳐왔다. 가운데는 위연이요, 왼쪽은 관흥, 오른쪽은 장포였다.

그때서야 위병들은 저희끼리 싸우고 있었음을 깨달았으나 어떻게 싸움판을 돌이켜보기에는 늦은 뒤였다. 몽둥이에 두들겨 맞은 개처럼 쫓겨 십 리나 달아난 뒤에야 겨우 정신을 차렸다. 그동안 죽은 자는 헤아릴 수 없을 지경이었다.

공명은 한바탕 크게 이긴 뒤에야 겨우 군사를 거두어 자기 진채로 돌아가버렸다.

계책을 쓴답시고 껍죽대다가 오히려 공명의 계책에 걸려 낭패를 보아도 크게 본 조진과 곽회는 간담이 서늘했다. 싸움에 진 군사를 수습해 진채를 세운 뒤 이마를 맞대고 의논했다.

"이제 우리 위병은 세력이 외로워졌고 촉군의 사기는 드높기만 하다. 어떻게 해야 저들을 물리칠 수 있겠는가?"

조진이 그렇게 묻자 곽회가 대답했다.

"이기고 지는 것은 싸우는 사람에게는 매양 있는 일입니다. 너무 걱정하지 마십시오. 제게 한 계책이 있으니 이대로만 하면 촉군 머리와 꼬리가 서로 돌볼 틈이 없어 절로 물러가고 말 것입니다."

그 소리에 귀가 번쩍 띈 조진이 물었다.

"그게 어떤 계획인가?"

"바로 서강(西羌)의 군사들을 이용하는 것입니다."

곽회는 그렇게 말해놓고 한참 뜸을 들이다가 뒤를 이었다.

"서강은 태조 때부터 해마다 우리에게 조공을 바쳐왔고, 문황제(文皇帝) 역시도 그들에게 은혜를 베푸셨습니다. 이제 우리는 험한 곳에 의지해 굳게 지키는 한편 사람을 뽑아 샛길로 강중(羌中)에 보내보는 게 좋겠습니다. 그들에게 구원을 청함과 아울러 화친의 뜻을 보이면 그들은 반드시 군사를 일으켜 촉병의 뒤를 들이칠 것입니다. 그때 우리가 크게 군사를 내어 앞에서 촉군을 치고 나면 저들의 머리와 꼬리를 한꺼번에 짓두들기는 셈이 되니 어찌 이기지 못하겠습니까?"

한번 그의 꾀를 빌렸다가 낭패를 본 뒤였지만 워낙 그럴듯한 말이었다. 이에 조진은 다시 한번 곽회의 계책을 따라보기로 하고 그날 밤으로 사람을 뽑아 서강으로 보냈다.

곽회의 말대로 서강의 국왕 철리길(徹里吉)은 조조 때부터 위에 해마다 조공을 바쳐온 자였다. 그 밑에는 문과 무에 각기 뛰어난 사람이 하나씩 있었는데, 문에 뛰어난 자는 아단(雅丹)이란 승상이요, 무에 뛰어난 자는 월길(越吉)이란 원수였다.

조진이 보낸 위의 사신은 금은 보석과 좋은 구슬을 싸들고 강중에 이른 뒤 먼저 아단 승상부터 구워삶았다. 후한 예물을 바치며 구해주기를 청하니 아단은 두말 없이 사신을 국왕 철리길에게로 데려갔다.

사신은 철리길에게 예물과 함께 위에서 보낸 글을 올렸다. 그걸 읽어본 철리길이 여럿을 보고 물었다.

"위가 구해주기를 청하는데 어찌했으면 좋겠는가?"

그러자 소금 먹은 놈이 물 켠다고 아단이 나와 말했다.

"위와 우리는 오래전부터 서로 오감이 있었습니다. 이제 조(曹)도독이 구해주기를 청하니 들어주는 것이 이치에 맞을 듯싶습니다."

철리길은 믿는 아단의 말을 그대로 따랐다. 승상 아단과 원수(元帥) 월길에게 군사 이십오만을 주며 촉군의 뒤를 치게 했다. 그런데 그 이십오만 강병(羌兵)은 여느 군사와 달랐다. 모두가 활과 쇠뇌며 칼과 창, 질려(마름쇠 모양의 무기), 비퇴(飛鎚) 등을 잘 다루는 데다, 싸움에 쓰는 특이한 수레를 가지고 있었다. 쇠 판대기를 이어 못질을 한 튼튼한 것으로, 강병들은 거기에 군량이며 병기 따위를 싣고 다녔다. 그 수레를 끄는 것은 더러는 노새였는데, 그걸 앞세우고 싸우는 모습이 유별나 사람들은 그 군사를 '철거병(鐵車兵)'이라 불렀다.

승상 아단과 원수 월길은 그 철거병 이십오만을 이끌고 서평관(西平關)으로 달려가 관을 들부수기 시작했다. 그곳을 지키던 촉장 한정(韓禎)은 크게 놀랐다. 곧 사람을 뽑아 기산에 있는 공명에게 그 소식을 알렸다.

그 소식을 들은 공명이 별로 놀라는 기색도 없이 여러 장수들을 돌아보며 물었다.

"누가 서평관으로 가서 강병을 물리쳐보겠는가?"

장포와 관흥이 한꺼번에 나서며 말했다.

"저희들이 한번 가보겠습니다."

공명은 그들을 기특한 듯 바라보다가 걱정스레 말했다.

"너희들이 가는 건 좋지만 그곳 길을 모르니 걱정스럽구나."

그러더니 문득 마대를 불러 일렀다.

"그대는 원래 강인들의 성미를 잘 알 뿐 아니라 오래 그들과 함께 살아 그곳 길도 훤할 것이다. 그대가 저 두 젊은 장수의 길잡이가 되어주라."

마대가 선뜻 거기 응하자 공명은 그들 세 장수에게 군사 오만을 가려 뽑아주며 서평관을 구하게 했다.

관흥과 장포는 마대와 더불어 군사를 이끌고 서평관으로 떠났다. 며칠 가기도 전에 그들이 오는 걸 알고 달려온 강병들과 맞닥뜨렸다.

관흥은 백여 기를 이끌고 높은 산 언덕에 올라가 강병들을 바라보았다. 강병들은 그 이름난 쇠수레의 꼬리와 머리를 이어 몇 군데 진채를 얽어놓고 있었다. 쇠수레 위에는 창칼이며 활과 쇠뇌가 걸려 있어 그대로 든든한 성과 같았다.

관흥은 한참이나 그런 적진을 살펴보았으나 그걸 깨뜨릴 만한 계책이 도무지 떠오르지 않았다. 어두운 얼굴로 돌아가 장포와 마대를 불러 모아놓고 의논을 시작했다. 그중 가장 싸움에 경험이 많은 마대가 말했다.

"우선 내일 한번 싸워보고 난 뒤에 의논합시다. 그들의 허실을 알아내야 계책이고 뭐고가 나올 것이오."

관흥과 장포도 뾰족한 수가 없어 그 말을 따르기로 했다.

다음 날이 되었다. 촉군은 아침 일찍부터 세 갈래로 길을 나누어 강병들의 진채로 밀고 들어갔다. 가운데는 관흥이 이끄는 군사요, 왼쪽은 마대가, 오른쪽은 장포가 이끌었다.

강병의 진채 뒤에서 원수(元帥) 월길이 말을 몰아 나왔다. 손에는 철퇴를 들고 허리에는 보석으로 아로새긴 활을 찬 게 자못 그럴듯해 보였다.

"모두 앞으로!"

관흥이 그렇게 소리치며 세 갈래 군마를 일제히 몰아 강병에게 덮쳐갔다. 그러자 강병들이 갑자기 두 편으로 갈라서며 그 가운데서 쇠수레들이 쏟아져 나왔다. 마치 밀물이 들 듯하는 기세인데 더 못 견딜 것은 그 쇠수레 위에서 퍼부어대는 활과 쇠뇌였다.

거기 견디지 못한 촉군은 그때까지의 기세도 잊고 되돌아서서 달아나기 시작했다. 먼저 등을 돌린 마대와 장포는 크게 다치지 않고 군사를 물릴 수 있었으나 적진 깊숙이 들어왔던 관흥은 그렇지가 못했다. 한 떼의 강병이 똑바로 서북쪽을 질러 막으며 에워싸니 관흥은 곧 적진 속에 갇히고 말았다.

관흥은 왼쪽으로 찌르고 오른쪽으로 베며 힘을 다해 싸웠으나 아무래도 빠져나갈 수가 없었다. 그사이 빽빽이 둘러쳐진 쇠수레의 벽은 그대로 든든한 성벽 같았다. 관흥이 그러하니 군사들은 더했다. 촉군들은 서로를 돌볼 틈이 없이 허둥거리다가 강병들에게 죽어갔다.

마침내 길을 앗기를 단념한 관흥은 산골짜기로 뛰어들어 길을 찾았다. 겨우겨우 길을 헤쳐 정신없이 달아나는데 어느덧 날이 저물기 시작했다. 관흥은 더욱 마음이 급해 말 배를 걷어찼다. 그때 갑자기 눈앞에 검은 깃발이 하나 나타나며 그 아래 벌 떼처럼 뭉쳐 오고 있는 강병들이 보였다.

앞서 오던 장수 하나가 철퇴를 휘두르며 소리쳤다.

"젊은 장수는 달아나지 말라. 나는 월길원수다!"

그러나 관흥은 이미 싸울 마음이 없었다. 말에 채찍질을 더해 정신없이 달아날 뿐이었다. 소용없는 일이었다. 얼마 가지 않아 깊은 벼랑 사이의 여울이 입을 벌리고 관흥의 앞길을 가로막았다.

관흥은 하는 수 없이 돌아서서 월길과 싸웠다. 이미 마음이 어지럽고 겁에 질려 싸움이 제대로 되지가 않았다. 끝내 월길을 당해낼 수 없어 여울을 끼고 벼랑 사이로 달아났다.

월길이 그런 관흥을 놓아 보내려 할 리 없었다. 어느새 뒤쫓아 와 철퇴를 날렸다. 번쩍 날아오는 철퇴를 보고 관흥이 가까스로 몸을 피했으나 철퇴는 관흥이 탄 말의 엉덩이를 후렸다. 아픔을 이기지 못한 말이 여울로 뒤집히자 관흥은 물 속에 떨어졌다.

그때 갑자기 한소리 이상한 울림과 함께 뒤따라오던 월길이 말과 함께 물에 곤두박질했다. 관흥이 물 속에서 고개를 들어 내다보니 한 장수가 물가에서 강병들을 후려쳐 쫓고 있었다.

거기 힘을 얻은 관흥은 칼을 뽑아 물에 빠진 월길에게로 덮쳐갔다. 이번에는 월길이 놀라 싸울 마음이 없었다. 그대로 물에서 뛰쳐나가 바람같이 달아나버렸다.

월길이 버리고 간 말을 얻은 관흥은 물가로 끌고 나가 안장을 바로 한 뒤 말등에 뛰어올랐다. 칼을 꼬나쥐고 싸울 채비를 갖추고 나서 보니 자신을 구해준 장수는 아직도 저 앞에서 강병들을 몰아내고 있는 중이었다.

'저분은 내 목숨을 구해준 은인이니 마땅히 찾아뵙고 감사를 드려야 한다.'

관흥은 그렇게 생각하고 말을 박차 그 장수를 뒤쫓아갔다. 가까워지면서 보니 한 대장이 구름 같기도 하고 안개 같기도 한 기운 속에 싸여 싸우고 있는데, 얼굴은 잘 익은 대춧빛이요, 눈썹은 누에가 누워 있는 듯했다. 녹색 전포에 금투구 쓰고, 청룡도를 든 채 적토마를 탄 것이며 아름다운 수염을 길게 드리운 게 틀림없이 돌아가신 부친 관공이었다.

관흥은 깜짝 놀랐다. 얼른 가서 불러보려는데 문득 관공이 손을 들어 동남쪽을 손가락질하며 말했다.

"내 아들아, 빨리 이 길로 달아나거라. 네가 진채에 돌아갈 때까지 지켜주마."

그리고 말이 끝남과 함께 보이지 않았다.

관흥은 놀랍고 감격스런 가운데도 동남쪽으로 급히 말을 달렸다. 한밤중이 되자 문득 한 떼의 군마가 맞은편에서 밀려들어오고 있었다. 장포가 이끄는 촉군이었다. 그런데 더욱 놀라운 것은 관흥을 만나자마자 장포가 묻는 말이었다.

"아우는 둘째 큰아버님을 뵙지 못했는가?"

"형이 어찌 그걸 아시오?"

관흥이 깜짝 놀라며 물었다. 장포가 아직도 감격에 떨리는 소리로 말했다.

"내가 철거병에게 급하게 쫓기고 있는데 홀연 큰아버님께서 하늘로부터 내려오셔서 강병을 내쫓고 이쪽을 손가락질하며 말씀하셨네. '너는 저길로 가서 내 아들을 구해주어라' 그래서 나는 군사를 끌고 아우를 찾으러 급하게 달려온 것이네."

그러자 관흥 역시 자신이 겪은 걸 얘기하며 서로 그 신기함에 감탄했다. 뒷날 관공이 신격화되는 과정에서 생겨난 전설 가운데 하나를 『연의』의 저자가 빌려 쓴 듯하다. 촉과 강인들의 싸움에서 처음에는 촉이 무척 애를 먹었다는 역사적 사실을 강조하는 허구다.

관흥과 장포가 나란히 진채로 돌아가자 걱정하며 기다리던 마대가 반갑게 맞았다. 그러나 아무래도 강병들을 깨뜨릴 계책은 없던지 두 사람이 자리 잡고 앉기 바쁘게 말했다.

"아무래도 저 같은 강병들을 깨뜨릴 계책이 없는 듯하오. 나는 여기서 진채와 목책을 튼튼히 하여 굳게 지키고 있을 테니 두 분은 승상께 돌아가 이 일을 알리고, 계책을 써서 저들을 깨뜨리라 이르시오."

한번 혼이 난 관흥과 장포에게도 그밖에는 달리 길이 없어 보였다. 이에 두 사람은 그날 밤으로 말을 달려 공명에게로 갔다.

관흥과 장포가 돌아가 그동안에 있었던 일을 알리자 공명도 얼굴이 굳어졌다. 그대로 두어서는 안 되겠다 싶었던지 먼저 조운과 위연에게 각기 한 갈래 군사를 떼어주고 어디론가 보내 매복해 있게 했다. 그리고 자신은 따로이 삼만 군사를 골라 뽑아 강유, 장익, 관홍, 장포와 더불어 마대의 진채로 달려갔다.

마대의 진채에서 하룻밤을 쉬고 난 다음 날이었다. 공명은 높은 언덕에 올라가 가만히 강병들의 진채를 살폈다. 관흥이 살펴볼 때나 크게 다름이 없었다. 쇠수레들이 꼬리에 꼬리를 물고 이어져 있고, 사람과 말이 가로세로 치달으며 기세를 올리고 있었다. 그러나 공명은 역시 관흥과는 달랐다.

"저따위 진을 깨뜨리는 거라면 어려울 것도 없지."

공명은 무엇을 보았는지 그렇게 한마디 하고는 곧 마대와 장익을 불렀다.

"너희들은 이렇게 저렇게 하여라."

공명은 두 사람만 알아들을 수 있게 무언가를 말해주어 어디론가로 보냈다.

마대와 장익이 물러가자 공명은 다시 강유를 불러들여 물었다.

"백약(伯約)은 저 진을 깨뜨릴 방도를 알고 있는가?"

"강인들은 용맹과 힘만 믿고 날뛰는 무리들입니다. 어찌 승상의 묘한 계책을 알겠습니까?"

강유가 슬쩍 비키듯 대답했다. 계책을 쓰면 된다는 막연한 대답인 셈이었으나 공명은 그것만으로도 됐다는 듯 빙긋이 웃으며 말했다.

"그대는 내 마음속을 알고 있구나. 오늘 보니 하늘에는 붉은빛 도는 구름이 두껍게 덮여 있고, 찬 북풍이 세게 이니 아무래도 눈이 올 듯하다. 내 계책을 베풀 만한 날씨다."

그러고는 다시 관흥과 장포를 불러 어딘가로 매복을 보냈다.

공명은 마지막으로 강유에게 영을 내렸다.

"그대는 군사를 이끌고 나가 싸우되 철거병이 나오거든 얼른 물러서서 달아나라. 그리고 진채 어귀는 깃발만 잔뜩 세워두고 군마는 펼쳐두지 말라."

강유 또한 공명이 시키는 대로 채비했음은 말할 나위도 없었다.

그해 섣달 그믐이 가까울 무렵 공명의 짐작대로 눈이 쏟아지기 시작했다. 강유는 공명이 미리 일러둔 대로 군사를 이끌고 나가 강병에게 싸움을 걸었다. 아무것도 모르는 월길은 철거병을 이끌고 마주쳐 나왔다.

철거병이 나오는 걸 보자 강유는 제대로 싸워보지도 않고 돌아서 달아나기 시작했다. 강병들은 기세가 올랐다. 강유를 뒤쫓아 겁없이 촉군의 진채로 덮쳐갔다. 강유는 뒤도 돌아보지 않고 진채 뒤쪽으로 달아날 뿐이었다.

강병들은 그런 강유를 찾아 진채 안으로 들어갔다. 촉군은 하나도 보이지 않고 깃발만 무성하게 서 있는데 어디선가 북소리 피리소리가 들려왔다. 이상하게 여긴 강병들은 얼른 되돌아가 월길에게 그 일을 알렸다.

듣고 보니 월길도 의심이 났다. 가볍게 나아가지 못하고 머뭇거리는데 승상 아단이 말했다.

"저건 제갈량의 속임수일 뿐이외다. 거짓으로 군사들이 있는 것처럼 꾸며놓은 것이오. 들이쳐서 안 될 것 없소."

이에 월길은 다시 군사를 이끌고 촉군의 진채 앞으로 밀고 들었다. 여전히 군사들의 기척은 없고, 수레에 앉아 있는 공명이 보일 뿐이었다. 수레 위의 공명은 거문고를 안고 서너 명 말 탄 군사의 호위를 받으며 진채 뒤로 느릿느릿 가고 있었다.

공명을 눈앞에 둔 강병들은 더 머뭇거리지 않고 진채 안으로 뛰어들어갔다. 어서 공명을 사로잡고 싸움을 끝내겠다는 생각으로 뒤쫓다 보니 어느새 작은 산어귀를 지나게 되었다. 앞서 가던 공명의 수레는 거기서 느릿느릿 숲속으로 접어들었다.

혹시 복병이 있을까 보아 월길이 잠시 머뭇거리자 아단이 그런 월길을 부추겼다.

"저따위 군사로는 설령 매복이 있다 해도 두려워할 게 없을 듯하오. 그냥 밀고 나갑시다."

그러자 월길도 힘을 얻은 듯 대군을 몰아 뒤쫓기 시작했다.

한참 가다 보니 공명은 안 보이고 강유의 군사들만 눈길에 엎어지락 자빠지락 하며 달아나는 게 보였다. 그걸 본 월길은 더욱 자신이 나 졸개들을 재촉했다. 산길은 하얗게 눈이 덮이고 한눈에 사방이 다 보일 만큼 평평했다.

하지만 촉군이라고 언제까지나 쫓기고 있지만은 않았다. 강병들이 한참 뒤쫓는데 문득 산 뒤에서 한 떼의 촉병들이 달려 나왔다. 그리 대단한 군세는 아니었다.

"한줌도 안 되는 복병이 나왔다손 겁낼 게 무엇 있겠느냐? 모두 그대로 밀고 나가라."

다시 아단이 나서서 그렇게 소리쳤다. 이에 강병들은 모두 힘을 다해 말과 싸움수레를 몰아 앞으로 나아갔다. 그러자 갑자기 산이 무너지고 땅이 꺼지는 듯한 소리가 나며 앞서 가던 강병들이 깊고 큰 구덩이 아래로 떨어졌다. 뒤따르던 쇠수레들은 얼른 멈추려 했으나 달려온 속도가 있어 쉽지가 않았다. 거기다가 그 뒤를 달려오던 강병들이 뭉치지어 밀어붙이니 쇠수레들은 모두 구덩이로 떨어지고, 남은 강병들은 또 서로 밟고 밟히어 죽는 자를 다 헬 수 없을 정도였다.

뒤따라오던 강병들은 그런 대로 구덩이에 떨어지는 것은 면할 수 있었지만 끝내 온전할 수는 없었다. 급히 발길을 돌려 물러나려 할 때 어디선가 촉군이 쏟아져 나왔다. 오른쪽은 장포가 이끄는 군사였다.

촉군이 일제히 활과 쇠뇌를 쏘아 붙이니 강병들은 정신을 차릴 겨를이 없었다. 그러나 낭패는 거기서도 그치지 않았다. 그들의 등 뒤에서 다시 강유와 마대, 장익이 이끄는 촉병들이 덮쳐왔다.

그렇게 되자 그 무섭던 철거병은 그대로 갈팡질팡 뒤죽박죽이 돼 버렸다. 촉군을 맞아 싸우기는커녕 제 한목숨 건져 달아나기 바빴다.

다급하기는 원수인 월길도 마찬가지였다. 뒤쪽 산골짜기로 냅다 뛰었으나 끝내 몸을 빼내지는 못했다. 한참 달리는데 어디선가 관흥이 나타나 길을 막았다.

월길이 철퇴를 휘둘러 관흥을 쫓아보려 했으나 될 일이 아니었다. 말 머리가 서로 엇갈리는가 싶었을 때 관흥이 한마디 꾸짖음과 함께 청룡도를 후려치자 월길은 두 토막이 나 말 아래로 굴러떨어졌다.

월길처럼 죽지는 않았지만 아단도 무사하지는 못했다. 어지럽게 흩어지는 졸개들 틈에서 우왕좌왕하다가 마대에게 사로잡히고 말았다. 월길이 죽고 아단이 사로잡히자 강병들은 그대로 끝장이 났다. 소리개에 까투리 장끼 모두 채여간 꿩병아리들같이 사방으로 흩어져버렸다.

마대가 아단을 사로잡아 오자 공명은 장막을 걷고 그를 맞아들였다. 그리고 무사들을 꾸짖어 그 몸을 얽고 있는 밧줄을 풀어주게 한 뒤 술을 내주며 놀란 가슴을 달래게 했다.

아단이 어느 정도 마음을 놓자 공명은 다시 좋은 말로 그를 달랬다. 꼭 죽는 줄만 알았던 아단은 공명의 그 같은 너그러움에 감동되어 몸둘 곳을 몰라했다. 그런 아단에게 공명이 한층 부드럽게 타일렀다.

"내 주인은 대한의 황제시다. 내게 역적을 치라 명하시기에 나왔는데, 너희들은 어찌하여 역적을 도왔느냐? 이제 너를 놓아줄 터이니 돌아가 네 주인에게 일러라. 우리와 너희는 서로 이웃해 있는 나라이니 길이 화친을 맺어 사이좋게 지낼 일이요, 역적들의 말을 들어서는 아니된다고. 그게 작게는 너희를 온전히 보전하는 길이요, 크게는 천하를 평안케 하는 길이 될 것이다."

그러고는 곁에 있는 군사에게 일렀다.

"사로잡은 강병들과 빼앗은 수레며 병기를 모두 아단에게 돌려주어라. 아단이 그들과 함께 돌아가는 걸 아무도 막아서는 아니 된다."

그 너그러운 처분에 아단과 그 졸개들은 한결같이 감동했다. 땅에 엎드려 절하며 고마움을 드러내고 모두 저희 나라로 돌아갔다.

강병을 물리친 공명은 다시 기산 쪽으로 눈을 돌렸다. 그는 밤으로 삼군을 몰아 그곳의 대채로 향하고, 관흥과 장포를 먼저 보내 앞길을 살피게 했다. 그리고 한편으로는 사람을 뽑아 성도로 보내 이긴 소식을 전하는 것도 잊지 않았다.

한편 조진은 매일같이 강인들에게서 소식이 오기를 눈이 빠지게 기다렸다. 강인들의 소식은 쉬이 오지 않았으나 다른 데서 반가운 소식이 날아들었다.

"촉병들이 진채를 뽑고 떠날 채비를 서두르고 있습니다."

적의 움직임을 살피게 하러 보냈던 군사들이 돌아와 조진에게 그렇게 알렸다. 조진이 무턱대고 기뻐하며 말했다.

"그것은 틀림없이 강병들이 쳐들어왔기 때문일 것이다. 그들이 등 뒤를 후려치니 배겨나지 못하고 물러나는 것임에 틀림이 없다."

그러고는 조준과 주찬을 불러 명했다.

"너희들은 각기 한 갈래 군마를 이끌고 촉병을 뒤쫓으라. 한 놈도 살려 보내서는 아니 된다."

이에 위의 두 갈래 군마는 어지럽게 달아나는 촉병을 뒤쫓기 시작했다. 하지만 뒤쫓는다는 건 기분뿐이고 실은 그게 바로 덫에 걸려드는 길이었다.

먼저 조준이 험한 꼴을 당했다. 한참을 기세좋게 달리는데 문득 북소리가 크게 울리며 한 떼의 인마가 번개처럼 뛰쳐나와 길을 막았다. 앞선 장수를 보니 촉의 위연이었다.

"역적 놈은 달아나지 말라!"

위연이 산이라도 무너뜨릴 기세로 그렇게 소리치며 조준을 덮쳐 왔다. 조준은 깜짝 놀랐다. 급히 창을 들어 맞섰으나 겨우 세 합을 채우지 못하고 위연의 칼에 맞아 말 등에서 떨어졌다.

부선봉이었던 주찬의 운명도 조준과 크게 다르지는 않았다. 군사를 휘몰아 한참 촉병을 뒤쫓다가 그 또한 한 떼의 촉병과 맞부딪쳤다. 앞선 장수는 바로 조운이었다. 천하의 조자룡과 맞닥뜨리자 주찬은 오금이 얼어붙어 창칼을 제대로 쓸 수가 없었다. 허둥대다가 조운의 한 창에 찔려 목숨을 잃었다.

조진과 곽회는 두 선봉이 그렇게 죽는 걸 보자 일이 잘못돼도 크게 잘못된 걸 알았다. 얼른 군사를 물리려 하는데 이번에는 등 뒤에서 크게 함성이 일며 북소리 나팔 소리가 요란했다. 장포와 관흥이 이끈 촉병이었다.

다시 쓰이게 된
사마의의 매운 첫솜씨

장포가 이끄는 촉병은 조진과 곽회가 이끈 위병을 에워싸고 한바탕 신나게 짓두들겼다. 못난 장수를 만나 제대로 싸워보지도 못하고 놀란 혼이 된 위병만도 그 수를 헬 수 없을 지경이었다.

조진과 곽회는 죽기로 길을 열어 달아났으나 뒤따르는 군사는 얼마 되지 않았다. 패군을 수습해 어찌해본다는 생각을 해볼 틈도 없이 쫓기니 촉병은 이긴 기세로 그 뒤를 쫓아 위수(渭水)까지 이르렀다.

거기에는 든든한 위병의 진채가 있고 군사도 약간 남아 있었지만, 본대가 정신 없이 쫓기니 그들만으로는 어쩔 수 없었다. 그들 또한 제대로 싸워보지도 못하고 진채를 촉병들에게 내어주고 말았다.

조진과 곽회는 수십 리나 쫓겨가서야 겨우 패군을 수습할 수 있었다. 진채는 적에게 뺏기고 군사는 절반이 꺾여 있었다. 거기다가 아끼던 조준과 주찬마저 잃고 나니 조진의 마음은 괴롭고 슬펐다. 다시 싸울 엄두를 내지 못하고 다만 조정에 그 소식을 알리며 대군을 보내 구해주기만을 빌었다.

조진이 보낸 사람이 낙양에 이르렀을 즈음 위주 조예는 신하들과 조회를 하고 있었다. 근신 하나가 조예 앞에 나와 아뢰었다.

"대도독 조진은 여러 차례 촉에 패해 두 선봉과 많은 군사를 잃었다 합니다. 또 폐하의 부름을 받고 나왔던 강병들도 제갈량에게 꺾이어 수없는 군사만 잃고 물러나 지금 서쪽의 형세는 위태롭기 그지 없습니다. 이제 조진이 표문을 올려 구해주기를 빌고 있으니 폐하께서는 먼저 그 일을 처결해주옵소서."

그 말에 조예는 깜짝 놀랐다. 걱정 가득한 얼굴로 모여 있는 신하들에게 급히 물었다.

"경들도 방금의 놀라운 말을 들었을 것이오. 이제 어떻게 하면 촉을 물리칠 수 있겠소?"

화흠이 나와 결연한 표정으로 말했다.

"이번에는 아무래도 폐하께서 몸소 납시어야 할 듯싶습니다. 크게 제후들을 불러 모으고 사람마다 그 힘을 다하게 하여야만 강성한 도적들을 물리치실 수 있을 것입니다. 만약 그렇게 하지 않으면 장안이 떨어지게 될 것이고 또 장안이 떨어지면 관중 지방까지 위태롭게 됩니다."

그러나 태부 종요(鍾繇)는 화흠과 뜻이 달랐다. 그렇게까지 요란을 떨 것은 없다는 듯 말했다.

"무릇 장수된 자는 남보다 많이 알아야 합니다. 그래야만 능히 남을 이겨낼 수 있는 것입니다. 손자도 적을 알고 나를 알면 백 번 싸워도 위태롭지 않다 했습니다. 그런데 신이 보기에 이번 촉과의 싸움에서는 그 장수에 모자람이 있었던 듯싶습니다. 조진이 비록 오래 군사를 부려왔다 하나 제갈량의 맞수로는 어렵습니다. 이제 신이 새로이 온 집안을 걸고 폐하께 한 장수감을 천거해 올리겠습니다. 이 사람이라면 넉넉히 촉병을 물리칠 수 있을 것입니다. 그러나 폐하의 뜻에 맞을지 안 맞을지 걱정됩니다."

"경은 조정의 원로 대신이오. 그런 훌륭한 인재가 누구요? 그가 촉병을 물리칠 수 있다면 어서 그를 불러들여 짐의 근심을 덜어주시오."

조예가 반가운 얼굴로 종요를 재촉했다. 종요가 조심스레 그 말을 받았다.

"지난날 제갈량이 군사를 일으켜 우리 국경을 침범하려 했을 때도 이 사람이 두려워 머뭇거렸습니다. 그래서 먼저 헛소문을 퍼뜨려 폐하로 하여금 이 사람을 의심케 하고, 마침내는 조정에서 내쫓게 한 뒤에야 크게 군사를 몰아 밀고 든 것입니다. 이제 만약 이 사람을 다시 쓴다면 제갈량은 절로 물러갈 것입니다."

"그게 누구요?"

조예는 대강 짐작이 가면서도 짐짓 물었다.

"표기대장군 사마의 그 사람입니다."

뜸을 들일 만큼 들인 종요가 그렇게 밝혔다. 조예가 탄식하듯 말했다.

"그 일은 짐도 역시 후회하고 있소. 아무래도 짐이 너무 가볍게 그를 내친 것 같소. 그래 지금 중달(仲達)은 어디 있소?"

"듣자니 요사이 중달은 완성에서 한가로이 지내고 있다 합니다."

조예가 다시 사마의를 쓸 뜻을 비치자 종요가 얼른 그가 있는 곳을 댔다.

위주 조예는 곧 사마의에게 조서를 내리고 절(節)을 가진 사신에게 들려보냈다. 사마의에게 벼슬을 되돌려줌과 아울러 평서도독(平西都督)을 더하고, 남양 여러 고을의 군사를 모두 내어주며 장안으로 가게 한 것이었다.

"짐도 친히 나가 역적을 칠 것이니 사마중달은 오늘로 길을 떠나 그곳에서 짐과 만날 수 있게 하라."

그 같은 당부까지 받은 사신은 밤길을 달려 사마의가 있는 완성으로 갔다.

한편 공명은 군사를 이끌고 촉을 나온 이래 여러 번 싸워 싸울 때마다 이기고 나니 마음이 자못 기뻤다. 그 기세로 밀고 나가려고 기산의 진채에 여러 장수를 불러모아 의논을 시작했다. 그때 홀연 사람이 들어와 알렸다.

"영안궁(永安宮)을 지키는 이엄이 그 아들 이풍(李豊)을 보내 승상을 뵙고자 합니다."

공명은 동오가 국경을 침범해 온 줄 알고 깜짝 놀라 이풍을 불러들였다.

"무슨 일로 이렇게 갑자기 왔는가?"

공명이 급히 묻자 이풍이 뜻밖에도 밝은 얼굴로 대꾸했다.

"기쁜 소식을 알려드리려고 특히 달려왔습니다."

"기쁜 소식이라니 무슨 기쁜 소식인가?"

공명이 어리둥절해 물었다. 그러자 이풍이 목소리를 낮추어 말했다.

"지난날 맹달(孟達)이 위에 항복한 것은 형편이 어쩔 수 없이 그리 된 것입니다. 선제께서는 관공의 죽음에 진노해 계시고, 또 유봉은 제 발뺌을 하려고 군사를 들어 핍박하니 실로 위밖에는 갈 곳이 없었던 것입니다. 그때 조비는 맹달의 재주를 사랑하여, 좋은 말과 금은 보석을 내렸으며 같은 가마를 타고 나들이를 할 정도로 대접이 융숭했습니다. 벼슬은 산기상시(散騎常侍)에 영(領) 신성 태수를 내렸고, 땅은 상용과 금성을 지키게 내어주어 위의 서남쪽을 온통 그에게 맡겼지요.

그런데 조비가 죽고 조예가 그 뒤를 잇고 나서부터는 대접이 달라졌습니다. 위의 조정에 맹달을 시기하고 헐뜯는 무리가 많은 까닭이었습니다. 이에 맹달은 밤낮 불안에 차서 믿는 장수들을 모아놓고 '나는 원래 촉의 사람이다. 그때 형편이 나를 이 지경으로 몰았다'라고 말하곤 했다 합니다. 그러다가 이제 심복을 시켜 저희 아버님께 글을 보내왔습니다. 자신을 대신해서 승상께 되돌아갈 뜻을 말씀드려달라는 내용이었습니다.

또 맹달은 말하기를 전에 승상께서 다섯 갈래 인마를 이끄시고 서천으로 내려가셨을 때도 이런 뜻이 있었다고 합니다. 거기다가 신성에 있으면서 이제 승상께서 위를 치러 오셨다는 말을 듣자 더욱 뜻을 굳혔다는 것입니다. 금성, 신성, 상용 세 곳의 인마를 일으켜 지름길로 낙양을 뺏을 것이니 승상께서는 어서 장안을 빼앗으라 했습니다. 그리되면 두 서울을 울러 빼 크게 기세를 올릴 수 있을 것입니다. 제가 온 것은 이 말씀을 드림과 아울러 맹달이 여러 차례 보낸 글들을 승상께 바치기 위함입니다."

그 말을 들은 공명은 몹시 기뻐했다. 맹달이 돌아선 게 마치 이풍의 공인 양 그에게 후한 상을 내렸다.

하지만 좋은 일만 있으란 법은 없는지 위에 풀어놓았던 세작 하나가 급하게 달려와 알렸다.

"위주 조예는 스스로 장안으로 가는 한편, 사마의를 복직시켜 평서도독을 더하고 거느린 군사와 함께 장안으로 달려오라 일렀습니다. 사마의와 함께 스스로 군사를 이끌고 나와 우리에게 맞설 작전인 듯싶습니다."

공명은 그 말에 깜짝 놀랐다. 너무 갑작스런 일이라 잠시 넋을 놓고 있는데 참군 마속이 알 수 없다는 듯 물었다.

"조예 따위야 말할 나위나 있습니까? 만약 장안으로 온다면 사로잡기가 수월해질 뿐입니다. 그런데 승상께서는 어인 까닭으로 그토록 놀라십니까?"

그러자 공명이 어두운 얼굴로 그 말을 받았다.

"내가 어찌 조예를 두려워 이러겠느냐? 걱정하는 것은 다만 사마의 한 사람이다. 이제 맹달이 모처럼 큰일을 하려 하나 사마의를 만나면 반드시 낭패를 보고 말 것이다. 맹달은 사마의의 적수가 못 되니 틀림없이 사로잡힐 것이고, 그래서 맹달이 죽으면 중원을 뺏기는 쉽지가 않다. 어찌 두렵지 않겠느냐?"

"그거야 맹달에게 어서 글을 보내 사마의를 막게 하면 되지 않습니까."

마속은 그래도 걱정할 게 없다는 듯 공명에게 말했다. 공명도 우선은 그 수밖에 없어 마속의 말을 따랐다. 급히 글 한 통을 써서 그날 밤으로 맹달에게 띄웠다.

그때 맹달은 신성에서 자신이 촉에 보낸 심복이 돌아오기만을 눈이 빠지게 기다리고 있었다. 바로 공명에게 사람을 보내지 못하고 이엄을 통해 말을 띄울 때부터 결과가 은근히 걱정스러웠다. 그런데 얼마 안 돼 돌아온 심복은 바로 공명의 편지를 내밀었다. 맹달이 열어 보니 그 사연은 대략 이러했다.

'공의 글을 읽어보니 공의 충의로운 마음을 알겠소. 옛벗을 잊지 않고 다시 찾아오겠다니 더욱 기쁘외다. 만약 이번의 큰일이 제대로 풀린다면 공은 한조(漢朝)를 다시 일으키는 데 으뜸가는 공신이 될 것이오. 그러나 일은 매우 삼가고 남 모르게 해나갈 것이며 가볍게 다른 사람에게 맡겨서는 아니 될 것 같소. 부디 신중하게 움직이고 경계를 게을리 하지 마시오.

요사이 듣자니 조예는 다시 사마의를 불러들여 낙양과 완성의 군사를 모두 맡겼다 하오. 만약 공이 일을 일으키려 함을 알게 되면 반드시 그리로 먼저 달려갈 것이오. 모든 일에 어긋남이 없게 채비를 갖추어야 할 것이며 결코 사마의를 등한히 보지 않도록 하시오.'

실로 중요하고도 급한 충고였으나 받아들이는 맹달은 그렇지가 못했다. 글을 다 읽자 껄껄 웃으며 말했다.

"공명은 걱정이 많은 사람이라더니 정말로 그렇구나. 이제 이 글을 읽어보니 그게 거짓이 아님을 알겠다."

그러고는 얼른 답장을 써서 공명에게 보냈다. 맹달이 심복을 보내
글을 보내왔다는 말을 듣자 공명은 그를 장막 안으로 불러들였다.
그가 바친 맹달의 글은 대략 이랬다.

'승상의 가르침을 받고서 어찌 조금이라도 게을리함이 있을 수 있
겠습니까만 말씀하신 사마의의 일은 별로 걱정할 게 없을 듯싶습니
다. 완성은 낙양에서 팔백 리나 떨어져 있고, 이곳 신성까지는 천이
백 리나 됩니다. 설령 사마의가 제 일을 안다 쳐도 반드시 위주에게
표문을 올려야 할 것이니 그 왕복에만도 한 달은 걸릴 것입니다.

거기다가 이 맹달의 성은 높고 든든하며 거느린 장수와 군사들은
모두 이 땅의 지리에 밝습니다. 사마의가 바로 달려온다 해도 두려
워할 게 무엇 있겠습니까? 승상께서는 마음을 놓으시고 제가 이겼
다는 소식이나 기다려주십시오.'

실로 자신만만한 내용이었다. 그러나 읽기를 마친 공명은 편지를
땅에 내던지고 발을 구르며 탄식했다.

"맹달은 반드시 사마의의 손에 죽고 말겠구나!"

"그게 무슨 말씀입니까?"

곁에 있던 마속이 알 수 없다는 듯 물었다. 공명이 걱정 가득한 얼
굴로 까닭을 밝혔다.

"병법에 이르기를 그 방비 없는 곳을 치고, 뜻하지 않는 곳으로
나아간다[攻其無備 出其不意]라 했다. 어찌 한 달이란 기간이 있을 것

이라 믿는가? 조예는 이미 사마의에게 적을 만나면 즉시 쳐 없애란 명을 내렸거늘, 새삼 사마의가 묻고 자시고 할 게 무엇 있겠는가? 만약 사마의가 맹달이 모반하려 함을 안다면 결코 열흘을 넘기지 않고 먼저 그에게로 들이닥칠 것이다. 한 달을 믿고 마음 놓고 있는 맹달에게 어찌 손쓸 틈이나 있겠는가!"

그 말을 듣자 마속뿐만 아니라 다른 장수들도 모두 고개를 끄덕였다.

"아무래도 그냥 두어서는 안 되겠구나. 다시 맹달에게 일러주어야겠다."

공명은 그렇게 말하고 급히 맹달이 보낸 사람에게 글을 주어 되돌려보냈다.

'공은 사마의를 너무도 작게 보는 것 같소. 만약 아직 일을 시작하지 않았거든 모든 걸 깊이 마음속에 감추어두시오. 함께 일할 사람이라도 결코 이 일을 알게 해서는 아니 되오. 누구든 공 이외의 사람이 알게 되면 공은 틀림없이 낭패를 보고야 말 것이오!'

그 같은 공명의 글을 받은 맹달의 심복은 그날로 되돌아서서 신성으로 달려갔다.

한편 공명의 계략으로 벼슬길에서 쫓겨난 사마의는 완성에서 마음에도 없이 한가로운 나날을 보내고 있었다. 그런데 오래잖아 촉병이 국경을 넘어 쳐들어오고, 이어 위가 잇따라 촉에게 패했다는 소문이 들렸다. 모두가 한결같이 분하고도 안타까운 소식이었으나 벼슬길에서 쫓겨난 몸으로서는 어찌해볼 도리가 없었다. 하늘을 우러러 보며 길게 탄식만 쏟을 뿐이었다.

그런 사마의에게는 아들 둘이 있었다. 맏이는 사마사(司馬師)라 하며 자는 자원(子元)이었고, 둘째는 사마소(司馬昭)라 하며 자는 자상(子尙)이었다. 두 사람 모두 뜻이 크고 병서에 밝았다. 하루는 아비 곁에 시립해 섰다가 아비가 길게 탄식하는 걸 듣고 물었다.

"아버님께서는 어인 까닭으로 그토록 탄식하십니까?"

"너희들이 어찌 천하의 큰일을 알겠느냐?"

사마의가 둘을 떠보듯 그렇게 대꾸했다. 그러자 큰아들 사마사가 조심스레 물었다.

"혹시 위주(魏主)가 아버님을 써주지 않는 걸 탄식하고 계신 것은 아닙니까?"

그러나 둘째 사마소는 달랐다. 빙긋 웃으며 사마의를 대신해 형의 말을 받았다.

"그거라면 걱정할 게 없을 듯싶습니다. 오래잖아 아버님께 천자의 부르심이 이를 것입니다."

그런데 미처 그 말이 끝나기도 전이었다. 갑자기 사람이 달려와 천자의 절을 지닌 사신이 이르렀음을 알렸다.

사마의는 구르듯 달려 나가 사신을 맞아들였다. 사신은 위주의 조서를 읽고 그 당부를 전했다. 듣고 난 사마의는 곧 완성에 있는 모든 군마를 긁어모았다. 그때 다시 급한 전갈이 들어왔다.

"금성 태수의 집에서 일하는 사람이 중요한 기밀을 알리겠다며 뵙기를 청합니다."

사마의는 왠지 좋지 않은 느낌이 들어 얼른 그를 불러들이게 했다.

"그래 기밀이란 무엇이냐?"

사마의가 그렇게 묻자 그 사람은 맹달이 모반하려 한다는 걸 자세히 일러바쳤다. 뿐만이 아니었다. 맹달의 심복인 이보(李輔)와 생질인 등현(鄧賢)도 맹달의 죄상을 알리는 글을 보내 왔다.

듣기를 마친 사마의는 손으로 이마를 치며 기뻐했다.

"이것은 우리 황상(皇上)의 큰 복이시다. 제갈량의 군사가 기산에 이르러 안팎의 모든 사람이 모두 겁을 먹고 있고 천자께서는 하는 수 없이 몸소 장안으로 납시었다. 만약 오늘 나를 쓰지 않았더라면 어찌 될 뻔하였느냐? 맹달이 한번 움직이면 장안과 낙양이 모두 결딴날 뻔했다. 이 역적 놈은 틀림없이 제갈량과 연결되어 이 일을 꾸몄을 것이다. 나는 이 역적 놈을 먼저 때려잡아 제갈량의 간담을 서늘하게 만들어야겠다. 그리되면 절로 군사를 물리고 말 것이다."

곁에 있던 맏이 사마사가 말했다.

"아버님께서는 어서 빨리 천자께 표문을 올려 이 일을 알리도록 하십시오."

그러자 사마의가 고개를 가로저었다.

"만약 폐하께 알려 성지(聖旨)를 받들자면 글이 오가는 데만도 한 달은 걸릴 것이다. 그럴 틈이 없다."

그러고는 그날로 인마를 출발시켰다.

"걸음을 빨리 하여 이틀 갈 길을 하루에 갈 수 있도록 하라. 뒤처지는 자는 목을 베리라!"

그런 추상같은 호령과 함께였다.

사마의의 매서운 솜씨는 거기에 그치지 않았다. 질풍같이 대군을 몰아대는 한편 맹달을 속여 마음 놓게 하는 것도 잊지 않았다. 그 일을 맡기 위해 뽑힌 것은 참군 양기(梁畿)였다.

"너는 밤낮을 가리지 말고 신성으로 달려가 맹달에게 나와 함께 싸우러 나갈 채비를 하고 있으라고 일러라. 그래야만 그는 의심 않고 있을 것이다."

사마의는 그렇게 이른 다음 양기를 먼저 보냈다.

양기를 뒤따르듯 사마의가 대군을 휘몰아 산성으로 달려가기 시작한 지 이틀째 되던 날이었다. 한군데 산굽이를 도는데 한 떼의 인마가 달려 나왔다. 우장군 서황이 이끄는 군사였다.

서황이 말에서 내려 사마의에게 예를 표한 다음 물었다.

"천자의 어가가 장안에 이르러 몸소 촉병을 치려 하시는 이때에 도독은 장안으로 가지 않고 어디로 가십니까?"

"지금 맹달이 모반하려 하고 있어 먼저 그를 잡으러 가는 길이오."

사마의가 서황에게 나직이 말했다. 서황도 한평생을 싸움터에서 늙은 사람이라 사마의의 뜻을 못 알아들을 리 없었다. 잠깐 일었던 의심을 거두고 맹달을 잡는 일에 팔을 걷어붙이고 나섰다.

"선봉은 제가 맡겠습니다."

사마의도 기꺼이 그를 받아들였다. 그리하여 서황에게 전부를 맡기고 자신은 중군에 자리 잡는 한편 두 아들은 뒤를 맡게 했다.

다시 이틀을 갔을 때였다. 이번에는 앞서 살피러 나갔던 군사들이 수상쩍은 인물 하나를 잡아왔다. 바로 공명에게 심부름을 갔던 맹달의 심복으로 돌아가는 길에 재수없게 붙들린 것이었다. 군사들이 그의 몸을 뒤지니 공명이 맹달에게 보낸 답장이 나왔다.

군사들이 그를 끌고 오자 사마의가 말했다.

"너를 살려줄 테니 그동안의 일을 아는 대로 말하라."

이에 맹달의 심복은 공명과 맹달 사이를 오가며 보고 들은 걸 하나하나 털어놓았다. 그제서야 사마의는 다시 공명이 맹달에게 보낸 편지를 뜯어보았다.

"세상에서 뛰어났다는 사람들이 보는 것은 모두 똑같구나! 내가 선수를 칠 걸 공명이 이미 알아차렸으나, 우리 폐하께서 복이 있어 맹달에게 가야 할 편지가 내 손에 들어오게 되었다. 이제 맹달은 아무 짓도 못할 것이다!"

읽기를 마친 사마의가 한편 놀라면서도 한편 다행이라는 듯 그렇게 소리쳤다. 그리고 인마를 더욱 재촉하여 밤낮없이 달려갔다.

한편 신성의 맹달은 금성 태수 신의(申儀)와 상용 태수 신탐(申耽)에게 같은 날 거사하기로 약조하고 때가 오기만을 기다렸다. 촉에서 달아날 때 함께 데리고 온 사람들이라 깊이 믿고 있었지만 그것도 잘못이었다. 신의와 신탐은 겉으로만 따르는 체했을 뿐 안으로는 매일 군마를 조련하며 위의 대군이 이르기만을 기다리고 있었다. 그때 안에서 호응해 거꾸로 맹달을 때려 잡을 속셈이었다.

그것도 모르고 맹달은 연일 사람을 보내어서 군사를 내자고 재촉했다.

"아직 싸움에 쓸 병기며 군량과 마초가 제대로 마련되지 못했습니다. 군사를 낼 날짜를 정할 만한 처지가 못 됩니다. 조금만 더 기다려주십시오."

신의와 신탐은 그렇게 평계를 댈 날짜를 끌었으나 맹달은 그대로 믿고 의심치 않았다.

그러던 어느 날이었다. 맹달이 금성과 상용 두 곳 군마가 채비되기만을 기다리고 있는데 문득 사람이 들어와 알렸다.

"참군 양기가 왔습니다. 사마의가 보낸 듯합니다."

그 말에 맹달은 얼른 양기를 성안으로 맞아들였다. 시치미를 떼고는 있어도 사마의가 보냈다는 게 왠지 마음에 걸렸다. 그러나 양기는 그런 맹달의 마음을 한마디로 풀어주었다.

"사마도독께서는 천자의 조서를 받들어 여러 갈래 군마를 이끌고 촉병을 물리치러 나서시었습니다. 태수께서도 거느리신 군마를 모두 모으시어 필요할 때는 그리로 보내실 수 있도록 채비해두십시오."

양기가 그렇게 말하자 맹달은 공연한 걱정을 했다 싶었다. 환하게 펴진 얼굴로 슬몃 물었다.

"도독께서는 언제 군사를 내신다 하던가?"

"지금쯤은 아마도 완성을 떠나 장안으로 달려가고 계실 것입니다."

과연 사마의가 재빠르기는 했으나 장안으로 갔다면 일은 모두 자신이 바라는 대로 흘러가는 셈이었다. 맹달은 기쁨을 이기지 못해 속으로 가만히 중얼거렸다.

'그렇다면 이제 내 대사는 이루어지겠구나!'

그러고는 풍성한 술자리를 마련해 양기를 대접했다.

양기를 성 밖으로 내보낸 뒤 맹달은 곧 신탐과 신의에게 사람을 보내 전하게 했다.

"내일 거사하도록 합시다. 모두 기치를 대한(大漢)으로 바꾸고 길을 나누어 낙양을 치는 것이오.”

그런 전갈을 보낼 때만 해도 맹달은 벌써 낙양을 손에 넣은 듯한 기분이었다. 하지만 그 기분도 잠시였다.

“성 밖에서 티끌이 자옥이 일며 적잖은 인마가 몰려오고 있습니다. 그러나 어디서 온 군사인지 잘 모르겠습니다.”

갑자기 그런 급한 전갈이 맹달을 놀라게 했다. 날짜를 내일로 잡아두었으니 신의와 신탐의 군사일 리는 없었다.

맹달은 불안한 마음으로 성벽 위에 올라가 다가오는 군사들을 살펴보았다. 놀랍게도 그들이 앞세우고 있는 큰 깃발에는 ‘우장군 서황’이란 글씨가 펄럭이고 있었다.

그걸 본 맹달은 깜짝 놀랐다. 얼른 적교를 올리게 하고 서황이 하는 양을 살폈다. 서황은 말에 탄 채 성 밖 참호 곁에 이르러 성벽을 올려보며 크게 소리쳤다.

“역적 맹달은 어서 빨리 항복하라!”

그제서야 맹달은 일이 크게 그릇된 걸 알았다. 일찍이 공명이 일러준 말을 귀담아듣지 않은 걸 후회하며 싸움을 서둘렀다.

“뭣들 하는가? 활을 쏘아라!”

맹달이 그렇게 소리치자 성벽 위의 군사들이 일제히 서황에게 화살을 쏘아 붙였다. 공교롭게도 화살 하나가 그대로 서황의 이마에 꽂히었다. 곁에 있던 다른 장수들이 놀라며 서황을 구해 갔다.

거기 기세가 오른 맹달의 군사들이 더욱 어지럽게 화살을 퍼붓자 위병들도 마침내는 견디지 못했는지 성벽 근처에서 물러났다.

맹달도 싸움의 흐름은 아는 사람이었다. 그 기세를 타려고 급히 성문을 열고 물러나는 위병을 뒤쫓으려 했다. 그러나 성을 몇 발짝 나서기도 전에 사방이 깃발로 뒤덮이며 위의 대군이 들이닥쳤다. 바로 사마의가 이끄는 본대였다. 벌써 사마의의 본대까지 이른 걸 보자 맹달은 온몸에서 힘이 쭉 빠졌다. 하늘을 우러러 보며 길게 탄식했다.

"정말로 공명이 미리 헤아린 대로구나! 이제는 굳게 성문을 닫고 물러나 지키는 도리밖에 없겠다."

한편 맹달의 군사가 쏜 화살에 이마 한가운데를 맞은 서황은 곧 자기편 군사들의 구함을 받아 진채로 옮겨졌다. 군사들은 그 이마에서 화살을 뽑고 의자를 찾아 치료하게 했으나 서황이 이미 늙어 효과가 없었다. 마침내 회복하지 못하고 그 밤으로 죽으니, 그때 서황의 나이 쉰아홉이었다. 조조를 만난 지 삼십여 년, 크고 작은 싸움터를 누비면서도 패배를 모르던 맹장이었지만, 끝내는 싸움터에서 숨겨간 것이었다.

사마의는 사람을 시켜 서황의 영구를 낙양으로 보냈다. 함께 싸운 적은 많지 않으나 조위(曹魏)를 위해 목숨을 다한 그 공을 기려 그곳에서 후히 장례 지내도록 하기 위함이었다. 하지만 그 같은 조처를 취하는 동안도 사마의는 신성의 포위를 조금도 늦추지 않았다.

이윽고 날이 밝았다. 맹달은 잠시 무슨 좋은 일이라도 벌어지지 않았나 싶어 성벽 위로 올라가 적진을 살폈다. 전날과 다름이 없었다. 위병들만 철통같이 사방을 에워싸고 있을 뿐이었다.

그걸 본 맹달은 가슴이 섬뜩했다. 안으로 들어가도 앉으나 서나 마음이 불안했다. 그러나 머릿속에 가득한 건 놀람과 두려움뿐, 당장은 어찌해야 할지 생각이 떠오르지 않았다. 하릴없이 속만 끓이며 성안을 서성대고 있는데 문득 사람이 달려와 알렸다.

"성 밖에서 두 갈래 군마가 다가오고 있습니다."

그 소리에 놀란 맹달이 뛰듯이 성벽 위로 올라가 보니, 과연 티끌을 자옥이 일으키며 두 갈래 군마가 다가왔다. 앞세운 큰 깃발 하나는 신탐의 것이었고, 다른 하나는 신의의 것이었다. 그들 형제가 이미 마음이 변한 걸 알지 못하는 맹달은 그 깃발을 알아보자 기쁘기 그지없었다. 자기를 구해주러 달려온 것인 줄만 알고 거기 호응한다는 게 그만 돌이킬 수 없는 지경으로 빠지고 말았다.

맹달이 거느린 군사를 모두 휘몰아 성문을 크게 열고 달려 나가자 신탐과 신의가 문득 소리를 합쳐 꾸짖었다.

"역적 맹달은 달아나지 말라. 어서 길게 목을 빼고 죽음을 받아라!"

그제서야 맹달은 다시 일이 잘못된 걸 알았다. 얼른 말 머리를 돌려 성안으로 돌아가려 했다.

하지만 그마저도 뜻 같지가 못했다. 갑자기 성벽 위에서 화살이 어지럽게 쏟아지며 이보와 등현이 나타나 큰 소리로 맹달을 꾸짖었다.

"역적 놈이 어디로 들어오려는가? 우리는 이미 성을 사마도독께 바쳤다!"

맹달은 너무 기가 막혀 성낼 틈도 없었다. 얼른 길을 앗아 달아나기 바빴다. 그런 맹달을 신탐이 뒤쫓아왔다.

오래잖아 맹달은 사람과 말이 함께 지쳤다. 마침내 신탐에게 따라잡힌 바 되자 맹달은 돌아서서 맞서려 했다. 그러나 쫓기는 마음이라 손발이 제대로 말을 들어주지 않았다.

신탐이 그런 맹달을 한창에 꿰어 말 아래로 떨어뜨리고 그 목을 베었다. 생각하면 반복무쌍한 맹달의 일생이었다. 처음에는 유장(劉璋)을 섬기다가 유비에게로 돌아서고, 유비를 섬기다가 또 조씨(조비)에게로 넘어갔다. 그리고 조씨에게서 다시 유씨에게로 돌아가려다가 덜미를 잡히고 만 것이었다.

맹달이 죽자 그를 따르던 무리들은 모두 창칼을 던지고 항복했다. 이보와 등현은 크게 성문을 열어 사마의를 맞아들였다.

사마의는 놀란 백성들의 마음을 달래준 뒤 위주 조예에게 맹달을 잡은 일을 알렸다. 조예는 몹시 기뻐하며 말했다.

"보내 온 맹달의 목은 저잣거리에 높이 매달아 여럿에게 역적질한 끝이 어떤가를 보이게 하라. 신의와 신탐에게는 그 공에 알맞은 벼슬을 더하게 하고, 사마중달은 어서 촉과의 싸움으로 나아감이 좋으리라. 신성과 상용은 이보와 등현에게 맡겨 지키게 하면 될 것이다."

이에 사마의는 그대로 따라 장안으로 군사를 이끌고 달려갔다. 거기서 힘을 몰아 한꺼번에 제갈량을 밀어부칠 작정이었다.

장안 성 밖에 진채를 내린 사마의는 홀로 성안으로 들어가 위주 조예를 뵈었다. 조예가 기쁜 얼굴로 사마의를 맞으며 지난 일을 뉘우쳤다.

"짐이 잠시 눈이 어두웠던 모양이오. 적의 이간질에 넘어가 경을 멀리 했으니, 실로 뉘우쳐도 이를 길 없구려. 이번에 맹달이 모반을 일으켰을 때 경이 나서서 막아주지 않았더라면 장안과 낙양이 한꺼번에 결딴날 뻔했소."

그러나 사마의는 오히려 잘못을 빌듯 말했다.

"신은 신의가 모반의 낌새를 가만히 일러주는 말을 듣고 먼저 폐하께 그 일을 말씀드리려 했습니다. 그러나 글이 오가는 데 시간이 걸려 그사이 일이 그르쳐질까 봐 폐하의 가르침을 기다리지 않고 밤길을 달려 맹달을 잡으러 갔던 것입니다. 만약 폐하의 가르치심을 기다리고 있었다면 틀림없이 제갈량의 계책에 빠지고 말았을 것입니다."

그리고 품 안에서 제갈량이 맹달의 밀서에 보낸 답장을 꺼내 올렸다. 그 글을 읽어본 조예는 더욱 감탄했다.

"경의 배움과 앎은 실로 손자, 오자보다 낫구려!"

그리고 금으로 만든 도끼를 내리며 덧붙였다.

"앞으로도 일이 무겁고 남모르게 재빨리 처리해야 될 것이면 내게 알려 답을 구할 것 없이 경의 뜻대로 처리하도록 하시오."

사마의에 대한 믿음을 그대로 나타낸 말이었다.

하지만 맹달을 잡아 죽였어도 아직 위가 촉을 물리친 것은 아니었다. 멀지 않은 곳에서 중원을 노려보고 있는 제갈량을 두고 작은 성공만 기뻐하고 있을 수는 없는 일이었다.

사마의는 곧 위주 조예의 명을 받들어 밀고 들어오는 촉군을 막고자 관을 나서게 되었다. 떠날 무렵 해서 사마의가 조예에게 아뢰었다.

"신이 한 대장을 천거하겠으니 써주십시오. 선봉으로 삼을까 합니다."

"그게 누구요?"

조예가 물었다. 사마의가 얼른 대답했다.

"우장군 장합이면 그 일을 맡아낼 수 있을 것입니다."

"그라면 나도 한번 써보고 싶었소이다."

조예는 그렇게 말하며 장합에게 선봉이 되어 사마의와 함께 촉을 치러 갈 것을 명했다. 그리고 따로이 신비(辛毗)와 손례(孫禮)에게도 오만 정병을 내주며 어려운 지경에 빠져 있는 조진을 돕게 했다.

한스럽구나, 가정의 싸움

이십만 대군을 이끌고 관을 나선 사마의는 진채를 내리자마자 선봉 장합을 불러 말했다.

"제갈량은 평생을 삼가고 조심하는 사람이라 감히 억지스런 일을 하려 들지는 않는구려. 만약 내가 그의 자리에서 군사를 부렸다면 자오곡(子午谷)을 통해 지름길로 장안을 쳐서 많은 시간을 벌었을 것이외다. 하기야 그가 그 길을 고르지 않는 게 꾀가 없어서만은 아니었던 듯싶소. 다만 혹시라도 실수가 있을까 하여 위태로움과 험함을 무릅쓰지 못했을 뿐이오.

이제 제갈량은 틀림없이 야곡으로 나와 미성을 치려 할 것이오. 그리하여 미성을 빼앗게 되면, 군사를 두 길로 나누어 한 갈래는 기곡을 뺏으려 들 것이외다. 하지만 나는 이미 자단(子丹, 조진의 자)에게 글을 보내 미성을 지키게 하였소. 만약 적병이 오더라도 성을 나가지 말고 안에서 버티기만 하라고 시켜두었소. 또 신비와 손례에게는 기곡 입구를 막고 있다가 적이 오면 기병을 내어 치라 하였소."

"그럼 장군께서는 어디로 군사를 내실 작정이십니까?"

듣고 있던 장합이 물었다. 사마의가 자신있게 대답했다.

"나는 진작부터 진령 서쪽으로 한 가닥 길이 나 있음을 알고 있소. 바로 가정(街亭)이란 곳을 지나는 길인데, 그 곁에는 열류성(列柳城)이란 성이 하나 있어 그 두 곳은 모두 한중으로 들어가는 목구멍 같은 곳이 되오. 제갈량은 자단이 아무런 준비 없음을 얕보고 틀림없이 그 길로 나올 것이오. 나와 공은 지름길로 가정을 차지하도록 합시다. 그러면 거기에서는 양평관(陽平關)이 멀지 않소. 제갈량은 내가 목울대 같은 가정의 길을 끊어버리면 군량을 가져올 길이 없어 농서 일대를 편안히 지킬 수가 없을 것이오. 하는 수 없이 밤을 틈타 한중으로 달아날 것인데 그때 그를 치는 것이오. 허겁지겁 달아나는 그를 좁은 길목에서 막고 짓두들기면 틀림없이 우리가 이길 수 있을 것이외다. 만약 제갈량이 돌아가지 않을 때는 모든 곳의 샛길에 보루를 쌓고 군사들을 풀어 막고 있게 할 것이오. 그리되면 한 달도 안 돼 촉병은 모두 굶어 죽고 제갈량은 내 손에 사로잡히고 말리다."

그 부근의 모든 지리를 손바닥 들여다보듯 하며 밝히는 계책을 들어보니 장합도 크게 깨달아지는 게 있었다. 자기도 모르게 땅바닥에 엎드려 사마의에게 절을 하며 감탄을 쏟았다.

"실로 도독의 헤아림은 귀신 같습니다!"

그러나 사마의는 오히려 그때부터 조심하고 불안스런 얼굴이 되었다. 무거운 목소리로 장합에게 당부했다.

"그래도 제갈량은 맹달 따위와는 견줄 수도 없는 사람이오. 장군은 선봉으로 앞장서되 결코 가볍게 나아가서는 아니 되오. 마땅히 여러 장수에게 알리어 그 산 서쪽 길에 숨게 한 뒤 멀리서 조심조심 탐지해보고 복병이 없음을 알게 되거든 그때에야 나아가게 하시오. 그걸 게을리하거나 소홀히 했다가는 반드시 제갈량의 계책에 떨어지고 말 것이외다!"

장합도 싸움터에서 늙은 사람이었다. 그 같은 사마의의 말을 알아듣지 못할 리 없었다.

"분부대로 따르겠습니다."

그 한마디와 함께 군사를 이끌고 사마의가 일러준 곳으로 떠났다.

한편 공명은 기산(祁山) 아래의 진채에서 마음을 죄며 맹달의 소식을 기다리고 있었다. 맹달에게 보내는 답장을 가지고 떠난 군사가 소식이 없어 다시 세작을 신성으로 보낸 다음이었다. 며칠 안 돼 세작이 달려와 기막힌 소식을 전했다.

"틀렸습니다. 모든 일은 물거품이 되고 말았습니다. 사마의는 길을 두 배로 달려 여드레 만에 신성에 이르렀습니다. 그 뜻밖의 재빠른 진군에 맹달은 어찌 손써볼 틈이 없었는 데다, 신탐, 신의, 이보, 등현 등이 안에서 사마의에게 호응해, 맹달은 마침내 어지럽게 쫓기는 군사들 틈에서 죽고 말았다고 합니다. 사마의는 그제서야 장안으로 가서 위주를 만나보고 장합과 함께 관을 나왔는데, 지금 이리로 오는 중일 것입니다."

그 말을 들은 공명은 깜짝 놀랐다. 그 어이없는 소식에 땅이 꺼지듯 탄식했다.

"맹달은 일을 꼼꼼하게 하지 못한 허물이 있으니 죽어 마땅하다고 쳐도 앞으로를 어찌한단 말인가! 사마의가 관을 나왔다면 틀림없이 가정을 차지해 우리의 숨통 같은 길을 끊어놓을 것이다."

그리고 좌우를 둘러보며 다급하게 물었다.

"누가 군사를 이끌고 가서 가정을 지키겠는가?"

"제가 가보겠습니다."

공명의 물음이 떨어지기 바쁘게 참군 마속이 나섰다. 남달리 마속을 아끼고 믿는 공명이었으나 그날만은 달랐다. 걱정을 감추지 못하고 다짐받듯 말했다.

"가정이 비록 작은 땅이나 길목으로서는 매우 중요한 곳이다. 만약 가정을 잃어버리면 우리 대군은 모두 끝장이 나고 만다. 그대가 비록 꾀와 슬기가 뛰어났다 해도, 거기에는 성곽이 없는 데다 땅조차 험하지 않아 지키기에 매우 어렵다. 그래도 가보겠느냐?"

마속이 자신있게 그 말을 받았다.

"저는 어려서부터 병서를 많이 읽어 병법이라면 제법 압니다. 어찌 가정 한 곳쯤 지켜내지 못하겠습니까?"

"사마의는 결코 얕볼 수 있는 사람이 아니다. 거기다가 그 선봉인 장합은 위에서도 알아주는 명장이다. 그대가 당해내지 못할 것 같아 걱정스럽구나."

공명이 그렇게 말하자 마속은 더욱 오기가 나는 듯했다. 큰소리에 그치지 않고 엄청난 걸 걸었다.

"사마의나 장합은 말할 것도 없고 조예가 친히 온다 해도 두려워할 게 무엇 있겠습니까! 만일 제가 조금이라도 실수가 있으면 저희 집안 모두를 목 베셔도 원망하지 않겠습니다."

공명이 그런 마속에게 한 번 더 다짐을 받았다.

"군중에서는 말장난이 없는 법이다."

"알고 있습니다. 군령장을 써두고 떠나겠습니다."

마속이 그렇게까지 나오니 공명도 그를 믿지 않을 수 없었다. 공명이 출전을 허락하자 마속은 제 말대로 군령장을 써서 바쳤다.

"나는 그대에게 이만 오천의 가려 뽑은 군사를 주고, 다시 상장 한 사람을 더해 그대와 서로 돕게 하겠다."

공명은 군령장을 거둔 뒤 그렇게 말하며 왕평을 불렀다.

"나는 평소 그대가 모든 일에 신중함을 알고 있다. 그걸 믿고 특히 그대를 뽑아 이같이 중임을 맡기는 것이니 부디 그대는 삼가고 또 조심하라. 거기서는 반드시 요긴한 길목에 진채를 세워 적병으로 하여금 쉽게 지나지 못하게 하라. 진채가 다 서거든 얼른 그곳의 사방 지형을 그림으로 그려 내게 보이고, 모든 일은 반드시 군사를 세워 의논한 뒤 다시 나아가며 결코 가볍게 내닫지 말라.

지금까지 내가 이른 것을 모두 지킨다면, 아무런 위태로움을 겪지 않을 뿐만 아니라 장안으로 들어서는 데 으뜸가는 공은 그대의 것이 될 것이다. 내 말을 마음에 새기고 또 새겨 부디 저버리지 않도록 하라. 경계하고 또 경계하라."

왕평을 위해서라기보다는 믿고 아끼는 마속을 위해 더욱 간곡해진 당부였다.

왕평과 마속은 공명의 당부가 끝나자 공명에게 절하며 작별하고 가정으로 떠났다. 공명은 아무래도 마음이 놓이지 않는지 다시 고상 (高翔)을 불러 말했다.

　　"혹시라도 두 사람에게 실수가 있을까 실로 걱정된다. 가정 동북쪽에 열류성(列柳城)이란 성이 하나 있는데 산모퉁이의 좁은 길을 끼고 있어 군사를 머물게 할 만하다. 그대에게 군사 만 명을 줄 것이니 그곳으로 가서 머물러 있다가 가정이 위태롭거든 달려가서 구하라."

　　이에 고상은 군사 만 명을 이끌고 열류성으로 떠났다.

　　하지만 공명은 그래도 마음이 놓이지 않았다. 사마의가 장합을 데려왔다면, 틀림없이 장합을 거기 투입할 것인데 고상은 그 적수가 아니었다. 특별히 솜씨 좋은 대장 하나를 더 뽑아 가정 오른쪽에 묻어두어야만 가정을 제대로 지켜낼 것 같았다.

　　이에 공명은 위연을 불러 말했다.

　　"고상만으로는 아무래도 마음이 놓이지 않으니 장군도 가보시오. 이끌고 있는 군사들과 더불어 가정 뒤편에 숨어 있다가 저들이 불리하면 나가 도우시오."

　　그러자 위연이 불평처럼 물었다.

　　"나는 전부로서 마땅히 앞장서 적을 쳐부숴야 하지 않겠습니까? 그런데 승상께서는 어찌하여 편안하고 한가로운 곳에 처박아두려 하십니까?"

　　공명이 그런 위연을 달래듯 차근차근 일러주었다.

　　"앞장서서 적을 쳐부수는 것은 편장(偏將)이나 비장(裨將)들이 할 일에 지나지 않소이다. 이제 장군이 가서 도와야 할 가정은 양평관으로 가는 요충이 될 뿐만 아니라 한중의 목구멍 같은 곳이오. 실로 대임 중에도 대임이라 할 만한데 어찌 평안하고 한가로운 땅이라 하시오? 장군은 결코 등한히 보아 나라의 큰일을 그르쳐서는 아니 되오. 부디 조심하고 조심해 맡은 일을 다하시오."

그제서야 위연은 기쁜 낯빛을 지었다. 거느린 군마를 몰아 공명이 시킨 곳으로 떠났다.

무슨 불길한 예감에서일까, 아니면 큰 싸움을 앞둔 장수의 소심함에서일까. 두 번 세 번 만일의 사태에 대비했건만 공명은 여전히 마음이 놓이지 않은 듯했다. 또다시 조운과 등지를 불러 영을 내렸다.

"이번에는 사마의가 군사를 끌고 나왔으니 지난날과는 다를 것이오. 두 분은 각기 한 갈래 군사를 이끌고 기곡으로 나가 의병이 되시오. 위병을 만나거든 더러는 싸우고 더러는 싸움을 피해 그들의 마음을 놀라게 하는 것이오. 나는 스스로 대군을 이끌고 야곡을 거쳐 미성을 들이칠 것이오. 미성만 뺏으면 장안도 우려뺄 수 있소."

명을 받은 두 사람 또한 그날로 군사를 이끌고 떠나갔다.

공명은 모든 배치가 끝난 뒤에야 강유를 선봉으로 삼아 야곡으로 밀고 나아갔다.

한편 가장 먼저 떠나 가정에 이른 마속과 왕평은 먼저 그곳의 지세부터 살폈다. 한참을 돌아본 마속이 껄껄 웃으며 말했다.

"승상은 어찌 그리도 걱정이 많으신지 모르겠소. 이 같은 산골짜기에 위병이 어찌 감히 밀고 든단 말이오?"

왕평이 신중하게 그 말을 받았다.

"비록 위병이 감히 오지 못한다 해도 여기 다섯 갈래 길이 모두 모인 초입에다 진채를 내리는 게 좋을 듯하오. 어서 군사들에게 영을 내려서 나무를 베어 목책을 세우도록 합시다. 그런 다음 장구한 계책을 꾀해야겠소."

"길 옆에다 어떻게 진채를 세운단 말씀이오? 저쪽 곁 산을 보시오. 사방으로 이어져 있지 않을 뿐만 아니라 수풀이 넓게 퍼져 있으니 하늘이 내린 험지라 할 만하오. 그 산 위에다 군사를 머무르게 하는 게 옳을 것이오."

마속이 그렇게 왕평의 생각을 반대하고 나섰다. 왕평도 지지 않고 맞섰다.

"아니오. 그건 참군께서 틀리신 듯싶소. 길 곁에 군사를 머무르게 하여 성벽을 쌓고 목책을 두른다면, 설령 적병 십만이 온다 해도 능히 지나갈 수 없을 것이외다. 이제 만약 저같이 요긴한 길목을 버려두고 산 위에 진을 쳤다가, 위병이 몰려들어 사면을 에워싸버린다면 무슨 수로 견뎌내겠소?"

마땅히 뜨끔해서 들어야 할 말이었으나 마속은 어느새 제 생각에 취해 있었다. 큰 소리로 껄껄 웃어젖힌 뒤 핀잔처럼 말했다.

"공은 참으로 좁은 소견을 지녔구려. 병법에 이르기를 높은 곳에서 아래를 내다보게 되면 그 기세는 대나무를 쪼갤 때와 같다[凭高視下 勢如破竹]고 하지 않았소? 만약 위병이 온다면 나는 저들에게 갑옷 한 조각 찾아갈 수 없게 할 것이오!"

"나는 여러 번 승상을 따라다니며 승상께서 진채를 세우시는 걸 보아왔소. 승상께서는 가시는 곳마다 내게 그곳에 진채를 세우는 까닭을 일러주셨는데, 거기 따르면 참군이 잡은 진터는 옳지 않소. 내가 보기에 저 산은 이른바 절지(絶地)에 해당되오. 만약 위병들이 물을 길어 오르는 길만 끊어버려도 우리 군사는 절로 어지러워지고 말 것이오."

왕평이 깐깐한 목소리로 다시 그렇게 맞받았으나 소용이 없었다. 마속은 제법 성까지 내어 왕평을 몰아붙였다.

"공은 더 이상 어지러운 소리를 하지 마시오. 손자도 말하기를 죽을 곳에 선 뒤에야 살 길이 생긴다[置之死地而後生]라 하지 않았소? 만약 위병이 우리 물길을 끊는다면 촉병이 어찌 죽기로 싸우지 않을 수 있겠소? 그때는 한 사람이 적병 백을 당해낼 것이오. 나는 일찍부터 병서를 많이 읽어 승상께서도 모든 걸 내게 물으시곤 하셨소. 그런데 공이 어찌 내가 하는 걸 막으려 하시오?"

마속이 그렇게 나오자 왕평도 더는 마속의 마음을 돌릴 수 없음을 알았다. 생각 끝에 말을 바꾸었다.

"좋소이다. 그럼 참군께서는 산 위에다 진채를 세우시오. 하지만 내게도 군사를 좀 나눠주시어 산 서쪽 아래편에 작은 진채를 세우게 해주셨으면 하오. 그래서 양군이 의지하는 형세를 이루게 되면 위병이 와도 서로 도울 수가 있을 것이오."

그러나 마속은 그마저도 들어주려 하지 않았다. 대답 대신 얼굴만 찌푸리고 있는데 문득 한 떼의 백성들이 몰려왔다. 모두 그 산 속에 사는 사람들로, 허겁지겁 달려온 그들이 입을 모아 말했다.

"위나라 군사들이 몰려오고 있습니다!"

그 말을 듣자 왕평은 다시 한번 자기의 주장을 펴고 떠나려 했다. 마속이 마지못해 못마땅한 목소리로 내뱉었다.

"공이 굳이 내 말을 듣지 않겠다니 오천 군사를 주겠소. 가서 원하는 데 진채를 세우도록 하시오. 하지만 내가 위병을 쳐부순 뒤 승상 앞에 가서 공을 나눠 가질 생각일랑은 마시오."

하지만 그것도 승낙은 승낙이었다. 왕평은 군사 오천을 이끌고 산 아래 십 리 되는 곳에 진채를 세운 뒤 자신과 마속이 진채를 친 곳을 그리게 했다.

그리고 그날 밤으로 사람을 공명에게 보내 그 그림을 바침과 아울러 그간에 있었던 일을 상세히 알리게 했다.

한편 가정으로 다가들던 사마의는 먼저 둘째 아들 사마소를 불러 명했다.

"너는 가서 앞길을 살펴보아라. 만약 지키는 군사가 있으면 그 자리에 멈춰 서고 나아가지 말라."

이에 앞서 달려간 사마소는 얼마 뒤 돌아와 알렸다.

"가정에는 지키는 군사가 있었습니다."

그러자 사마의는 감탄해 마지않았다.

"제갈량은 참으로 귀신 같은 사람이로구나! 벌써 사람을 보내 그곳을 지키게 했을 줄은 몰랐다."

힘 안 들이고 지나칠 수 있을 줄 알았던 곳에 군사가 지키고 있는 까닭이었다. 그러나 사마소는 달랐다. 무엇을 보고 왔는지 빙긋 웃으며 말했다.

"아버님께서는 어찌하여 스스로 기세를 떨어뜨리고 계십니까? 제가 보기에는 가정을 뺏기는 쉬울 듯했습니다."

"네가 뭘 믿고 그렇게 큰소리를 치느냐?"

사마의가 아들의 말에 한 가닥 기대를 걸고 물었다. 사마소가 별로 들뜬 기색 없이 말했다.

"제가 그곳에 이르러 직접 살펴보고 알아낸 것입니다. 길가에는 아무런 진채나 목책이 보이지 않고 적병은 모두 산 위로 올라가 있었습니다. 저는 그걸 보고 적을 깨뜨릴 수 있음을 알았습니다."

사마의도 그 말에 기쁨을 감추지 못했다.

"정말로 적병들이 산 위에 진을 치고 있다면 이는 하늘이 나로 하여금 공을 이룰 수 있게 해주신 것이리라!"

그러고는 얼른 옷을 갈아 입은 뒤에 수백 기만 이끌고 직접 촉진을 살피러 갔다.

그날 밤 하늘은 맑고 달은 밝았다. 사마의는 몰래 촉병이 진을 치고 있는 산 아래 이르러 산을 한 바퀴 돌며 자세히 살펴본 뒤 자기 진채로 돌아갔다.

마속도 산 위에서 적병들이 산을 돌아보는 것을 알았다. 마속은 그게 사마의라는 것도 모르고 크게 비웃으며 말했다.

"누구건 살기를 바란다면 감히 이 산을 에워싸지는 못하리라!"

그리고 여러 장수들에게 기세 좋게 영을 내렸다.

"만약 적병이 몰려오면 모두 산꼭대기의 붉은 기를 쳐다보고 있으라. 그러다가 그 깃발을 휘두르거든 사방으로 쏟아져 내려가 적병을 짓밟아버려라."

제 생각에만 취해 오히려 위병들이 덤벼주기를 기다리며 하는 소리였다.

한편 진채로 돌아온 사마의는 가만히 사람을 풀어 가정을 지키는 촉의 장수가 누구인지를 알아보게 했다. 얼마 후에 그중에 하나가 돌아와 알렸다.

"산 위의 진채를 지키는 장수는 마량(馬良)의 아우 마속이라고 합니다."

그 말에 사마의가 기쁜 웃음을 지으며 말했다.

"실제는 아무것도 없으면서 헛된 이름만 높은 자다. 보잘것없는 재주를 가졌을 뿐이지. 공명이 그따위 인물을 쓰고 어찌 일을 그르치지 않을 수 있겠는가!"

그런 다음 다시 물었다.

"가정 좌우에 따로 적군이 있던가?"

"산 아래 십 리쯤 되는 곳에 왕평이 진채를 얽고 있습니다."

살피러 갔다 돌아온 군사가 아는 대로 대답했다.

"알았다. 그렇다면 가정은 우리 것이다."

사마의는 그렇게 말하고 먼저 장합을 불렀다.

"장군은 한 갈래 군마를 이끌고 왕평이 달려올 길목을 지키시오."

그리고 이어 신탐과 신의에게 각기 한 갈래 군사를 주며 말했다.

"그대들은 저 산을 에워싸라. 먼저 적이 물 길어 나르는 길을 끊고 기다리다가 적병이 어지러워지거든 그때 들이치도록 한다."

이에 명을 받은 장수들은 각기 그날 밤 안으로 떠날 채비를 마쳤다.

이튿날 날이 밝자 먼저 장합이 한 갈래 군사를 이끌고 산 뒤로 돌아 떠났다. 왕평이 구원 오는 걸 막기 위한 배치였다. 장합이 자리를 잡았다 싶자 사마의는 크게 군사를 몰아 나갔다. 한덩이가 되어 촉군이 진을 치고 있는 산 아래에 이른 위병들은 곧 사방을 몇 겹으로 에워쌌다.

마속이 산 위에서 보니 위병들이 산과 들을 덮고 있는데 그 기치며 대오가 매우 엄정했다. 그걸 본 촉병들은 모두 간담이 서늘해졌다. 감히 산 아래로 뛰어내려갈 엄두가 나지 않았다.

그것도 모르고 마속은 산꼭대기에 있는 붉은 기를 크게 휘두르게 했다. 모두 죽기로 뛰쳐내려가 싸울 줄 알았으나 결과는 거꾸로였다. 겁을 먹은 장수와 사졸들이 서로 미루며 한 사람도 움직이려 하지 않았다.

마속은 크게 성이 났다. 스스로 칼을 빼어 장수들을 베어 넘기며 싸우기를 재촉했다. 그제서야 겁을 먹은 장졸들이 마지못해 산을 내려가 위병과 부딪쳤다.

그런데 이상한 건 위병이었다. 물러가지도 나아가지도 않고 제자리만 지키니 촉병들은 겨우 싸우는 흉내만 내고 산 위로 다시 물러갔다. 적병이 힘을 다해 밀어붙이지 않으니 죽을 곳에 빠졌다는 생각이 들지 않았고, 물러날 곳이 있으니 죽기로 싸울 악도 받치지 않았다.

마속도 마침내 일이 제 뜻 같지 못함을 알았다. 얼른 군사들을 진채 안으로 불러들이고, 굳게 지키며 밖에서 구원이 오기만을 기다렸다.

하지만 그때는 왕평도 구원을 갈 처지가 못 되었다. 위병이 산을 에워싸는 걸 보자 왕평은 군사를 이끌고 나섰으나 가는 길에 장합을 만났다. 미리 와서 기다린 데다 군사까지 많으니 왕평이 오천 군사로 어찌해볼 수가 없었다. 여남은 합 어울렸다가 힘은 빠지고 세력은 다해 제자리로 쫓겨오고 말았다.

위병들은 마속이 진을 치고 있는 산을 진시부터 술시까지 에워싸고 있었다. 밖에서 구원도 없이 산꼭대기에 갇히게 되니 촉군이 먼저 어려움을 겪게 된 것은 물론이었다. 밥을 지을 물은커녕 목말라도 마실 물이 없자 촉군의 진채는 어지러워지기 시작했다.

그러다가 한밤중이 되자 기어이 일이 터지고 말았다. 적에게 에워싸인 데다 주리고 목마른 촉군 중에 그 산 남쪽에 있던 일부가 진채를 걷고 산을 내려가 위에 항복해버렸다. 마속이 막으려 해보았으나 될 일이 아니었다.

거기 힘을 얻은 사마의는 한층 매섭게 촉군의 목을 죄었다. 산 둘레에 주욱 불을 놓은 게 그랬다. 사방에 불길이 오르자 촉군은 더욱 어지러워졌다. 마속도 마침내는 더 버텨낼 수 없음을 알았다. 남은 군사를 휘몰아 산을 내려온 뒤 서쪽으로 달아났다.

사마의는 일부러 큰길을 비워두어 그런 마속이 달아날 수 있게 했다. 궁한 짐승을 급하게 몰다가 되몰리느니보다는 천천히 쫓아 지치기를 기다리려 함이었다.

큰길을 빠져나간 마속을 뒤쫓게 된 위장은 장합이었다. 짐승 몰듯 마속을 뒤쫓기를 삼십 리쯤 했을까, 문득 앞쪽에서 북과 피리소리가 들리더니 한 떼의 군마가 나타났다. 마속은 보내고 장합을 막아서는 게 어김없이 촉군이었다.

장합이 놀라 앞선 장수를 보니 바로 위연이었다. 위연은 칼을 꼬나 들고 말을 박차 똑바로 장합에게 덤벼들었다. 장합이 몇 번 싸우는 시늉을 하더니 그대로 돌아서서 달아나기 시작했다. 위연은 전세를 뒤집었다 생각했다. 그대로 군사를 휘몰아 장합을 뒤쫓았다.

오래잖아 가정은 다시 촉군에게 돌아왔다. 위연은 더욱 기세가 올라 그대로 장합을 뒤쫓았다. 하지만 그게 바로 함정이었다. 한 오십 리쯤 뒤쫓았을까, 갑자기 함성이 크게 일며 등 뒤 양쪽에서 두 갈래의 복병이 뛰쳐나왔다. 왼쪽은 사마의요, 오른쪽은 사마소였다.

위연은 그제서야 속은 걸 알았다. 급히 군사를 돌리려 하는데 이번에는 그때껏 쫓기기만 하던 장합이 되돌아서서 덮쳐왔다. 세 갈래의 위병이 한곳으로 몰려 에워싸니 위연은 곧 적병 한가운데 갇히고 말았다.

위연은 좌충우돌 힘을 다해 싸웠으나 적병을 뚫고 나올 수가 없었다. 위연이 그 모양이니 그 아래 장졸들은 더했다. 잠시 동안에 위연의 군사는 태반이 꺾이고 말았다.

그런데 조금만 그대로 가다가는 촉군이 끝장나버릴 것 같은 때였다. 갑자기 한 떼의 군마가 촉군을 에워싼 위병을 뚫고 들어왔다. 위연이 보니 반갑게도 왕평이었다.

"이제 나는 살았구나!"

위연이 가슴을 쓸며 그렇게 소리쳤다. 군사들도 힘이 배나 솟았다. 왕평이 거느린 군사들과 힘을 합쳐 위병들에게 부딪쳐 갔다. 그제서야 위병들도 못 견딘 체 물러갔다.

하지만 그 물러감 또한 속임수였음은 곧 드러났다. 위연과 왕평이 겨우 길을 앗아 진채로 돌아가니, 이게 어찌 된 일인가, 진채에 꽂힌 것은 모두가 위의 기치였다. 사마의와 장합이 위연과 왕평을 몰아대고 있는 사이에 신탐과 신의가 그 진채를 휩쓸어버린 것이었다.

자기 진채에서 신탐과 신의가 군사를 몰고 나오는 걸 보자 낙담

한 위연과 왕평은 싸울 마음이 나지 않았다. 그 뒤로 돌아서서 열류성(列柳城)의 고상(高翔)에게로 의지하러 갔다.

그때 고상은 가정이 적의 손에 떨어졌단 말을 듣고 성안에 있는 군사를 모조리 긁어모아 달려오는 중이었다. 한참 달리다가 도중에 위연과 왕평을 만났다.

"두 분 장군께서는 어찌 된 일이시오?"

고상이 놀라 물었다. 위연과 왕평은 그간에 있었던 일을 모두 털어놓았다. 듣고 난 고상이 말했다.

"그것 참 큰일입니다. 오늘 밤이 되거든 위병의 진채를 들이쳐 가정을 되찾는 게 좋겠습니다."

위연과 왕평도 거기 찬동했다. 가정이 얼마나 중요한 곳인지는 그들도 공명에게서 들어 알고 있었다.

이어 의논을 맞춘 세 사람은 작은 산 언덕에 숨어 해 지기를 기다렸다. 이윽고 날이 저물자 세 사람은 각기 한 갈래 군사를 이끌고 가만히 가정으로 몰려갔다.

가정에 먼저 이른 것은 위연이었다. 그러나 위병이 득시글거릴 줄 알았던 그곳에는 어리친 개새끼 한 마리 눈에 띄지 않았다. 위연은 부쩍 의심이 일었다. 감히 앞으로 나아가지 못하고 알맞은 길목 같은 곳을 골라 군사를 매복시켰다.

한참을 기다리니 다시 고상이 이끈 군사가 이르렀다. 적군은 하나도 없고 위연만 나와 맞자 고상이 물었다.

"위병은 어디 있습니까?"

"글쎄 나도 그들이 어디 있는지 모르겠소. 자칫 적의 계략에 걸려

들까 두려워 여기서 기다리고 있었던 거요."

위연이 그렇게 대답했다. 그런데 더욱 알 수 없는 것은 왕평이었다. 그곳에 이를 때가 지났건만 보이지 않는 것이었다. 이에 위연과 고상은 한편으로는 궁리를 짜 맞추고 한편으로는 왕평을 기다리며 그곳에 머물러 있었다.

갑자기 한소리 포향이 울리더니 하늘을 찌를 듯한 불길이 솟으며 북소리가 땅을 뒤흔들었다. 기다리는 왕평은 오지 않고, 난데없는 위병이 밀려와 위연과 고상이 거느린 군사를 에워싸버렸다.

위연과 고상은 힘을 다해 부딪쳤으나 아무래도 빠져나갈 수가 없었다. 위병 한가운데 갇혀 정신없이 싸우는데 다시 산 뒤편에서 우레 같은 북소리가 울리며 한 떼의 군마가 짓쳐들어왔다. 바로 기다리고 기다리던 왕평이 이끄는 군사였다.

위연과 고상을 구해낸 왕평은 열류성으로 달아났다. 그러나 그들이 성 아래 이르렀을 때는 또 다른 사태가 기다리고 있었다. 성 근처에서 한 떼의 군마가 쏟아져 나오는데, 앞세운 깃발을 보니 '위도독 곽회'란 글씨가 뚜렷했다.

곽회가 거기 나타난 경위는 이랬다.

사마의가 모든 공을 독차지할까 봐 걱정이 된 곽회와 조진은 머리를 맞대고 의논한 끝에 곽회가 가정을 뺏기로 결정을 보았다. 그러나 곽회가 군사를 나누어 달려갔을 때는 이미 사마의가 가정을 뺏은 뒤였다. 이에 곽회는 지름길로 열류성을 치러 갔다가 위연과 왕평, 고상의 군사를 만나게 된 것이었다.

하지만 뜻밖의 적을 만난 세 촉장은 제대로 싸울 수가 없었다. 놀라 허둥대는 군사만 잔뜩 잃고 쫓겨갔다.

"이미 열류성까지 적의 손에 떨어졌으니 이제는 양평관이 걱정되는구려. 우리 모두 그리로 갑시다."

위연은 그렇게 말하며 왕평, 고상과 함께 양평관으로 향했다.

한편 곽회는 한바탕 크게 촉군을 두들겨 쫓은 뒤에 군사를 거두며 좌우에게 말했다.

"내가 비록 가정을 빼앗지 못했으나 열류성을 얻었으니 마찬가지로 큰 공을 세운 셈이다."

그러고는 군사들을 이끌고 성문으로 달려가 외쳤다.

"문을 열어라! 곱게 항복하면 목숨을 붙여두리라."

촉군 몇몇이 남아 지킬 것쯤으로 여겨 먼저 그렇게 얼러대본 것이었다. 그런데 이게 어찌 된 일인가. 한소리 포향과 함께 그때껏 뉘어져 있던 깃대들이 일시에 세워지는데, 앞선 큰 깃발에는 '평서도독 사마의' 일곱 글자가 뚜렷했다.

그뿐만이 아니었다. 사마의 자신도 곧 성벽 위에 모습을 드러냈다. 앞을 가린 널빤지를 달아 올리고 가슴을 보호해주는 나무 난간에 기대 크게 웃으며 소리쳤다.

"곽백제(伯濟, 곽회의 자)는 어찌 이리 늦는가?"

곽회는 깜짝 놀랐다. 자신도 모르게 감탄의 소리가 흘러나왔다.

"중달(仲達)의 귀신 같은 헤아림과 재주는 내가 따를 수 없구나!"

그리고 절로 풀이 죽어 성안으로 들어갔다. 사마의가 그런 곽회를 맞아 말했다.

"이제 가정을 잃었으니 제갈량은 반드시 달아날 것이오. 공은 자단과 더불어 빨리 그 뒤를 쫓도록 하시오."

그 말에 곽회는 다소곳이 따랐다. 곧 성을 나가 물러가는 촉군을 뒤쫓으러 떠났다.

곽회가 떠난 뒤 사마의는 다시 장합을 불러 말했다.

"자단과 백제는 나 혼자서 공을 세울까 봐 이 성을 뺏으러 달려왔던 것이오. 내가 비록 홀로 공을 독차지하려는 것은 아니나 일은 요행히 이리되고 말았소. 내가 보기에 위연과 왕평, 마속, 고상 등은 틀림없이 양평관으로 몰려갔을 것이외다. 만약 내가 그 관을 치러 가면 제갈량이 반드시 우리 등 뒤를 후릴 것이니 그것은 바로 그 계책에 떨어지는 게 되오. 병법에 말하기를 물러나는 군사를 덮치지 말고, 궁한 도적을 뒤쫓지 말라[歸師勿掩 窮寇莫追]고 했으니 우리는 따로 계책을 세웁시다. 장군은 샛길로 가서 물러나는 적병을 막으시오. 나는 야곡으로 가서 그쪽의 적군을 막겠소. 그러나 적이 맞서오면 싸우지 말고 그저 길만 끊어버리시오. 그리되면 적이 끌고 온 치중은 모조리 빼앗을 수 있을 것이오. 우선은 그 정도로 넉넉하오."

명을 받은 장합은 곧 군사 절반을 이끌고 기곡으로 달려갔다. 사마의도 군사를 움직이기 시작했다.

"야곡을 뺏은 다음에는 서성을 지날 것이다. 서성은 비록 산골짜기의 작은 성이나, 촉군이 양식을 감추어둔 곳일 뿐만 아니라 천수, 남안, 안정 세 군 모두로 가는 길목이다. 만약 그 성만 얻는다면 세 군을 되찾기는 어렵지 않다."

그렇게 영을 내린 다음 신의와 신탐을 남겨 열류성을 지키게 하고 스스로는 대군과 더불어 야곡으로 떠났다.

울며 마속을 베고 스스로 벼슬을 깎다

한편 공명은 마속을 보내 가정을 지키게 했으나 영 마음이 놓이지 않았다. 딴 일이 손에 잡히지 않아 결과만 지켜보고 있는데 문득 왕평이 사람을 보내 도본(圖本)을 올려 왔다는 전갈이 왔다.

공명은 얼른 그 사람을 불러들이고 마속이 진채를 내린 곳의 지형을 상세히 그린 도본을 받았다. 탁자 위에 펼쳐놓고 들여다보던 공명이 갑자기 주먹으로 탁자를 치며 소리쳤다.

"마속이 무지해 내 군사를 모두 구덩이로 쓸어넣었구나!"

그 말에 놀란 사람들이 물었다.

"승상께서는 무엇 때문에 그토록 놀라십니까?"

공명이 탄식하듯 말했다.

"내가 이 그림을 보니 마속은 중요한 길목을 버려두고 산 위에다 진채를 벌였다. 만약 위의 대군이 이르러 산을 에워싸고 물을 끊어 버린다면 이틀도 안 돼 우리 군사는 어지러워지고 말 것이다. 가정을 빼앗긴다면 우리가 어떻게 돌아갈 수 있겠느냐?"

장사 양의(楊儀)가 얼른 일어나 말했다.

"제가 비록 재주 없으나 마속을 대신하고 그를 이리로 돌려보내겠습니다. 저를 보내주십시오."

공명도 그 수밖에 없다 싶었는지 양의의 말을 받아들였다. 그에게 어디에 어떻게 진채를 세워야 하는지를 낱낱이 일러준 다음 가정으로 떠나게 했다.

하지만 때는 이미 늦은 뒤였다. 양의가 막 떠나려 할 때 보마(報馬)가 달려와 기막힌 소식을 알렸다.

"가정과 열류성이 모두 적의 손에 떨어졌습니다!"

공명은 그 소식에 발을 구르며 길게 탄식했다.

"마속이 기어이 큰일을 망쳐버렸구나! 모두가 내 허물이다. 내 허물이다……."

그러나 공명도 탄식만 하고 있지는 않았다. 곧 관흥과 장포를 불러 일렀다.

"그대들 둘은 각기 삼천의 정병을 이끌고 샛길로 무공산(武功山)으로 가라. 거기서 위병을 만나거든 맞붙어 싸우지 말고 그저 북소리와 함성만 요란하게 하여 적을 놀라게 하라. 적이 달아나더라도 뒤쫓아서는 아니 된다. 적군이 모두 물러나기를 기다려 어서 양평관으로 가는 게 그대들이 할 일이다."

이어 공명은 또 장익을 불렀다.

"그대는 군사를 이끌고 먼저 검각(劍閣)으로 가서 그곳을 수리하고 우리가 돌아갈 때에 어그러짐이 없게 채비하라."

그렇게 이른 뒤 다시 모든 군사들에게 가만히 영을 전하게 했다.

"모두 가만가만 행장을 꾸려라. 곧 길을 떠날 것이니 채비에 소홀함이 있어서는 아니 된다."

뿐만이 아니었다. 공명은 또 마대와 강유를 불러 군사를 나눠주며 말했다.

"그대들이 뒤를 맡아 적의 추격을 뿌리치도록 하라. 먼저 산골짜기에 매복해 있다가 우리 군사가 모두 물러나고도 적의 추격이 없거든 그제서야 군사를 거두도록."

그리고 따로이 믿을 만한 사람을 남안, 천수, 안정 세 군에 보내 그곳의 백성들과 벼슬아치들을 한중으로 물러나게 하는 한편 기성으로도 사람을 보내 강유의 늙은 어머니를 한중으로 모셔들이게 했다.

모든 배치가 끝난 뒤에 공명 스스로는 오천 군사를 이끌고 서성으로 갔다. 그곳에 있는 군량과 말먹이 풀을 안전한 곳으로 옮기기 위함이었다.

공명이 장졸들을 시켜 한창 군량과 말먹이 풀을 실어내고 있을 때였다. 갑자기 파발마가 헐떡이며 달려와 알렸다.

"사마의가 십오만 대군을 이끌고 벌 떼처럼 서성으로 몰려들고 있습니다."

이어 그와 똑같은 급한 전갈이 여남은 번은 되풀이됐다. 실로 눈앞이 캄캄한 일이었다. 그때 공명 곁에 쓸 만한 장수는 하나도 없고 문관들만 있을 뿐이었다. 거기다가 군사가 오천이라 해도 그 절반은 이미 군량을 싣고 성을 나가버려 남은 것은 기껏 이천오백에 지나지 않았다.

그런데 사마의의 십오만 대군이 온다니 어찌 놀라지 않겠는가. 공명 곁에 있던 벼슬아치들은 그 소식에 모두 낯빛이 하얘졌다.

놀라기는 공명도 마찬가지였다. 그러나 공명은 별로 놀라는 기색 없이 성벽 위로 올라가 먼저 그 소식이 정말인지부터 살폈다. 과연 티끌이 하늘을 덮을 듯 자욱이 일며 위의 대군이 두 길로 나누어 몰려오고 있었다.

한참을 살피던 공명이 장수들에게 영을 내렸다.

"모든 깃발은 눕히거나 감추고, 군사들은 성안의 길목을 지키되 함부로 나다니지 않도록 하라. 목소리를 높여 떠드는 자는 목을 베리라. 그다음 성문을 활짝 열고, 문마다 스무 명의 군사를 백성들로 꾸며 물 뿌리고 비질하며 있게 하라. 위병이 가까이 이르더라도 결코 함부로 움직여서는 아니 된다."

"승상께서는 이제 어찌하시렵니까?"

그 뜻밖의 영에 놀란 사람들이 물었다. 공명이 조금도 흐트러짐 없는 자세로 그들에게 말했다.

"아무런 걱정 말고 모두 시키는 대로만 하라. 내게 다 계책이 있다."

그러고는 흰 학창의를 입고 윤건을 쓴 뒤 아이 둘만 딸리고 성벽 위로 올라갔다. 두 아이 중 하나는 거문고를 안고 있었다.

공명은 성 밖에서 눈에 잘 띄는 적루(敵樓)에 자리를 잡았다. 한가로이 바람이라도 쐬러 나온 사람처럼 누각 난간에 기대 앉더니 향을 사르게 하고 거문고 줄을 고르는 것이었다.

오래잖아 사마의의 전군이 성 아래 이르렀다. 성문은 활짝 열려 있고 성안은 조용한데, 어디선가 거문고 소리가 들려 쳐다보니 공명이 한가롭게 거문고를 뜯고 있었다.

그 뜻밖의 광경에 어리둥절한 위병은 감히 성안으로 뛰어들지 못하고 얼른 뒤따라오는 사마의에게 알렸다. 사마의도 처음에는 웃으면서 믿지 않다가 아무래도 심상치 않다 싶었던지 삼군을 세워두고 스스로 말을 달려 성벽 가까이 갔다. 멀리서 바라보니 정말로 공명이 성벽 위 누각에 홀로 앉아 웃음 띤 얼굴로 거문고를 뜯고 있었다. 향까지 사르며 앉아 있는 게 한가롭기 그지없어 보였다.

사마의는 다시 그 곁을 살펴보았다. 왼쪽에는 한 사내아이가 보검을 받쳐들고 섰고, 오른쪽에는 딴 사내아이가 먼지떨이를 들고 서 있었다. 열린 성문에는 스무남은 명의 백성들이 물을 뿌리며 길을 쓸고 있는데, 대군이 밀려와도 아무 일도 없는 듯 제 일만 하고 있었다.

그 모든 걸 살핀 사마의는 부쩍 의심이 났다. 꾀 많기로 이름난 공명이 무슨 짓을 꾸미고 있는지 몰라 성안으로 들어갈 엄두가 나지 않았다. 얼른 전군을 후군으로 삼고, 후군은 전군으로 삼아 북쪽 산으로 군사를 물렸다.

사마의의 둘째 아들 사마소가 가만히 물었다.

"혹시 제갈량이 거느린 군사가 없어 저렇게 꾸민 게 아닐까요? 아버님께서는 왜 이토록 서둘러 군사를 물리려 하십니까?"

"제갈량은 평생 삼가고 조심하는 사람이다. 이제껏 한번도 위험을 무릅쓰고 일을 꾸민 적이 없다. 이제 크게 성문을 열어둔 것은 반드

시 매복이 있다는 뜻이다. 만약 우리가 들어가면 그 계책에 빠지고
만다. 네가 무얼 안다고 떠드느냐? 어서 군사를 물려라."

사마의는 그렇게 아들의 입을 막고 두 갈래 군사를 모두 거두어
물러가버렸다.

공명은 위병이 멀리 물러간 뒤에야 손뼉을 치며 웃었다. 보고 있
던 벼슬아치들은 모두 놀라 마지않았다. 우르르 공명에게 달려가 물
었다.

"사마의는 위의 이름난 장수입니다. 이제 십오만이나 되는 대군을
이끌고 여기까지 와놓고 승상을 보자마자 물러간 것은 무슨 까닭입
니까?"

"그 사람은 내가 평생 삼가고 조심하는 사람이라 위험을 무릅쓰
고 남을 속이려 들지 않을 것이라 보았다. 그래서 내가 하는 양을 보
고 반드시 복병이 있을 것이라 여겨 물러난 것이다. 실로 나는 위태
로운 짓을 하지 않지만, 이번에는 어쩔 수 없어 이런 속임수를 쓰게
되었다.

이제 그 사람은 틀림없이 북쪽 산 있는 데로 갔을 것이다. 그 샛길
에는 내가 이미 관흥과 장포를 매복시켜 두었으니 그는 거기서 정말
로 매복을 만날 것이다."

공명이 차근차근 그렇게 일러주었다.

모든 벼슬아치들은 더욱 놀라고 감탄해 마지않았다.

"승상의 깊고 깊은 헤아림은 귀신도 짐작하기 어려울 것입니다.
저희들 소견대로라면 틀림없이 성을 버리고 달아났을 것입니다."

그렇게 찬사를 올리자 공명이 별로 뽐내는 기색도 없이 받았다.

"내가 거느린 군사는 이천오백뿐이다. 성을 버리고 달아났다 해도 멀리 가지는 못했을 것이다. 무슨 수로 사마의에게 사로잡히지 않고 배겼겠느냐?"

그래 놓고 문득 몸을 일으키더니 손뼉을 치고 크게 웃으며 덧붙였다.

"그렇지만 내가 사마의였다면 그렇게 빨리 물러가지는 않았을 것이다."

만일 이 이야기가 사실이라면 공명의 이른바 공성계(空城計)는 그야말로 그림 같은 승리가 될 것이다. 그러나 『연의』의 저자가 살았던 시절에는 그런 얘기가 민간의 전설로 떠다녔는지 모르지만 정사에서는 그 자취를 찾을 길이 없다.

특히 진수의 『삼국지』는 가정의 싸움에서 사마의가 참여한 것조차 알 수 없게 되어 있다. 「명제기(明帝紀)」도, 「제갈량전」도, 「조진전」도 가정의 싸움은 제갈량과 조진, 장합 간의 충돌로만 기술되어 있을 뿐이다. 배송지 주(註)에서는 곽승이란 사람이 제기한 의문을 부정함으로써 공성계 자체를 부정하고 있다.

하지만 공명의 물러남이 그렇게 여유 있었던 것 같지는 않다.

공명은 사마의가 반드시 돌아올 것이라고 보아 서성의 벼슬아치들과 백성들을 데리고 한중으로 달아났다. 천수, 남안, 안정 세 군의 관민도 그런 공명을 뒤따라 한중으로 피했다. 어쩌면 『연의』의 저자는 사마의에게 몰려 그렇게 쫓겨가는 공명의 초라함을 덜어주기 위해 서성에서의 공성계란 그 화려한 막간극을 끼워넣은 것이나 아닌지.

한편 서성에서 물러난 사마의는 공명의 예측대로 무공산 샛길로 접어들었다. 쫓는 사람도 없건만 허겁지겁 군사를 몰아나가는데 문득 산등성에서 함성이 울리며 북소리가 요란했다.

사마의는 그것 보라는 듯 두 아들에게 말했다.

"만약 내가 물러나지 않았더라면 반드시 제갈량의 계책에 떨어지고 말았을 것이다."

그때 큰길 위로 한 떼의 군마가 몰려왔다. 깃발에 크게 씌어진 글자를 보니 '우호위사 호익장군 장포'였다. 자라 보고 놀란 가슴 솥뚜껑 보고도 놀란다고 사마의의 갑작스런 퇴각 명령으로 그러지 않아도 은근히 겁에 질려 있던 위병들은 금세 어지러워졌다. 갑옷을 벗어던지고 창을 내버리며 달아나기 시작했다.

위병이 그렇게 몰리기 한 마장쯤 됐을까, 다시 산골짜기에서 북소리와 함성이 크게 일며 한 떼의 촉군이 나타나 앞길을 막았다. 앞세우고 있는 큰 깃대에 씌어진 글자는 '좌호위사 용양장군 관흥'이었다.

관흥의 군사들의 함성에 먼저 나와 뒤쫓던 장포의 군사들이 지르는 함성이 화답하니 산골짜기 안은 온통 촉군의 함성으로 가득했다. 위병들로서는 적군의 수가 얼마나 되는지 가늠조차 못할 만큼 많게 느껴졌다. 거기다가 겁까지 잔뜩 먹은 뒤라 도저히 맞서볼 엄두가 나지 않았다. 모두 치중을 버리고 달아나기 바빴다.

관흥과 장포는 제갈량이 시킨 대로 따랐다. 달아나는 적을 뒤쫓지 않고 그들이 버리고 간 병기며 군량만 거둬들여 자기들 진채로 돌아갔다.

쫓기는 마음이라 그런지 사마의의 눈에는 산골짜기마다 촉군으로 가득 찬 듯했다. 감히 큰길로 나아가지 못하고 가정으로 돌아갔다.

그때는 조진도 공명이 군사를 물리는 걸 알았다. 급히 군사를 몰아 공명을 뒤쫓았다. 얼마나 뒤쫓았을까, 한군데 산그늘에서 포향이 울리더니 촉군이 산과 들을 뒤덮듯 하며 쏟아져 나왔다. 앞선 장수는 강유와 마대였다.

조진은 깜짝 놀랐다. 급히 군사를 돌리려 했으나 뜻 같지가 못했다. 선봉을 섰던 진조(陳造)가 어느새 마대에게 목이 떨어지고 군사들은 뭉그러지기 시작했다. 조진이 겨우 군사를 수습해 달아나니 나머지 촉군들은 편안히 한중으로 돌아갈 수 있었다. 가정의 패배에 비하면 너무도 정연한 철수였다. 공명의 신화를 지어낼 수 있는 건더기는 바로 그런 데 있지 않은가 싶다.

그 무렵 조운과 등지는 기곡 길가에 매복해 있었다. 공명이 전갈을 보내 군사를 물리기 시작했음을 알리자 조운이 등지에게 말했다.

"우리 군사가 돌아가는 걸 알면 위병은 반드시 그 뒤를 쫓을 것이오. 나는 먼저 일군을 거느리고 뒤편에 매복해 있을 것이니, 공은 내 깃발을 앞세우고 군사들과 함께 천천히 나가도록 하시오. 나는 한 발자국 한 발자국 따라가며 뒤를 지켜드리겠소."

이에 등지는 조운의 말대로 따랐다.

한편 곽회는 군사를 거느리고 두 번째로 기곡으로 돌아갔다. 하지만 조심성이 많은 사람이라 선봉 소옹(蘇顒)에게 일렀다.

"촉의 장수 조운은 영용하여 당할 사람이 없다 한다. 조심해서 맞서야 할 것이다. 적이 물러나는 것은 틀림없이 계책에 의한 것이니 함부로 뒤쫓지 않도록 하라."

그러나 소옹은 조금도 겁내는 눈치가 아니었다. 선봉 된 것만 기꺼워하며 큰소리를 쳐댔다.

"도독께서 접응만 해주신다면 반드시 조운을 사로잡겠습니다."

그러고는 삼천 군마를 이끌고 기곡으로 뛰어들어갔다.

소옹이 촉군을 뒤쫓아가다 보니 한군데 산기슭에 깃발 하나가 눈에 들어왔다. 붉은 바탕에 흰 글씨로 '조운'이라고 씌어 있었다. 소옹은 큰소리를 치고 오기는 했어도 막상 조운과 싸울 생각을 하니 가슴이 떨렸다. 얼른 군사를 되돌려 달아나기 시작했다.

하지만 미처 몇 리 가기도 전이었다. 문득 함성이 크게 일며 한 떼의 군마가 덮쳐왔다. 앞선 장수가 창을 끼고 말을 몰아오며 큰 소리로 외쳤다.

"이놈, 너는 상산의 조자룡을 알아보겠느냐?"

소옹은 깜짝 놀랐다. 조금 전에 틀림없이 조운의 깃발을 보고 쫓겨오는 길이라 꼭 무엇에 홀린 느낌이었다.

'어째서 여기 또 조운이 있단 말인가?'

그런 놀람과 궁금함에 허둥거리다 보니 손발마저 제대로 움직여주지 않았다. 한번 싸움다운 싸움을 해보지도 못하고 조운의 한 창에 찔려 말 아래로 떨어졌다. 대장이 그 모양으로 죽자 졸개들은 더 말할 것도 없었다. 타작마당에 쏟아진 콩사발처럼 사방으로 흩어져 달아났다.

조운은 한 무더기 적을 흩어버린 뒤에 천천히 앞으로 나아갔다. 다시 한 떼의 위병이 그런 조운을 뒤쫓아왔다. 곽회의 부장 만정(萬

政)이 이끄는 군사들이었다.

조운은 위병의 추격이 급한 걸 보자 다시 말고삐를 당겨 돌아섰다. 창을 끼고 홀로 길목을 막아서며 한바탕 싸울 채비를 했다. 그사이에 촉군은 길을 재촉해 삼십여 리나 물러갔다.

만정은 길목을 막아선 게 조운임을 알아보고 감히 앞으로 밀고 나올 엄두를 못 냈다. 조운은 그런 만정과 한나절 눈싸움만 하다가 날이 저문 뒤에야 말 머리를 돌려 자기편 군사들을 뒤쫓았다.

"여기서 여태껏 뭘 하고 있었는가?"

이윽고 그곳에 이른 곽회가 만정에게 물었다. 만정이 부끄러운 듯 대답했다.

"조운이 길목을 지키고 있어 감히 나아가지 못했습니다. 그 영용함은 예전과 조금도 다름이 없었습니다."

"무슨 소린가? 어서 그 뒤를 쫓으라."

곽회가 그렇게 소리치며 군사를 내몰았다. 만정은 하는 수 없이 날랜 장수 수백 기를 데리고 조운을 뒤쫓았다.

그들 수백 기가 한 커다란 숲에 이르렀을 때였다. 문득 그들 등 뒤에서 한소리 큰 외침이 들렸다.

"이놈들, 어디를 가려느냐? 조자룡이 여기 있다!"

그 소리에 놀라 위병 중에 백여 기가 말에서 굴러떨어졌다. 그 나머지도 놀라기는 마찬가지였다. 모두 구르듯 말에서 내려 산등성이를 기어 넘고 달아나버렸다.

만정은 장수된 도리로 졸개들을 꾸짖어 싸워보려 했으나 그 바람에 도리어 험한 꼴을 당했다. 조운의 화살이 투구 끈에 맞자 놀란 나머지 발을 헛디뎌 개울창에 떨어져버린 것이었다.

조운이 그런 만정을 창 끝으로 겨누며 꾸짖었다.

"내 너의 목숨을 붙여줄 테니 돌아가 곽회에게 일러라. 어서 빨리 뒤쫓아오라고. 나는 여기서 그가 오기를 기다리겠다!"

겨우 목숨을 건진 만정은 머리를 싸쥐고 저희 편에게로 달아났다. 그렇게 되니 곽회도 간담이 서늘해졌다. 멀거니 조운이 물러나는 걸 보고만 있었다.

조운은 촉군의 수레와 기치며 병기, 그리고 다수한 인마를 호위하며 무인지경 가듯 한중으로 돌아갔다. 길 위에 쌀 한 톨 떨어뜨리지 않은 완벽한 철수 작전이었다. 조진과 곽회는 그저 삼군을 되찾은 걸로만 공으로 삼을 수밖에 없었다.

하지만 이기고도 뒷맛이 가장 씁쓸한 것은 사마의였다. 관흥과 장포에게 호된 맛을 본 뒤 다시 군사를 나누어 밀고 나갔으나 그때는 이미 촉군이 모두 한중으로 돌아가버린 뒤였다. 거기다가 더욱 기가 막히는 것은 서성에 이르러 남은 백성들과 산 속에 숨어 살던 이들에게서 들은 말이었다.

"장군께서 십오만 대군을 이끌고 이곳으로 오셨을 때 제갈량에게는 겨우 이천오백의 군사가 있었을 뿐입니다. 그것도 무장은 별로 없고 약간의 문관이 곁에 있었을 뿐입니다. 매복 같은 것은 전혀 없었습니다."

무공산 기슭에 살던 백성들도 입을 모아 말했다.

"관흥과 장포도 각기 삼천의 군사밖에 없었습니다. 그들이 이 산 저 산으로 몰려다니며 함성을 질러 수가 많은 양 장군을 놀라게 했

을 뿐입니다. 그밖에 따로 군사가 없었기에 겁만 주고 감히 덤벼들
지는 못한 것입니다."

그제서야 사마의도 제갈량에게 속은 걸 알았으나 후회해도 소용
없었다. 그저 하늘을 우러러 보며 길게 탄식할 뿐이었다.

"나는 아무래도 공명을 따를 수가 없구나!"

사마의는 다시 찾은 그 땅의 백성들과 벼슬아치들을 위로하고 달
랜 뒤 장안으로 군사를 돌렸다. 뒷맛이 씁쓸한 대로 어김없는 개선
이었다. 위주 조예가 반겨 맞으며 사마의를 추켜세웠다.

"오늘 농서의 여러 고을을 되찾은 것은 모두가 경의 공이오."

사마의가 아쉬운 표정으로 그 말을 받았다.

"이제 촉병은 모두 한중으로 돌아갔을 뿐 전부 쳐 없앤 것은 아닙
니다. 바라건대 신에게 대병을 주신다면 힘을 다해 동서 양천을 되
찾아 폐하의 은덕에 보답하겠습니다."

그 말에 조예는 더욱 기뻤다.

"경의 뜻대로 하라. 양천을 되찾는 것은 짐의 기쁨일 뿐만 아니라
천하의 복이다."

그렇게 말하며 군사를 일으키기를 오히려 재촉했다.

그때 줄지어 서 있던 관원들 중의 하나가 나서며 소리쳤다.

"제게 한 가지 계책이 있습니다. 넉넉히 촉을 평정하고 오를 항복
받을 수 있을 것입니다."

조예가 그 사람을 보니 그는 상서 손자(孫資)였다.

"경은 어떤 묘한 계책이 있는가."

조예가 그렇게 묻자 손자가 목소리를 가다듬어 아뢰었다.

"지난날 태조(太祖, 조조) 황제께서 장로로부터 한중을 거두실 때도 한번 위태로움을 겪으신 뒤에야 겨우 평정할 수 있었습니다. 그때 여러 신하들에게 이르시기를 '남정의 땅은 하늘이 만들어놓은 감옥 같다'고 하셨을 정도였습니다. 그중에 야곡 오백 리 길은 그대로 바위 사이에 뚫어진 구멍이라 할 만큼 험해 군사를 부리기에 좋은 땅이 못 됩니다. 거기다가 이제 우리가 크게 군사를 일으켜 촉을 치러 간다면 틀림없이 동오가 쳐들어올 것이니 그는 또 어찌하겠습니까? 차라리 지금 있는 군사를 큰 장수들에게 나누어주고 험한 길목을 지키면서 힘을 기르고 사기를 돋우도록 하는 편이 낫습니다. 몇 년 안 돼 우리 중원은 갈수록 흥성하고 촉과 오는 반드시 서로 싸워 해치게 될 것입니다. 그때를 기다려 그들을 친다면 이기지 못할 까닭이 어디 있겠습니까? 바라건대 폐하께서는 부디 그 점을 헤아려주십시오."

얼핏 들으면 대단찮은 계책 같았으나 이치에 닿는 말이었다. 조예가 대답 대신 사마의에게 물었다.

"경은 이 말을 어떻다 보시오?"

"손(孫)상서의 말이 매우 이치에 맞습니다. 따르도록 하십시오."

사마의가 그렇게 말하자 조예도 거기 따랐다.

"경은 거느리고 있는 장수와 군사를 알맞게 나누어 험하고 긴요한 길목을 지키게 하라."

조예는 사마의에게 그런 영을 내림과 아울러 곽회와 장합은 장안에 남겼다. 그리고 삼군에게 두루 상을 내린 뒤 어가를 돌려 낙양으로 돌아갔다.

한편 한중에 이른 공명은 먼저 장졸들부터 점고해보았다. 누구보다도 아직 조운과 등지가 돌아오지 않고 있었다. 몹시 걱정이 된 공명은 관흥과 장포를 불러 말했다.

"그대들은 각기 한 갈래 군사를 이끌고 조자룡과 등지가 돌아오는 걸 도우라. 반드시 데려와야 한다."

이에 두 장수가 막 몸을 일으키려는데 사람이 들어와 알렸다.

"조운, 등지 두 분 장군께서 돌아오셨습니다. 말 한 필 사람 하나 상한 게 없고, 군량 한 톨 화살 하나 잃지 않았다 합니다."

그 말을 들은 공명은 몹시 기뻤다. 여러 장수들을 데리고 조운과 등지를 맞으러 갔다.

조자룡은 공명이 몸소 마중을 나오는 걸 보자 황망히 말에서 뛰어내렸다. 그리고 부끄러운 듯 땅바닥에 엎드리며 말했다.

"싸움에 지고 온 장수를 승상께서 어찌하여 이토록 수고스럽게 마중 나오셨습니까?"

공명이 그런 조운을 부축해 세우고 그 손을 어루만지며 말했다.

"이번 일은 내가 사람의 어리석고 밝음을 알아보지 못해서 이 지경에 이른 것이오. 그걸 어찌 장군의 허물이라 하겠소이까? 오히려 궁금한 것은 다른 장수들은 모두 군사가 꺾이거나 잃은 것이 있는데 오직 장군만은 사람 한 명 말 한 필 꺾이지 않은 것이오. 그게 어찌 된 일이오?"

그러자 등지가 조운을 대신해 대답했다.

"제가 먼저 군사를 이끌고 떠나고 장군께서 홀로 뒤를 지키셨습니다. 길목을 막아서서 뒤쫓아오는 적장을 목 베니 적은 놀랍고 두려워 감히 우리를 뒤쫓지 못했습니다. 그 까닭에 사람과 말은 말할 것도 없고, 화살촉 하나 잃지 않을 수 있었습니다."

"참으로 장군이라 할 만하구나!"

공명은 그렇게 감탄하며 황금 쉰 근을 조운에게 주고, 또 비단 만 필을 주어 그가 거느린 군사들에게 상으로 내리게 했다. 조운이 사양했다.

"삼군이 한 치 공도 세우지 못하고 쫓겨왔으니 저희들은 오히려 죄가 있다 할 것입니다. 그런데도 오히려 상을 받게 되면 이는 바로 승상께서 상벌을 내리는 데 밝지 못한 게 되고 맙니다. 바라건대 그 황금과 비단은 도로 곳간에 넣어두게 하십시오. 이번 겨울이 오기를 기다려 여러 군사들에게 나누어주셔도 늦지 않을 것입니다."

그 말에 공명은 더욱 감탄했다.

"선제께서 살아 계실 때 매양 자룡의 덕을 말씀하시더니 정말 그렇구나!"

그러고는 그 뒤부터 조운을 전보다 더욱 우러르고 흠모했다.

얼마 후에 마속과 왕평, 위연, 고상이 군사들과 함께 이르렀다는 전갈이 들어왔다. 공명은 그중에서 먼저 왕평을 장막 안으로 불러들여 꾸짖었다.

"나는 너에게 마속과 함께 가정을 지키라 했다. 그런데 너는 어찌 마속을 말리지 않고 일을 이같이 그르쳤느냐?"

"저는 두 번 세 번 길가에다 토성을 쌓고 지키자고 권해보았습니다. 그러나 참군이 몹시 성을 내며 따라주지 않아 하는 수 없이 저만 오천 군사를 이끌고 산 아래 십 리쯤 되는 곳에 진채를 내리게 되었던 것입니다. 얼마 후에 위병이 그 산을 사방에서 에워싸는 걸 보고 저는 여남은 번이나 짓쳐들어보았지만 뚫고 들어갈 수가 없었습니다. 그러다가 다음 날 참군의 군사가 무너지자 저는 몇 안 되는 군사로 버텨낼 수가 없어 위문장(文長, 위연의 자)에게로 의지해 갔습니다. 하지만 이번에는 또 문장이 산골짜기 속에서 적에게 에워싸여 있더군요. 저는 죽기로 싸워 문장을 구해냈으나 진채에 돌아와 보니 그곳은 이미 위병들이 차지하고 있어 하는 수 없이 열류성으로 가게 되었습니다. 그리로 가는 길에 가정을 구하러 달려오는 고상과 만났습니다……."

거기서 왕평은 잠깐 숨을 돌린 뒤에 다시 말을 이어갔다.

"저와 위문장, 고상은 세 길로 나누어 위병들의 진채를 밤중에 들이치고 가정을 되찾기로 의논을 맞추었습니다. 하지만 가정에 이르도록 마주쳐 오는 위병이 없어 문득 의심이 들었습니다. 무턱대고 나아가는 대신 높은 곳에 올라가 살펴보니 딴 길로 갔던 문장과 고상이 다시 위병들에게 에워싸여 위태로웠습니다. 저는 이번에도 죽기로 싸워 그 두 장수를 구해 내고 나중에는 참군과도 만날 수가 있었습니다. 그때 걱정이 된 게 양평관이었습니다. 저희들은 그마저 적의 손에 떨어질까 두려워 그리로 가서 지켰던 것입니다. 가정의 일은 제가 말리지 않아서 그리 된 게 아닙니다. 승상께서 믿지 못하시겠으면 다른 장수들에게 물어보십시오."

왕평의 말을 듣고 보니 그의 허물은 없는 듯했다. 이에 공명은 왕평을 내보내고 마속을 불러들였다. 마속은 스스로를 묶고 공명 앞에 무릎을 꿇었다. 공명은 낯색이 변해 그런 마속을 꾸짖었다.

"너는 어려서부터 많은 병서를 읽어 전법(戰法)을 익히 알고 있었다. 거기다가 내가 그토록 너에게 경계하여 가정이 이번 싸움의 바탕이 되는 곳임을 일렀건만 너는 네 가솔을 걸고 그 무거운 책임을 떠맡았다. 네가 진작에 왕평의 말만 들었어도 어찌 이 같은 화를 입게 되었겠느냐? 이제 군사는 싸움에 지고 장수는 꺾였으며, 땅을 잃고 성을 빼앗기게 된 것은 모두가 네 허물에서 비롯되었다. 이때에 군율을 밝히지 않는다면 내가 무슨 수로 여러 사람을 복종하게 할 수 있겠는가? 네가 죽더라도 네 스스로 군법을 어겨 그리된 것인 만큼 나를 원망하지는 마라. 네가 죽은 뒤에도 네 식구들에게는 봉록을 전처럼 내려 살이를 꾸려가게 할 터이니 그건 걱정하지 않아도 된다."

그러고는 좌우에게 소리쳐 마속을 끌어내다 목 베게 했다. 마속이 울며 말했다.

"승상께서는 저를 아들같이 보아주셨고, 저는 또한 승상을 아버님처럼 여겨왔습니다. 저는 죽을 죄를 지었으니 실로 죽음을 면하기 어려우나 바라건대 제 자식들에게는 아비의 죄가 미치지 않게 해주십시오. 옛적 순(舜)임금께서는 곤(鯀, 우임금의 아버지)을 죽이고도 우(禹)를 쓰시었습니다. 그 의로 제 자식들을 대해주신다면 저는 죽어 구천에 있더라도 아무런 한이 없겠습니다."

말을 마친 마속이 큰 소리로 울자 공명도 눈물을 감추지 못하고 그 말에 답했다.

"나와 너의 정리는 형제와도 같았다. 네 자식이 곧 내 자식이니 그 일은 당부하지 않아도 된다."

정은 배어 있으되 군율을 곧게 시행하려는 뜻은 조금도 흔들림이 없어 보였다. 그 뜻을 읽은 무사들이 마속을 진문 밖으로 끌고 나갔다.

무사들이 막 마속을 목 베려 할 때였다. 마침 장완(蔣琬)이 성도에서 그리로 왔다가 무사들이 마속을 베려 하는 걸 보고 깜짝 놀라 소리쳤다.

"잠깐만 기다려라. 내가 승상을 뵙고 말씀드려보겠다."

그리고 공명에게 달려가 말했다.

"옛적 초(楚)나라가 싸움에 진 대장군 성득신(成得臣)을 죽이자, 진(晉)의 문공(文公)은 그걸 기뻐해 마지않았다 합니다. 지금 아직 천하가 평정되지 않았는데 지모 있는 선비를 죽인다면 그 어찌 아깝지 않겠습니까? 마속의 일을 다시 한번 돌려 생각해주십시오."

그러자 공명이 흐느끼며 대꾸했다.

"그 말씀은 옳으나 옛적 손무(孫武)의 일은 또 어찌하겠소? 손무가 천하와 싸워 능히 이길 수 있었던 것은 그 군법을 엄히 밝혔기 때문이었소이다. 지금 사방이 서로 나뉘어 다투고, 군사를 내어 싸우려고 하는데 군법을 함부로 지키지 않는다면 무슨 수로 우리 장졸을 부리며 역적을 쳐 없앨 수 있겠소이까? 마속은 마땅히 목 베어야 하오."

이 같은 공명의 말에 장완도 더는 졸라볼 수가 없었다.

잠시 후 마침내 형(刑)이 집행되어 무사들이 마속의 목을 공명에게 바쳤다. 공명은 마속의 목을 보며 큰 소리로 통곡했다. 그 슬퍼하는 양을 보고 장완이 알 수 없다는 듯 물었다.

"이제 마속은 지은 죄를 받고, 군법은 바로 섰습니다. 그런데 승상께서는 무슨 까닭으로 그토록 슬퍼우십니까?"

공명이 울음을 그치고 까닭을 밝혔다.

"마속을 위해 우는 게 아니외다. 나는 선제께서 살아 계실 때 백제성에서 하신 말씀을 생각하며 울고 있소. 선제께서는 임종의 자리에서 내게 당부하시기를 마속은 말이 그 실제보다 지나친 사람이니 크게 써서는 아니 된다 하셨소. 그런데 이제 그 말씀대로 되고 말았으니, 스스로의 밝지 못함이 실로 한스러움과 아울러 선제의 밝으심이 새삼 우러러 보이는구려. 나는 그 때문에 통곡하고 있는 것이오!"

공명의 그 같은 말을 들은 장졸들은 높고 낮고를 가리지 않고 눈물을 쏟지 않은 이가 없었다. 사람과 사람의 아름다운 맺어짐이 주는 감동 때문이었을 것이다.

죽은 마속의 나이는 서른아홉이요, 때는 건흥 육년이었다. 뒷사람이 시를 지어 그 일을 노래했다.

가정을 못 지킨 죄 가볍잖으니	失守街亭罪不輕
딱하구나, 마속의 병법 큰소리뿐이었네.	堪嗟馬謖枉談兵
원문 밖 목을 베어 군법을 엄히 하고,	轅門斬首嚴軍法
눈물 씻으며 선제의 밝음을 생각한다.	拭淚猶思先帝明

하지만 공명은 마속에게도 엄하지만은 않았다. 그 목을 잘라 각 영채를 돌려 보인 뒤에는 다시 몸에 꿰매 시신을 온전하게 했다. 그리고 관곽을 갖추어 장사 지내며 스스로 제문을 지어 그 넋을 달래

주었다. 뿐만 아니라 마속의 가솔들을 위로하고 마속이 살아 있을 때와 똑같은 봉록을 내리어 그 살이에 어려움이 없게 했다.

그렇게 대강 가정에서의 패배를 마무리지은 공명은 마지막으로 스스로에게 벌을 내렸다. 장완에게 표문을 지어주어 후주(後主)께 올리게 하면서, 승상의 벼슬을 깎아내려주기를 스스로 빌었다.

장완은 그 표문을 지니고 성도(成都)로 돌아가 후주에게 올렸다. 후주가 표문을 열어보니 거기에는 대강 이런 내용이 담겨 있었다.

'신은 본바탕이 보잘것없는 재주뿐이면서 앉아서는 아니 될 자리를 분수도 모르고 차지한 뒤 감히 장수의 모월(旄鉞)을 잡고 삼군을 몰아 나아갔습니다. 군사를 가르치는 것도 군법을 밝히는 데도 아울러 능하지 못했으며, 일을 당해 지모를 쓴 것도 고작 가정과 기곡의 꼴이 나고 말았습니다. 가정은 명을 어겨 빼앗겼고 기곡은 경계를 게을리해 잃었으되, 그 허물은 모두 신의 밝지 못함에 있었습니다. 사람을 잘 알아보지 못했음과 일을 꾸려감에 어두운 곳이 많음이 바로 그것입니다. 모든 일은 온전히 갖추어 한 가지의 허물도 없기를 바라는[責備] 춘추(春秋)의 엄격함에 비춰볼 때 이 큰 죄를 어찌 면할 수 있겠습니까. 바라건대 신의 벼슬 삼등(三等)을 깎아내리시어 신의 모자람과 그릇됨을 꾸짖어주옵소서. 신은 부끄러움을 이기지 못하고 다만 엎드려 폐하의 명을 기다릴 뿐입니다.'

그 같은 표문을 읽은 후주가 좌우를 돌아보며 말했다.

"이기고 지는 것은 병가에게 흔히 있는 일이다. 그런데 승상은 어찌 한 번의 싸움으로 이런 소리를 하는가?"

곁에 있던 시중 비위(費禕)가 나와 말했다.

"신이 듣자오니 나라를 다스리는 이는 반드시 법을 받들기를 무겁게 여긴다 합니다. 만약 법이 제대로 지켜지지 않는다면 무슨 수로 사람들을 눌러 따르게 할 수 있겠습니까? 승상께서 싸움에 진 죄를 스스로 물어 벼슬을 깎아달라고 하신 것은 매우 옳은 일입니다. 들어주도록 하십시오."

그제서야 후주도 공명의 뜻을 받아들이기로 했다. 공명을 우장군으로 내려앉히되, 승상 일은 그대로 보게 하고[行丞相事] 군마를 도맡아 거느리는 것도 전과 같이 하게 했다. 비위가 그런 뜻이 담긴 후주의 조서를 받들고 한중에 있는 공명에게로 갔다.

비위는 공명이 벼슬을 깎아내리는 조서를 받고 부끄러워할까 봐 짐짓 경하의 말을 건네보았다.

"촉의 백성들은 승상께서 처음 네 고을을 뺏은 일만으로도 매우 기뻐하고 있습니다."

그러자 공명은 낯색이 변해 꾸짖듯 비위의 말을 받았다.

"그 무슨 소리요? 비록 네 고을을 뺏었다 하나 다시 잃었으니 얻지 못한 것과 같소. 공이 그런 일로 나를 경하하는 것은 실인즉 나를 더욱 부끄럽게 만드는 게 될 뿐이오."

비위는 머쓱했으나 그대로 물러날 수도 없어 딴소리를 해보았다.

"요사이 듣자니 승상께서는 강유란 인재를 얻으셨다 하더군요. 천자께서도 매우 기뻐하고 계십니다."

이번에는 공명이 성난 기색까지 보이며 대꾸했다.

"군사는 싸움에 져서 물러나고, 땅은 한 치도 얻은 게 없으니 그 모두가 나의 큰 죄요. 강유 같은 인재를 하나 얻었다 쳐도 그 일이 위(魏)에 무슨 큰 손실이 되겠소?"

그래도 비위는 그냥 물러나기가 안됐던지 다시 앞일을 가지고 공명의 기운을 돋우어주려 했다.

"승상께서는 지금 씩씩한 군사 수십만을 거느리고 계십니다. 언제 다시 위를 치시겠습니까?"

하지만 소용없는 일이었다. 공명은 화를 내지는 않았으나 조금도 들뜨는 기색 없이 그 말을 받았다.

"지난날 대군을 이끌고 기산과 기곡으로 나아갔을 때 우리 군사는 적병보다 그 머릿수가 많았소. 그러나 적을 쳐부수지 못하고 도리어 우리가 적에게 무너지고 말았소. 일이 그 꼴로 어그러진 것은 결코 군사의 많고 적음 탓이 아니라 장수의 탓이었소이다. 이제 나는 군사를 줄이고 장수를 추려 쓰며, 허물에 따라 벌을 뚜렷이 함으로써 앞날의 변화를 기다려보기로 했소. 그렇게 되지 못한다면 군사가 많은 게 무슨 쓸모가 있겠소이까? 이제부터는 진정으로 나라를 깊이 걱정하는 이들이라면 나의 모자람을 나무라고 그릇됨을 꾸짖어주셔야 할 것이오. 그래야만 일은 뜻한 바대로 이뤄질 것이며, 역적을 쳐 없앨 수가 있고, 발돋움해서 공 세우기를 기다릴 수 있을 것이오."

이제는 드러내 놓고 비위의 듣기 좋은 말을 나무라는 것이나 다름없었다. 어찌 보면 매몰찬 데가 있었으나 마디마디 옳은 소리였다. 듣고 있던 장수들뿐만 아니라 은근히 무안을 당한 셈이 된 비위까지도 그 옳음만은 감탄으로 받아들이지 않을 수 없었다.

실제로 공명은 그런 생각을 말로만 그치지 않았다. 비위가 성도로 돌아간 뒤 그대로 한중에 머물면서 위와의 다음 싸움을 준비하는 데 온 힘을 쏟았다. 군사들을 가엾이 여기고 백성을 사랑하며 무예와 병법을 가르치고 성을 공격하는 기구와 물을 건너는 데 쓰는 기구들을 만들어 쌓아두었다. 군량과 말먹이 풀을 거두어 모으고, 싸움에 쓸 뗏목을 마련하여 뒷날의 쓸모에 대비하니, 오래잖아 다시 촉군은 강성해졌다.

위의 세작이 그 일을 탐지해 낙양에다 알렸다. 위주 조예는 그 말을 듣자 곧 사마의를 불러들여 물었다.

"제갈량이 한중에서 힘을 기르며 틈을 노리고 있다 하오. 어찌하면 동서 양천을 차지할 수 있겠소?"

사마의가 그 말에 대답했다.

"촉은 아직 칠 때가 아닙니다. 지금은 한창 더울 때라 촉병이 나오지 않을 것이니 촉을 치려면 우리가 그곳으로 가는 수밖에 없습니다. 하지만 우리가 그 땅 깊이 들어가도, 적이 험한 길목에서 지키기만 하면 급하게는 이기기 어렵습니다."

"그러다가 만약 적이 다시 침입해 오면 어찌하겠소?"

조예가 다시 사마의에게 물었다.

"신이 헤아리기로 다음에는 제갈량이 한신(韓信)을 본받아 몰래 진창(陳倉)을 건너올 것 같습니다. 신이 한 사람을 천거해 올릴 것이니 그를 진창 길목에 보내 성을 쌓고 지키게 하십시오. 그리하면 만에 하나라도 그릇됨이 없을 것입니다. 신이 천거하는 이 사람은 키가 아홉 자에 원숭이 팔을 가졌고 활을 매우 잘 쏩니다. 또 지모와 계략에도 밝아 제갈량이 온다 해도 넉넉히 막아낼 수 있을 것입니다."

사마의가 그렇게 대답하자 조예가 기쁜 얼굴로 물었다.

"그게 누구요?"

"태원 사람으로 학소(郝昭)라고 합니다. 자를 백도(伯道)라 하는데 지금은 잡패장군(雜覇將軍)으로 하서를 지키고 있습니다."

이에 조예는 사마의의 말을 따라 학소를 써보기로 했다. 그에게 진서장군을 내리며 진창 도구를 지키러 보냈다.

다시 올려지는 출사표

학소에게 사람을 보내고 얼마 안 돼 홀연 근시가 들어와 위주 조예에게 알렸다.

"양주사마(揚州司馬) 대도독 조휴가 급한 표문을 올려왔습니다."

조예가 얼른 그 표문을 받아 읽어보니 대강 이러했다.

'동오(東吳)의 파양 태수 주방(周魴)이 고을을 들어 항복하겠다고 하며 사람을 보내왔습니다. 주방은 그 사람을 통해 일곱 가지 일을 들어 동오를 깨뜨릴 수 있다고 내세우며 빨리 군사를 내기를 권하고 있습니다. 신 홀로 처결할 일이 아닌 듯싶어 삼가 아뢰오며 하명을 기다립니다.'

조예는 그 표문을 어상(御床) 위에 펼쳐놓고 사마의와 함께 읽었다. 읽기를 다한 사마의가 조예의 물음을 기다리지도 않고 제 생각을 밝혔다.

"이 말은 매우 이치에 닿는 데가 있습니다. 틀림없이 동오를 쳐 없앨 수 있을 듯하니 바라건대 제게 한 갈래 군사를 나눠주십시오. 가서 조휴를 도와 싸우겠습니다."

그때 줄지어 서 있던 관원들 중에 한 사람이 나와 말했다.

"오나라 사람들의 말은 이리저리 뒤집어 한가지로 되는 법이 없으니 믿을 게 못 됩니다. 주방은 지모가 있는 자로서 틀림없이 진심으로 항복하려는 게 아닌 듯합니다. 우리 군사를 꾀어들여 해치려는 속임수이니 넘어가서는 안 됩니다."

모두가 그 사람을 보니 그는 건위장군 가규(賈逵)였다.

"그 말 또한 아니 들을 수 없으나 한번 다가온 기회를 놓칠 수도 없습니다."

사마의가 가규의 말을 인정하면서도 자기의 뜻을 굽히지 않았다. 서로 다른 두 가지 의견에 잠시 머뭇거리던 위주가 마침내 뜻을 정했다.

"그렇다면 중달은 가규와 함께 가서 조휴를 도우시오. 오나라 사람의 속임수에 넘어가지도 않고, 한번 찾아온 기회를 놓치지도 않는 길은 그뿐인 성싶소."

두 사람이 말없이 거기에 따르니 이에 이번에는 위와 오의 한바탕 싸움이 벌어지게 됐다.

위군은 대강 세 갈래로 길을 나누어 오로 쳐들어갔다. 조휴는 대군을 이끌고 지름길로 환성을 치러 가고, 가규는 전장군 만총과 동환(東皖) 태수 호질(胡質)을 이끌고 양성을 뺏으러 갔다. 그리고 사마의는 자신이 거느린 군사를 몰아 지름길로 강릉을 덮치러 갔다.

그때 오주(吳主) 손권은 무창 동관에 머물러 있었다. 위군이 몰려온다는 소식을 듣자 여러 벼슬아치들을 불러놓고 물었다.

"파양 태수 주방이 몰래 표문을 올려 이르기를 '위의 양주도독(揚州都督) 조휴는 우리 오로 쳐들어올 뜻이 있는 듯하다' 했소. 이에 주방은 일곱 가지 그럴듯한 일을 늘어놓아 속임수로 위병을 우리 땅 깊숙이 끌어들인 뒤 복병을 놓아 잡을 작정인 듯하오. 이제 위병이 정말로 세 길로 나누어 오고 있다 하니 경들의 뜻은 어떠하오?"

그러자 고옹이 나서서 말했다.

"그같이 큰일은 육손이 아니면 감당할 수 없을 것입니다."

손권도 마음속으로는 이미 그렇게 생각하고 있던 터라 두말 없이 고옹의 말대로 했다. 육손을 보국대장군 평북대원수로 삼은 뒤, 어림군을 거느리고 왕사(王師)를 그의 뜻대로 하게 했다. 백모(白旄, 털이 긴 쇠꼬리를 장대 끝에 매달아둔 기)와 황월(黃鉞, 황금으로 장식한 도끼로 천자가 정벌할 때 지니는 병기)을 내려 문무백관이 모두 육손의 말을 듣게 하였으며, 손권 자신도 육손과 더불어 채찍을 드는 의식을 함으로써 육손의 위엄을 더 크게 했다.

육손은 그런 손권의 과분한 처우에 감사하며 영을 받은 뒤 곧 자기가 쓸 장수를 골랐다.

"특별히 두 사람을 뽑아 좌우도독으로 삼고, 우리도 군사를 세 길로 나누어 적을 맞았으면 합니다."

육손이 그렇게 말하자 손권이 물었다.

"그 두 사람이 누구요?"

"분위장군(奮威將軍) 주환(朱桓)과 유남장군(綏南將軍) 전종(全琮)입니다. 그 둘이면 신을 도와 적을 깨뜨릴 만합니다."

육손이 그 둘을 믿는다면 손권이 마다할 까닭이 없었다. 주환을 좌도독으로 삼고 전종을 우도독으로 삼아 육손과 함께 가게 했다.

이에 육손은 강남 여든한 개 고을과 형주의 병마 칠십만을 모두 이끌고 세 길로 나누어 밀고 나아갔다. 주환은 왼쪽에 두고, 전종은 오른쪽으로 하며, 자신은 가운데에 자리 잡은 형태였다.

좌도독 주환이 육손을 찾아보고 말했다.

"조휴는 위주의 친척으로 대임을 맡게 되었을 뿐 지모도 용맹도 보잘것없는 장수올시다. 이제 주방의 꾐에 빠져 우리 땅 깊숙이 들어왔으나 원수께서 한번 군사를 들이치시면 그는 반드시 싸움에 져 쫓겨갈 것입니다. 싸움에 진 조휴가 돌아가는 길은 두 갈래밖에 없으니, 하나는 협석이요 다른 하나는 계차 쪽입니다. 두 길 모두 험하기 그지없는 산기슭의 좁은 길이지요. 바라건대 저와 전종에게 각기 일군을 나눠주시고 그곳에 가서 매복하게 해주십시오. 먼저 통나무와 돌을 굴려 그 길을 막고 양쪽에서 들이치면 조휴를 사로잡을 수 있을 것입니다. 조휴를 사로잡은 뒤 똑바로 밀고 나가면 손에 침 한번 뱉는 힘으로 수춘을 얻을 수 있고 허창과 낙양까지 엿볼 수 있지요. 실로 만세에 한 번 있을까 말까 한 좋은 기회올시다."

"그것은 그리 좋은 계책이 아닌 듯하오. 내게 묘책이 있으니 맡기시오."

육손이 한번 살피는 법도 없이 고개를 가로저었다. 주환은 그런 육손이 섭섭했다. 마음속에 불평을 품은 채 물러났다.

육손은 제갈근을 비롯한 장수들에게 강릉을 지키면서 사마의의 군사를 막게 했다. 그리고 자신은 여러 갈래 군마를 정돈해 나아갈 채비를 했다.

그 무렵 조휴의 군사는 벌써 환성에 이르렀다. 주방이 달려 나와 맞으며 조휴의 장막을 찾았다.

"얼마전 족하의 글을 받으니 거기서 말하고 있는 일곱 가지 일이 모두 이치에 닿는 듯했소. 이에 천자께 말씀드려 크게 군사를 일으키고 세 갈래로 길을 나누어 오게 되었소. 만약 이번에 강동을 얻게 된다면 족하의 공이 적지 않을 것이오. 하지만 사람들 중에는 족하가 꾀 많은 사람이라 그 말을 믿을 수 없다는 이가 더러 있소. 내 생각에는 족하가 결코 나를 속이지는 않을 것 같으나 왠지 마음에 걸리는구려."

주방을 본 조휴가 넌지시 그렇게 말했다. 그러자 주방이 슬피 울더니 갑자기 뒤따르는 사람이 찬 칼을 뽑아 제 목을 찌르려 했다. 조휴가 놀라 그런 주방을 말렸다. 주방이 칼을 짚은 채 말했다.

"내가 그 일곱 가지는 말씀드렸으나 한스럽게도 내 마음속은 내 보일 수가 없었습니다. 그런데 이제 이렇게 의심을 받게 되었으니 이는 오나라 사람들이 우리 사이를 이간시키려는 계책에 빠진 듯합니다. 만약 장군께서 그 사람들의 말을 믿는다면 저는 죽는 길밖에 없습니다. 그러나 내 충심을 하늘만은 아실 것입니다!"

그러고는 다시 칼로 제 목을 찌르려 했다. 조휴는 더욱 놀라 황황히 주방을 끌어안으며 말했다.

"내가 우스갯소리를 한 것뿐이오. 그런데 족하가 어찌 이러시오?"

그러자 주방은 칼로 제 머리칼을 잘라 땅바닥에 던지며 소리쳤다.

"나는 충심으로 공을 기다려 왔는데 공은 나를 우스갯감으로 삼으셨구려. 이제 부모가 내려주신 머리칼을 잘라 내 충성된 마음을 드러내 보일 뿐이오."

주방이 그렇게까지 나오니 조휴도 믿지 않을 수가 없었다. 간곡하게 주방을 달래고 크게 잔치를 벌여 마음을 풀어주었다.

잔치가 끝나고 주방이 돌아간 뒤 홀연 사람이 들어와 알렸다.

"건위장군 가규가 장군을 뵈러 왔습니다."

"들라 이르라."

조휴는 그렇게 말하고 가규를 기다렸다. 곧 가규가 들어왔다.

"무슨 일로 왔는가?"

조휴가 가규를 보고 묻자 가규가 조심스레 말했다.

"제가 생각하기로는 동오의 군사가 함빡 환성에 몰려 있을 듯하니 도독께서는 가볍게 나아가지 않도록 하십시오. 저를 기다려 양쪽에서 협공하셔야만 적을 쳐부술 수 있습니다."

그 말에 조휴가 벌컥 화를 내며 소리쳤다.

"네 감히 내 공을 뺏으려 드는구나. 그 무슨 어처구니없는 소리냐?"

"제가 듣기로 주방이 머리칼을 잘라 맹세했다 하지만 그게 바로 속임수올시다. 옛적 요리(要離, 오왕 합려의 신하로서 자객이 되어 경기를 죽임)는 제 팔을 베어 보이며 믿게 해놓고 끝내는 경기(慶忌)를 찔러 죽였습니다. 그런 자들을 깊이 믿어서는 아니 됩니다."

가규가 조금도 겁내는 기색 없이 그렇게 까닭을 밝혔다. 그러나 조휴는 더욱 불같이 화를 냈다.

"내가 이제 막 크게 군사를 내려 하는데 네 어찌 감히 그런 말로 우리 군사들의 마음을 흩어지게 하느냐?"

그러고는 좌우를 꾸짖어 가규를 끌어내다 목 베라 했다. 여러 장수들이 그런 조휴를 말렸다.

"아직 군사를 내기도 전에 먼저 장수를 목 베는 것은 이롭지 못한 일입니다. 바라건대 잠시 그 일을 미루어주십시오."

조휴도 차마 가규를 죽일 수는 없어 못 이긴 체 그 말을 따랐다. 잠시 가규를 진채 안에 가둬두게 하고 스스로 일군(一軍)을 내어 동관부터 뺏으러 갔다.

오래잖아 주방도 가규의 일을 들었다. 바른 소리를 하고도 오히려 병권만 빼앗기고 갇혔다는 소리에 남몰래 기뻐하며 말했다.

"조휴가 만약 가규의 말을 들었다면 동오는 반드시 패하고 말았을 것이다. 그런데 그러지 않고 도리어 그를 가둬버렸다니, 이는 하늘이 나로 하여금 공을 세울 수 있게 도운 것이다!"

그러고는 가만히 사람을 환성으로 보내 육손에게 조휴가 떠난 일을 알렸다.

그 소식을 들은 육손은 곧 여러 장수들을 불러놓고 말했다.

"앞에 있는 석정(石亭)은 비록 산길이나 매복하기에 좋은 곳이다. 먼저 석정을 차지하고 넓은 곳에 진세를 펼친 뒤에 위군을 기다리는 게 좋겠다."

그리고 서성에게 영을 내려 선봉으로 앞서 나가게 했다.

한편 조휴도 그때 주방을 앞세우고 석정 쪽으로 군사를 몰아오고 있었다. 한참 가다가 조휴가 주방에게 물었다.

"앞으로 가면 어떤 곳이 나오는가?"

"앞에는 석정이란 곳이 있습니다. 군사를 머무르게 할 만한 곳이지요."

주방이 그렇게 대답했다. 조휴는 그런 주방의 말을 믿었다. 모든 군사며 수레 병기를 석정으로 끌어모으게 했다.

다음 날이 되었다. 살피러 나갔던 군사가 돌아와 알렸다.

"앞에 오병이 있습니다. 머릿수가 많고 적은 것은 알 수 없으나 산 어귀를 차지하고 있는 게 예사롭지 않습니다."

그 말에 조휴는 깜짝 놀랐다.

"주방은 군사가 없을 거라고 했는데 어찌 된 일이냐?"

그렇게 말하며 주방을 찾아오게 했다. 하지만 그때 이미 주방은 수십 기를 데리고 어디론가 가버린 뒤였다. 그 소리를 들은 조휴는 크게 뉘우쳤다.

"내가 적의 계책에 떨어졌구나! 하지만 그렇다 한들 두려워할 거야 무어 있겠는가? 힘을 다해 싸울 뿐이다."

그러고는 장보(張普)를 불러 영을 내렸다.

"너는 선봉이 되어 수천 군사를 이끌고 나아가라. 오병과 싸워 먼저 그 허실을 알아오라."

이에 장보는 군사 몇천을 데리고 앞서 나가 오병과 부딪쳤다. 양편 군사가 마주 보고 둥글게 진세를 벌인 뒤 장보가 말을 몰고 나가 크게 소리쳤다.

"적장은 어서 나와 항복하지 못하겠느냐?"

그러자 오병 쪽에서 서성이 말을 박차고 달려 나왔다. 곧 장보와 서성 사이에 한바탕 싸움이 벌어졌다. 그러나 장보는 서성의 적수가 못되었다. 몇 합 싸우지도 못하고 힘에 밀려 달아났다.

"아무래도 제 힘으로는 서성의 용맹을 당해낼 수 없었습니다."

쫓겨간 장보가 조휴를 찾아보고 그렇게 말했다.

"그렇다면 내가 기병을 써서 이겨야겠다."

조휴가 그렇게 말하며 계책을 짰다. 장보는 군사 이만을 데리고 석정 남쪽에 매복하고, 설교(薛喬)는 또다른 이만으로 석정 북쪽에 매복하게 한 뒤 말했다.

"나는 내일 군사 천 명을 이끌고 나가 싸우다가 거짓으로 진 체 쫓기며 적을 북쪽에 있는 산중으로 유인해 들이겠다. 그때 포소리를 신호로 삼아 삼면에서 뛰쳐나와 적병을 치면 반드시 크게 이길 수 있을 것이다."

이에 두 장수는 각기 군사 이만씩을 받아 조휴가 지정해준 곳으로 매복하러 갔다.

하지만 육손이라고 두 손 처매놓고 있지는 않았다. 그도 나름대로 계책을 세운 뒤 주환과 전종을 불러 말했다.

"그대들 둘은 각기 삼만군을 이끌고 석정 산길을 돌아 조휴의 진채 뒤로 나아가라. 불을 지르는 걸 신호로 내가 가운데서 대군을 이끌고 뛰어나가면 조휴를 사로잡을 수 있을 것이다."

이에 주환과 전종은 그날 날이 어둡기를 기다려 군사를 데리고 육손이 시킨 대로 나아갔다.

밤 이경쯤이 되어 주환이 이끈 오병은 위군의 진채 뒤에 이르렀다. 바로 위장(魏將) 장보가 매복해 있는 곳이었다. 그러나 장보는 오병이 벌써 거기까지 온 줄은 몰랐다. 많은 인마가 다가오는 소리를 듣고 뛰어나가 어디서 온 군사인가를 물어보려 하는데 주환이 한 칼로 장보를 베어 말 아래로 떨어뜨렸다.

대장인 장보가 그렇게 어이없이 죽자 위병들은 제대로 싸워보지도 않고 흩어져 달아났다. 주환은 후군에게 영을 내려 불을 지르게 함으로써 육손에게 신호를 보냈다.

한편 전종도 위병의 진채 뒤를 돌다 보니 바로 위장 설교의 진채 뒤에 이르게 되었다. 적이 미처 알아보기도 전에 군사를 휘몰아 덮치자 설교와 그 군사는 당해내지 못했다. 헤아릴 수 없는 인마만 잃고 조휴가 있는 본채로 쫓겨 들어갔다.

그 뒤를 주환과 전종이 뒤쫓아 휩쓸고 드니 조휴의 진채는 크게 어지러워졌다. 서로 치고 밟아 제대로 싸워보지도 못하고 허물어지기 시작했다.

조휴는 일이 글렀다 싶었다. 황망히 말에 올라 협석으로 난 길로 달아났다. 그러나 서성이 다시 대군을 이끌고 나타나 그런 위군을 짓두들겼다. 그 바람에 위군은 죽는 자를 헤아릴 수 없을 지경이었고, 겨우 목숨을 건진 자도 옷과 갑주를 죄다 벗어던진 채였다.

크게 놀란 조휴는 협석 길로 접어들어 죽을 둥 살 둥 모르고 달아났다. 한참 가다 보니 한 떼의 군마가 샛길에서 뛰쳐나왔다. 조휴는 적인 줄 알고 온몸에서 힘이 쭉 빠졌으나 다행히도 앞선 장수는 가규였다. 조휴는 그를 알아보고 다소 마음이 가라앉았으나, 이번에는 스스로 부끄러움이 일었다.

"내가 공의 말을 듣지 않아 이렇게 참패를 하고 말았구려!"

조휴가 그렇게 탄식하자 가규가 오히려 좋은 얼굴로 달래듯 말했다.

"지금은 지난 일을 탓하고 계실 때가 아닙니다. 어서 빨리 이 길을 벗어나도록 하십시오. 만약 오병들이 나무와 돌로 이 길을 끊어버린다면 그때는 정말로 우리 모두가 위태롭게 됩니다."

이에 조휴는 말을 몰아 앞서고 가규는 뒤쫓는 적을 내쫓으며 따랐다. 가규는 숲과 나무가 빽빽한 곳이나 길이 험하고 좁은 곳에는 깃발을 많이 꽂아두어 복병이 있는 듯 꾸몄다. 뒤쫓는 오병을 속이기 위함이었다.

가규의 계책은 어김없이 들어맞았다. 한참 뒤에 서성이 이르러 보니 산기슭에 희끗희끗 깃발이 눈에 띄는 게 위의 복병이 있는 듯 보였다. 함부로 뒤쫓지 못하고 군사를 거두어 돌아가버렸다. 덕분에 조휴는 더 큰 괴로움을 당함이 없이 무사히 돌아갈 수 있었다.

조휴가 싸움에 져서 쫓겨갔다는 소식은 사마의의 귀에도 들어갔다. 이미 한 머리가 무너진 이상 혼자서는 어찌해볼 수가 없어 사마의도 군사를 돌리고 말았다.

한편 육손은 장수들을 보내놓고 이긴 소식이 들려오기만을 기다리고 있었다.

오래잖아 서성과 주환, 전종이 차례로 돌아와 싸움에 이긴 걸 알림과 동시에 빼앗은 것들을 바쳤다. 수레며 병장기에 소와 말, 나귀와 노새, 곡식과 베 따위가 이루 다 헤아릴 수 없을 만큼이었고 항복한 군사만도 수만이 넘었다.

그 소식을 전해 들은 손권은 크게 기뻤다. 육손에게 태수 주방과 여러 장수들을 모두 데리고 오(吳)로 개선하라 일렀다.

육손이 그대로 하자 손권은 문무 관원을 모두 데리고 무창성(武昌城) 밖까지 나가 맞아들이고, 육손과 함께 일산을 쓴 채 돌아왔다. 그리고 그 싸움에 나갔던 모든 장수에게 상을 내린 다음 머리칼이 잘린 주방을 위로했다.

"경은 머리칼을 잘라 이같이 큰일을 이뤘으니, 그 공과 이름은 마땅히 죽백에 씌어져 뒷세상에 전해질 것이오."

이어 주방을 관내후로 봉하고, 크게 잔치를 열어 군사들의 수고로움을 달래주었다.

육손이 손권에게 전했다.

"지금 위는 조휴가 크게 지고 쫓겨가서 간담이 오그라 붙었을 것입니다. 이때 글을 닦아 사람에게 주어 촉으로 보내시고 제갈량더러 군사를 몰아 나오라 하십시오. 우리 오와 촉이 양쪽에서 짓쳐들면 위는 뭉그러지고 말 것입니다."

손권도 그 말을 들어보니 귀가 솔깃했다. 곧 국서를 써서 서천으로 보냈다.

때는 촉한 건흥 육년이었다. 위의 도독 조휴는 동오의 육손에게 석정에서 크게 패해 수많은 인마와 군기를 잃고 나니 임금 대하기가 부끄럽고도 두려웠다. 그 부끄러움과 두려움이 병이 되어 낙양에 이르자마자 등창이 터져 죽었다. 위주 조예는 그런 조휴를 불쌍히 여겼다. 특히 명을 내려 후하게 장사 지내주었다.

오래잖아 사마의도 군사를 이끌고 낙양으로 돌아왔다. 마중을 나갔던 장수 중에 하나가 물었다.

"조도독의 군사가 싸움에 졌으니 원수(元帥)께서 막으셔야 할 터인데 어찌하여 이토록 급히 돌아오셨습니까?"

사마의가 대답했다.

"내가 헤아리기로 제갈량이 우리 군사가 패한 걸 알면 반드시 그 빈 틈을 타 장안을 공격할 것 같소. 만약 농서가 위급해지면 누가 구하겠소? 그 때문에 이렇게 돌아온 것이오."

사마의의 그 같은 대답에 어떤 사람은 두려워했고 어떤 사람은 비웃으며 헤어졌다. 두려워한 이는 그의 날카로운 꿰뚫어봄을 알아서였고, 비웃는 이는 싸움에 지고 쫓겨왔으면서도 되잖은 핑계를 대고 있다 여긴 탓이었다.

한편 동오는 육손의 말을 들어 서촉으로 글을 보내고 조휴를 크게 이긴 일을 알림과 아울러 군사를 내어 함께 위를 치자고 졸랐다. 한편으로는 저희들의 위세를 자랑하면서도 한편으로는 화친을 청해 오는 글이라 이를 본 후주는 크게 기뻤다. 곧 사람을 시켜 그 일을 한중에 있는 제갈공명에게 알렸다.

그 무렵 공명은 몇 년에 걸친 양병의 결실을 알차게 거두고 있었다. 군사들은 그 어느 때보다 씩씩했고 말은 튼튼했으며, 군량과 말먹이 풀도 넉넉했다. 싸움에 필요한 병기며 여러 기구들도 빠짐없이 갖추어 이제 막 군사를 내려 하는데 후주로부터 사람이 와 그 같은 말을 전했다.

공명 또한 그 같은 동오의 요청이 기껍기 그지없었다. 곧 크게 잔치를 열어 여러 장수를 모아놓고 군사를 낼 의논을 했다.

그런데 미처 잔치가 제대로 어울리기도 전이었다. 문득 한 줄기 거센 바람이 동북쪽에서 일어 뜰을 쓸며, 거기 서 있던 소나무를 꺾어놓았다. 그 뜻밖의 불길한 조짐에 장수들은 모두 놀란 표정을 지었다. 공명이 가만히 점괘를 뽑아보더니 근심 가득한 얼굴로 말했다.

"이 바람이 뜻하는 바는 우리가 한 사람의 큰 장수를 잃으리라는 것이다."

그러나 장수들은 누구도 그런 공명의 말을 얼른 믿을 수가 없었다. 다시 기분을 가다듬어 술잔을 드는데 문득 사람이 들어와 알렸다.

"진남장군 조운의 맏이 조통(趙統)과 둘째 조광(趙廣)이 승상을 뵈러 왔습니다."

장수들은 모두 별 생각 없이 그 말을 들었다. 그러나 어찌 된 셈인지 공명은 술잔을 땅에 내던지며 탄식했다.

"자룡이 갔구나!"

그때 조운의 두 아들이 들어와 공명 앞에 엎드려 곡하며 알렸다.

"아버님께서 지난밤 삼경 무렵 돌아가셨습니다."

나이 들어 무거운 병을 앓던 조운이 끝내 다시 일어나지 못하고 눈감은 것이었다. 공명이 쓰러질 듯 비틀하며 큰 소리로 울었다.

"자룡이 죽었으니 나라는 기둥이나 대들보가 무너진 격이요, 나는 한 팔을 잃은 셈이로구나. 이제 이 일을 어찌하면 좋은가!"

그 슬퍼하는 모습을 보고 장수들도 하나같이 눈물을 흘렸다.

공명은 곧 조운의 두 아들을 성도로 보내 후주를 뵙고 부친의 상당한 일을 아뢰게 했다. 후주도 조운이 죽었다는 말을 듣자 목을 놓아 곡을 했다.

"짐이 어렸을 때 자룡이 아니었던들 난군(亂軍) 속에서 죽고 말았을 것이다!"

후주의 그 같은 말은 바로 당양 장판벌의 옛일을 가리키는 것이었다. 그때 조자룡이 품에 품고 조조의 백만 대병 사이를 무인지경 가듯 달려 구해낸 아두(阿斗)가 바로 후주 유선(劉禪)이었기 때문이었다.

후주는 곧 조서를 내려 조운에게 대장군을 추증하고 시호를 순평후(順平侯)로 했다. 그리고 성도의 금병산 동쪽에 장사 지냄과 아울러 묘당을 세워 철마다 제사를 올리게 했다.

생각하면 『삼국지』 전편을 통해 조운만큼 고루 갖춘 장수도 드물다. 그는 장수로서 일생 패배를 몰랐고 신하로서도 한 점 티를 남기지 않았다. 관우, 장비, 마초가 각기 빼어남도 많았으나 또한 흠될 곳도 있어, 마침내 관우, 장비는 목 없는 귀신이 되고 마초는 그 생전에 그렇게도 자주 참담한 패배를 맛보았던 것에 비하면 실로 복된 일생이었다 할 만하다.

뒷사람이 시를 지어 그런 조운을 노래했다.

상산 땅에 범 같은 장수 있어,	常山有虎將
용맹과 슬기 모두 관우, 장비와 맞설 만했다.	智勇匹關張
한수에서 공훈 이루고	漢水功勳在
당양에서는 그 이름 드날렸다.	當陽姓字彰
두 번이나 어린 주인 구하고,	兩番扶幼主

한마음으로 선주께 보답하니   一念答先皇

청사는 그 충렬을 적어   靑史書忠烈

꽃다운 행적 길이 백세에 전한다.   應流百世芳

　한편 조운의 옛 공을 못 잊은 후주는 후한 장례만으로는 마음이 차지 않았다. 맏아들 조통을 호분중랑장(虎賁中郎將)으로 삼고 둘째 아들 조광을 아문장(牙門將)으로 삼아 조운의 묘를 지키게 했다. 조통과 조광은 그 같은 후주의 은덕에 감사하고 그 명을 받들어 물러났다.

　조운의 장례가 대강 치러졌을 무렵, 다시 한중에서 사람이 와서 알렸다.

　"제갈승상께서는 이미 군마를 나누어 싸울 채비를 갖추셨습니다. 영만 계시면 오늘이라도 군사를 내어 위를 칠 것이라 합니다."

　이에 후주는 여러 신하를 모아놓고 제갈량이 다시 군사를 내는 일에 관해 물었다.

　"아직은 가볍게 움직일 때가 아닌 듯합니다. 위와 오의 움직임을 좀더 살핀 뒤에 왕사를 내심이 옳을 것입니다."

　신하들이 입을 모아 그렇게 말했다. 그 바람에 후주도 마음이 놓이지 않아 얼른 결단을 내리지 못하고 있는데 다시 근시가 들어와 알렸다.

　"제갈승상께서 양의(楊儀)를 보내 출사표를 올려왔습니다."

　후주가 양의를 불러들이자 양의는 출사표를 바쳐 올렸다. 후주는 표문을 어안에 펼쳐놓고 읽어나갔다.

'선제께서는 한(漢)을 훔친 역적과는 함께 설 수 없고, 왕업(王業)은 천하의 한모퉁이를 차지한 것에 만족해 주저앉아 있을 수 없다 여기시어 신에게 역적을 칠 일을 당부하셨습니다. 선제의 밝으심은 신의 재주를 헤아리시어, 신이 역적을 치는 데에 재주는 모자라고 적은 강함을 알고 계셨습니다. 그러나 역적을 치지 않으면 도리어 왕업이 망할 것이니 어찌 일어나 치지 않고 앉아서 망하기만을 기다릴 수 있겠습니까? 이에 그 일을 신에게 맡기시고 의심하지 않으셨습니다……[先帝慮漢賊不兩立, 王業不偏安, 故託臣以討賊也. 以先帝之明 量臣之才 故知臣伐賊 才弱敵强也. 然不伐賊 王業亦亡 惟坐而待亡 孰與伐 之 是以託臣而弗疑也……].'

공명의 표문은 그렇게 시작되고 있었다. 성도의 벼슬아치들이 안일에 젖어 출사를 반대할 줄 꿰뚫어보고, 먼저 그 편안(偏安, 한 지방에 할거하여 그것으로 만족해 함)부터 선제를 빌려 깨우쳐주고 있었다. 후주도 섬뜩 그 뜻을 깨닫고 다음을 읽어나갔다.

'신은 그 같은 선제의 명을 받은 뒤로 잠자리에 누워도 편안하지 않고 음식을 먹어도 입에 달지 아니했습니다. 북으로 위를 치려 하면 먼저 남쪽을 평정해야 되겠기에 지난 오월에는 노수를 건넜습니다. 거친 땅 깊숙이 들어가 하루 한 끼를 먹으며 애쓴 것은 신이 스스로를 아끼지 않아서가 아니었습니다. 왕업을 돌아보고, 성도에서 만족해 앉아 있을 수는 없다고 여겨, 위태로움과 어려움을 무릅쓰고 선제께서 남기신 뜻을 받들고자 한 것입니다. 그러나 그때도 따지기 좋아하는 사람들은 그게 좋은 계책이 못 된다고 말했습니다[臣受命之日 寢不安席 食不甘味. 惟思北征 宜先入南 故五月渡瀘, 深入不毛 並日而食 臣非不自惜也. 顧王業不可偏安於蜀都 故冒危難以奉先帝之遺意, 而議者謂爲非計].

이제 적은 서쪽에서 지쳐 있고 동쪽에서도 힘을 다 쓴 끝입니다. 병법은 적이 수고로운 틈을 타라 했으니 지금이야말로 크게 밀고 나아갈 때입니다. 거기에 관해 삼가 아뢰보면 아래와 같습니다[今賊適疲於西 又務於東 兵法乘勞 此進趨之時也. 謹陳其事如左].

고제께서는 그 밝으심이 해나 달과 같고 곁에서 꾀하는 신하는 (그 슬기로움이) 깊은 못과 같았으나, 험한 데를 지나고 다침을 입으시며 위태로움을 겪으신 뒤에야 비로소 평안하게 되시었습니다. 그런데 이제 폐하께서는 고제에 미치지 못하시고 곁에서 꾀하는 신하도 장량이나 진평만 못하시면서도 긴 계책으로 이기고자 하시며 편히 앉으신 채 천하를 평정하고자 하십니다. 이는 바로 신이 얼른 알지 못할 첫 번째 일입니다[高帝明日月 謀臣淵深 然涉險被創 危然後安. 今陛下未及高帝 謀臣不如良平 而欲以長策取勝 坐定天下 此臣之未解一也].

유요(劉繇)와 왕랑(王郎)은 모두 일찍이 큰 고을을 차지하여, 평안함을 의논하고 계책을 말할 때는 성인을 끌어들였으되, 걱정은 배에 가득하고 이런저런 논의는 그 가슴만 꽉 메게 하였을 뿐입니다. 올해도 싸우지 아니하고 이듬해도 싸우러 가기를 망설이다가 마침내는 손권에게 자리에 앉은 채로 강동을 차지하게 하고 말았던 것입니다. 이는 바로 신이 풀 길 없는 일로 생각하는 두 번째입니다[劉繇王郎各據州郡 論安言計 動引聖人 群疑滿腹 衆難塞胸 今歲不戰 明年不征 使

孫權坐大 遂併江東 此臣之未解二也].

　조조는 지모와 계책이 남달리 뛰어나고 군사를 부림에는 손자, 오자를 닮았으나, 남양에서 곤궁에 빠지고 오소에서 험한 꼴을 당하며, 기련에서 위태로움을 겪고, 여양에서 쫓기고, 북산에서 지고, 동관에서 죽을 고비를 넘긴 뒤에야 겨우 한때의 평정을 보게 되었습니다. 그런데 신같이 재주 없는 사람이 어찌 위태로움을 겪지 않고 천하를 평정하려 들 수 있겠습니까? 그게 신이 알지 못할 세 번째 일입니다[曹操智計 殊絶於人 其用兵也 彷彿孫吳 然困於南陽 險於烏巢 危於祁連 逼於黎陽 幾敗北山 殆死潼關 然後僞定一時耳. 況臣才弱 而欲以不危而定之 此臣之未解三也].

　조조는 다섯 번 창패를 공격했으나 떨어뜨리지 못했고, 네 번 소호를 건넜으나 공을 이루지 못했습니다. 이복(李服)을 써보았으나 이복이 오히려 뺏어버렸고, 하후에게 맡겼으나 하후(夏侯)는 패망하고 말았던 것입니다. 선제께는 매양 조조가 능력 있다고 추키셨으나 오히려 그 같은 실패가 있었는데 하물며 신같이 무디고 재주 없는 사람이 어떻게 반드시 이기기만을 바랄 수 있겠습니까? 이게 바로 신이 알 수 없는 네 번째 일입니다[曹操五攻昌霸不下 四越巢湖不成 任用李服 李服圖之 委任夏侯 而夏侯敗亡 先帝每稱操爲能 猶有此失 況臣駑下 何能必勝 此臣之未解四也].

　신이 한중에 온 지 아직 한 해가 다 차지 않았습니다. 그러나 조운, 양군, 마옥, 염지, 정립, 백수, 유합, 등동과 그 아랫장수 일흔 남짓을 잃었습니다. 언제나 맨 앞장이던 빈수·청광이며 산기(散騎), 무기(武騎)를 잃은 것도 천 명이 넘는 바 이는 모두 수십 년 동안 여러 지방에서 모아들인 인재요 한 고을에서 얻은 사람들이 아닙니다. 만약 다시 몇 년이 지난다면 이들 셋 중 둘은 줄어들 것이니 그때는 어떻게 적을 도모하겠습니까? 이것이 신이 알 수 없는 다섯 번째 일입니다[自臣到漢中 中間期年耳. 然喪趙雲, 陽羣, 馬玉, 閻芝, 丁立, 白壽, 劉郃, 鄧銅 及曲長 屯將七十餘人. 突將無前 賨叟青羌 散騎武騎一千餘人. 此皆數十年之內 所糾合四方之內精銳, 非一州之所有. 若復數年 則損三分之二也. 當何以圖敵 此臣之未解五也].

지금 백성들은 궁핍하고 군사들은 지쳐 있습니다. 그러나 할 일을 그만둘 수는 없는 것이, (할 일을 그만둘 수 없음은 곧) 멈추어 있으나 움직여 나아가나 수고로움과 물자가 드는 것은 똑같기 때문입니다. 차라리 일찍 적을 도모함만 못합니다. 그런데도 한 고을의 땅에 의지해 적과 긴 싸움을 하려 하시니 이는 신이 알 수 없는 여섯 번째 일입니다[今民窮兵疲而事不可息: 事不可息 則住與行 勞費正等. 而不及早圖之 欲以一州之地 與賊持久 此臣之走未解六也].

무릇 함부로 잘라 말할 수 없는 게 세상일입니다. 지난날 선제께서 초(楚) 땅에서 (조조와의) 싸움에 지셨을 때 조조는 손뼉을 치며 말하기를 천하는 이미 평정되었다 했습니다. 그러나 뒤에 선제께서는 동으로 오와 손을 잡고 서로 파촉을 얻으신 뒤 군사를 이끌고 북으로 가시어 마침내는 하후연을 목 베게까지 되었습니다. 이는 조조가 계책을 잘못 세워 우리 한(漢)이 설 수 있게 해준 것이라 할 수도 있습니다. 그러하되 뒤에 오가 맹약을 어기매 관우는 싸움에 져서 죽고 선제께서는 자귀에서 일을 그르치시어 조비는 다시 천자를 참칭할 수 있었습니다[夫難平者 事也. 昔先帝敗軍於楚當此之時 曹操拊手

謂天下已定. 然後先帝東連吳越 西取巴蜀 舉兵北征 夏侯授首此曹之失計 而漢事將成也. 然後吳更違盟 關羽毀敗 秭歸蹉跌曹丕稱帝].

모든 일이 그러하니 미리 헤아려 살피기란 실로 어렵습니다. 신은 다만 엎드려 몸을 돌보지 않고 죽을 때까지 애쓸 뿐 그 이루고 못 이룸, 이롭고 해로움에 대해서는 미리 내다보는 데 밝지 못합니다 [凡事如是 難可逆料 臣鞠躬盡瘁 死而後已. 至於成敗利鈍 非臣之明所能逆觀也].'

흔히 '후출사표(後出師表)'라 부르는 이 두 번째의 출사표에 대해서 사람들은 대개 제갈량이 쓴 것이 아니라 뒷사람의 위작(僞作)이라고 보고 있다. 하지만 『연의』의 저자가 지은 것은 아니며 다른 책에서도 이미 이전부터 선보이고 있다. 어느 할 일 없는 문사(文士)가 지어 보냈는지는 모르나 제법 전(前)출사표의 품격과 멋을 흉내 내고 있다.

기실이야 어쨌든 얘기는 다시 『연의』로 돌아가자. 공명이 올린 두 번째 출사표를 다 읽은 후주는 매우 흐뭇했다. 곁의 신하들이 이리저리 한 말로 흔들리던 마음을 한가지로 정하고 공명에게 조칙을 내려 출사를 허락했다.

명을 받은 공명은 다시 삼십만 대병을 일으키고 위연에게 전부를 맡김과 아울러 선봉으로 세웠다. 사마의가 미리 헤아린 대로 이번에는 진창(陳倉) 길로 군사를 몰아오는데, 그 기세는 첫 번째 출사에 못지않았다.

오래잖아 위의 세작이 그 소식을 탐지해 낙양에다 알렸다. 사마의가 그 일을 위주에게 아뢰자 위주는 널리 문무의 벼슬아치들을 불러 모아 의논을 시작했다. 대장군 조진이 나와 말했다.

"신이 지난번 농서를 지킬 때 공은 적고 죄가 커서 늘 황공스러움을 이기기 어려웠습니다. 바란건대, 이번에 다시 한번 신으로 하여금 대군을 이끌고 나가 싸우게 해주십시오. 반드시 제갈량을 사로잡아 폐하께 바치겠습니다."

"이번에는 어떤 계책이 있는가?"

위주가 못 미더운 듯 물었다. 조진이 얼른 대답했다.

"신이 얼마 전에 한 장수를 얻었는데 여러 가지로 놀랍기 그지없습니다. 예순 근 큰 칼을 쓰고, 천리정완마(千里征撫馬)를 타며 두 섬지기 힘이 드는 철태궁(鐵胎弓)을 잘 씁니다. 또 따로이는 세 개의 유성추를 감추고 있어 백 번을 던지면 백 번을 다 맞히는 재주가 있습니다. 실로 혼자서 만 명을 당할 용맹과 무예라 할 수 있습니다."

"그게 누구인가?"

"농서군 적도 사람으로 이름은 왕쌍(王雙)이며 자는 자전(子全)이라고 합니다. 이 사람을 선봉으로 쓴다면 신이 보증을 설 수 있습니다."

조진이 그렇게까지 추켜세우자 조예도 믿는 마음이 생겼다. 기꺼이 조진의 말을 따라 왕쌍을 불러들이게 했다.

이윽고 불려온 왕쌍을 보니 키는 아홉 자에 얼굴은 검고 눈동자는 노랬다. 곰의 허리요, 호랑이 등을 가졌으니 얼른 보아도 여느 장수 같지는 않았다.

삼국지 9

출사표出師表, 드높아라 충신의 매운 얼이여

개정 신판 1쇄 발행 2020년 3월 25일
개정 신판 12쇄 발행 2025년 1월 2일

지은이 나관중
옮기고 엮은이 이문열

발행인 양원석
펴낸 곳 ㈜알에이치코리아
주소 서울시 금천구 가산디지털2로 53, 20층 (가산동, 한라시그마밸리)
편집문의 02-6443-8842   **도서문의** 02-6443-8800
홈페이지 http://rhk.co.kr
등록 2004년 1월 15일 제2-3726호

ISBN 978-89-255-6915-4 (전 10권)